미로 속 남자

미로 속 남자

L'UOMO DEL LABIRINTO
DONATO CARRISI

도나토 카리시

이승세 옮김

검은숲

내가 만든 가장 아름다운 이야기인 내 아들,

안토니오에게

1

대다수 세상 사람들에게 2월 23일은 어제 같은 오늘이자 오늘 같은 내일이었다. 하지만 사만타 안드레티에게 그날 아침은 아마 평생 기억에 남을 가장 중요한 날의 시작이었을 것이다.

토니 바레타가 할 말이 있으니 단둘이 만나자고 했기 때문이다.

사만타는 공포 영화 속 귀신 들린 주인공처럼 침대에 누워 밤새도록 뒤척이며 상상의 나래를 펼쳤다. 학교에서, 아니 우주에서 가장 잘생긴 남학생이 과연 무슨 말을 하고 싶어서 만나자고 한 걸까…….

우선 전날로 거슬러 올라가야 한다. 만나자는 이야기를 직접 들은 것은 아니다. 사춘기에 접어들기 직전의 10대 사이에는 철칙이라는 게 있다. 데이트 신청은 언제나 남자가 먼저 해야 한다. 거기에는 지켜야 할 절차가 있다. 토니는 자신이 어울리는 무리의 친구 마이크에게 용건을 전했고, 마이크는 사만타와 같은 반 친구 티나에게 토니의 뜻을 전해주었다. 직설적이고 단순한 한 문장이었지만 혈기왕성한 10대들이 모여 있는 중학교에서는 대단히 의미심장한 말이었다.

"토니 바레타가 만나서 너한테 할 얘기가 있대." 체육 시간에 티나는 사만타에게 귓속말로 그렇게 속삭였다. 반짝이는 두 눈과 흥분을 감추지 못하는 목소리로. 그러고는 좋아서 폴짝폴짝 뛰었다. 진정한 친구는 단짝 친구에게 일어난 좋은 일을 마치 내 일처럼 기뻐하는 법이니까.

"그 얘기, 누가 했어?" 사만타가 물었다.

"마이크 레빈이. 화장실 갔다 오는데 불러 세우더라고."

마이크가 티나에게 말을 건 거라면 그 내용은 비밀임이 분명하고, 또 비밀로 남아야 했다.

"그래서? 정확히 뭐라고 말했다고?" 사만타는 티나가 정말로, 제대로 이해했는지 확인하기 위해 묻고 또 물었다. 일명 '과부'라 불렸던 지나 다브라치오의 안타까운 사연을 모르는 학생이 없었기 때문이다. 남학생 하나가 지나에게 연말 무도회에 같이 갈 남학생이 있는지 물었는데, 지나는 남학생의 단순한 호기심을 초대로 받아들여 기다란 복숭아색 망사 드레스 차림으로 오지도 않을 유령 파트너를 기다리며 무도회 내내 눈물만 흘렸었다.

"마이크 말이 '사만타한테 가서 토니가 할 말 있다고 전해달래' 이랬다니까!"

물론 둘이 그 일을 얘기하면서도 사만타는 친구에게 계속 똑같은 말을 반복하게 했다. 티나가 현실을 왜곡해서 받아들인 게 아니라는 확신을 갖기 위해서였다. 혹시 외계인이 친구와 똑같이 생긴 복제인간을 내려보내 자신을 놀리려는 게 아닌지 확인하고 싶은 심정이었다.

언제, 어디서 토니를 만나게 될지는 모른다. 사만타는 초조해 미칠

것만 같았다. 아마 과학실이나 도서관이 아닐까 상상의 나래를 펼쳤다. 아니면 남학생들은 농구, 사만타 같은 여학생들은 배구 연습을 하는 체육관 관중석이 아닐까……. 등하굣길이나 구내식당, 복도 같은 곳은 아예 처음부터 생각도 하지 않았다. 보는 눈과 듣는 귀가 너무 많기 때문이다. 하지만 가만 생각해보면 아는 게 전혀 없기 때문에 이번 일이 더 짜릿한 것도 같았다. 사만타는 행복에 겨운 것 같다가 갑자기 우울해지는 오묘한 감정의 변화를 설명할 길이 없었다. 만나자는 이유가 깜짝 놀랄 일이 될 수도 있지만 절망의 늪이 될 수도 있었다. 하지만 어떤 결론이든 자신에게 벌어진 일이 정말 감사할 따름이었다.

다른 누구도 아닌 바로, 사만타 안드레티의 '개인사'가 됐기 때문이다!

열세 살에 겪는 일 중에는 훗날 성인이 되어 겪는 게 훨씬 나은 일이 많다던 엄마의 생각은 잘못됐다. 사만타는 지금 이 순간 세상 그 누구도 이해할 수 없고, 느낄 수 없을 정도로 복에 겨웠다. 특권을 누리는 기분마저 들었다. 하지만 환상에 부푼 나머지 서글픈 현실을 마주하게 될지도 모를 일이다……. 사실 토니 바레타는 여자아이들의 환심만 살 뿐 정작 마음은 잘 주지 않기로 유명한 아이였다.

사만타는 토니를 염두에 둔 적이 없었다. 적어도 단둘이 만나게 되리라고는 상상도 못 했다. 자연의 이치가 만들어낸 오묘한 조화는 사만타에게 신체적 변화를 가져왔고, 생의 얼마간은 치러야 하는 월례 행사를 피해갈 수 없어 적응하던 터였다. 지금까지는 이런 변화의 순기능이 도대체 뭔지 알고 싶지도 않았다. 사만타는 자신이 예쁘다고 생각한 적은 없었다. 크게 신경 쓰지도 않았다. 하지만 달라진 외모는 남학생들의 관심을 끌기 시작했고, 사만타 스스로에게도 새로운 발견처럼 느껴졌다.

토니도 그 변화를 감지했던 걸까? 그게 목적일까? 티셔츠 속으로 손을 집어넣고 싶어서? 하느님, 죄송합니다. 신이여, 용서하소서. 그러면서 더 아래쪽으로 손을 밀어 넣으려고?

대망의 2월 23일 아침, 불면의 밤을 보내고 녹초가 된 사만타는 여명이 방으로 새어 들어오는 순간, 토니 바레타의 한 마디가 현실이 아니라 상상의 산물이라고 생각하기에 이르렀다. 너무 그 생각만 한 나머지 혈기왕성하고 열정적인 10대의 상상력이 빚어낸 믿을 수 없는 일이라는 결론으로……. 자신의 결론이 틀렸다는 걸 확인할 방법은 한 가지밖에 없었다. 그러기 위해서는 땀에 젖은 무거운 몸을 침대에서 일으켜 학교 갈 준비를 하고 길을 나서야 했다.

그래서 아침도 제대로 챙겨 먹지 않았다는 엄마의 잔소리를 뒤로하고—숨도 제대로 안 쉬어지는데 먹을 게 넘어가나— 가방을 챙겨 집을 나섰다. 운명과 맞서려는 대담한 발걸음이었지만 절반은 체념한 상태였다.

오전 7시 55분, 안드레티 가족이 사는 동네 거리는 한산했다. 직장인들은 이미 오래전에 출근한 뒤였고, 직장이 없는 사람들은 전날 마신 술이 덜 깨 침대에 누워 있었고, 나이 든 사람들은 쌀쌀한 아침이 지나갈 때까지 문밖에 나올 일이 없었으며, 등교하는 학생들은 지각하기 바로 직전에 집을 나서기 때문이었다. 사실 사만타에게도 학교에 가기 어색한 시각이었다. 평소 자주 그러듯, 티나네 집에 들러 같이 가고 싶긴 했지만 친구는 준비가 덜 된 상태일 게 뻔한데 초조해하며 가만히 기다릴 자신이 없었다.

그날만큼은 도저히 그럴 수 없었다.

잿빛 보도블록 위를 걸어가는 동안 만난 사람이라고는 배달할 주소를 찾는 배달원 하나가 전부였다. 여학생도 배달원을 눈여겨보지 않았지만, 배달원 역시 평범해 보이는 여학생에게 큰 관심이 없었다. 누가 보더라도 겉모습만으로는 어마어마한 혼란을 겪고 있다는 사실은 알 수 없었을 것이다. 사만타는 마친스키 가족이 사는 초록색 주택을 지나쳤다. 그 집 울타리 앞은 시커멓고 사나운 개가 웅크리고 앉아 짖는 탓에 지날 때마다 두려움에 떨어야 했다. 그다음은 로빈손 아줌마가 살았던 집이 나왔다. 가족들이 유산상속에 합의를 보지 못해 결국 아무도 살지 않은 폐허로 전락하고 만 집이었다. 사만타는 산티시마 미제리코르디아 성당 뒤쪽으로 펼쳐진 축구장을 따라 걸었다. 에드워드 신부님이 교구 활동을 소개하는 광고지를 붙여두는 큼지막한 보리수나무 옆 정원에는 그네와 미끄럼틀이 설치된 놀이터도 딸려 있었다. 모든 게 고요했다. 길 끝에는 시내로 향하는 자동차들이 모여드는 대로가 보였다.

하지만 사만타는 아무것도 눈여겨보지 않았다.

눈에 들어오는 것이라고는 오로지 머릿속 화면에서 보여주는 토니 바레타의 웃는 얼굴이었다. 그 상태로 무의식 속에 각인된 발걸음에 이끌려 학교를 향해 걸어가고 있었다.

그런데 목적지인 학교를 절반 정도 남겨둔 상황에서 토니를 만나기 위해 골라 입은 옷이 정말 괜찮은 건지 갑자기 의심이 들기 시작했다. 뒷주머니에 보석 장식이 달려 있고 무릎 쪽이 살짝 찢긴 가장 좋아하는 디스트로이드 진에 두 치수 정도 큰 검은색 오버사이즈 봄버 재킷, 그리고 아빠가 최근 출장 때 선물로 사다 준 흰색 후드티로 나름 멋을 낸 터였다. 그런데 정작 문제는 옷이 아니라 심하게 잠을 설친 탓에 생긴 눈 그늘이었다. 엄마 화장품으로 지워보려 했지만 제대로 한 건지 자신이 없었다. 아직 화장해도 된다는 허락을 받지 않은 나이라 기술도 부족했다.

사만타는 걸음을 늦추며 주차된 차들을 살폈다. 은회색 닷지와 베이지색 볼보는 세차를 하지 않아 더러웠다. 그러다 필요한 차를 찾아냈다. 길 반대편에 차창이 짙게 선팅된 흰색 밴 한 대가 눈에 들어왔다. 사만타는 우연히 찾아낸 거울을 확인하기 위해 길을 건넜다. 대충 찍어 바른 화장 덕에 눈 그늘이 잘 감춰졌다는 사실을 확인한 사만타는 거울 앞에서 서성이며 기다란 밤색 머리와 얼굴이 얼마나 잘 어울리는지를 살펴보았다. 사만타는 자신의 머리 색을 좋아했다. 토니가 자신을 예쁘다고 여길까 궁금해하며 토니의 눈으로 자신을 바라보려 애썼다. '날 어떻게 생각할까?' 그렇게 생각에 잠겨 있다 순간적으로 차창 안으로 시선이 갔다.

'말도 안 돼.' 자세히 살펴보기 전에 머릿속에 먼저 든 생각이었다.

차창 안 어둠 속에서 대형 토끼 한 마리가 보였다. 토끼는 가만히 차 안에 앉아 사만타를 지켜보고 있었다.

사만타는 도망칠 수도 있었다. 머릿속에서는 당장 달아나라고 신호를 보내고 있었지만 사만타는 아무것도 하지 않았다. 심연에서 튀어나온 듯한 그 눈빛에 현혹되고 있었다. '이건 현실이 아닐 거야.' 그렇게 생각했다. '나한테 벌어지는 일이 아니라고.' 현실을 보고도 믿지 않았던 사만타의 생각은 운명을 벗어나지 못했던 피해자들의 전형적인 반응이었다. 자신에게 일어난 일에 어떤 식으로든 끌렸을 수 있기 때문이었다.

사만타와 토끼는 그렇게 한동안 병적인 호기심에 이끌려 서로를 바라봤다.

갑자기 밴의 문이 열리며 반사되던 사만타의 모습이 잘려 나갔다. 천진난만한 얼굴이 차창에서 사라지기 바로 직전, 사만타가 본 것은 두려움이 아니라 단지 놀란 듯한 자신의 두 눈이었다.

토끼가 자신을 토끼 굴로 끌고 들어가는 동안에도, 그 두 눈이 자신이 보게 될 마지막 자기 모습일 거라고는 상상도 하지 못했다.

2

어둠 속에서 가장 먼저 감지된 건 소리였다. 공연을 시작하기 전, 관현악단이 악기를 조율할 때처럼 어지럽지만 정돈되고 가벼운 소리. 박자가 맞는 전자음. 이쪽에서 저쪽으로 굴러가는 카트 바퀴 소리와 쨍그랑 서로 부딪히는 유리잔 소리. 나지막이 울리는 전화벨 소리. 빠른 발걸음 소리. 이 모든 소리가 멀리서 들려 오는 이해할 수 없는 사람의 말소리와 뒤섞이고 있었다. 사람 목소리를 들어본 게 도대체 언제였던가? 자신의 숨소리도 들렸다. 규칙적이지만 어렴풋한 소리. 무언가가 얼굴에 씌워진 느낌이었다. 동굴에서 숨 쉬는 기분.

희미해진 의식이 두 번째로 느낀 건 냄새였다. 소독약과 의약품 냄새. 맞다, 의약품 냄새가 분명했다.

몸을 움직여보려 했다. 자신이 어떤 상태인지 알 수 없었다. 단지 누워 있다는 느낌만 들었다. 눈꺼풀이 무거워도 너무 무거워 눈을 뜰 수 없었다. 하지만 어떻게든 눈꺼풀을 들어 올려야 한다. 지금 당장. 무슨 일이 벌어지기 전에.

'위험을 통제해야 해. 그게 유일한 방법이야.'

머릿속 어딘가에서 그렇게 말하는 목소리가 들렸다. 기억이 아니라 본능이었다. 시간이 흐르면서 경험으로 다져진 그런 본능. 생존법을 배운 게 틀림없다. 그래서 혼수상태에서도 몸 한구석이 경고하고 경계를 늦추지 않는 것이다.

'눈 떠, 빌어먹을 그 눈 뜨라고! 눈 뜨고 둘러봐!'

그녀는 실눈을 뜨고 시야를 확보했다. 눈물이 왈칵 쏟아졌다. 하지만 감정적인 반응은 아니었다. 아마 불편함 때문이었을 것이다. 그 개자식이 좋아할 일 없도록 절대로 우는 모습은 보여주지 않으려 기를 쓰고 버텼다. 순간, 눈을 뜨면 어둠을 마주하게 될까 두려웠다. 그런데 희미한 빛이 주변을 감싸고 있었다.

바닷속 한가운데 들어와 있는 느낌이었다. 편안하고 고요했다.

분명 개수작이다. 그녀는 알고 있었다. 믿는다는 게 얼마나 위험한지 몸소 체험했기 때문이다. 눈이 적응하자 주변을 탐색하기 위해 눈동자를 움직였다.

침대에 누운 상태였다. 천장에 달린 등에서 희미한 불빛이 흘러내리고 있었다. 사방이 흰 벽으로 둘러싸인 커다란 공간이었다. 창문은 없었지만, 왼쪽 끝에 창유리가 하나 달려 있었다.

'그놈은 거울을 싫어했어.' 목소리가 말했다. '어떻게 저런 게 달려 있지?'

살짝 열린 문 하나가 보였다. 그 뒤는 불 켜진 복도 같았다. 귀를 자극하는 소리는 그곳에서 들려오고 있었다.

현실 같지 않았다. 있을 수 없는 일이었다. '내가 어디 와 있는 거지?'

문 앞에 사람 형체가 서 있는 게 열린 문틈으로 보였다. 등 돌린 자세에 짙은 색 옷을 입고 허리춤에 권총을 차고 있었다. '이게 뭐지? 장난인가? 이건 도대체 무슨 뜻이지?'

그녀는 침대 옆에 붙어 있는 곁탁자 위에서 마이크와 녹음기를 발견했다. 맞은편에는 철제 의자 하나가 놓여 있었다. 의자는 비어 있지만 팔걸이에 남성용 재킷이 걸려 있었다. '멀지 않은 곳에 있어. 조만간 돌아올 거야.' 공포가 밀물처럼 밀려들었다.

'아니, 두려워할 때가 아니야. 두려움이야말로 진정한 적이다. 난 여기서 빠져나가야 해.'

그런데 그럴 여력이 남았는지 자신이 없었다. 두 팔을 움직여보려 했다. 팔꿈치를 들어 매트리스 위에 놓고 몸을 일으켜보려 했다. 긴 갈색 머리가 얼굴로 흘러내렸다. 사지가 묵직했다. 그녀는 상체라도 좀 일으켜보려 애쓰다 다시 뒤로 쓰러졌다. 무언가가 얼굴에 덮여 있었다. 벽에 달린 밸브와 연결된 산소마스크였다. 게다가 팔에는 수액이 흘러 들어가는 카테터가 꽂혀 있었다. 그녀는 튜브를 흔들고 혈관에 연결된 카테터를 뽑았다. 그러고는 산소마스크를 벗었다. 그러자 호흡이 곤란할 정도로 기침이 튀어나왔다. 주변을 둘러싼 공기를 삼켜보려 했지만 산소마스크를 통해 들이마시던 신선한 공기에 비해 농도가 너무 짙었다. 작고 검은 점들이 눈을 가렸다.

어둠이 다시 주변을 잠식해 들어가기 시작했다. 하지만 그녀는 포기하지 않았다.

허리부터 발까지 덮여 있는 이불을 걷어냈다. 어두운 가운데서도 자신의 사타구니 사이에서 나와 작은 비닐 주머니에 연결된 튜브가 보였다. 비닐 주머니에는 누런 액체가 담겨 있었다.

그녀는 여전히 누운 채로 오른발을 움직였다. 침대에서 내려갈 생각이었다. 하지만 무언가가 왼쪽 다리를 붙잡고 있었다. 하중이 느껴졌다. 모래주머니라도 달린 듯한 무게감에 놀란 그녀는 중심을 잃고 딱딱하고 차가운 바닥에 떨어졌다. 얼굴을 부딪쳤다. 왼쪽 다리가 가장 마지막으로 돌바닥에 떨어지며 둔탁한 소리를 만들어냈다.

바닥에 떨어지며 난 소리가 누군가의 관심을 끌었다. 문이 열렸다 닫히는 소리를 분명히 들었다. 그림자 하나가 그녀에게 뛰어왔다. 그림자 옆구리에서 쇠붙이 열쇠들이 짤랑거리며 부딪히는 소리가 들렸다. 그림자는 김이 모락모락 올라오는 잔을 바닥에 내려놓고 그녀의 겨드랑이를 붙들어주었다.

"괜찮다, 괜찮아." 남성의 목소리가 그녀를 일으켜주며 안심시켰다. "괜찮아, 아무것도 아니야."

누군지 모를 남자는 몸도 제대로 가누지 못하는 그녀를 아주 조심스레 다루고 있었다.

숨이 막혀 기절하기 일보 직전이었다. 그녀는 머리를 상대의 가슴에 내맡겼다. 오드콜로뉴 향이 풍겼고 넥타이를 매고 있었다. 그래서인지 더더욱 이상하고 냉혹하게 느껴졌다.

'괴물은 넥타이 같은 걸 매지 않는데.'

남자는 그녀를 침대에 다시 눕히고 얼굴을 가린 머리카락을 치운 다음 산소마스크를 씌워주었다. 산소가 폐 속으로 밀려 들어오자 일단 안심이 되었다. 남자는 그녀가 편히 눕게 도와준 다음 왼쪽 다리 밑에 베개를 받쳐주었다. 발목부터 넓적다리 중간까지 깁스가 된 상태였다.

"이렇게 해놓으면 편할 거야." 남자가 친절히 설명했다.

그러고는 팔에 다시 수액이 들어가는 카테터를 꽂아주었다. 그녀는 어안이 벙벙한 채로 상대를 쳐다보기만 했다.

자신을 배려하는 타인의 행동이 익숙지 않았다. 그리고 무엇보다 누군가가 곁에 있는 상황이 어색하기만 했다.

그녀는 상대를 뚫어지게 쳐다보았다. 아는 사람인가? 그런 것 같지는 않았다. 60대로 보이는 남자는 운동선수처럼 덩치가 컸다. 짙은 색 테에 알이 둥근 안경을 끼고 있었고 머리가 살짝 헝클어진 상태였다. 팔꿈치까지 소매를 걷어 올린 파란 셔츠 앞주머니에는 증명사진이 붙은 신분증이 달려 있었다.

사만타를 침대에 눕힌 남자는 바닥에 내려놓았던 잔을 들어 노란색 전화기가 놓여 있는 곁탁자 위에 올려놓았다.

'전화기? 전화기가 있을 리가 없잖아!'

"기분이 어떠니?" 남자가 물었다.

대답이 이어지지 않았다.

"말은 할 수 있니?"

그녀는 여전히 대답 없이 눈만 휘둥그레 뜬 채로 상대에게 달려들 것처럼 그를 쳐다만 보고 있었다.

그가 다가왔다.

"내 말 알아들을 수 있지?"

"이거……. 무슨 게임 같은 거예요?" 그녀가 중얼거렸다. 산소마스크에 가로막혀 둔탁하고 쉰 목소리였다.

"뭐라고?"

"이거 게임 같은 거냐고요." 그녀가 되물었다.

"미안하지만 무슨 말을 하는 건지 모르겠구나." 그렇게 대답한 남자는 한 마디를 덧붙였다. "나는 그린 박사라고 한다."

그녀는 그린 박사라는 사람을 전혀 몰랐다.

"너는 지금 성 캐트린 병원에 와 있어. 이제 괜찮은 거야."

그녀는 그 말뜻을 이해하려 애썼다. 하지만 소용없었다. 성 캐트린 병원? 도대체 이해할 수 없는 정보였다.

'괜찮긴 뭐가 괜찮다는 거야? 당신은 누구지? 나한테 원하는 게 뭐야?'

"모든 게 당황스러울 거다. 충분히 이해해." 남자가 설명을 시작했다. "당연하기도 할 거야. 아직은 이를 테니까."

그는 잠시 아무 말 없이 동정 어린 눈빛으로 그녀를 바라보았다.

'아무도 나를 이런 식으로 보지 않아.'

"넌 이틀 전에 여기 왔어." 박사라는 사람이 설명을 이어나갔다. "거의 48시간 가까이 잠을 자고 이제 깨어난 거야, 사만타."

'사만타? 사만타는 또 누구야?'

"이거 장난이지요?" 그녀는 세 번째로 똑같은 질문을 던졌다.

남자는 그녀의 표정에서 혼란스러워하는 분위기를 감지했다. 그러고는 이제 심각한 얼굴로 대답했다.

"자신이 누구인지 모르는 거지, 그렇지?"

생각해봤지만 대답할 엄두가 나지 않았다.

남자는 최대한 웃는 표정을 지으려 애쓰고 있었다.

"좋아. 한 번에 한 가지씩만 하자…… 여기가 어디라고 생각하지?"

"미로 속이에요."

그린 박사는 곁눈질로 재빨리 창유리를 쳐다봤다가 다시 그녀에게로 시선을 돌렸다.

"병원이라고 좀 전에 설명했는데, 내 말을 안 믿는 거니?"

"모르겠어요."

"그것만으로도 벌써 달라진 거야. 마음에 드는 결과구나." 그는 철제 의자에 앉아 무릎 위에 팔꿈치를 대고 두 손을 모으며 말을 이어 나갔다. 상대로부터 신뢰감을 얻어내기 유리한 자세였다. "무슨 이유로 미로 속에 있다고 생각하는 건지 말해줄 수 있겠니?"

"창문이 없잖아요." 그녀는 주변을 둘러보며 대답했다.

"이상하긴 한데, 맞는 말이네. 그런데 여기는 특수 병동이야. 화상 환자들을 위한 입원실이거든. 너를 여기 입원시킨 이유는 네 눈이 자연광에 노출되면 문제가 발생할 정도로 시력이 약해졌기 때문이야. 화상을 입은 것처럼 말이지. 그래서 자외선램프가 설치된 거고."

두 사람은 똑같이 고개를 들고 퍼런 불빛을 올려다보았다. 남자는 창유리 쪽으로 고개를 돌렸다.

"저 창유리는 의사와 환자 가족들이 감염 위험 없이 환자를 지켜볼 수 있도록 만들어놓은 거야. 나도 안다. 무슨 경찰서 취조실 같아 보인다는 거……. 영화나 드라마 같은 데 자주 나오잖아." 남자는 농담 비슷한 말을 던졌다. "난 처음에 보자마자 그런 생각을 했거든."

"놈은 거울을 싫어해요." 그녀가 불쑥 한 마디를 내뱉었다.

그린 박사는 다시 진지한 태도로 돌아왔다.

"'놈'이라고 했니?"

"거울은 금지됐어요."

그렇게 말하기 전까지만 해도 그녀는 왼쪽 벽을 쳐다보지 않으려 애써 외면하고 있었다.

"누가 거울을 금지했다는 거지?"

그녀는 아무런 말도 하지 않았다. 대답은 침묵으로도 충분하다는 생각이었다. 남자는 어루만져주듯 너그럽고 은은한 시선으로 그녀를 바라보고 있었다. 하지만 그녀는 마음 한구석에서 솟구치는 분노를 느꼈다. 무엇 하나 확신이 드는 게 없었다.

'이대로 당하지 않을 거야.'

"좋아." 그런 박사는 더 기다리지 않고 말을 이어나갔다. "거울이 금지됐다고 했는데 여기는 거울이 하나 있는 셈이야. 그러니 너는 더 이상 미로에 있는 게 아니라고 할 수 있어. 여기까지는 어떠니?"

논리적으로는 말이 된다. 그런데 지금까지 경험했던 수많은 속임수, 수많은 장난으로 인해 상대가 누구든 좀처럼 믿을 수가 없었다.

"그럼 어쩌다가 미로에 가게 됐는지는 기억이 나니?"

아니, 기억나지 않는다. '바깥세상'이 엄연히 존재한다는 건 분명히 알고 있다. 하지만 자신이 아는 한 그동안 '안'에 갇혀 있었다.

"사만타. 이제는 몇 가지 확실히 해둬야 할 것 같구나. 불행히도 우리한테 시간이 그리 많지 않아서 그래."

'이건 또 무슨 소리지?'

"여긴 병원이 맞기는 하지만 난 진짜 의사는 아니다. 내 역할은 널 치료하는 게 아니야. 너의 건강은 능력 있는 다른 의사들이 책임지고 있어. 내 일은 나쁜 놈들을 찾아내는 거야. 널 납치해 미로 속에 가둔 그런 몹쓸 인간들 말이야."

'납치? 도대체 무슨 말을 하는 거지?'

머리가 빙빙 도는 것 같았다. 이제는 더 자세히 알고 싶은지조차 자신이 없었다.

"힘들다는 건 나도 안다. 하지만 우린 이 과정을 거쳐야 해. 그게 놈을 붙잡을 수 있는 유일한 방법이거든."

'놈을 붙잡는다는 건 무슨 뜻일까? 나는 과연 그걸 원하고는 있는 걸까?'

"제가 어떻게 이 병원에 오게 된 거죠?"

"아마 갇혀 있던 곳에서 빠져나오는 데는 성공했던 것 같아." 그린 박사가 설명을 시작했다. "이틀 전, 순찰 중이던 경찰이 거리에서 널 발견했어. 인적이 드문 연못 근처에서. 넌 한쪽 다리가 부러진 데다 알몸이었고 온몸에 찰과상을 입은 상태였어."

그녀는 자신의 팔을 살펴보았다. 작은 상처로 덮여 있었다.

"거기서 빠져나온 건 기적이었어."

하지만 그녀는 아무것도 기억나지 않았다.

"넌 심한 충격을 받은 상태였어. 널 병원으로 데려온 경찰들은 곧바로 상부에 보고했고, 실종자 신고 기록을 뒤져 네 인적사항을 찾아냈던 거야……. 네가 사만타 안드레티라는 걸."

그린 박사는 의자 팔걸이에 걸어두었던 재킷 주머니를 뒤적여 종이 한 장을 꺼내 그녀에게 건넸다.

그녀는 종이를 받아 자세히 살펴보았다. 눈동자와 머리가 밤색인 소녀가 웃고 있는 사진이 실린 전단지였다. 그리고 사진 아래에 빨간 글자가 적혀 있었다.

'실종자를 찾습니다.'

속이 뒤틀리는 것 같았다.

"이건 제가 아니에요." 그녀는 전단지를 건네며 말했다.

"그렇게 말하는 것도 당연할 거야." 그린 박사가 말했다. "그래도 걱정할 일은 아니다. 발견돼서 병원에 입원한 첫날에 비하면 많이 나아졌으니까. 널 고분고분하게 만들고 쉽게 통제할 목적으로 납치범은 너한테 수면제와 마취약을 주사했어. 혈액에서 다량의 약 성분이 검출됐거든. 그래서 지금 해독제를 주사하는 중이야." 그는 수액을 가리키며 말했다. "그리고 효과도 좀 있는 것 같구나. 이제 의식을 회복했으니까. 조만간 기억도 돌아올 거다."

그녀는 그 말을 믿고 싶었다. 정말이지 간절히 믿고 싶었다.

"넌 위험에서 벗어났어, 사만타."

그 말에 묘한 안도감이 온몸으로 퍼졌다.

"벗어났다······." 사만타는 상대의 말을 따라 했다.

눈가에 눈물이 맺히는 게 느껴졌다. 그 눈물이 딱 거기서 멈춰주기를 바랐다. 경계를 늦출 수는 없었다.

"불행히도 해독제 약효가 온전히 나타나기를 기다릴 수만은 없는 상황이야. 그래서 내가 여기 이렇게 앉아 있게 된 거고. 또 그래서 더더욱 사만타, 네가 나를 도와줘야 하는 거야."

"제가요? 제가 어떻게 도울 수 있는 거죠?"

"최대한 많은 걸 기억해내는 거지. 시시콜콜하고 사소한 것도 좋아." 그런 박사는 또다시 창유리를 가리키며 말을 이었다. "저기 저 유리 뒤에 형사들이 지켜보고 있어. 형사들은 우리 이야기를 듣고 있다가 중요한 단서가 나올 때마다 납치범을 체포하기 위해 현장을 돌아다니고 있는 형사들에게 알려줄 거야."

"제가 할 수 있을지 모르겠어요."

피곤하고 두려웠다. 그녀는 쉬고 싶었다.

"사만타. 내 말 잘 들어라. 널 이렇게 만든 그 인간, 잡아서 대가를 치르게 해주고 싶지 않니? 그리고 무엇보다 넌 그 인간이 다른 사람에게 똑같은 짓을 하는 걸 바라지는 않을 거야⋯⋯."

이번에는 맺혀 있던 눈물이 뺨을 타고 흘러내려 산소마스크 주변에 맺혔다.

"이해했다시피 난 경찰이 아니다." 남자는 설명을 이어나갔다. "권총도 가지고 다니지 않고, 범죄자들을 추격할 일도 없어. 그러니 총 맞을 일도 당연히 없지. 사실 난 그렇게 용감한 사람도 아니야." 남자는 자기가 던진 농담에 스스로 웃었다. "하지만 한 가지만큼은 자신 있게 말할 수 있어. 우리가 같이 놈을 잡을 거라는 거 말이야. 너와 내가. 놈은 아직 우리가 힘을 합칠 수 있다는 사실을 몰라. 그런데 놈이 절대로 빠져나갈 수 없는 장소가 하나 있거든. 추격은 거기서부터 시작하는 거야. 그건 바깥세상이 아니라, 네 머릿속, 네 의식 속이야."

마지막 말에 그녀는 온몸에 소름이 오싹 돋았다. 인정하고 싶지 않았지만 애초부터 알고 있었다. 놈이 자신의 머릿속에 들어와 있다는 사실을. 기생충처럼.

"어떠니? 이젠 날 믿을 수 있겠니?"

그녀는 잠시 생각에 잠겼다가 손을 내밀었다.

그린 박사는 상대의 결정에 동의한다는 뜻으로 고개를 끄덕이고는 그녀에게 실종 전단지를 다시 건넸다.

"잘 결정했다. 정말 장해."

그녀가 사진 속 얼굴과 실제 자기 얼굴에 익숙해지려 애쓰는 동안 그린 박사는 곁탁자 쪽으로 돌아가 녹음기를 작동시켰다.

"넌 몇 살이니, 사만타?"

"모르겠어요." 그녀는 사진을 유심히 들여다보다가 대답했다. "열 셋, 아니면 열네 살 정도요?"

"사만타, 혹시 그 미로 속에 얼마나 오래 갇혀 있었는지 대충 짐작은 가니?"

그녀는 고개를 가로저었다. '전혀 모르겠어.'

그린 박사는 무언가를 적었다.

"사진 속 모습이 전혀 너 같지 않다는 생각이니?"

"머리카락이요." 그녀는 앞머리를 만지작거리며 대답했다. "머리카락을 좋아했어요."

'미로 속에 갇혀 있을 때 대부분의 시간 동안 머리를 만지면서 하루하루를 보냈어.'

기억이 플래시처럼 반짝이며 떠올랐다.

'어떻게든 시간을 보내려고 손가락으로 머리를 땋고 만지고 그랬어. 새로운 판이 시작될 때까지.'

"다른 건 없니?"

'거울이 보고 싶었지만 놈이 거울은 주지 않았어.'

순간 의심스러운 생각이 떠올랐다.

"제가…… 예쁜가요?" 그녀는 대답이 두려운 사람처럼 질문을 던졌다.

"물론이지." 남자는 다정한 말투로 대답했다. "그런데 너한테 솔직하게 말할게……. 놈이 너한테 거울을 주지 않은 이유를 난 알거든. 그러니까 네 왼쪽으로 보이는 창유리로 고개를 돌리고 네가 직접 확인했으면 좋겠는데……."

침묵이 이어지는 동안 사만타의 귀에 들리는 소리라고는 거칠고 빨라지는 자신의 숨소리뿐이었다. 헐떡이며 산소를 찾는 소리. 그녀는 그런 박사의 두 눈을 들여다보았다. 자신이 두려워해야 할 상황인지를 확인하기 위해……. 하지만 그런 박사는 침착했다. 이 과정을 피해갈 수 없다는 걸 알 수 있었다. 그래서 베개에서 고개를 돌렸다. 산소마스크를 고정하는 밴드가 뺨을 당겼다.

'이제 실종자 전단지 속에 있는 10대를 만나게 될 거야. 나 자신을 알아보기 힘들지도 몰라.' 그런데 진실은 그보다 천 배 이상 참혹했다.

창유리에 반사된 모습과 마주친 순간, 그 모습을 형상화해 이해하기까지 얼마간의 시간이 필요했다.

"네가 납치를 당한 건 2월의 어느 아침이었어. 중학교에 등교하던 중이었지."

거울에 비친 밤색 머리 10대 소녀는 나이 들어버린 상태였다. 그녀는 울음을 터뜨렸다.

"미안하구나……." 박사가 말했다. "그게 15년 전 일이라서……."

3

"······지난 15년간 소식은커녕 단서나 희망도 없었습니다. 끝도 없는 악몽 같았던 15년간의 침묵이 뜻하지 않은 해피엔드로 막을 내렸습니다. 이틀 전까지만 해도 사만타 안드레티가 살아 있을 거라 생각했던 사람은 아무도 없었을······."

브루노 젠코는 성 캐트린 병원 입구에서 소식을 전하고 있는 기자의 이야기에 귀를 기울이려 했지만 퀸비가 자신만큼이나 나이 든 에어컨이 말귀를 알아듣고 제대로 작동하기를 바라는 마음으로 빗자루로 에어컨을 소란스럽게 닦는 바람에 도저히 뉴스에 집중할 수 없었다.

"젠장, 그 빗자루 좀 치워요, 퀸비! 그렇게 빗자루로 때린다고 고장난 게 고쳐진답니까!" 뒤쪽 홀 테이블에 앉아 있던 단골 고메스가 버럭 소리를 질렀다.

"자네가 에어컨에 대해 뭘 안다고?" 바 주인도 지지 않고 버럭 성질을 냈다.

"그러고 있느니 차라리 손님들한테 시원한 거나 한 잔씩 돌리시는 게 훨씬 낫다는 건 압니다." 거구의 사내는 땀을 뻘뻘 흘리며 앞에 놓인 맥주병 중에서 혹시 반 정도 남은 게 있는지 찾아보며 말했다.

"다들 제때제때 돈 내고 마시면 그 정도는 못 할 일도 아니지."

바 주인 쿰비와 단골손님들의 활발한 대화는 큐 바에서는 흔한 일상이었다. 주인은 말 몇 마디에 벌써 인내심의 바닥을 드러냈다. 그날 오후 고메스를 제외한 나머지 손님 중에는 결코 웃을 기분이 아닌 손님이 하나 있었다. 바로 브루노 젠코였다.

브루노는 바를 따라 늘어선 스툴 위에 앉아 테킬라 잔을 손에 든 채로 진열장 위에 달린 텔레비전 화면에 시선을 고정하고 있었다. 머리 위에 달린 선풍기는 후텁지근하고 습한 것으로도 모자라 담배 냄새까지 대동한 바람을 퍼뜨리고 있었다. 30여 분 전, 뒷골목으로 나가 속을 게워낸 탓에 여전히 입안이 텁텁했다. 바 내에 있는 화장실을 사용하지 않은 건 불안해하는 자신의 약한 모습을 남들에게 보이고 싶지 않아서였다.

몰골은 초췌한 데다 속은 여전히 메스꺼웠다. 순간, 자신의 리넨 재킷 오른쪽 주머니에 들어 있는 물건이 떠올랐다.

그만의 부적.

브루노는 잔을 한 번에 비워버리고 머릿속에 떠오른 장면을 애써 지웠다. '더위 때문이야……' 현실을 직시하려고 그렇게 생각하자 기억도 희미해졌다. '아무도 알아선 안 되는 일이야.' 주인과 손님의 언쟁에 관심을 끄고 뉴스에 정신을 집중했다.

지난 48시간 동안, 사만타 안드레티의 생환 소식이 지역 채널은 물론 전국 채널 1면을 장식하고 있었다. 계절 평균을 훌쩍 뛰어넘은 이

상고온현상과 전례 없이 높은 습도 등 폭염 관련 소식을 밀어낼 정도였다.

"……확인되지 않은 소식통에 따르면, 스물여덟 살이 된 사만타 안드레티는 현재, 전문가의 심리치료를 받는 중이라고 알려져 있습니다. 시민들은 사만타가 어서 건강을 회복해 자신을 납치하고 감금했던 범인 체포에 일조할 수 있기를 희망하고 있습니다. 일부에서는 조만간 사건 해결에 급물살이……"

"웃기는 소리 하네, 뉴스 하는 놈들이 뭘 안다고!"

큄비는 손동작으로 소식을 전하던 기자를 없애버리고 카운터 뒤 자신의 자리로 돌아왔다.

"젠장, 채널을 돌려도 그 얘기가 그 얘기잖아. 오늘 아침부터 벌써 다섯 번인가, 여섯 번인가, 똑같은 얘기만 듣고 있다고. 사건 해결에 급물살이 어쩌고저쩌고. 왜냐고? 지들도 아는 게 없어서 할 말이 없거든."

"장담하는데 경찰들은 아마 경쟁적으로 언론에 정보를 뿌려댈 겁니다." 브루노는 과감한 한 마디를 던졌다.

"수사 책임자는 자신들이 쫓는 그 개자식에게 상황이 유리하게 돌아가지 않게 하려고 수사 내용을 철저히 숨겨왔어. 지들이 못 잡아내면 누군가는 사만타 안드레티가 지금까지 살아 있었는데 수사조차 제대로 하지 않았다고 비난을 퍼부어댈 테니까 말이야. 자넨 경찰을 너무 좋게 생각해." 큄비는 그렇게 말하다가 갑자기 말을 멈췄다. 뇌리를 스치고 지나간 생각 때문이었다. "세상에, 15년이라니……. 상상도 못 하겠어."

"맞는 말입니다." 브루노는 빈 잔을 흔들며 맞장구쳤다.

큄비는 테킬라 병을 들고 필요한 만큼의 '약'을 부어주었다.

"중요한 건 그렇게 긴 시간 동안 어떻게 살아남았냐는 거지⋯⋯."

브루노는 그 답을 알고 있었다. 하지만 알려줄 수는 없었다. 어쩌면 큄비도 별로 알고 싶지 않을 것이다. 바 주인은 다른 평범한 사람들과 마찬가지로 긴 시간 동안 끈질기게 버티다가 결국 혼자 힘으로 괴물의 손아귀에서 벗어난 영웅담 같은 사연을 믿고 싶을 테니까. 그런데 실상을 들여다보면 일이 이렇게 된 이유는 괴물이 그렇게 판을 깔았기 때문이다. 죽이지 않기로 결심했으니까. 음식을 주고 아프지 않게 몸 관리까지 해주기로 결심했으니까.

다른 말로 하면 보살펴주었던 것이다.

하루하루 그만의 방식으로 사만타에게 애정을 쏟아부으면서. 동물원 동물들을 바라보는 인간과 똑같은 심리였을 것이다. 브루노는 술잔을 입술로 가져가며 그런 생각을 했다. 동물들을 귀여워하고 잘 대해주면서도 마음속으로는 동물의 목숨은 인간만 못하다고 생각하니까. 사만타 안드레티는 바로 그런 위선적인 폭력을 경험한 셈이었다. 철창에 갇힌 동물, 감상하고 지켜볼 대상이었으니까. 납치범의 가학적 성향을 만족스럽게 채운 것은 사만타의 생사여탈권을 손에 쥐고 있다는 사실이었다. 그리고 하루하루가 지날 때마다 살려두는 쪽을 선택한 자신의 결정이었다. 아마 스스로를 고결하고 관대하다 여겼을 것이다. 어쩌면 괴물의 자기평가가 옳았을 수도 있다. 어쨌든 자신으로부터 사만타를 보호한 셈이니까.

하지만 이 모든 사실을 큄비를 비롯한 평범한 사람들은 죽었다 깨나도 알 수 없을 것이다. 그들은 브루노가 들어갔던 지옥문을 열어본 적도 없었으니까. 그랬기에 브루노는 그들이 제멋대로 지껄이더라도 뭐라 그러지 않고 연민 어린 눈으로 바라만 보았다. 왜냐하면 그들이 주고받는 잡담 속에도 중요한 정보가 감춰져 있을 수 있었다. 수사의 흐름을 흔들어놓을 수 있는 위력을 가진 정보.

사람들은 브루노 젠코를 사립 탐정으로 알고 있었다. 사실 그의 직업은 남의 이야기를 듣는 일이었다.

큐 바는 경솔한 내용이든, 평범한 단서든, 떠도는 소문들을 접하기 위한 완벽한 장소였다. 대략 20여 년 전, 경위였던 큄비가 현장을 누비다 총격전 와중에 허리 부근에 총상을 입은 뒤로 인근 경찰들이 즐겨찾는 바의 지위를 갖게 되었다. 예정에 없던 이른 퇴직이었지만 그는 보상금으로 바를 인수할 수 있었다. 그 뒤로 경찰들은 동료의 퇴임식이나, 자녀의 출생, 포상을 받거나 기념일 등 축하할 일이 생길 때마다 이곳을 찾았다. 브루노는 평생 경찰 제복을 입어본 적은 없지만 주기적으로 이곳에 드나들었다. 그리고 이제는 큐 바에서만큼은 경찰 가족의 일원처럼 여겨졌다. 물론 짓궂은 농담이나 조롱을 견뎌내야 할 때도 있지만 중요한 정보를 얻어내기 위해 치러야 할 대가였다. 큄비는 속내까지 주고받을 수 있는 가장 가까운 사람이었다. 현직이건 전직이건 경찰들은 사립 탐정을 가까이해선 안 된다는 불문율이 있다. 하지만 큄비가 그런 불문율을 어긴 것은 은밀한 보상을 바라기 때문은 아니었다. 일종의 자기만족 차원의 문제였다. 어쩌면 민간인과 은밀한 정보를 공유하는 순간, 여전히 현직 경찰인 것 같은 느낌이 들기 때문일 것이다. 물론 브루노가 큄비를 부추겨 정보를 캐내려 한 적은 없었다. 대놓고 그런 질문을 던졌으면 전직 경찰은 입을 굳게 걸어 잠 갔을 것이다. 브루노가 한 일이라고는 그저 바의 기다란 카운터 자리를 차지하고 가끔은 몇 시간씩 앉아 기다리는 게 전부였다. 상대가 이야기를 시작할 때까지.

그날처럼.

'오늘은 달라. 남은 시간이 별로 없어.'

그는 기다리면서 재킷 주머니에서 손수건을 꺼내 목덜미에 흐르는 땀을 닦았다. 손가락이 접어놓았던 종이를 스치고 지나갔다. 그가 부적이라고 부르는 한 장의 종이. 언제나 가지고 다니는 것이었다. 갑자기 구역질이 치밀어 오르면서 토할지도 모른다는 불안감에 휩싸였다.

"바우어하고 들라크루아가 어제저녁 출근 전에 들렸었어." 큄비가 불쑥 말을 꺼냈다.

브루노는 울렁거리는 속을 달래면서 머릿속을 차지하고 있는 부적을 밀어냈다. 큄비가 언급한 두 형사는 사만타 안드레티 사건의 담당 형사들이었기 때문이다. '그렇지, 이거야.' 기회를 잡았다. 벌써 몇 시간째 기다려온 순간이었다.

두 형사의 이름을 꺼낸 바 주인은 주문도 하지 않았는데 테킬라 잔을 채워주었다. 즉, 본인이 이야기를 하고 싶다는 뜻이었다. 그러고는 바 앞으로 몸을 기울였다.

"그 여자애 담당하는 전문가 얘기를 해주더라고. 프로파일러인 것 같은데 상당히 거친 사람인가 봐. 연쇄살인범을 전문적으로 추적하는 사람인데 어딘가에서 데려온 모양이더라고. 수사 방식도 상당히 독특하고……."

브루노는 누구든 사이코패스의 손아귀에서 살아남을 가능성은 거의 없다는 걸 알고 있었다. 그런데 그런 일이 발생하면 경찰로서는 아주 소중한 증인을 확보하는 셈이다. 아울러 범죄자의 머릿속에 그려진 복잡한 범죄 지도 속을 뚫고 들어갈 수 있는 통행권이 생긴다고도 볼 수 있다. 환상과 억누를 수 없는 충동, 그리고 음란한 변태적 욕망과 본능이 다양한 형태로 얽히고설킨 세상을 상대해야 했기에 경찰은 사만타의 머릿속을 들여다보기 위해 전문가까지 불러들였을 것이다. 브루노는 큄비가 여전히 사만타를 열세 살, 10대로 여기고 있다는 점에 주목했다. 바 주인만 그런 건 아니었다. 뉴스조차 사만타에 관련된 소식을 전할 때마다 '10대'라거나 '청소년'이라는 용어를 사용했다. 어쩔 수 없는 일이었다. 사만타가 실종된 직후 배포되었던 전단지 속 사진이 사람들이 기억하는 그녀의 마지막 모습이었기 때문이다. 비록 언론에서 사만타의 최근 사진을 대중에게 공개하지는 않았지만 이제는 엄연히 성인 여성이었다.

"여자애가 여전히 쇼크 상태래." 큄비는 낮은 목소리로 중얼거렸다. "그래도 다들 긍정적으로 보고 있다더라고."

브루노는 사건에 너무 관심이 있는 것처럼 보이지 않으려 했다. 하지만 상대가 무언가 중요한 정보를 가지고 있다는 확신이 들었다.

"어떻게 긍정적이라는 건데요?"

"자네도 들라크루아 알잖아. 그 친구는 원래 말이 없는데……. 바우어가 그러더라고. 조만간 그 개자식을 체포할 수 있을 것 같다고."

"바우어, 그 친구는 허풍이 좀 심하잖아요." 브루노는 별 관심 없다는 듯, 일부러 한 마디를 던지고 텔레비전 쪽으로 시선을 돌렸다.

"그렇긴 한데, 단서가 있는 모양이야……."

단서라고? 사만타가 벌써 결정적인 단서를 제공했을 수 있나?

"납치범이 만든 감금 시설을 찾는 중이라고 들었습니다." 사립 탐정은 대화를 이어나가기 위해 은근슬쩍 한 마디를 흘렸다. "연못 근처, 남쪽 외진 지역을 경찰이 둘러싸고 있다더라고요. 순찰차가 사만타를 발견한 장소 아닙니까?"

"그렇지……. 그래서 인근에 제지선을 설치하고 괜한 호기심에 몰려드는 사람들을 엄격히 막고 있지."

"거기선 아무것도 못 찾아낼 겁니다." 브루노는 일부러 회의적인 반응을 보였다. 상대가 경찰을 대변해 반박에 나서야 하는 의무감을 느끼게 하기 위한 작전이었다. "자그마치 15년 동안 못 잡았다는 건 놈이 그만큼 뛰어나다는 뜻일 테니까요."

"사만타 안드레티는 걸어 다녔어. 한쪽 다리가 부러진 채로. 어딘가에서 빠져나온 뒤에 그 상태로 몇 킬로미터 이상 가는 건 힘든 거 아니야?"

퀸비는 상대의 불신에 난처한 표정을 지었다.

탐정은 상처 입은 전직 경찰의 자존심을 다시 살짝 추켜세워주기로 했다.

"제 생각에는 모든 열쇠가 그 여자한테 있을 것 같네요. 그 여자가 협조를 해주면 괴물 같은 놈을 체포할 희망은 있을 테니까요."

"협조하겠지. 그런데 다른 것도 있더라고……."

'그러니까 피해자가 단서는 아니란 말이군. 그럼 도대체 누굴 말하는 거지?' 브루노는 뭐냐고 묻는 대신 술을 한 모금 마셨다. 전략적인 쉬어 가기는 바 주인에게 나머지 이야기를 할지 말지 고민하는 시간을 벌어주었다.

"사실, 여자애가 발견된 정황이 공식 발표와는 좀 달라." 큄비는 결국 결정적 한 마디를 뱉어냈다. "도로변에서 다리가 부러진 여자애가 알몸 상태로 걸어 다니는 걸 순찰대가 발견한 건 우연이 아니었다는 거지……."

브루노는 그 정보가 암시하는 내용을 재빨리 계산해보았다. '왜 발견된 정황을 허위로 발표한 거지? 뭘 감추려고?'

"경찰도 연락을 받은 거로군요." 브루노는 자신의 추리를 과감히 던졌다. "누군가가 사만타와 관련된 신고 전화를 했던 거네요."

큄비는 고개를 끄덕였다.

"착한 사마리아인 덕분이었군요."

"익명의 신고 전화였어." 바 주인은 사실을 바로잡아주었다.

4

큐 바 문턱을 넘어 밖으로 나가자 목이 턱 막히고 가슴이 갑갑해
질 정도의 더위가 온몸을 휘감았다. 그 기세가 마치 빠져나갈 구멍조
차 허락하지 않겠다는 듯 맹렬한 공격을 퍼붓는 보이지 않는 짐승 같
았다. 브루노는 숨쉬기 힘든 더위에도 담배 한 개비를 입에 물고 불을
붙인 다음 니코틴이 온몸에 퍼지기를 기다렸다.

담배 한 대 더 피운다고 몸이 더 나빠질 일도 없을 테니까.

주변을 한 바퀴 둘러보았다. 오후 3시인데 시내 중심가는 한산했
다. 평일, 그 동네, 그 시각과 절대 어울리지 않는 광경이었다. 가게나
사무실은 문을 닫았다. 지나다니는 행인들도 보이지 않았고 적막감이
흘렀다. 오직 삼색 신호등 불빛만이 있지도 않은 자동차들의 흐름을
통제하고 있었다.

폭염으로 인해 정부는 시민들의 건강관리를 위한 비상 대책을 실
시해야 했다. 될 수 있으면 낮에는 외출을 삼가고 저녁부터 외부 활동
을 하도록 권했다. 생활 습관이 보다 원활히 변화되도록 경찰, 소방관,
병원 등의 교대근무 방식도 역순으로 바뀌었다. 공공기관의 경우 늦

은 오후에 문을 열어 새벽녘에 문을 닫았고 법원 역시 동일한 시간대 근무가 적용되었다. 일반 기업도 이런 변화를 따라갔다. 그래서 근로자와 회사원들은 기존의 러시아워와 마찬가지로 저녁 8시에 일제히 출근길에 나서게 되었다. 불평하는 사람들은 없었다. 오히려 백화점과 각종 가게는 매출이 늘어났다. 사람들이 어떻게든 집 밖으로 나가고 싶어 안달이 난 상태기 때문이었다. 그래서 어둠이 내리면 너나없이 쥐 떼처럼 거리로 몰려나왔다.

그렇게 일주일 전부터 땅거미가 질 무렵에야 하루가 시작되는 생활이 이어지고 있었다.

'날씨가 미친 거야.' 브루노는 1년 전, 로마에서 벌어진 일을 떠올리며 생각했다. 폭우가 도시를 덮쳐 최악의 물난리와 대규모 정전 사태가 일어났었다.

'대기오염과 온난화 여파, 뭐라 부르든 지구가 처한 개 같은 운명 때문이겠지. 저주받은 인간이라는 종이 자신들도 모르게 자멸하기까지 과연 얼마의 시간이 남아 있을까? 한심할 따름이지.' 그러다 재킷 주머니에 든 부적이 떠올랐다. 따지고 보면 더 이상 그가 관여할 문제도 아니었다.

그는 마지막으로 담배를 한 모금 빨고 이글거리는 보도블록에 꽁초를 던진 다음 신발로 밟았다. 그러고는 수직 방향으로 보이는 길에 세워둔 자신의 차로 걸어갔다.

'익명의 신고 전화.'

낡은 사브를 타고 텅 빈 거리를 운전하는 동안 브루노는 퀴비가 흘린 정보를 곱씹어보았다. 에어컨이 작동을 멈춘 건 이미 몇 년 전인 터라 창문을 열고 차를 몰았다. 뜨거운 공기가 계속해서 실내로 밀려 들어왔다. 마치 화재 현장 근처를 지나가는 기분이 들 정도였다. 브루노에게는 도피처가 필요한 시점이었다. 그 생각에서 벗어나기 위해서, 더 위에서 벗어나기 위해서라도. '이제 그만 생각해. 더 이상 네가 관여할 문제도 아니잖아.' 하지만 의혹은 더더욱 그를 괴롭혔다. 신고 전화를 건 사람은 누구였을까? 왜 직접 사만타를 도와주지 않았던 걸까? 그리고 왜 자신의 신분을 밝히지 않았던 걸까? 영웅이 될 기회가 있었는데 어둠 속에 숨는 쪽을 택했다. 뭐가 두려웠던 걸까? 뭘 감추려 했던 걸까?

브루노는 자신의 상태가 냉철한 판단을 하기는 무리라는 걸 알고 있었다. 테킬라를 너무 많이 마신 탓이거나 재킷 주머니에 든 그 빌어먹을 종이 때문이거나……. 하다못해 일주일 전부터 잠아둔 호텔 방에 틀어박혀 큐 바에서 시동을 건 술 마시기를 마무리 짓고 다시는 깨어나지 않을 거라는 '희망'으로 깊은 잠을 청할 수도 있었다.

'그렇다고 고통스럽지 않은 건 아니잖아, 이 친구야. 그냥 체념하고 받아들여.'

혼자 있어선 안 될 것 같았다. 지금 그 상태의 브루노 젠코를 받아줄 수 있는 사람은 단 한 명뿐이었다.

문을 열어준 린다의 표정을 본 브루노는 자신의 상태가 상당히 좋지 않다는 것을 깨달았다.

"세상에 이 더위에 이러고 돌아다니다니, 자기 미친 거 아니야!" 린다는 그를 안으로 들이며 나무랐다. "게다가 술을 완전히 떡이 되게

마셨잖아." 그녀는 인상을 찌푸리며 잔소리를 날렸다.

린다는 브루노의 창백한 안색과 눈 그늘을 보고 더위와 술 때문이라고 판단했다. 그도 아니라고 반박하지는 않았다.

"들어가도 돼?"

"바보 같긴, 이미 들어왔잖아."

"그렇긴 하지. 내 말은 여기 좀 있어도 되냐고. 바쁜 일 있어?"

옷은 땀으로 흠뻑 젖었고 현기증까지 일었다.

"1시간 뒤에 손님 받아야 해." 그녀는 구릿빛 피부 위에 걸친 파란색 기모노를 만지작거리며 대답했다.

작지만 단단한 가슴이 시작되는 가슴골이 드러나 보였다.

"그냥 몇 분 동안만 누워 있을게."

그는 소파로 향했다. 큐 바와 달리 린다의 집 에어컨은 정상적으로 작동했고 블라인드 덕에 강렬한 햇살도 피할 수 있었다.

"토한 냄새가 진동하는 거 알아, 자기? 샤워라도 해야겠어."

"당신 방해하고 싶지 않아."

"악취 풍기면서 내 집에서 돌아다니는 게 날 방해하는 거야."

브루노는 거실 중앙에 검은색 자개장과 유니콘 사이를 차지하고 있는 모켓 깔린 하얀 소파에 앉았다. 벽에 붙이는 포스터를 시작으로 작은 조각상, 봉제 인형, 심지어 스노 글로브 형태 등 온갖 종류의 유니콘이 집 안을 장식하고 있었다. 린다는 유니콘을 누구보다 좋아했다. 언젠가 그에게 이렇게 말했었다. "내가 유니콘이야. 전설 속에 나오는 환상적인 존재. 정신이 제대로 박힌 인간들이라면 유니콘이 존재한다고 믿지 못할 거야. 하지만 옛날부터 사람들은 전설 속의 유니콘이 사실이기를 바라는 마음으로 찾아다니고 있거든…….”

린다의 말 중 한 가지는 사실이었다. 그녀의 미모는 환상적이었다. 그래서 남자들은 언제나 그녀를 원했고 그녀와 둘만의 시간을 보내는 특권을 누릴 수만 있다면 기꺼이 거액의 대가를 지불할 준비도 돼 있었다.

“이리 와봐, 도와줄 테니까.” 그녀는 스스로 재킷도 못 벗는 그를 보며 말했다.

린다는 그의 신발을 벗기고 두 다리를 소파 위로 올려준 다음 쿠션을 평평하게 펴서 목 뒤로 넣어주었다. 그러고는 부드럽게 그의 이마를 쓰다듬었다.

“열이 나잖아.”

“더워서 그런 거야.” 거짓말이었다.

“시원한 물 좀 가져올게. 이런 날씨에 돌아다니면 쉽게 탈수 현상이 일어난다고……. 특히 대낮에 이렇게 테킬라를 마셔대면 더더욱 그렇고.” 그녀는 나무라며 말을 이어나갔다. “이 누더기는 세탁기에 넣어둘게.” 그녀는 그의 재킷을 집어 들며 말했다. “세탁기에 들어갔다 나오면 냄새는 좀 덜 나겠지.”

그녀는 통로 쪽으로 사라졌다.

브루노는 깊이 숨을 들이쉬었다. 머리가 지끈거리고 마음이 괴로웠다. 솔직히 인정하고 싶지 않았지만 두려웠다. 벌써 몇 주째 잠을 제대로 이루지 못했다. 스트레스에 속이 타들어갔고 몸이 두려움과 불안함을 견디지 못하면 그제야 지쳐 쓰러져 겨우 잠이 들곤 했다. 아니면 아예 잠을 포기할 때도 있었다. 하지만 30여 분이 지나면 결국 현실이 그를 깨웠다. 운명은 이미 정해졌다는 사실을 일깨워주기라도 하듯.

린다에게 속내를 털어놓고 짐을 나눌 수도 있었다. 그렇게 해방구를 찾을 수도 있을 것이다. 사실, 린다를 찾아온 것도 절반은 그런 목적 때문이라는 사실을 스스로도 부인할 수 없었다. 린다와는 단순한 친구 이상의 관계였다. 하지만 두 사람 사이에는 일종의 한계가 있었고 브루노는 그 한계를 단 한 번도 넘지 않았다. 어쩌면 그에게 린다는 거의 배우자 같은 존재이기도 했다.

6년 전 린다는 울면서 그에게 전화를 걸어 도와달라고 했었다. 이미 오래전부터 몸 파는 일을 해온 터였는데 당시 그녀의 이름은 마이클이었다. 변신도 완벽하지 않았다. 한없이 여성스러운 성격은 남성적인 이목구비에 갇혀 있었고 천사 같은 얼굴에는 거뭇거뭇한 수염이 그림자처럼 드리워졌었다. 그리고 기다란 광대뼈에 도톰한 입술과 파란 눈동자. 마이클은 한 고객의 학대에서 벗어나기 위해 브루노에게 연락했었다. 당시만 해도 성전환자들은 푼돈을 받고 아무에게나 몸을 팔았다. 마이클은 어떤 남자를 만나 관계를 맺게 되었지만 그는 관계가 끝나자 마이클이 자신에게 변태적인 짓을 강요했다고 비난하며 폭행했다. 그러고는 다시 찾아와 미안하다고 사과하고 관계를 했지만 결론은 매번 똑같았다.

마이클은 자신이 얼마나 더 버틸 수 있을지 의문이었다. 그래서 그를 멀리하려 애를 썼지만 소용없었다. 멍 자국을 가리는 게 힘들 지경까지 이르렀다. 마이클은 죽을 만큼 무서웠다.

지옥을 돌아다니는 게 일이었던 브루노는 그런 관계가 어떤 식으로 끝나는지 어렵지 않게 상상할 수 있었다. 성전환자들은 앙심을 가득 품은 낙오자들과 폭력적인 인간들이 먹잇감으로 삼는 피해자들이었다. 마이클의 두 눈을 들여다보던 브루노는 상황이 얼마나 심각한지 알 수 있었다. 그 어떤 경찰도 '그녀'를 도와주지 않을 거라는 사실도. 자신까지 외면해버리면 연약한 천사 같은 얼굴로 두려움에 떨던 마이클은 결국 죽게 되리라는 사실도.

마이클을 괴롭히는 남자를 떼어놓으려면 무력과 위협으로는 충분하지 않았다. 신체적 고통으로 집착을 치료할 수는 없기 때문이다. 그건 마치 설득의 기술만으로 활활 타오르는 불을 끌 수 있다고 우기는 것과 마찬가지였다. 가장 확실한 방법은 문제의 남자를 죽이는 길이었지만 브루노는 살인까지 불사하는 청부업자가 아니었다. 그래서 계획을 세웠다. 남자는 대형 산업은행의 금융상품 중개인이었다. 브루노는 해커를 고용해 남자가 다니는 회사의 전산망을 뚫고 들어가 투자자들의 계좌에서 막대한 액수의 돈을 남자의 계좌로 옮겨놓게 했다. 그리고 누군가가 횡령 사실을 발견할 때까지 기다렸다. 결국 남자는 사기와 부당횡령죄로 10년 형을 선고받았다. 수감 생활을 하면서 자신의 본능을 마음껏 펼치거나, 남의 욕구를 대신 채워주는 일을 했을 것이다. 그렇게 마이클은 자유를 찾을 수 있었다.

"자기, 이게 뭐야?"

린다의 목소리가 살짝 떨렸다. 브루노는 표정을 보지 않고도 상대의 감정이 격해졌다는 걸 알 수 있었다. 고개를 돌려 린다를 쳐다보았다. 그녀는 한 손에 그의 재킷을 들고 다른 손에 종이 한 장을 든 채 거실 문턱에 가만히 서 있었다. 어떤 상황인지 이해할 수 있었다. 세탁기에 옷을 넣기 전에 혹시 훼손될 물건이 있는지 주머니를 뒤져 확인했던 것이다.

"이게 뭐냐니까?" 그녀가 다시 물었다. 이번에는 화를 냈다.

브루노는 몸을 일으켰다. 결국 이렇게 됐네. 아무에게도 말하지 않은 비밀이었다. 정말 그렇게 될까 두려웠기 때문이다. 종이 위에 단어로 붙잡아두면 그렇게 되지 않고 빠져나갈 희망이 생기기라도 할 것처럼.

'아니, 희망은 어디에도 없어.'

"내가 가지고 다니는 부적이야." 그가 대답했다.

린다는 어안이 벙벙한 표정이었다.

"부적이 뭔지 알잖아, 안 그래? 우리를 보호해주는 힘이 있다고 믿는 물건들 말이야. 유니콘처럼."

"브루노, 자기 지금 무슨 말을 하는 거야?" 린다는 짜증 섞인 목소리로 쏘아붙였다. "여기 적혀 있는 건, 당신이 죽는다는 소리잖아……."

자신이 재킷에서 꺼낸 게 병원 진단서라는 걸 알게 된 린다는 내용을 살펴보았지만 이해할 수는 없었다. 그녀의 마음은 필사적으로 다른 것을 찾고 있었다. 마지막 줄에서 찾아낸 답. 끔찍한 질문에 대한 답. 네 글자였다.

'진단 결과: 치료 불가.'

브루노 역시 진단서가 뜻하는 내용을 깨달았을 때 같은 경험을 했었다. 마지막 줄 위에 적힌 것들은 아무 의미 없었다. 오히려 그 마지막 줄이 아무 의미 없을 수도 있었다. 그렇다고 달라질 게 있을까? 진단서 속 단어들은 더 이상 의미 없는 시간의 일부에 불과하다. 과거는 모든 가치를 상실했다. 이전의 삶은 이제 의미가 없다. 싸늘하고 냉혹한 그 네 글자는 분수령이었다. 이전과 이후가 영원히 같을 수 없다는 분수령.

"무슨 일인 거야?" 그녀는 두려운 듯 물었다. "왜 이런 거냐고!"

브루노는 자리에서 일어나 그녀에게 다가갔다. 린다가 한 발짝도 움직이지 못했기 때문이다. 그는 그녀의 손에 들린 진단서를 가져가고 그녀를 소파로 데려왔다.

"잘 들어. 지금부터 당신한테 설명하고 싶은 게 있는데 대신 내 얘기를 잘 들어야 해. 알았어?"

그녀는 눈물을 흘리며 고개를 끄덕였다.

"여기가 뭔가에 감염됐어." 그는 가슴을 가리키며 말했다. "심낭에 박테리아가 들어와 있어. 어쩌다 그렇게 됐는지 나도 모르고 의사도 모른대."

괴물이 내 심장을 뜯어먹고 있어.

"치료할 약도 없대. 발견이 너무 늦었거든."

린다는 혼란스러워했다.

"자기는 병원에 있어야 하잖아. 적어도 뭔가는 해볼 수 있을 테니까…… 아무것도 안 하고 자기를 이렇게 죽게 내버려둘 수는 없잖아."

린다의 목소리는 히스테리를 부리듯 날카로웠다.

브루노는 그녀의 손을 꼭 잡은 다음 고개를 절레절레 흔들었다. 치료법이 있는지 물었을 때 의사가 병원에 입원해 완화 치료를 권했다고 말해줄 여력도 없었다. 브루노는 죽으러 가는 공간에 제 발로 찾아가 갇혀 지내고 싶은 마음은 추호도 없었다.

"좋은 건 어느 날 갑자기, 나도 모르게 갈 수도 있다는 거야. 가슴에 달고 있는 폭탄이 터지면 순식간에 가는 거거든. 총 맞는 거랑 똑같은 거야."

보이지 않는 총알. 심장에 한 발. 썩 나쁜 그림은 아니었다.

"얼마나······."

린다는 차마 말을 잇지 못했다.

"그러니까 남은 기간······."

"두 달."

"고작 두 달? 그걸 언제 알게 된 건데?"

"두 달 전에." 그는 아무 생각 없이 대답했다.

린다는 말을 이을 수 없을 정도로 충격을 받았다.

"오늘이 만기야."

브루노는 씩 웃었다. 하지만 공포라는 산성 덩어리가 뱃속에 콱 들어찬 기분이었다.

"신기한 건 어제까지만 해도 목표가 있었어. 결승선 같은 거. 그래서 카운트다운만 기다리면 된다는 생각이었어. 그런데 오늘부터······. 오늘부터, 도대체 무슨 일이 벌어진 거지? 오늘부터 갑자기 사형수가 된 기분이 들어. 형이 언제 집행될지 전혀 모르고 사는 사형수." 그는 다시 웃으며 설명을 이어나갔다. 그 웃음은 진심이었다. "어젯밤에 시계를 쳐다보면서 기다렸어. 자정이 되면 무슨 일이 생기나 생각하면서. 신데렐라처럼 말이야. 멍청하게······."

사실 그는 화가 났다. 결정적인 그 순간을 60일간 준비해왔다.

그런데 이제 모든 원칙이 무너져 내렸다. 고요한 혼란이 모든 일을 지배하기 시작했다.

"그래서 이 종이가 내 부적인 거야." 그는 진단서를 접으며 말했다. "이 혼돈에서 나를 지켜주고 있잖아. 죽기를 기다리다가 미쳐버릴 수도 있거든."

린다는 정신이 혼미했다.

"그런데 그 얘기를 나한테 이제야 털어놓는 거야?"

"나조차 인정할 수 없었으니까……. 누구한테든 말해버리면 그게 사실이 될 것 같았거든. 내가 죽는다는 게. 곧 죽게 되겠지만. 아니면 이미 죽었을 수도 있지. 보는 관점에 따라 달라지니까."

다른 관점에서 보면 상당히 흥미로운 철학적 질문이었을 것이다. 우리는 언제부터 죽기 시작하는 걸까? 불치병은 언제 걸리는 걸까? 언제 발견되는 걸까?

린다는 자리에서 일어났다.

"전화 좀 돌릴게. 약속 취소하게. 자기는 오늘 여기 가만히 있어." 린다는 자신의 뜻을 단호히 알렸다.

브루노는 조심스레 그녀의 손을 붙잡았다.

"난 여기 죽으러 온 거 아니야. 언제든 그런 일이 벌어지긴 할 테지만."

그는 무거운 분위기를 누그러뜨리고 죄책감을 달래려 노력했다.

"그럼 왜 왔는데? 작별 인사라도 하려고 온 거야?"

그녀는 상대를 원망하며 물었다.

그는 가까이 다가가 그녀의 이마에 입을 맞추었다.

"알겠어. 당신은 내가 입에다 총을 쑤셔 넣고 방아쇠를 당기지 않을까 두려운 거잖아. 기다리지 않고 당장 목숨을 끊을까 봐……. 인정해. 나도 그 생각은 해봤어. 너무 늘어지면 다시 한번 생각해볼 거고. 그런데 내가 여기 머문다고 최악의 상황을 피할 수 있는 것도 아니야. 최악의 상황은 이미 진단서에 적혀 있거든."

"나한테 자기 포기하라는 부탁은 하지 마. 알았어?"

당연히 잘 알아들었다. 그는 린다가 자신을 좋아한다는 걸 알고 있었다.

"뉴스 봤어? 15년간 감금돼 있다가 탈출에 성공한 여자 얘기 말이야."

"봤지. 그런데 그게 자기랑 무슨 상관인데?"

"열세 살짜리 소녀가 그 긴 시간 동안 끔찍한 일을 버틸 수 있었다면 불가능한 게 있을까 싶어……. 기적 같은 것도 있을 수 있겠다고."

린다는 여전히 혼란스러운 표정으로 그를 쳐다보았다.

"아니, 내 병이 나을 거라는 생각은 안 해." 그는 단언하듯 말했다. "하지만 이런 일이 지금 벌어진 건 우연이 아닐 수도 있어……."

익명의 신고 전화. 브루노는 다시 한번 그 사실을 떠올렸다. 하지만 큄비에게 캐낸 정보를 린다에게 말할 수는 없었다.

"나한테 약속해. 극단적인 선택은 하지 않을 거라고……."

"그럴 수 없어. 지금 나한테 그런 건 고민거리도 아니야. 사실 당신한테 부탁하고 싶은 게 하나 있어. 일주일 전에 앰브러스 호텔에 방을 하나 잡아뒀어. 고가철로 옆에 있는 작은 호텔이야." 그는 주머니에서 영수증 하나를 꺼내며 말했다. "115호실인데 추가로 일주일 치 방값도

다 계산해놨고."

그렇게 오랫동안 호텔 방을 쓸 생각은 없었다. 그곳에 자리 잡은 이
유는 집에서 고독사하게 되면 아무도 그가 시신이 된 줄 모를까 두려
웠기 때문이다. 타일 바닥에서 서서히 썩어간다는 생각에 두려웠다.
그에게는 친구도 가족도 없었다. 호텔은 그가 찾은 간단한 해결책이
었다. 어느 날 아침, 방을 치우러 들어온 객실 청소 직원이 사망한 그
를 발견하면 그만이니까. 하지만 그 부분은 린다에게 말하지 않았다.

"방에 들어가면 금고가 하나 있어. 비밀번호는 1107이야."

"그건 내 생일이잖아." 린다는 놀란 반응을 보였다.

"맞아. 그래서 그 번호를 고른 거야. 지금부터 내 얘기 잘 들어. 만
약에……."

브루노는 쉽게 말을 잇지 못했다.

"벌어질 일이 벌어지면, 호텔 방에 가서 금고에 든 물건을 꺼내. 아
마 봉인된 봉투가 있을 거야."

"그 안에 뭐가 들었는데?"

"당신이 신경 쓸 필요 없는 하찮은 거야. 그런데 절대로 봉투는 열
어보지 마. 그냥 그것만 빨리 없애줘. 알았어? 어디 버리지 말고 그냥
완전히 파기해버려야 해. 흔적도 남지 않게 확실히 없애야 한다고."

린다는 그렇게까지 해야 하는 이유를 알 수 없었다.

"자기가 직접 하면 안 되는 거야?"

그는 답변을 피했다.

"호텔 관리인에게 다 말해놨으니까 당신이 가면 들여보내줄 거야."

린다는 더 이상 캐묻지 않았다. 하지만 브루노는 그녀가 약속을 지

켜줄 거라는 걸 알고 있었다. 그는 자리에서 일어나 여전히 더러운 재킷을 챙긴 다음 시계를 들여다보았다. 오후 4시. 이제 가야 할 시각이었다.

"나중에 전화 줄 거지?" 그녀는 사슴 같은 눈으로 그를 바라보며 물었다.

브루노는 그녀의 얼굴을 어루만져주었다.

"연락이 없거든, 저세상 사람이라고 여겨줘."

"자기가 살아 있다는 거 잊지 마." 그녀는 브루노의 손을 자신의 입술로 가져가 입을 맞추었다. "이 사실만 기억해. 폐 속으로 공기가 들어오는 한, 끝이 아니라는 거."

마음에 드는 말이었다. 단순 명쾌한 뜻이 담긴 문장이었다. 폐 속으로 공기가 들어오는 한, 살아 있다는 사실을 절대 잊지 않을 것이다.

"걱정하지 마. 돌이킬 수 없는 일이 생기기 전에 해결해야 할 일이 있어서 그래."

그는 현관문으로 걸어갔다.

"어디 가는 건데?" 린다가 물었다.

브루노는 뒤로 돌아 그녀를 보며 미소 지었다.

"지옥으로."

5

'물건들의 집'은 도시를 벗어나자마자 나오는 공업지대에 위치한 창고였다. 과거에는 화물 창고였는데 지금은 개인들이 사용하는 보관창고로 용도가 바뀌었다. 얼마 되지 않는 연간 사용료를 지불하면 공간 하나를 임대해 낡은 가구나 잡동사니처럼 더 이상 사용하지 않는 물건들을 보관할 수 있는 곳이었다.

브루노는 출구에 도착한 뒤 글러브 박스 안을 더듬거려 자동 차단기를 여는 데 사용하는 카드 키를 찾은 다음, 기둥 같은 곳에 달린 단말기에 갖다 대며 차단기가 여전히 작동하기를 바랐다.

차단기는 위로 올라갔다.

그는 여러 개의 개별 공간이 수직으로 늘어선 내부 도로를 따라 차를 몰았다. 여기저기 셔터가 올라간 모양새가 물건만 보관돼 있는 건 아닌 것 같아 보였다. 그 안에서 사람이 살고 있는 흔적이 보였다. 임차인 중 일부는 보관창고를 거주지로 개조해 사용하기도 했다. 브루노도 이미 알고 있는 사실이라 놀랄 일은 아니었다. 물건들의 집에 살고 있는 거주자들은 절대다수가 남성이었다. 경제 위기로 실직한 독신 남성, 이혼한 뒤 양육비 때문에 제대로 된 집은커녕 도시에 방한 칸도 마련할 수 없는 남성들이었다. 두 경우 모두에 해당하는 사람도 있었다. 절망에 빠진 밑바닥 인생들이었다. 그만큼 단련된 사람들이기도 했다. 브루노는 자신들만의 소굴에 숨어서 수치심과 원한에 가득 찬 눈빛으로 자신을 바라보는 그들의 존재를 느꼈다. 그들은 그가 모는 사브를 의심스런 눈초리로 쳐다보았다. 사실 그들이 느끼는 것은 불안감이었다. 그곳에서 쫓겨나면 갈 곳은 차가운 길바닥밖에 없기 때문이다.

브루노는 몇 년 전 자신이 임대해놓은 공간에 도착했다.

그는 차에서 내려 굵직한 자물쇠를 열기 위해 허리를 구부렸다. 장기간 사용하지 않았던 터라 셔터를 들어 올리자 삐걱거리는 소리를 내며 머리 위로 올라갔다. 눈이 부실 정도로 강렬한 햇살도 마치 안으로 들어갈 엄두가 나지 않는 듯 정확히 창고가 시작되는 입구에서 멈췄다. 셔터 소리가 멈추고 먼지가 날아다니는 동안 기름때 묻은 손을 옷에 닦고 눈이 어둠에 적응할 때까지 기다렸다.

천장까지 쌓아 올린 책장들이 서서히 눈에 들어왔다. 그중 하나에 회색 종이 상자 다섯 개가 가지런히 놓여 있었다. 상자마다 각각 연도와 코드 번호, 그리고 내용물이 적힌 라벨이 달려 있었다.

별로 찾아오고 싶지 않은 곳이었다. 실패라는 불명예스러운 증거들을 처박아두는 곳이었다. 더는 바로잡을 수 없는 실수, 잃어버린 기회, 그 누구도 용서해줄 수 없고 그 누구도 용서하고 싶어 하지 않는 죄를 한자리에 모아놓은 곳이었다.

'어쩌면 아직은 뭐 하나 더 할 수도 있겠어.' 그런 생각이 들었다. 발

자취 하나를 진하게 남기기로 마음먹었기 때문이다.

　그는 세 번째 상자를 꺼냈다. 덮개를 열고 그 안에 정리돼 있던 서류들을 뒤적였다. 그리고 찾던 물건을 발견했다.

　종이 한 장이 들어 있는 얇은 홀더 하나. 단 한 장의 문서.

　린다 앞에서 말했던 것처럼, 그 서류는 지옥문을 열고 들어가는 열쇠가 될 수도 있었다.

6

손. 손이 달라 보였다. '내 손이 아니야. 다른 사람 손이야.'

하지만 그 손가락에 움직이라 명령을 내리는 건 자신이었다. 분명 그럴듯한 이유가 있을 것이다. 그녀는 또다시 창유리로 고개를 돌릴 자신이 없었다. 어떻게 이런 일이 있을 수 있는 건지 이해하기 위해 계속해서 자신의 손만 들여다보고 있었다.

자그마치 15년이었다. 그런데 아는 게 전혀 없다.

"사만타." 침묵의 사막을 건너온 그린 박사의 목소리가 그녀를 상념 속에서 끄집어냈다. "사만타, 넌 날 믿어야 해. 지금 이 모든 상황이 혼란스러울 거라는 건 나도 잘 안다." 그는 녹음기를 쳐다보며 말을 이었다. "하지만 네가 내 일을 할 수 있도록 도와주면 모든 게 제자리로 돌아오게 될 거야. 내가 장담한다."

남자는 여전히 침대 곁에 앉아 있었다. 그는 사만타가 사실을 받아들일 수 있도록 시간을 주었다. 그녀가 더 이상 열세 살이 아니라는 사실을.

"해독제가 효과가 있어. 네 몸에서 마취제가 빠져나가는 중이다. 이제 곧 기억을 되찾게 될 거야."

박사는 사만타의 팔에 연결된 관으로 시선을 돌렸다. 기나긴 악몽을 재현해줄 화면이자 그 해답이 담겨 있는 수액이 서서히 관을 타고 흐르고 있었다.

'기억하고 싶은지, 아닌지도 모르겠어.'

그런 박사는 그녀에게 많은 걸 기대하는 분위기였다. 이상하게도 그런 그를 실망시키고 싶지 않다는 생각이 들었다. 좋은 징조인 걸까? 만난 지 얼마 되지도 않아 어떤 사람인지도 모르는데……. 그래, 좋은 일이야. 매번 박사가 자신을 믿으라고 말할 때마다 점점 믿음이 갔다.

"좋아요." 그녀가 말했다.

그런 박사는 만족스러운 표정을 지었다.

"우린 단계별로 일을 진행할 거야." 박사는 사만타를 안심시켰다. "기억이라는 건 기이한 기계장치와 맞물려 돌아가는 법이야. 그래서 되감기만 하면 언제나 다시 들을 수 있는 녹음기하고는 전혀 달라. 기억은 수시로 서로 겹치거나 뒤섞여. 아니면 온전히 남아 있지 않고 간간이 구멍이나 결함이 생기기도 한다. 그래서 의식이 자기만의 방식으로 자가 치유를 하는데 그 과정에서 사실과 다른 기억 같은 덫을 만들기 때문에 혼란을 겪게 되는 거야. 그래서 사실과 사실이 아닌 것을 구분하는 규칙이 필요한 거고. 여기까지는 이해할 수 있지?"

그녀는 고개를 끄덕였다.

"자, 사만타. 이제 나랑 같이 그 미로로 되돌아가면 좋겠다."

사만타는 그 말을 듣자마자 질겁했다. 되돌아가고 싶은 마음은 추호도 없었다. 무슨 일이 있더라도. 열린 방문 뒤로 분주하게 움직이는 세상의 소리 한가운데 놓인 침대에 편히 누워 있고 싶었다. 희미하게 들리는 사람들의 목소리와 뒤섞인 병원 소음을 들으면서. '제발 부탁드려요. 적막감만 감도는 곳으로 다시 끌고 가지 말아주세요.'

"안심해도 돼. 이번에는 내가 같이 가는 거니까."

"좋아요……. 준비됐어요."

"단순한 것부터 시작해보자. 벽 색깔이 어땠는지 말해줄 수 있겠니?"

그녀는 눈을 감았다.

"회색이었어요." 그녀는 자신 있게 대답했다. "미로의 벽은 회색이었어요."

장면 하나가 순간적으로 눈앞을 스치고 지나갔다.

"어떤 회색이었지? 밝은 회색? 아니면 진한 회색? 단조로운 형태였니, 아니면 혹시 금이 가거나 습기로 얼룩진 부분은 없었니?"

"전체가 똑같았어요. 벽은 매끈하고 깨끗했어요."

벽을 손으로 만지고 있는 느낌이 들었다. 그녀는 잠시 눈을 떴다. 그린 박사는 노트에 무언가를 받아 적고 있었다. 박사가 곁에 앉아 있다는 사실이 큰 힘이 되었다. 병실의 흰 벽 색깔도 도움이 되었다. 파란 조명이 은은하게 벽을 비춰 마치 바닷속 같은 분위기를 만들어주었다.

"혹시 무슨 소리 같은 게 들렸는지 기억나니?"

그녀는 고개를 가로저었다.

"바깥에서 나는 소리는 미로 속으로 들어올 수 없어요."

"냄새는?"

그녀는 어디서 나오는 건지도 모른 채 기억 속에서 떠도는 감각의 정확한 실체를 파악하려 애썼다.

"흙이요……. 젖은 흙냄새가 났어요. 그리고 곰팡내도……."

그녀는 정보를 그러모았다. 창문은 없다. 소리도 없다. 그리고 코로 느껴지는 습한 기운.

"동굴이에요."

"그러니까 미로가 땅속에 있다는 말이니?"

"네……. 그런 것 같아요. 확실해요."

"미로라고 부른 건 누구였지?"

"제가 그랬어요."

"이유를 물어도 될까?"

그녀는 여러 개의 방이 있는 기다란 복도를 돌아다니는 자신을 떠올렸다.

천장에 조명이 달려 있었다. 춥지도 않았지만 덥지도 않았다. 그녀는 맨발로 복도를 돌아다니며 살폈다. 서로 마주 보는 철문이 복도 양쪽으로 줄지어 늘어서 있었다. 문이 열린 방도 있었는데 안은 빈 상태였다. 다른 문들은 열쇠로 굳게 잠겨 있었다. 복도 끝에 다다른 그녀는 오른쪽으로 돌았다. 똑같은 장면이 계속해서 반복되었다. 또 다른 문, 또 다른 회색 방. 모든 게 똑같이 생겼다. 그녀는 앞으로 걸어가다 교차로에 이르렀다. 어떤 방향을 택하든 어느 순간에 이르면 출발점으로 되돌아왔다. 어쨌든 보이기는 그렇게 보였다. 방향을 가늠할 방법은 전혀 없었다. 출구 같은 건 없는 것 같았다. 입구도 마찬가지였다. 그럼 어떻게 여기 들어올 수 있었던 걸까?

"제가 갇혀 있는 곳은 끝이 없어요. 시작도 없고."

"그러니까 사는 사람은 아무도 없다는 거로구나. 너밖에는." 그린 박사는 그렇게 결론을 내렸다.

"분명 집은 아니에요." 그녀는 단호히 대답했다. "미로라고 말했잖아요."

"혹시 그 안에 욕실 같은 건 있었니?"

좁아터진 골방 같은 곳이었다. 용변 보는 시설 하나만 겨우 있을 뿐이었다. 냄새. 끔찍한 악취. 물을 내릴 수도 없다. 거기서 볼일을 보고 싶지 않았다.

"거기서 볼일 보고 싶지 않았어요." 그녀는 난처한 표정으로 그린 박사의 반응을 살피며 말했다. "그래서 참았어요. 항상 그렇게 참았어요."

하지만 소변이라 해도 언제까지고 참을 수는 없었다. 아랫배를 움켜쥐자 벌써부터 뜨거운 액체가 속옷을 적시는 느낌이 들었다.

"왜 참고 있는 거니?" 그린 박사가 물었다. "무슨 이유로 참고 있는 거지?"

"창피해서요."

그녀는 가만히 서서 용변기를 뚫어지게 쳐다보았다. 누런색에
이가 빠진 용변기였다. 아래쪽으로 적갈색 줄이 길게 늘어져 있었
다. 흘러내린 소변이 녹처럼 표면에 굳은 흔적이었다. 역겨웠다. 그
녀는 다리를 하나씩 걸쳤다. 더 이상은 참을 수 없었다.

"왜 창피하다는 생각이 드는 거지? 정말 혼자 있는 거니?"
그 질문에 피가 얼어붙는 것만 같았다.

아슬아슬하게 균형을 잡고 용변기 위에 웅크려 앉자 방광이
힘차게 소변을 밀어냈다. 텅 빈 공간에 소변이 쏟아져 흐르는 소
리가 울려 퍼졌다.

"누가 보이거나, 말소리가 들리니?"
"아니요."
그린 박사는 더 이상 묻지 않고 계속해서 무언가를 적기만 했다.
혹시 박사를 실망시킨 건 아닐까? 더 잘 설명할 수 있지 않았을까?
"미로가 절 보고 있어요." 그녀는 불쑥 한 마디를 던지고 자신의 말
이 박사의 관심을 끌어당겼다는 사실을 확인했다.
그린 박사는 은근슬쩍 창유리 쪽으로 고개를 돌렸다. 그 뒤에서 지
켜보고 있는 형사들에게 무언의 신호를 보내는 것처럼.

"미로는 모든 걸 알고 있어요." 그녀가 다시 말을 이었다.

"카메라가 달려 있는 거니?"

그녀는 고개를 가로저었다.

"그럼 어떻게 그게 가능한지 설명해줄래?"

"큐브 때문이에요." 그녀가 대답했다. "그게 첫 번째 게임이었어요."

"좀 더 설명해주겠니?"

"잠들었다가 일어났더니 그게 있었어요……"

몇 시간이 넘도록 도움을 기다린 끝에 결국 문이 열린 방 안으로 들어가 바닥에 드러누웠다. 이미 진이 빠진 상태라 그대로 잠이 들었다. 다시 눈을 떴을 때 무슨 일이 있었는지 기억해내느라 잠시 정신이 멍했다. 순간적인 평온함은 그 즉시 두려움으로 뒤바뀌었다. 그리고 바닥에 놓여 있던 물건 하나. 얼굴과 대략 1미터 정도 떨어진 거리. 과거의 기억 속에 있던 친숙한 물건이었다. 알록달록한 정육면체 큐브. 초록색, 노란색, 빨간색, 하얀색, 오렌지색, 그리고 파란색.

이름이 뭔지 알아. 이건 루빅스 큐브야.

"정육면체였어요. 각 면에 사각형이 아홉 개고 전부 다른 색이었어요."

"그게 뭔지 알겠다." 그런 박사가 말했다. "어렸을 때 굉장히 유명했던 게임이었어. 넌 못 믿을지도 모르겠지만 옛날에는 사람들이 어떻게든 그걸 맞추려고 기를 쓰다 미치기 일보 직전까지 갔었단다."

"박사님 말 믿어요." 그녀가 말했다.

자신도 그걸 맞추느라 혈안이 된 경험이 있었다.

하지만 그녀의 기억 속 큐브는 즐겁고 신나는 게임과 거리가 멀었다.

그린 박사는 환자가 불안해하고 있음을 간파하고 사과했다.

"계속 얘기해볼까……."

"처음 큐브를 발견했을 때, 색깔이 섞인 상태였어요."

이거로 뭘 해야 하는 걸까? 가지고 놀면서 시간이나 때우라는 걸까? 말도 안 된다. 내가 어디에 있는지도 모르고, 누가 날 이곳에 데려왔는지도 모른다. 두려웠다. 배도 고팠다. "제발 부탁이에요, 집에 가고 싶어요……." 하지만 아무도 대답하지 않았다.

"얼마나 그러고 있었는지는 모르지만 구석에 앉아서 큐브만 쳐다봤어요. 만지고 싶지도 않았어요. 그걸 만지면 끔찍한 일이 일어날 것 같았거든요. 그런 느낌이 들었어요. 머릿속에 든 생각은 단 하나였어요. 난 미로에 갇혀 있고 빠져나갈 수 없다는 생각이요. 그 생각 때문에 괴로웠어요. 그 생각을 밀어낼 수도 없었고요……. 아니, 그럴 수 있었을지도 모르죠." 그녀는 잠시 말을 멈췄다가 한 마디를 덧붙였다.

"그래서 어떻게 했니?"

그녀는 눈물이 가득 고인 눈으로 그린 박사를 쳐다보았다.

"큐브를 주워 들었어요."

그녀는 큐브를 살펴보다가 색색의 면을 돌려서 맞추기 시작했다. 좀처럼 가지 않는 시간을 흘려보낼 수 있다면 뭐든 상관없었다. 정신을 집중할 수 없었다. 두렵고 걱정스러웠다. 하지만 점차 긴장이 사라지고 공포심이 거리를 두고 멀어지기 시작했다. 바로 곁에서 느껴지긴 했지만 뒤로 물러서는 것 같았다. 이제는 그 공포심에서 스스로를 보호할 수 있었다. 온 신경은 오로지 서로 맞물리는 색색의 정사각형에 쏠렸다. 몇 분이 지나자 한 면을 완성할 수 있었다. 오렌지색. 그녀는 큐브를 바닥에 내려놓았다. 또다시 두려움이 엄습했다. 그녀는 큐브를 뜯어보았다. 불완전한 세상의 일부를 자기 손으로 고쳐놓은 뒤였다. 완성된 면은 질서와 결백을 의미했다. 그게 그녀를 안심시켰다. 자신이 이런 일을 겪는 이유가 있을 것 같았다. 그 순간 육감이 발동했다. 무언가가 느껴졌던 것이다.

변화.

그녀의 뇌가 새로운 신호를 해독한 건 얼마가 지나서였다. 냄새. 큐브와 마찬가지로 익숙한 것이었다. 그녀는 자리에서 일어나 복도로 나갔다. 그리고 주변을 둘러보았다. 아무도 보이지 않았다. 그래서 조심스레 찾아 나섰다. 그녀는 냄새를 쫓아 나섰지만 혹시 착각이 아닌지 두려웠다. 아니, 분명한 현실이었다. 그녀는 철문이 열려 있는 어느 방 앞에 도착했다. 문을 밀어보았다. 한가운데 종이봉투 하나가 눈에 들어왔다.

맥도널드.

"그 안에 햄버거와 콜라, 그리고 감자튀김이 들어 있었어요." 그녀는 내용물을 정확히 설명했다. "감자튀김이 엄청 많았어요."

그녀는 신중하게 생각하지 못했다. 허기가 미리 결정을 내렸기 때문이다. 그래서 황급히 음식 앞으로 다가가 게걸스럽게 먹어치웠다. 맥도널드 햄버거 봉투가 어떻게 그 방에 오게 됐는지, 누가 사 왔는지에 대해 의아해할 틈조차 없었다. 첫 번째 규칙을 배우는 중이었다.

생존.

배가 불러오자 이성이 움직이며 상황을 정리했다. 그녀는 다시 큐브를 두고 온 방으로 되돌아갔다. 계속해서 수수께끼를 맞혀야 했다. 그녀는 큐브에 고개를 처박은 상태로 복도를 돌아다녔다. 쉽지는 않았지만 두 번째 면도 완성했다. 초록색. 그리고 곧바로 세 번째, 빨간색에 돌입했다. 세 가지 색을 동시에 끼워 맞추는 건 쉽지 않았다. 어느 방 앞을 지나가며 무심코 곁눈질을 하다 무언가를 발견했다. 그녀는 발걸음을 되돌려 문 앞에 멈췄다.

큐브의 두 번째 면을 완성한 대가로 매트리스와 이불, 그리고 베개가 주어졌다.

짧은 시간 안에 이뤄낸 엄청난 발전이었다. 배도 부른 데다 바닥에서 잘 일도 없게 됐다. 하지만 세 번째 면은 생각보다 훨씬 어려웠다.

"시간이 걸렸어요. 아마 며칠 동안 계속 그것만 했을 거예요. 그러다 빨간색은 결국 맞출 수 없다는 걸 깨달았어요. 생각보다 머리가 좋지 않았나 봐요. 그러는 동안 물도, 음식도 주어지지 않았어요."

"그래서 어떻게 했니?" 그런 박사가 물었다. "어떻게 버틸 수 있었던 거지?"

그녀는 매트리스 위에 누웠다. 옷이 헐렁해지기 시작했고 버틸 힘도 없었다. 먹지도 마시지도 못한 게 벌써 며칠째지? 거의 온종일 잠만 자는데 악몽의 연속이었다. 가끔은 자고 있는 건지, 깨어 있는 건지 구분도 되지 않을 정도였다. 엄밀히 말하면 그녀를 고통스럽게 하는 건 허기가 아니었다. 식욕은 이미 사라진 뒤였다. 괴로웠던 건 위장이 길을 만들어 밖으로 뛰쳐나오려는 것처럼 갑작스레 발생한 복통이었다.

어느 정도 시간이 흐르자 복통도 멈췄다. 아마 며칠이 지났을 것이다. 그런데 상황은 더 심각해졌다. 목이 타들어갈 듯한 갈증 때문이었다. 갈증이 허기보다 견디기 힘들다고 가르쳐준 사람은 아무도 없었다. 그녀는 이성을 잃어버렸다. 탈수 현상을 겪자 마시는 것 외에는 아무 생각도 할 수 없었다. 갈증을 해결하기 위해 이로 손목을 물어뜯고 피까지 빨아 먹게 될 정도였다.

그 상황을 벗어나는 방법을 알고 있었다. 하지만 실천에 옮긴 적은 없었다. 생각만으로도 구역질이 났다.

하지만 살아남으려면 다른 선택권이 없었다.

그래서 얼마 남지도 않은 힘을 다해 골방으로 기어들어 갔다. 그리고 더러운 용변기를 뚫어지게 쳐다보았다. 무릎을 꿇고 아무 생각도 하지 않았다. 생각하지 마. 생각하면 안 돼. 어렸을 때 무릎이 까진 일이 있었다. 아프지 않다고 정신을 집중하자 통증이 사라졌었다. 지금은 맛을 떠올리면 안 된다. 손으로 액체를 떠서 입안에 넣었다. 입술과 이 사이로 액체가 흘러 들어왔고, 그녀는 꿀꺽 삼켰다. 방으로 돌아왔을 때 몸속까지 더러워진 기분이 들었다. 아직은 숨 쉬고 살아 있었다. 그렇다고 안도가 되는 건 아니었다. 왜냐하면 이 과정을 또다시 반복해야 한다는 걸 알기 때문이었다.

그런 생각에 잠겨 있는 동안 빌어먹을 큐브가 베개에서 그녀를 쳐다보고 있었다.

너무 화가 나서 큐브를 들고 완성해놓은 면을 해체해버렸다.

"바로 후회하고 울었어요. 그래서 필사적으로 다시 색을 맞춰보려 했어요."

"유감이구나……." 그린 박사는 진지하게 위로를 건넸다.

"초록색 면을 완성한 다음 잠이 들었어요……. 다시 눈을 떴을 때 방 안에 바구니가 놓여 있었는데 그 안에 식은 수프와 뜨끈한 탄산수가 한 병 들어 있었어요."

"그 선물은 어떻게 설명할 거니?"

"그건 선물이 아니었어요." 그녀는 상대의 말을 바로잡았다. "음식이나 깨끗한 옷, 아니면 칫솔 같은 단순한 생필품이 필요할 땐 큐브의 첫 번째 면을 완성하면 그만이었어요. 솔직히 그런 멍청한 짓을 강요하는 게 무슨 재미가 있는지 이해할 수 없었어요. 한 면 완성하는 건

쉽거든요. 그러다 깨달았어요……." 그녀는 질끈 눈을 감고 뺨 위로 눈물 한 방울을 떨어뜨리며 산소마스크를 쓰기 전에 한 마디를 덧붙였다. "여섯 면을 다 완성하면 날 내보내줄 거라는 걸 말이에요."

"누가 내보내주는 거지?"

"미로가요."

"그렇게 된 거니? 큐브를 완성해서 미로가 널 풀어준 거였어?"

그녀는 고개를 가로저으며 울기 시작했다.

"네 번째 면 이후로는 맞출 수가 없었어요."

7

사람들에게 오늘의 뉴스는 단연 사만타 안드레티의 귀환이었다. 브루노 젠코에게는 아직은 세상이 끝나지 않았다는 사실이었다.

그는 차창을 연 채 자신의 사브를 몰고 있었다. 라디오에서는 스티브 밀러 밴드의 〈테이크 더 머니 앤 런(Take the Money and Run)〉이 흘러나왔다. 자신의 상황은 절망적이었지만 스티브 밀러 밴드의 노래 덕에 기분이 살짝 좋아졌다. 하지만 그것도 오래가지 않았다. 그가 듣고 있던 노래는 그와 달리 미래를 꿈꿀 수 있는 사람들을 위한 노래였다. 브루노는 현재에 붙박인 상태였다. 그리고 머지않아 과거로 넘어갈 터였다. 죽음을 앞둔 사람들이 사는 동안 해보지 못한 일이나 나중으로 미뤄둔 일을 후회한다고들 생각한다. 사실 그들에게 가장 힘든 건 라디오에서 흘러나오는 가벼운 노래 한 곡 같은 소소한 기쁨을 더 이상 누릴 수 없는 현실이었다.

매 순간이 마지막이 될 수 있으니까.

브루노는 씁쓸한 생각이 들어 라디오를 끄고 운전에 집중했다. 그는 도시를 벗어나 연못 근처에 있는 지옥으로 향했다. 해안에서 멀어질수록 숨통이 턱턱 막히는 더위가 기승을 부렸다. 하지만 브루노는 자신의 서글픈 운명에도 불구하고 두려움은 사라졌다는 사실을 깨달았다.

사만타가 모든 걸 바꿔놓았기 때문이다.

딱히 요구한 적도 없는데 덤으로 주어진 추가 시간은 그에게 선물이 아니라 고문이었다. 그래서 피할 수 없는 최후가 오기 전에 목표를 설정할 필요가 있었다.

'최후의 임무……. 내 폐 속으로 여전히 공기가 드나드는 한…….' 그는 린다가 했던 말을 다시 한번 떠올렸다.

조수석에는 보관창고에서 꺼내온 홀더가 놓여 있었다. 차 안으로 들어온 바람이 홀더 표지를 들어 올렸다. 그 안에 든 종이 한 장은 그에게 마지막이자 유일한 희망이었다.

목적지에 도착했다. 사만타를 담당한다는 프로파일러가 그녀가 자리를 비운 동안 세상이 얼마나 바뀌었는지 설명은 해주었을지 궁금했다. 사만타가 가족에 관한 소식을 물었을까? 어머니는 끝내 슬픔을 극복하지 못했다는 사실을 알려주었을까? 그래서 6년 전 몹쓸 병에 걸려 돌아가셨다는 사실을 담담히 전해줄 사람이 있을까?

성 캐트린 병원에 입원한 환자가 사만타 안드레티라는 사실은 공식적으로 확인되었다. 실종자 데이터베이스에 보관돼 있던 유전자 샘플 덕분이었다. 그게 아니었다면 경찰은 신분 확인에 애를 먹었을 것이다. 사만타의 아버지는 아내 사망 직후 새 출발을 위해 집을 떠났고, 이후 모든 사람과 연락을 끊어버렸다. 지금도 딸아이가 살아 돌아왔다는 소식을 전하지 못한 상태였다. 세상사 자체에 관심을 끊은 게 분명해 보였다.

브루노에게는 사만타의 아버지가 조만간 모습을 드러내느냐 마느냐가 관건이었다.

오는 길에 마주친 차량은 단 두 대였다. 늪지대에 가까워지자 생명체라고는 눈 씻고 찾아봐도 보이지 않았다. 주변을 감싸고 있는 식물들처럼 움직임 없는 초록색 늪지대에 둘러싸인 아스팔트 도로는 허공을 둥둥 떠다니는 것처럼 보였다. 그 뒤로 죽은 자작나무들이 늘어선 숲을 지나갔다. 썩어가는 고인 물에 비친 시커먼 나무 몸통들이 마치 수면 위에서 춤추는 유령처럼 보였다.

브루노는 처음으로 저 멀리 순찰차 하나를 발견했다. 사만타가 발견된 이후 일대의 출입을 제한하는 여러 개의 바리케이드 중 하나였다. 차 안에는 경찰 두 명이 타고 있었다. 한 명이 차에서 내려 그에게 차를 돌리라는 뜻으로 지시봉을 흔들어 신호를 보냈다. 하지만 브루노는 그대로 차를 몰았다. 대신 경찰들이 긴장하지 않도록 속력을 늦추고 두 손이 잘 보이도록 핸들을 붙잡고 운전했다. 차가 다가오자 경찰은 차창 쪽으로 고개를 숙이고 말을 걸었다.

"이 길로는 지나가실 수 없습니다. 되돌아 나가세요." 경찰은 명령조로 단호히 말했다.

"나도 잘 압니다. 그런데 아주 중요한 일이 있어서요. 일단 설명부터 들어봐주시면 좋겠습니다."

그는 법의 수호자들이 시민의 호의적인 말투를 듣기 좋아한다는 걸 알고 있었다. 하지만 사립 탐정 브루노 젠코는 경찰 비위를 맞춰야 하는 상황을 끔찍이 싫어했다.

"선생님이 무슨 설명을 하시려는지는 몰라도 그런 건 관심 없습니다. 좀 전에 말씀드렸듯이 되돌아 나가세요." 다른 경찰이 허리춤에 찬 권총 지갑에 손을 올리며 날카롭게 쏘아붙였다.

강경한 경찰일수록 조심스레 접근해야 한다.

"난 브루노 젠코라는 사립 탐정입니다. 원하시면 면허증도 보여드리지요. 내 지갑 안에 있습니다."

"여기는 아무도 출입할 수 없는 통제구역이란 말입니다." 경찰은 여전히 뻣뻣한 반응이었다.

"그냥 여길 통과해서 지나가겠다는 게 아닙니다." 브루노는 자신의 의도를 좀 더 정확하게 밝히며 상대를 당황스럽게 만들었다. "바우어 형사와 들라크루아 형사를 만나서 할 말이 있습니다. 차라리 그 양반들을 불러주시면 좋겠습니다."

"그 '양반'들은 방해받는 걸 안 좋아합니다."

"경찰관님한테는 미안한 말이지만 꼭 그래주셔야 할 겁니다." 브루노는 뚜렷한 핑곗거리가 없다는 사실을 감추기 위해 오히려 과장된 말투를 이어나갔다. "내가 지금 사만타 안드레티 사건과 관련된 몇 가지 정보를 가지고 있는데 담당 형사들한테 아주 유용할 것 같다는 생각이 들어서 그럽니다." 그는 고갯짓으로 자신의 옆에 놓인 홀더를 가리키며 말했다. "두 형사님이 한시바삐 알아야 할 그런 서류가 나한테 있다는 말입니다."

"저희한테 넘기시면 전해드리지요."

"그럴 순 없습니다. 기밀 사항이라서 말입니다."

"그렇게 중요한 정보라면 당연히 저희한테 넘기셔야지요."

"다시 한번 말씀드리지만 그럴 순 없습니다."

경찰의 인내심에 한계가 왔다.

"공무집행방해죄로 여기서 당장 체포할 수도 있다는 거 아십니까?"

"그럴 순 없을 겁니다." 브루노는 그렇게 말한 경찰관의 눈을 똑바로 노려보며 말했다. "법에 따르면 형사사건 해결에 유용한 정보를 지닌 사립 탐정은 그 정보를 사건 수사 책임자에게 직접 건네야 할 책임이 있습니다. 그래서 드리는 말씀인데 대단히 죄송하지만, 이 서류는 길 가다 마주친 아무 경찰관한테나 넘길 수 없습니다. 이해하시겠지요?"

경찰관은 계속해서 뻣뻣한 자세를 유지하고 있었지만 아무런 대꾸도 하지 않았다. 그러고는 순찰차로 돌아갔다.

침묵 속에서 기나긴 15분이 흘러갔다. 그동안 브루노는 자신의 사브 트렁크에 기대서서 담배 두 개비를 피웠다. 두 경찰관은 길 반대편에 서서 그를 뚫어지게 쏘아보고 있었다. 들리는 소리라고는 연못가에 포진해 있는 매미 소리뿐이었다.

길 끝으로 보이던 지평선에 변화가 일기 시작했다. 그리고 얼마 지나지 않아 밤색 중형차의 전면부가 뜨거운 공기를 가르며 나타났다. 마치 신기루 현상을 보는 것 같았다. 차는 먼지구름을 일으키며 전속력으로 다가왔다.

'보아하니 차 안에 있는 인간들, 심하게 짜증이 난 것 같군.' 브루노는 그렇게 생각했다.

차가 급정거로 멈추자 정장에 넥타이까지 맨 거구의 사내 둘이 차

밖으로 나왔다. 금발 머리 형사는 패션 잡지에서 막 튀어나온 듯했고, 검은 머리 형사는 제법 고결한 분위기를 풍겼다. 브루노의 눈에 비친 두 사람은 영화나 드라마에 나오는 전형적인 형사 콤비 같았다.

"내가 지금 당신을 걷어차야 하는 건지, 아니면 아예 뭉개버려야 하는 건지 잘 모르겠습니다." 바우어 형사는 다짜고짜 공격적으로 내뱉었다. "그런데 그런 증거를 확보하고도 우리한테 알리지 않은 거라면 판사 만날 일도 없이 바로 교도소로 직행하게 될 겁니다."

들라크루아 형사는 동료가 말하는 동안 가만히 있었지만 언제든 치고 들어올 준비를 하고 있었다. 경찰관들은 신이 나서 그 상황을 지켜보고 있었다. 브루노는 그들의 생각을 읽을 수 있었다. '거지 같은 사립 탐정 새끼, 어디 잘 해보시라고.'

"그렇게 흥분하지 맙시다, 형사 양반들." 그는 최대한 여유로운 미소를 지어 보이며 말했다. "이건 지금 누가 우위에 있네 아니네 그런 차원의 문제가 아닙니다. 알겠습니까? 난 시민의 의무를 다할 뿐입니다." 그런 말이 상대의 성질만 긁는다는 건 알고 있었다. 하지만 자신이 무언가 대단한 걸 쥐고 있다고 믿게 만들어야 했다.

"이봐, 탐정 양반. 충고 한마디 해드리지. 가지고 있는 거 당장 우리한테 넘기고 꺼지시는 게 좋을 거요." 들라크루아가 끼어들었다. "안 그래도 일진 사나운 하루였는데 조용히 넘어갑시다."

"그래주시라고." 바우어도 거들었다.

"우린 지금 허비할 시간이 없습니다."

"5분만 빌립시다."

바우어는 붉으락푸르락한 얼굴인 데다 땀에 절어 있었다.

"대단히 중요한 내용이어야 신상에 이로울 겁니다."

브루노는 자신의 차로 돌아가 조수석에 놓아두었던 홀더를 꺼냈다. 그리고 그들에게 다가가 그 안에서 종이 한 장을 꺼내 들라크루아에게 건넸다.

"이게 뭡니까?" 그는 서류를 들여다보지도 않고 경멸조로 한 마디를 내뱉었다.

"계약서."

두 형사는 황당한 표정으로 고개를 숙여 계약서라는 서류를 몇 줄 읽어보았다.

그가 예상한 반응이었다.

"15년 전 두 형사 양반들이 나비 채집에 열을 올리던 시절, 사만타 안드레티 부모는 외동딸 실종사건 미스터리를 밝혀달라고 나를 찾아왔었습니다."

브루노는 어느 월요일 아침, 사람들이 붐비는 카페테리아의 구석진 자리에 놓인 테이블에서 두 사람을 만난 일을 똑똑히 기억하고 있었다. 사만타가 실종된 지 일주일째였고 두 사람은 그때부터 잠 한숨 제대로 못 이룬 상태였다. 부부는 손을 꼭 잡고 어떤 형사에게 그의 연락처를 받았다고 설명했다. 그 형사의 말에 의하면 경찰 수사 외에 다른 방법을 동원하지 않는 한, 딸아이의 행방을 알아낼 가능성이 줄어든다는 것이었다.

그 말은 사실이었다. 실종사건을 해결할 가능성은 시간이 흘러갈수록 줄어든다. 그리고 72시간이 지나면 해결 가능성은 거의 제로에 가깝게 떨어진다. 특정 단서가 있으면 조금은 달라질 수 있다. 그런데 사만타 안드레티의 경우 단서는커녕 목격자 하나 없었다. 마치 2월의 쌀쌀한 아침 등굣길에 이 지구에서 감쪽같이 증발했다고 해도 과언이 아닐 정도였다.

브루노는 실종사건은 다루지 않았다. 게다가 이미 너무 많은 시간이 흐른 뒤였다. 어느 정도 시간이 흐르면 증거는 훼손되고 목격자들의 기억은 왜곡되기 마련이다. 그래서 부부를 설득하려 했지만 두 사람은 그가 사건을 맡아주기를 간절히 바랐다. "선생님이 유능하시다는 건 잘 알고 있습니다. 평판은 익히 들었습니다. 제발 우리 두 사람이 의심에 빠져 살지 않게 해주세요." 사만타의 아버지는 그렇게 애원했었다.

사립 탐정에게는 의뢰인의 심리 상태에 이입하면 안 된다는 철칙이 하나 있다.

냉소적으로 보일지는 모르지만 브루노는 수사를 좌지우지하려는 고객들의 감정적인 문제에 휘둘리면 안 된다는 사실을 잘 알고 있었다. 증오나 연민은 전염성이 매우 강한 감정이다. 그래서 명석하고 공평해야 할 이성적 판단을 흐리게 할 가능성이 매우 크다. 때로는 감정이 위험 요소로 작용할 때도 있다.

암에 걸린 아내를 위해 상사의 돈을 훔친 남자를 찾아달라는 의뢰를 받은 적이 있었다. 브루노는 그를 찾아냈지만 남자의 딱한 처지에 동정심이 일어 그에게 어떻게든 돈을 마련해 돈 주인에게 되돌려줄 수 있는 기한을 주었다. 하지만 그는 사랑하는 아내를 구하기 위해 돈을 훔친 남자의 결단력을 과소평가하는 실수를 범하고 말았던 것이다. 결국 남자는 그를 속이고 또다시 잠적해버렸다.

브루노는 안드레티 부부의 의뢰를 맡는 순간 자신이 얼마나 큰 위험을 떠안아야 하는지 잘 알고 있었다. 그래서 사건을 받아들이는 대신 가혹한 조건을 제시했다.

"의뢰 비용은 두 배에 선불로 지불하셔야 합니다. 진척 상황을 확인하는 전화는 받지 않겠습니다. 정기적인 상황 보고도 없을 겁니다. 연락할 일이 있을 때만 제가 연락드리겠습니다. 지금부터 한 달 뒤에도 아무런 연락이 없을 경우 알아낸 게 아무것도 없다고 생각하시면 됩니다."

그의 요구 조건에 부부는 어안이 벙벙한 표정을 지었다. 브루노는 무리한 요구를 하며 그들이 낙담해 포기하기를 바랐다. 그런데 놀랍게도 두 사람은 계약서에 서명했다. 그리고 지금 이 순간, 바우어와 들라크루아 형사의 손에 들려 있는 게 바로 그 계약서였다.

"이게 무슨 뜻입니까?" 금발 머리 형사가 그를 보며 물었다.

"그 계약서에 따르면 내가 의뢰를 받고 그 사건을 수사하는 사립탐정이라는 소리지요."

"철 지난 낡은 계약서 아닙니까. 오래돼도 너무 오래됐습니다." 들라크루아는 계약서를 돌려주며 차분하게 말했다.

그러나 브루노는 계약서를 돌려받지 않았다.

"농담이시겠지요? 계약서 어디에 유효기간이라도 적혀 있습니까? 의뢰인이 철회 의사를 밝히지 않은 이상 임무는 유효한 겁니다."

바우어가 브루노에게 달려들려 했지만 들라크루아가 단호히 동료를 막아섰다.

"좋습니다. 어쨌든 사만타 안드레티가 살아 돌아왔으니, 솔직히 우린 당신 도움 같은 건 필요 없습니다. 그래도 계속 수사를 해볼 생각이라면, 뭐 그러시던지……."

금발 머리 형사는 웃음을 터뜨렸다. 들라크루아는 계약서를 다시 브루노에게 건넸다.

이번에도 그는 상대의 행동을 무시하고 아무런 반응을 보이지 않았다.

"언론 보도에 따르면 사만타는 이틀 전 밤, 일대를 순찰하던 경찰에게 발견됐다고 하지요? 그런데 난 어쩌다 익명의 신고 전화가 있었다는 소문을 듣게 된 걸까……."

깔깔대며 웃고 있던 바우어의 표정이 일순간에 굳어졌다. 들라크루아는 아무런 반응도 보이지 않았다.

"경찰의 명예가 실추될 만한 일이라는 건 나도 이해합니다. 그 옛날, 부실 수사로 실종된 소녀를 제대로 찾아보지 않았다는 비난이 쏟아질 테니까." 브루노는 한술 더 떠서 말했다. "그런데 이제 와서, 사만타를 찾아낸 공을 영웅 같은 순찰 경찰 두 명에게 돌리다니, 좀 심한 거 아닙니까?" 그는 길 반대편에 세워놓은 순찰차 옆에 있던 경찰들을 쳐다보며 말했다. 그들은 잘못한 사람처럼 당황한 채 시선을 돌렸다.

"어쨌든 우린 당신하고 그 어떤 기밀 사항도 공유하거나 알려줄 입장은 아닙니다." 들라크루아는 더 이상 상대에게 놀아나지 않겠다는 단호한 뜻을 밝히려고 그렇게 말했다.

"그게 판단 착오라는 거요." 브루노는 계약서를 가리키며 말했다. "11조 b항에 따르면 사만타의 부모는 나한테 경찰을 상대할 대리권을 위임했습니다. 그뿐만 아니라 다른 가족이 부재 시 자신들의 외동딸에 대해 후견인으로까지 임명했습니다."

해당 조항은 브루노 젠코가 미성년인 실종자를 찾으면 소녀를 집까지 안전하게 데려다줄 책임을 갖게 된다는 뜻을 내포하고 있었다. 그런 일은 벌어지지 않았지만 기술적인 세부 사항은 다른 용도로 활용할 수도 있었다.

"조항은 더 이상 유효하지 않습니다." 바우어는 여전히 격렬하게 반응했다. "사만타는 이제 성인이고 어머니는 사망한 데다 아버지는 행방불명입니다."

"성인이 됐어도 인지능력이 정상이고 의사 표현이 명확한지 확인 과정을 거쳐야 합니다. 그런데 솔직히 그게 좀 의문입니다. 여전히 충격에서 헤어 나오지 못하고 있을 테니……. 남은 보호자는 아버지가 유일한데 당신들도 여전히 그 양반을 못 찾고 있고, 또 그 양반도 나한테 계약해지를 통보하지 않은 상황이니 나로서는 내 고객이라 할 수 있는 사만타 안드레티 씨를 위해 계약조건을 이행해야 하지 않겠습니까."

들라크루아는 동료와 비교하면 덜 충동적으로 반응했고 상황 파악이 훨씬 빨랐다.

"우린 판사를 찾아가 당신의 그 계약서를 무효로 만들 겁니다. 판사 설득하는 건 문제도 되지 않을 테니까. 한 번만 들여다봐도 그런 결과가 나올 게 뻔합니다."

맞는 말이었다. 브루노도 알고 있었다. 판사가 그의 선의를 15년이 지난 지금에 와서 사건에 개입하려는 의도로 판단할 수도 있었다. 그래서 심사숙고하는 척 연기했다. 하지만 이미 모든 걸 사전에 계산에 넣어두었다.

"좋습니다. 그럼 이렇게 합의를 봅시다."

두 형사는 상대의 설명을 기다리느라 아무런 대꾸도 하지 않았다.

"내가 보관하고 있는 자료 중, 15년 전에 진행했던 제법 두툼한 수사 자료가 있습니다."

그는 그럴듯한 자신의 거짓말이 또 다른 돌파구를 만들어주기를 바랐다. 실상은 수사 자료라고 해 봐야 이미 형사들에게 보여준 종이 한 장이 전부였다. 사만타 안드레티 사건은 그가 맡았던 최악의 사건이었기 때문이다. 경찰과 마찬가지로, 브루노 역시 알아낸 게 하나도 없었다.

인간의 모든 행위는 흔적을 남기기 마련이다. 특히 범죄행위일 경우는 더더욱 그렇다.

사립 탐정이 꼭 알아야 할 지침이었다. 아니, 사립 탐정이란 직업은 그 간단한 원칙 덕에 탄생한 직업이라 해도 과언이 아니었다. 그리고 또 다른 황금률 법칙이 있다. 완전범죄는 없지만 완벽한 수사는 있다는 원칙.

그랬기에 브루노가 수사에 실패한 몇 가지 사건 중 사만타 사건은 가장 기억에 남는 사건이었다. 심지어 그는 과연 애초에 납치범이 있었는지까지 의심하는 수준에 이르렀었다.

사악한 범죄자가 노리는 가장 이상적인 상황은 모두에게 자신의 존재 자체가 없다고 믿게 만드는 것이었다.

"지금 맞교환을 하자, 이 말입니까?" 바우어가 물었다. "그런 겁니까? 그러니까 우리 수사에 코를 들이밀게 해주면 자료를 주겠다, 그 말이냐고요?"

"그런 게 아니야." 동료보다 상황 파악 능력이 뛰어난 들라크루아가 대답을 대신했다. "우리 체면을 살려주겠다는 제안이야……."

브루노는 고개를 끄덕였다.

"내 수사 자료에는 경찰이 한 번도 들어보지 못한 목격자 진술, 경찰이 찾지 못했던 단서, 그리고 사건 발생 당시 무슨 이유로 무시됐는지 모르지만 흥미로운 단서들이 있습니다……. 한 마디로 경찰이 사건을 조기에 포기했다는 사실을 입증할 증거라고 할 수 있지요. 언론이 이 자료를 손에 넣으면 얼마나 유감스러운 상황이 펼쳐지겠습니까. 게다가 난 사만타 안드레티의 법적 후견인 입장에서 진실성이 의심되는 경찰 수사 내용을 철저히 규명해야 할 의무가 있습니다."

두 형사는 아무 말 없이 서로의 얼굴만 쳐다봤다.

브루노는 경찰을 궁지에 모는 건 결코 현명하지 못하다는 걸 알고 있었다. 언제든 앙갚음이 따르기 때문이다. 바우어와 들라크루아의 태도만 봐도 앞으로 좋은 일은 없을 거란 걸 충분히 예측할 수 있었다. 경찰 수사에 참여하게 해달라는 요구는 한 마디로 미친 짓이었다. 게다가 받아들여지지 않는 요구 조건은 문제만 불러일으킬 터였다. 어쨌든 브루노의 공갈 협박은 허풍에 기반을 둔 교묘한 사기극이었다. 그래서 그럴듯한 요구 조건을 다시 내걸었다.

"물론 난 내가 가지고 있는 이 자료들을 언론에 유포할 마음은 없습니다." 그는 차분하게 말을 이어나갔다. "그렇게 하는 순간, 당신들이 내게 쏟아부을 집중포화를 막아낼 재간이 없으니 말입니다. 난 그렇게 멍청한 사람은 아닙니다……. 단순한 부탁 하나만 들어주면 곧바로 사라진다고 약속하지요."

"난 이 인간한테 아무것도 해주면 안 된다는 생각이야." 바우어는 동료에게 그렇게 말했다. "정말 언론에 퍼뜨릴 자신이 있는지 없는지 알고 싶거든."

금발 머리 형사는 아마 미리부터 상대를 뭉개버릴 생각을 만끽하고 있었을 것이다. '넌 날 어떻게 할 수 없을 거야.' 브루노는 황소 같은 형사의 눈을 똑바로 노려보며 생각했다. 죽음을 눈앞에 둔 상황에서 누릴 수 있는 몇 안 되는 장점이었다. 최후의 임박은 일종의 초능력과도 같았다. 천하무적이 되기 때문이다.

"좋습니다." 들라크루아는 뜻밖의 반응을 보였다. "원하는 게 뭡니까?"

브루노는 질문을 던진 형사 쪽으로 고개를 돌렸다.

"녹음된 익명의 신고 전화 내용을 듣고 싶습니다."

8

사만타 안드레티가 감금되어 있던 장소를 찾아내기 위한 수색 작전 베이스캠프는 늪지대 중앙에 있는 버려진 옛 주유소 부지에 세워졌다. 매년 연못이 적잖은 땅을 잠식해 늪지로 만드는 바람에 적대적인 자연에 맞서려 했던 사람들은 그곳을 떠나야 했다.

'경찰들이 이렇게 모여 있어도 여전히 을씨년스러워.' 그런 생각이 들었다.

차에서 내려 주변을 살펴보던 그는 분주히 오가는 감식반원들과 텐트와 트레일러를 드나드는 경찰들을 보고 순간 놀랐다.

수색팀이 여러 조로 나뉘어 탐지견과 수륙양용차까지 동원해 늪속까지 뒤지고 있었기 때문이다. 과학수사대 감식반원들은 수거된 증거물들을 이동식 연구소에서 분석하고 있었다. 옛 주유소 부지에는 공중에서 인근을 샅샅이 뒤질 헬리콥터까지 마련돼 있었다.

바우어와 들라크루아는 브루노보다 먼저 차에서 내려 그에게 다가갔다.

"탐정 양반, 운 좋은 줄 아쇼. 여기까지 오게 됐으니 말입니다." 금발 머리 형사가 말했다. "경찰은 원래 당신 같은 공갈 협박범은 상대하지 않습니다."

브루노가 씩 웃으며 대답하려던 순간, 누군가 그들의 대화를 가로막았다.

"들라크루아 형사!" 성난 목소리의 주인공이 형사를 불렀다.

브루노는 목소리가 들리는 쪽으로 고개를 돌렸다. 감색 정장과 넥타이 차림에 결코 호의적이지 않은 표정의 남자가 그들을 향해 걸어왔다. 그는 털이 긴 개 한 마리를 데리고 있었다.

"잠시 실례 좀 하겠습니다." 들라크루아는 별일 아니라는 듯 말하고 자신을 부르는 사람에게로 걸어갔다.

바우어는 브루노의 소맷자락을 끌어당기며 말했다.

"우린 갑시다."

브루노는 발걸음을 돌리면서 심각하게 대화하고 있는 두 남자를 곁눈질로 살폈다.

"아니, 왜 아무도 내 연락은 안 받는 겁니까?" 개를 데리고 있는 남자가 다짜고짜 따지고 들었다. "도대체 그 사람, 찾고는 있는 겁니까?"

브루노는 '그 사람'이 누구인지 궁금해졌다. 누굴 찾고 있는 걸까? 사만타 안드레티는 이미 찾았는데……. 하지만 개가 짖는 바람에 더 이상 대화 내용을 엿들을 수 없었다.

"조용히 해, 히치." 개 주인이 명령했다.

브루노는 일부러 느리게 걸었다. 두 남자의 대화는 점점 더 심각해지고 있었다. 바우어는 트레일러 발판 앞에서 그를 기다렸다.

"결심은 한 겁니까?"

트레일러 안에는 고도로 정교한 장비들이 설치돼 있었다. 그리고 지금은 그 장비들로 익명의 신고 전화를 분석하고 있었다. 음성파일은 여러 색으로 구분된 그래프로 분리되어 모니터 화면을 차지했다. 기술자 네 명은 신고 전화를 건 사람의 신원을 밝혀줄 단서가 나오기를 바라며 그 음성파일 속 배경음에 숨어 있는 미세한 소리를 잡아내는 작업을 하고 있었다.

정말 운이 좋을 경우, 그래프가 정점에 이르는 부분에 누군가의 목소리, 교회 종소리, 아니면 이름을 부르는 소리 등이 숨어 있을 수도 있었다. 분석 작업의 목표는 신고 전화가 걸려온 장소를 특정해내 당시 현장에서 전화를 건 사람의 인상착의를 제공해줄 목격자를 확보하는 일이었다.

브루노는 5분 전부터 팔짱을 낀 채 멍하니 허공만 바라보고 있었다. 회전의자에 가만히 앉아 있을 수가 없었던 탓이다. 바우어도 똑같이 선 채로 그를 감시하고 있었다. 별 의도는 없어 보였지만 그래도 상대의 동작이 성가시기 때문이었다. 두 사람은 들라크루아 형사가 돌아올 때까지 말 한 마디 주고받지 않았다.

"미안합니다." 들라크루아는 땀을 삘삘 흘리며 트레일러 안으로 들어왔다. "설명은 한 거야?" 그는 정수기에서 물을 한 잔 받으며 동료 형사에게 물었다.

"아직."

들라크루아는 의자를 가져다 브루노 정면에 내려놓고 앉았다.

"물론 잘 아시겠지만 여기서 탐정 양반한테 말하는 내용은 절대 비밀입니다. 외부에 누설하면 나하고 일대일로 '찐하게' 면담을 해야 할 겁니다."

바우어는 브루노에게 서류 한 장과 볼펜 하나를 내밀었다.

"나로서는 당신네 동료 중에서 언론으로부터 뇌물 받은 사람이 없기를 바라야겠군요." 브루노는 도발적인 말을 던지고 서류에 서명해 다시 바우어에게 건넸다.

"신고 전화를 건 사람은 대포폰을 사용했습니다." 들라크루아가 설명을 시작했다. "그리고 신고 전화를 하자마자 전화기를 끈 다음 파기해버렸습니다. 그래서 신고 전화를 건 인물까지 거슬러 올라가는 건 불가능합니다."

"사만타 안드레티는 신고 전화가 걸린 기지국 반경 12킬로미터 내에서 발견됐습니다." 바우어가 설명을 덧붙였다. "그러니까 사만타를 발견한 사람은 경찰에 신고 전화를 걸기 전까지 생각할 시간이 많았다는 겁니다."

"혹시 그 사람이 납치범일 수 있다는 생각은 안 해본 겁니까?" 브루노가 물었다. 그는 괴물 같은 납치범이 15년간 피해자를 감금하고 무자비하게 대하다가 어느 순간 동정심이 발동해 풀어줬을 가능성을 열어두고 있었다.

"그럴 가능성은 배제했습니다. 신고 전화를 건 남성의 목소리 음역대를 분석한 결과 젊은 사람으로 밝혀졌습니다. 다시 말하면 납치사건이 발생했을 당시, 신고 전화를 건 사람은 10대에 불과했다는 뜻입니다." 들라크루아가 설명했다. "대신 범행 사실이 발각될지 모른다는 불안감이나 기타의 이유로 생각을 바꾼 공범일 가능성은 열어두고 있습니다."

모든 가능성은 열려 있었다. 브루노는 수사가 교착상태라는 걸 감지했다. 게다가 두 형사는 처음과 달리 상당히 협조적이었다. 혹시 전략은 아닐까? 아니면 중요한 건 여전히 감추고 있는 걸까?

"이제 그 신고 전화 녹취를 들어볼 수 있겠습니까?"

바우어가 장비 앞에 앉아 있던 기술자에게 신호를 보내자 곧바로 재생되었다. 장비에서 흘러나오는 바람 소리가 전화 수신음으로 바뀌었다.

"긴급 상황실입니다." 교환원이 전화를 받았다.

"저기……. 경찰하고 통화하고 싶은데요……." 불안해하는 남성의 목소리였다.

"무슨 일 때문에 그러시지요?" 교환원은 당황하지 않고 침착하게 물었다. "어떤 상황인지 말씀해주시면 제가 경찰에게 더 쉽게 설명할 수 있거든요."

짧은 침묵이 이어졌다.

"알몸으로 돌아다니는 여자가 있어요. 상처를 입은 것도 같아요. 다리가 부러진 것 같은데 도움이 필요해요."

어떤 상황에서도 당황하지 않도록 훈련받은 교환원은 전문가답게 침착하고 차분하게 응대했다.

"사고를 당한 건가요?"

"모르겠어요. 그런 것 같지는 않은데……. 차 같은 건 보이지 않거든요."

"혹시 그 여자분이 아는 분인가요? 가족이나 친척이신가요?"

"아니요."

"혹시 여자분 이름은 아세요?"

"몰라요……."

"도움이 필요한 여자분은 어디 있는지 여쭤봐도 될까요?"

"그게…… 57번 국도변이에요. 정확히는 어딘지 몰라요. 늪지대 통과하는 도로였어요. 북쪽으로 올라가는 길이요."

"여자분은 의식이 있나요?"

"그럴 거예요. 그런 것 같았으니까……."

"선생님은 혹시 여자분 곁에 계신가요?"

침묵이 이어졌다.

"선생님, 들리세요? 혹시 그 여자분 곁에 계신가요?"

즉답이 이어지지 않았다.

"아니요."

"선생님 성함하고 연락처를 여쭤봐도 될까요?"

"저기요, 전 제가 해야 할 말을 했을 뿐이에요. 이제 제 일 아닙니다……."

그는 전화를 끊어버렸다.

기술자도 재생을 멈췄다. 바우어와 들라크루아는 브루노 쪽으로 고개를 돌렸다. 이제 원하는 걸 얻어냈으니 피차 더 이상 할 말이 없다는 뜻을 분명히 전하려는 의도였다. 그러나 브루노는 그 정도로 만족할 수 없었다.

"신고자가 납치범도 공범도 아니라면 왜 자신의 신분을 밝히지 않으려 했던 겁니까? 왜 그림자 속에 숨으려 한 겁니까?"

"그 이유를 안다고 해도 그건 당신하고 할 얘기는 아닙니다." 바우어가 대답했다.

브루노는 그렇게 말한 형사를 무시했다. 다른 형사가 그의 의견을 갑자기 중요하게 여기는 것 같아 보였기 때문이다.

"사만타는 한밤중에 발견됐습니다." 사립 탐정은 자신의 논리를 이어나갔다. "그 시각에 늪지대 근처를 배회할 사람이 누구겠습니까? 그것도 대포폰을 가지고 말입니다."

그럴 수 있는 사람은 두 부류로 나눌 수 있다. 경찰 역시 브루노와 똑같은 결론을 내리고 있었다.

"마약상 아니면 밀렵꾼 아니겠습니까."

"무언가 숨기고 싶은 게 있어서 이름과 연락처를 밝힐 수 없는 사람이겠지요." 들라크루아도 그의 주장에 힘을 실어주었다.

하지만 브루노에게 그 대답이 갖는 설득력은 절반에 지나지 않았다. 그는 무언가 다른 것을 감지하고 있었다.

"녹취를 다시 들어봐도 되겠습니까?" 그의 질문에 형사들은 놀라지 않을 수 없었다.

"왜요?" 양보할 기색이 전혀 없어 보이는 바우어가 빈정거리며 대꾸했다.

브루노는 들라크루아를 쳐다보며 양팔을 벌렸다. 형사는 고개를 끄덕이고는 기술자에게 신호를 보냈다.

신고 전화 내용이 다시 흘러나왔다.

브루노는 녹취를 들으며 최대한 신고자의 목소리를 기억하고 억양이나 말투의 특징을 잡아내려 애썼다.

해당 지역 말투, 가래 끓는 목소리로 보아 흡연을 즐기고, 비음이 약하다.

예상대로였다. 그의 말투에는 무언가가 숨겨져 있었다. 첨단 기계도 잡아내지 못하는 미세한 떨림이 느껴졌다. 불법 마약 거래든 밀렵이든 자신의 불법행위가 드러날까 두려워하는 것 이상의 감정이었다. 브루노는 무언가가 더 있다고 확신할 수 있었다.

그건 바로 공포심이었다.

9

"좀 어때?"

"좋아."

"정말로?"

"오늘 오후부터 달라진 건 전혀 없거든……."

어둠이 내리자 매미들이 물러가고 귀뚜라미가 그 자리를 대신하기 시작했다. 밤이 돼도 숨 막히는 더위는 여전했고 보름달이 휘영청 떠 있었다. 그의 사브는 버드나무 가지에 가려진 길가에 세워져 있었다. 브루노는 잠시 쉬는 틈을 타 린다에게 전화를 걸었다.

"자기, 뭐라도 먹긴 했어?"

"아직. 그런데 먹을 거야. 약속할게."

걱정해주는 친구의 목소리가 새롭기도 하고 듣기 좋기도 했다. 지금까지 그를 걱정해준 사람은 아무도 없었다. 어쩌면 모든 사람과 항상 거리를 두고 지냈기 때문일 수도 있다. 자신의 선택은 후회하지 않았다. 사망 선고를 받은 후에도 마찬가지였다. 브루노 젠코에게 자기 반성은 어울리지 않았다. 아쉬울 것도 없다. 다만 약간의 회한만 남을 뿐이었다.

"앰브러스 호텔 115호실 금고에 들어 있는 게 도대체 뭐야?" 린다는 불쑥 질문을 던졌다.

브루노는 아무 말도 하지 않았다. 그냥 전화를 끊어버리고 싶었지만, 수화기 너머의 친구는 다른 이야기를 할 분위기가 전혀 아니었다.

"하루 종일 생각해봤는데…… 내가 그걸 없애버려야 하는 거라면 적어도 나한테 말은 해줘야 하는 거잖아. 도대체 그 봉투 안에 뭐가 들어 있는 거야?"

사립 탐정은 한 손을 운전대에 얹고 있었다. 다른 손에 들린 휴대전화가 갑자기 무겁게 느껴졌다.

"당신이 꼭 내 부탁을 들어줄 의무는 없어." 그는 평소와 달리 다소 단호하게 말했다. "그냥 당신을 믿을 수 있을 거란 생각에 그랬던 거니까."

"호텔 방도 알고, 금고 번호도 알고 있어. 지금 당장이라도 찾아가서 열어볼 수 있다고." 린다는 고집을 꺾지 않았다.

"그 봉투는 당신하고 아무 상관없어."

"그럼 자기가 나한테 모든 걸 다 숨기는 기분이 드는 건 왜 그런 거야?"

'그게 사실이니까. 나조차 두려우니까.' 하지만 그 말만큼은 하지 않았다. 그는 눈을 감고 깊이 숨을 들이쉬었다. 린다는 울기 시작했다.

"자기는 날 구해줬어. 자기, 그게 얼마나 큰 건지 알기나 해? 그런데 지금 난 자기를 구해줄 수도 없어……. 내 기분이 어떤지 당신이 알기나 아느냐고?"

아니, 그는 알 수 없다. 감정의 문제는 언제나 서툴렀다. 그때 검은색 승합차 한 대가 도로를 지나갔다. 브루노는 시계를 확인하고 머릿속에 시각을 메모해두었다. 21시 06분.

"이제 끊어야 해."

"폐 속으로 공기가 드나드는 한……." 린다는 흐느끼며 자신이 했던 말을 반복했다.

기모노 차림으로 희미한 촛불 하나만 밝히고 침대에 웅크려 있을 린다의 모습이 눈에 선했다.

"당연하지." 그렇게 말하고 그는 전화를 끊었다.

그런 다음 정면을 바라보았다.

듀란이라는 바가 100여 미터 전방에 보였다. 당구대와 스포츠 경기 관람이 가능한 위성 텔레비전이 설치돼 있다는 네온 간판이 달려 있었다. 주차장에 서 있는 차량은 대략 스무 대 정도였고 대부분 사륜구동이나 픽업트럭이었다.

손님들이 넘쳐날 것 같았다.

브루노는 3시간 동안 차에 앉아 그곳을 감시하고 있었다. 탐정 업무 중에서 가장 힘든 부분이었다. 감시 기간이 몇 주간 이어질 때도 있기 때문이다. 영화 같은 데서 보면 시간을 때우기 위해 십자말풀이를 하거나 보온병에 커피를 준비해 수시로 마시는 장면이 나온다. 그런데 실상을 들여다보면 순간의 흐트러짐이 장시간에 걸친 감시를 망칠 수도 있다는 사실과 카페인 섭취가 방광을 자극한다는 사실을 모르는 탐정은 없다.

인내심만으로는 충분하지 않다. 전략과 규칙이 필요하다. 문제는 지루함이 아니라 타성이기 때문이다. 오랫동안 똑같은 장면만 계속 보고 있으면 위험한 습관처럼 익숙해진다.

브루노는 병든 자신의 심장이 허락해준 시간의 일부를 잠복으로 허비하게 될 거라고는 미처 생각지 못했었다. 닳아빠진 사브의 운전석 시트는 그가 차에 앉아 기다리며 보낸 시간을 보여주는 증거와도 같았다. 낭비도 그런 낭비가 없었다.

한번은 채무자를 찾아달라는 의뢰를 받은 적이 있었다. 브루노는 채무자가 도시를 빠져나가지는 않았다고 판단했다. 그래서 그의 집 앞에서 잠복하며 창문과 현관문을 유심히 관찰했다. 장장 20일 동안. 채무자의 가족들은 때가 되면 집에서 나가고 때가 되면 집으로 돌아왔지만 문제의 채무자는 코빼기도 보이지 않았다. 브루노는 결국 그를 밖으로 몰아내기로 마음먹었다. 인간이 이성을 잃고 본능적으로 행동하게 만드는 동기는 크게 두 가지로 볼 수 있다. 섹스와 돈. 방법은 의외로 간단했다. 브루노는 채무자의 아내에게 전화를 걸어 자신을 외국의 어느 나라 대사관 직원이라고 소개했다. 그러고는 그녀의 남편이 몇 해 전, 외국으로 이민 간 먼 친척으로부터 상당액의 유산을 상속받게 되었다고 설명했다. 그런데 상속을 받기 위해서는 상속인 본인이 직접 행정 서류를 작성해야 한다는 설명을 덧붙였다. 전화를 끊고 1시간이 지나자 채무자가 집 밖으로 나왔다.

그 사건을 떠올리던 순간, 도로 반대편에서 검은색 승합차가 달려왔다. 이번에는 듀란의 주차장 앞에서 속력을 줄이면서 거의 멈춰서는 듯하더니 몇 초 만에 다시 쏜살같이 멀어져 갔다. 승합차가 그의 사브 곁을 지나던 순간, 브루노는 시간을 확인해보았다. 21시 30분.

자신에게 주어진 시간은 최대 25분이라는 계산이 나왔다.

그는 듀란 앞에 차를 세우고 밖으로 나와 출입문으로 걸어갔다.

그가 문을 열고 안으로 들어서자 30여 개의 시선이 일제히 그에게 쏠렸다. 하나같이 의심의 눈초리였다. 충분히 이해가 가는 상황이었다. 허름한 리넨 재킷을 걸치고 초췌한 몰골을 한 브루노는 절대다수가 체크무늬 셔츠에 부츠, 그리고 야구모자 차림을 한 사람들과 전혀 어울리지 않았다.

바 천장은 구름 같이 퍼진 뿌연 담배 연기로 뒤덮여 있었다. 서로 맞부딪히는 당구공 소리가 스피커에서 흘러나오는 포크송 멜로디와 겹치며 울려 퍼졌다.

사만타 안드레티를 발견한 익명의 신고자 신원을 파악하기 위해 경찰은 분명 늪지대를 들락거리는 사람들을 상대로 조사를 펼쳤을 것이다. 바우어와 들라크루아는 마약상이나 밀렵꾼이 분명하다고 생각하는 눈치였다. 브루노는 후자 쪽에 무게를 두었다. 마약상들이 위험에 처한 여성을 돕겠다고 자신의 정체가 드러나거나 교도소에 가게 될 위험을 감수할 가능성이 희박하기 때문이다.

"뭐 드릴까요?" 초록색 군용 조끼 차림에 문신투성이인 종업원이 물었다.

"바이스 한 잔하고 테킬라 한 잔 부탁합니다." 브루노가 대답했다.

그는 축구 경기를 중계하고 있는 텔레비전 앞에 자리를 잡았다. 볼륨은 무음 상태였다. 덕분에 경기에 관심 있는 척 연기를 할 수 있었고 동시에 주변 상황도 통제가 가능했다. 그리고 무엇보다 다른 손님들이 자신의 존재에 신경 쓰지 않게 만들 수 있었다. 얼마 지나지 않아 종업원이 그가 주문한 술을 가져왔다. 브루노는 테킬라를 단숨에 들이켠 뒤 돈을 지불하고 맥주를 들고 바 쪽으로 걸어갔다.

다른 손님들의 적대적인 시선이 느껴졌다. 거친 생활에 익숙한 늪지대 사람들은 에티켓도 별로 따지지 않지만 특히 국립공원 관리인 같은 공무원들을 끔찍이 싫어했다. 브루노는 당구대를 돌아가며 잠시 당구 치는 사람들을 살펴보았다. 단지 그들의 표정을 제대로 살피기 위해서였다.

듀란이라는 바는 인근에서 유일한 유흥시설로 밀렵꾼이나 불법 낚시꾼들이 모여드는 곳이었다. 자신이 찾는 남자가 그곳에 있으리라는 확신은 없었다. 그런데 두 번이나 바 앞으로 지나가는 검은색 승합차를 보고 자신이 제대로 짚었다는 절반의 확신이 들었다.

"그럴 가능성은 배제했습니다. 신고 전화를 건 남성의 목소리 음역대를 분석한 결과 젊은 사람으로 밝혀졌습니다. 다시 말하면 납치사건이 발생했을 당시, 신고 전화를 건 사람은 10대에 불과했다는 뜻입니다." 들라크루아는 그렇게 말했었다. 그래서 브루노는 서른다섯 이상으로 보이는 사람들은 관찰 대상에서 제외했다. 남는 사람은 10여 명이었다. 그것도 많은 수였다. 범위를 좁히기 위해 그는 대화하고 있는 사람들 근처를 지나가며 익숙한 목소리를 잡아내기 위해 귀를 쫑긋 세웠다.

신고 전화 녹취를 들은 건 단 두 번에 불과했다. 그래서 목소리의 주인공을 정확히 짚어낼 단서 같은 건 없었다. 하지만 사람의 목소리는 생각보다 많은 걸 드러낸다. 출신지, 습관, 심지어 외모까지 말해주기도 한다.

'해당 지역 말투, 가래 끓는 목소리로 보아 흡연을 즐기고, 비음이 약하다.' 브루노는 목소리를 듣고 그렇게 정리했었다. 첫 번째와 두 번째 단서는 별 도움이 되지 않았다. 여기에 모인 사람들 대부분이 그 지역 출신인 데다 대부분이 담배를 피우고 있었기 때문이다. 게다가 세 번째 단서 역시 뚜렷한 특징이라고 볼 수도 없었다. 발음상의 문제는 치아가 손실됐거나 그냥 단순히 그가 신고 전화를 걸었을 당시 껌 같은 걸 씹어 발음이 뭉개졌을 수도 있었다.

브루노는 창유리 근처에 있던 테이블 쪽으로 고개를 돌리던 순간 일종의 계시를 받은 기분이 들었다.

거구의 젊은 남성이 테이블에 앉아 있었다. 외진 자리에 홀로 앉은 남성은 생각에 잠긴 듯 바깥을 바라보고 있었다. 서른도 안 돼 보였다. 테이블 위에는 맥주병과 반 정도 먹은 감자튀김 접시가 놓여 있었다. 남자는 이쑤시개로 케첩 위에 무슨 형태를 그려놓았다.

가장 먼저 사립 탐정의 시선을 끈 건 남자의 손이었다. 두 손이 오래된 물집으로 뒤덮여 있었다. 살갗은 녹아내린 밀랍 같았다. 보는 즉시 화상 흉터임을 알았다. 흉터는 목까지 타고 올라와 얼굴 아랫부분까지 이어졌다. 그나마 듬성듬성한 턱수염이 흉터를 일부 가려주긴 했다.

브루노는 그에게 모든 걸 걸어보기로 했다.

"좀 앉아도 되겠습니까?" 그는 자신의 맥주잔을 테이블 위에 내려놓으며 물었다.

"저 아세요?" 남자는 고개를 들며 쏘아붙였다.

가래 끓는 목소리였다. 하지만 담배가 원인은 아니었다. 화재사건에서 연기를 흡입했기 때문이었다. 비음이 약한 이유도 설명되었다. 흉터가 입은 물론 후두까지 변형시킨 탓이었다.

'화재사건에서 연기를 흡입한 거야. 휘발유가 아니면 사람을 저 지경으로 만들 수 없어. 밀렵꾼들은 불을 내거나 숲에서 오리들을 몰아낼 때 휘발유를 사용하고.'

브루노는 자리에 앉았다. 그리고 남자가 반대 의사를 표하기도 전에 본론으로 바로 치고 들어갔다.

"경찰은 신고 전화를 건 게 자네라는 거 알고 있어."

"그게 무슨⋯⋯."

브루노는 대답할 틈을 주지 않았다.

"자넬 체포해서 구조된 그 여성의 납치 및 감금에 공모한 공범으로 몰아세울 거라고. 무슨 말인지 알아들어?"

남자는 아무런 대꾸도 하지 못했다. 어안이 벙벙한 표정만 지을 뿐이었다.

브루노는 상대를 제대로 골랐음을 직감했다.

"검은색 승합차가 벌써 두 번이나 저 밖을 지나갔어. 그건 경찰이 이곳을 감시하고 있다는 뜻이야. 벌써 도청 마이크가 여기저기 설치돼 있는지도 모를 일이지. 경찰은 신고 전화 녹취를 가지고 있어. 그들이 보유한 장비는 여기 있는 사람들 사이에서 특정 목소리 하나를 구분해내는 성능을 갖추고 있다고. 내 생각대로 만약 경찰이 자네가 이 바에 있는 걸 알고 있다면, 이미 근처를 포위했을 거고 조만간 저 문을 열고 들이닥칠 거야." 브루노는 현관을 바라보며 설명을 이어나갔다.

남자는 경직된 표정으로 그를 따라 현관으로 고개를 돌렸다.

"일반 차량으로 위장한 경찰 승합차가 다시 지나가면 그게 바로 신호야." 브루노는 창유리를 가리키며 말했다. "남은 시간은 고작 10분이라고." 그는 시계를 들여다보며 말했다.

남자는 정면으로 펀치를 얻어맞은 권투 선수처럼 거의 그로기 상태였다.

됐다. 상대에게 생각할 시간을 주면 안 된다.

"내가 알고 싶은 건 자네 이름이 뭔지, 뭐 하는 사람인지, 그런 게 아니야. 자네가 나한테 해줘야 할 말이야."

"원하는 게 뭔데요?" 상대는 충격에 휩싸인 표정으로 창밖을 쳐다보며 물었다.

브루노는 상대에게 자신만이 유일한 희망이라는 사실을 잘 이해시켜야 했다. 방향을 제대로 잡았던 것이다.

"자네한테 간단한 질문 몇 가지만 할 거야. 자넨 그냥 내가 자네한테 하는 말이 사실과 일치하는지 그것만 확인해주면 되는 거야."

밀랍처럼 피부가 녹아내린 남자는 여전히 어안이 벙벙한 표정으로 그를 쳐다만 보고 있었다.

"이틀 전, 자넨 밀렵을 마치고 돌아오는 길에 도로 한복판에서 여성 하나를 발견했어."

상대는 고개를 끄덕였다.

"자넨 차를 멈추고 밖으로 나왔어."

"픽업트럭이었어요." 남자는 굳이 필요 없는 설명을 달았다.

"좋아. 픽업트럭. 그리고 그 여자에게 말을 걸었을 거야. 여자는 당황한 상태였을 거고."

"같이 있어달라고 애원했어요."

브루노는 당시의 장면을 떠올렸다. 알몸으로 두려움에 떨고 있는 연약한 사만타가 그 긴 시간 동안 감금돼 있다 밖으로 나와 처음으로 마주친 사람. 괴물 같은 납치범이 아닌 평범한 행인의 다리를 붙잡고 애원하는 모습이 그려졌다. 감옥 밖 세상에 대해 아는 건 하나도 없었을 것이다. 그녀에게 바깥세상은 이미 오래전에 멸망한 셈이었을 테니까.

"온몸이 상처투성이에 다리도 하나 부러진 것 같아 보였어요. 사고를 당한 거라 생각했어요."

"사고라고?" 브루노는 상대가 어물쩍 넘어가지 못하도록 위협적으로 되물었다. "사람이 그 상태로 도로 한복판에서 애원하는데 외면하고 떠나버린 이유는 뭐지?"

"전과가 있다고요." 남자는 자신의 행동을 정당화하려고 항변했다. "문제 생기는 건 싫으니까요."

그는 시선을 내리깔았다.

'단순히 거짓말을 하는 게 아니야.' 브루노는 상대의 반응을 분석했다. '수치심을 느끼고 있어.'

"어떤 사고를 당해야 다리가 부러지고 알몸 상태로 방치될 수 있는 거지?"

브루노는 신고 전화 녹취를 들으며 남자의 목소리에서 묘한 감정을 잡아낼 수 있었다.

공포심.

"계속 이런 식으로 나오겠다, 이거야? 자넨 그때 무서워 죽을 것 같 았잖아, 안 그래?"

그렇게 말을 하면서 묘하게 가슴 한구석이 아렸다. 토스트 같은 얼 굴로 사는 게 결코 쉽지만은 않았을 거라는 생각 때문이었다.

"저기요, 그러니까……."

남자는 두려운 표정으로 주변을 한 번 둘러보았다. 시간은 흐르 고 있었다. 브루노는 연민의 정에 이끌려 더 이상 시간을 허비할 수 없었다.

"그 여자가 누군가 뒤쫓아 온다고 말해서 겁을 집어먹은 거 아니냐 고?"

상대가 별다른 대답을 하지 않자 브루노는 자신이 정곡을 찔렀다 고 판단했다. 하지만 남자는 고개만 절레절레 흔들었다.

"누군가 쫓아온 거잖아, 안 그래?" 브루노는 자신이 제대로 짚었음 을 확실히 하려고 같은 말을 반복했다. 쾌감을 동반한 아드레날린이 솟구치는 것 같았다.

상대는 여전히 입을 다물고 있었다. 그런데 이번에는 망설이는 그 반응이 무언의 자백처럼 느껴졌다.

브루노가 전혀 예상하지 못한 결과였다. 남자가 정말 사만타 안드 레티를 납치한 범인과 마주쳤다는 말인가? 지난 15년간 철저히 베일 에 가려져 있던 그 인물과? 심장이 벌렁거렸다. 제발 심장이 이대 로 멈추지 않기만을 바랄 뿐이었다. 감정을 조절해야 했다. 그는 상 황을 제대로 파악하고 주도해나가기 위해 감정을 억제하고 진정하려 애썼다.

"놈의 인상착의를 설명할 수 있겠어?" 브루노는 주머니에서 볼펜을 꺼내며 물었다.

그러고는 병원 진단서를 꺼냈다. 자신이 가지고 있는 유일한 종이였다.

남자는 동요했다.

"진정하고 순서대로 해보자고." 브루노는 받아 적을 준비를 하며 말했다. "머리가 길어, 짧아?"

"몰라요."

"큰 편이야, 작은 편이야, 뚱뚱해, 아니면 말랐어? 옷차림은 어땠지?"

남자는 모르겠다는 뜻으로 어깨만 들썩일 뿐, 시선도 회피했다.

시간은 순식간에 흘러갔다. 조만간 그곳을 벗어나야 했다. 경찰의 기습에 발이 묶이는 신세가 되고 싶지 않다면.

"기억을 못 한다는 게 말이나 돼? 경찰이 자네를 가만둘 것 같아?"

남자는 두려움에 떨고 있었다. 하지만 그 상대가 경찰은 아니었다. 울먹이며 눈물까지 보일 정도였다. '공포심.' 브루노의 머릿속에 든 생각이었다. 당시 무슨 일이 있었는지 꼭 알아야 했다. '무슨 일이 있어도 알아내야 해.'

"놈이 무장했어?"

"몰라요……."

"자네는 무장하고 있었을 거 아니야. 안 그래?"

그럴 가능성은 높았다. 그가 진짜 밀렵꾼이었다면.

"네. 총이 있었어요." 그는 기어들어 가는 목소리로 대답했다.

"그러니까 최악의 경우라도 스스로는 방어할 수도 있었잖아. 그런데 왜 도망친 거지?"

남자는 묵비권이라도 행사하듯 입을 굳게 다물었다.

브루노는 시계를 들여다보았다. 남아 있던 10분도 끝을 향해 달려가고 있었다. 이제 자리를 떠야 할 시각이었다. 하지만 사실관계를 알아내지 못한 채로 떠날 수는 없었다.

"내 말 잘 들어. 자넨 도와달라고 애원하는 가련한 여자를 외면했어. 그 사실 하나만으로도 20년 형을 받아도 할 말 없을 정도라고. 그런데 익명으로 신고 전화 한 통 걸었다고 양심의 가책을 덜 수 있을 거라 생각했어? 하다못해 내가 지금까지 숱하게 만나본 악질 범죄자들조차 최소한 인간답게 행동해야 할 때를 안다고, 이 친구야! 자, 그래서 하는 말인데 어쩌면 지금이 자네 양심의 짐을 덜 마지막 기회일지도 몰라."

"말씀드려도 안 믿으실 겁니다……." 남자는 좀 봐달라는 눈빛으로 고개를 들고 그를 쳐다보며 말했다.

"안 믿을 건 또 뭔데? 말이나 해보라고, 젠장!"

그는 인내심을 잃어가고 있었다. 남은 시간은 3분이었다. 창유리 너머 도로는 아직 텅 비어 있었다.

"숲에서 나타났어요. 놈이 여자를 찾고 있다는 건 대번에 알 수 있었어요. 그런데 저랑 같이 있는 여자를 보더니 멈춰 섰어요."

"그다음은?"

"아무 일도 벌어지지 않았어요. 그냥 쳐다보기만 했어요……. 그런데도 피가 얼어붙는 것 같았어요."

"왜지?"

"왜냐하면 놈은……."

"놈이 뭐가 어쨌다는 거야?"

"신고 전화를 걸었을 땐 말할 수 없었어요. 날 미친놈 취급하고 아무도 그 여자를 안 도와줬을 테니까요."

도대체 무슨 소리일까? 무슨 말을 할 수 없었다는 걸까? 머릿속으로 더 많은 정보를 캐낼 방법을 쥐어짜던 그는 뒤란의 주차장으로 다가오는 검은 점을 발견했다.

승합차. 너무 지체했다.

브루노는 자리에서 벌떡 일어나 밖으로 뛰어나가려 했다. 볼펜과 종이 대용으로 쓴 진단서를 챙기려 할 때, 남자가 그의 팔을 붙잡았다.

"절 도와주시려고 온 거 아니었어요?" 그는 입술을 파르르 떨며 물었다.

"아니야." 브루노는 단도직입적으로 대답했다.

사립 탐정은 밀렵꾼의 얼굴에서 실망과 두려움을 읽었다. 하지만 자신이 상관할 문제는 아니었다. 그는 출입문을 쳐다보면서 속으로 시간을 계산했다. 실내 불이 꺼지고 유리 깨지는 소리와 함께 적들을 어리둥절하게 만들며 어떤 형태의 위협도 무력화시킬 수 있는 섬광탄이 날아들기 전에 출입문까지 가는 데 걸리는 시간.

"토끼였어요."

브루노는 남자가 붙잡고 있던 팔을 뿌리치려다 갑자기 동작을 멈췄다.

"뭐라고?" 그는 놀라서 되물었다.

남자는 그에게서 다시 볼펜과 종이를 빼앗아 그림을 그렸다. 대충 그린 게 어린아이 그림 같았다. 그러고는 그에게 다시 종이를 건넸다. 떨리는 손으로. 브루노는 그림을 들여다보았다.

토끼 머리를 한 사람이었다. 하트 모양의 눈이 달린 토끼 머리.

10

그린 박사는 산소마스크를 벗겨주려고 그녀 쪽으로 몸을 숙였다.

"지금은 좀 어떠니?" 그는 웃으며 물었다.

자가 호흡은 여전히 힘들었다.

"폐가 적응하도록 연습해야 해."

박사는 그녀의 동작을 따라 가슴에 손을 얹었다. 그러고 보니 공기가 점점 더 잘 드나드는 느낌이 들었다.

"감사합니다." 그녀는 곁탁자 쪽으로 고개를 돌리며 말했다.

노란 전화기는 여전히 자리를 지키고 있었다. 상상으로 만들어낸 게 아니었다.

"누구한테 전화하고 싶니?" 그린 박사가 물었다.

"해도 되나요?"

"물론이지, 사만타." 박사는 웃으며 대답했다.

그녀는 몸을 일으키려 했다.

"잠깐. 내가 도와주마."

그는 사만타의 팔을 붙잡고 등 뒤에 쿠션 하나를 대주었다. 그러고는 전화기를 그녀의 무릎 위에 내려놓았다.

그녀는 수화기를 들어 귀로 가져갔다. 하지만 아무 소리도 들리지 않았다.

"외부전화는 9번을 먼저 눌러야 해." 그가 설명해주었다.

9번을 누르자 신호음이 떨어졌다. 기분 좋은 소리였다. 기쁨과 자유의 짜릿함이 온몸을 휘감는 것 같았다. 그런데 숫자판을 들여다보던 사만타의 표정이 어두워졌다.

"무슨 일이니? 왜 그래?" 그린 박사가 물었다.

"기억나는 전화번호가 하나도 없어요."

"그럴 만도 할 거야. 워낙 시간이 많이 흘러서……. 어쩌면 번호도 다 바뀌었을지 모르지. 안 그러니?"

그 말에 다소 안도가 되었다.

"네가 자리를 비운 동안 세상이 많이 달라졌어, 사만타."

"어떻게요?"

"배우고 알아갈 시간은 많을 거야." 그는 전화기를 제자리에 갖다 놓으며 말했다. "손 닿는 거리에 둘 테니 혹시라도 생각나는 번호가 있으면 전화를 사용해라."

그녀는 고개를 끄덕였다. 무언가를 구체적으로 설명해주고, 자신을 안심시켜주는 그린 박사가 그저 고마울 따름이었다.

"다들 절 잊고 사는 거죠, 그런 거죠?"

그녀는 가족이나 친구들을 통째로 지칭하며 물었다. 하지만 아무도 기억나지 않았다.

"모두에게 힘든 일이었지." 그린 박사는 의자에 앉으며 말했다. "죽음은 어느 정도 협상이라는 게 가능해. 그런데 사랑하는 사람이 도대체 어떻게 됐는지 알 수 없는 상황이라면 남는 건 의심밖에 없어. 답을 얻기 전까지 결코 포기할 수가 없거든."

"그런데 왜 우리 부모님은 지금 여기 없는 거예요?"

"아버지가 곧 오실 거야. 먼 곳으로 이사하셨는데 좋은 소식을 전하기 위해 경찰에서 찾는 중이야. 그런데 어머니는……. 유감이지만, 사만타. 어머니는 6년 전에 돌아가셨다."

사만타는 괴로운 심정이어야 했다. 그런 소식을 전해 들은 딸이라면 당연히 그래야 할 테니까. 그런데 아무런 감정이 들지 않았다.

"알겠어요." 그녀는 자신의 귀에도 냉담하게 들릴 정도로 차분히 대답했다. 마치 자신을 세상에 태어나게 해준 여성의 죽음과 협상할 일은 없다는 사실을 확실히 하려는 것처럼. 이미 그 소식을 사실로 받아들인 것처럼.

"기억을 되찾으면 기억과 함께 괴로움이 널 기다리고 있다는 걸 알게 될 거야." 그런 박사는 설명을 이어나갔다.

"차라리 기억이 되돌아오지 않는 게 더 낫지 않아요? 박사님은 기억을 되찾는 게 저한테 좋다는 식으로 말씀하시네요."

"괴로움을 피해갈 수 있는 사람은 없다, 사만타. 그건 정신적으로도 건전하지 않아."

"전 이미 충분히 괴로움을 겪었다고 생각하진 않으세요? 네? 박사님이 뭘 안다고요? 박사님한테는 가족이 있겠죠? 아내도 있고 아이들도 있고……. 그런데 저는요? 전 15년이란 시간을 도둑맞았단 말이에요. 더한 건 뭔지 아세요? 누군가 내 기억까지 훔쳐갔어요."

"토니 바레타라는 이름을 들으면 생각나는 게 있니?"

'누구지? 어떤 사이였지?'

"없는 것 같구나." 박사는 자신의 말을 이어나갔다. "넌 기억을 못 하겠지만 실종됐을 당시, 너랑 같은 중학교에 다녔던 친구가 경찰 조사에서 2월 그날 네가 토니라는 남학생과 약속이 있었다고 진술했어. 같은 학교 남학생인데 그 친구가 너한테 할 말이 있었다고 하더라."

그런 박사는 이어질 뒷이야기가 사만타에게는 썩 유쾌하지 않을 거란 생각이 들었다.

"그 이유로 토니라는 아이는 유력한 용의자로 몰렸어. 경찰은 그 아이가 너를 살해하고 시신을 유기했다고 의심했지. 내 생각에 토니라는 아이는 너를 좋아해서 고백을 하려 했던 것 같은데……. 토니도 너처럼 열세 살이었거든."

짧은 침묵이 이어졌다.

"미안하구나. 너를 혼란스럽게 할 생각은 아니었는데……. 그게 네 잘못이라고 말하는 건 아니야. 하지만 당시 일은 많은 사람들에게 적잖은 영향을 끼쳤어. 바로 너처럼 무고한 피해자들도 발생했고. 우린 그 사람들 때문에 괴로워하고 슬퍼했어. 너한테도 마찬가지였다."

죄책감이 밀려들며 목이 콱 막혔다.

"그 사람들을 위해서 제가 뭘 어떻게 할 수 있죠?"

"그 괴물 같은 놈을 잡을 수 있게 날 도와주면 된다." 그런 박사는 녹음기에 테이프를 갈아 끼우며 말했다. "더 애쓰고 노력해야 해, 사만타." 그의 말투가 갑자기 엄해졌다. "우린 시간이 별로 없어. 나한테 무언가를 알려줘야 한다고……. 무슨 뜻인지 알겠지?"

"모르겠어요……."

"모든 걸 기억하기는 아직 이를지 모르지만 적어도 한 가지만큼은 나한테 알려줘야 해. 놈이 키가 큰지, 목소리는 어땠는지 그런 거 말이다."

"저한테 말을 건 적이 한 번도 없었어요." 그녀는 박사의 눈을 똑바로 바라보며 대답했다.

그런 박사는 곧바로 말을 이어나가지 않았다. 먼저 녹음기를 작동시켰다.

"15년간 한 마디도 안 했다는 거니?"

"제가 미쳤다고 생각하시는 거예요?"

"전혀 아니야. 믿음에 대한 질문이었다. 사만타, 많은 사람들이 자신들은 우월한 존재에게 상시로 감시당한다고 생각하고 있어. 사람들은 그 존재를 신이라고 부르고 그 신에게 세상에서 벌어지는 일을 관장하는 힘을 부여하지. 비록 신을 눈으로 볼 수는 없지만, 신이 있다고 믿는 거란다. 그래서 자신들이 이 세상에 살고 있는 게 신 덕분이고, 자신들의 삶의 목표도 신이 관리하는 거라고 생각해. 신이 없으면 길을 잃었다고, 버림받았다고 생각하겠지. 신은 필수적인 존재가 된 거야."

"그러니까 지금 박사님 말은 제가 그 괴물 같은 놈을 필요로 한다는 거예요? 괴물을 보호하고 있다고요?"

"그런 게 아니야. 네가 직접 얼굴을 본 적도 없고, 목소리도 들은 적 없는 누군가가 분명히 존재한다는 걸 나보고 믿으라 한다면 난 네 말을 믿어. 그리고 난 네 편이야. 그런데 세상에는 논리적인 설명을 필요로 하는 일들이 있어. 예를 들면 그렇게 오랜 시간이 지난 뒤, 네가 어떻게 거기서 빠져나올 수 있었는지 같은 질문 말이야."

그녀는 그린 박사가 자신에게 원하는 게 무엇인지 이해할 수 없었다. 도대체 의도가 뭘까? 그때 무언가 진동하는 소리가 났다.

박사는 의자 팔걸이에 걸어둔 재킷 주머니에서 휴대전화를 꺼냈다. 문자메시지가 도착해 있었다.

"너한테 처방하는 해독제가 조만간 약효를 제대로 발휘할 것 같구나. 기억을 찾는 데 많은 도움이 될 것 같다." 박사는 메시지를 읽으며 그렇게 말했다. "미안하지만 난 잠시 실례 좀 해야겠다."

그린 박사는 자리에서 일어나며 사만타의 팔에 연결된 수액을 살펴보고는 문으로 걸어갔다.

"그린 박사님……." 그녀가 박사를 불렀다. "나가실 때 문은 좀 열어두고 가시면 안 될까요?"

"살짝만 열어두지." 그는 웃으며 말했다. "이 정도면 괜찮을까?"

그녀는 고개를 끄덕였다. 박사는 문을 살짝 열어두고 밖으로 나갔다. 틈 사이로 복도가 보였다. 밤인지 낮인지 구분할 수는 없었다. 경비를 서는 경찰관은 여전히 그 자리에 서 있었다. 문 옆에 등을 진 자세로. 기분이 좋아지는 고요한 분위기였다. 병원 소음이 들리긴 했지만 희미했다. 눈을 감고 싶었지만 잠이 들까 두려웠다. 꿈을 꾸면 놈이 다시 나타날 거라는 확신이 들었기 때문이다.

바로 그때, 노란 전화기가 소리를 내며 울렸다.

오싹 소름이 끼쳤다. 그녀는 거대한 자석에 달라붙은 것처럼 침대에서 꼼짝도 할 수 없었다. 그러고는 서서히 곁탁자 쪽으로 고개를 돌렸다.

전화기는 냉혹할 정도로 규칙적인 벨 소리를 내며 울리고 있었다. 그렇게 그녀의 관심을 끌어당겼다.

그녀는 곁눈질로 경비를 서고 있는 경찰의 반응을 살펴보았다. 꼼짝도 하지 않았다. 도와달라고 부르고 싶었지만 두려움이 목을 눌러 말도 나오지 않았다.

그러는 동안에도 전화벨은 끊임없이 울리며 희미하게 감싸고 있던 고요한 분위기를 깨고 있었다. 무언가를 일깨우려는 듯. 위협하려는 듯.

마음의 절반은 자명한 사실을 부인했다. 나머지 절반은 그녀가 인정하고 싶지 않은 무언가를 속삭였다. 그러니까 수화기 건너편에 있는 사람은 오래전부터 알고 있는 사람이라는 사실을. 그녀를 만나러 병원에 찾아오겠다고 알리기 위해 전화를 건 옛 친구라고.

그녀를 집으로 데려다주기 위해서. 미로 속으로.

침대에서 일어나 전화기에서 멀리 떨어지고 싶었다. 그런데 깁스한 다리가 그러지 못하게 방해했다. 그래서 그녀는 창유리 쪽으로 고개를 돌렸다. 그린 박사는 유리 너머에 있는 형사들이 자신과 그린 박사의 대화를 보고 들을 수 있다고 말했었다. 혹시 지금은 저 너머에 아무도 없어서 그런 걸까? 그녀는 주의를 끌기 위해 손을 들어 올렸다. 그러면서 동시에 문 쪽을 향해 간신히 입을 벌려 기어들어 가는 목소리로 경찰을 불렀다.

"저기요……. 죄송한데요……." 공포심과 소심함만 느껴지는 목소리였다. 두려움이 사람을 얼마나 바보로 만드는지 자신도 잘 알고 있었다.

그런데 벨 소리가 일순간 멈춰버렸다.

들리는 거라곤 헐떡이는 자신의 숨소리가 전부였다. 그리고 휘파람처럼 불편하게 이어지는 사악하고 시끄럽던 벨 소리 잔향. 그녀는 다시 전화기를 쳐다보았다. 정말로 벨 소리가 멈춘 건지 확인하기 위해서. 고요했다.

더더욱 다행인 건 놀란 가슴을 달래주는 익숙한 소리가 이어졌다는 사실이었다. 그린 박사가 허리띠에 찬 금속 열쇠고리에 주렁주렁 달린 열쇠들이 부딪치는 소리였다. 문이 열리고 그린 박사가 안으로 들어왔다.

"사만타, 괜찮은 거니?"

"전화기요." 그녀가 말했다. "전화기가 울렸어요."

"진정해라. 아마 잘못 걸려온 전화였을 거야. 누가 실수로 번호를 잘못 누른 걸 거다."

하지만 그녀는 박사의 말을 귀담아듣지 않았다. 아니, 아예 듣지 않았다. 머릿속에서 모호한 생각이 피어오르고 있던 탓이었다. 전화 벨 소리가 그녀의 기억 속에 작은 틈 하나를 만들어냈고, 그 틈을 통해 무언가가 밖으로 흘러나왔다. 어렴풋한 기억. 소리와 관련된 기억이었다.

"저기요…… 죄송한데요……."

자신의 목소리였다. 조금 전, 경비를 서고 있던 경찰을 부르기 위해 자신이 사용한 단어들이었다. 그런데 머릿속에서 똑같은 말이 들리고 있었다. 예전에 다른 장소에서도 그 말을 했었다.

미로를 걷고 있었다. 기다란 회색 복도 끝에 다다르자 철문 하나가 나왔다. 문은 잠겨 있었다. 항상 잠긴 상태였다. 분명했다. 그런데 그 안에서 무슨 소리가 들렸다.

철문을 긁는 것 같은 소리.

대수롭지 않은 소리였다. 생쥐나 벌레가 긁는 정도에 불과했으니까. 그런데 미로 속이 워낙 고요한 터라 미세한 소리 하나도 크게 울려 퍼졌다. 자신의 방에서도 들릴 정도였다. 그녀는 소리가 나는 곳으로 황급히 발걸음을 옮겼다.

서서히 철문에 가까워지자 과연 무슨 소리일까 생각해보았다. 무얼 발견하게 될지 두려웠지만 직접 확인하는 것 외에 다른 방법이 없다는 걸 누구보다 잘 알고 있었다. 호기심 때문은 아니었다. 미로 속 일상에서 세세한 모든 부분까지 확인하고 미세한 변화를 감지하는 법을 온몸으로 배웠다.

왜냐하면 언제, 그리고 어떻게 새로운 게임이 시작되는지 알 수 없었으니까.

그녀의 본능이 말하고 있었다. 철문 뒤에서 무언가가 기다리고 있다고.

"저기요…… 죄송한데요……."

그녀는 자기가 생각해도 이상할 정도로 공손하게 상대를 불렀다. 대답이 돌아오리라는 희망으로.

"박사님 말이 맞았어요." 그녀는 상대를 똑바로 바라보며 말했다. "전 혼자가 아니었어요."

11

브루노는 적절한 시각에 바에서 빠져나온 덕에 자신의 사브 운전석에 앉아 백미러를 통해 경찰의 급습을 지켜볼 수 있었다.

아직 도시로 이어지는 교외에 접어들지도 못했는데 라디오에서 벌써 사만타 안드레티 납치사건의 유력한 용의자를 체포했다는 소식이 흘러나왔다. 그는 바에서 있었던 일을 떠올리며 차를 몰았다. 토끼 머리를 뒤집어쓴 남자 이야기는 도저히 믿을 수 없었다.

"톰 크리디라는 남성이 무슨 이유로 체포되었는지는 아직 알려지지 않았습니다." 아나운서가 말했다. "현재 용의자는 경찰 조사를 받게 될 모처로 이동 중이라고 합니다."

젊은 남성의 이름은 톰 크리디였다. '그 친구한테 비난의 화살이 집중되겠지.' 그런 생각이 들었다. 진범을 쫓기 위해 언론과 여론을 살짝 따돌리는 데 필요한 인물상에 완벽히 들어맞았다. 그러다 진범을 놓쳐버리면 밀렵꾼에게 모든 책임을 전가할 것이다.

하지만 톰이 바우어와 들라크루아 형사에게 토끼 머리를 한 남자 이야기를 늘어놓는다면 심신미약이나 정신이상으로 구속을 면할 수도 있을 것이다. 브루노는 톰 크리디를 희생양으로 삼지 못한다는 사실을 깨닫게 될 두 형사의 표정을 그려보면서 껄껄대며 웃었다.

하지만 웃음은 발작성 기침에 가로막혔다. 무언가가 가슴을 짓누르는 것 같았다. 기침 때문에 그의 차가 갑자기 차선을 이탈해 중앙선을 넘어갔다. 브루노는 반대편에서 달려오는 차를 발견하고 가까스로 다시 제 차선으로 되돌아왔다. 이게 마지막이려니 생각하자 통증이 갑자기 찾아왔을 때처럼 순식간에 사라졌다.

브루노는 그게 경고신호라는 걸 깨달았다. 심장이 그에게 보내는 경고신호. 무리하지 말라는 경고. 아껴뒀다 어디에 쓰라고? 경찰은 수사에 필요한 수단은 물론 재원을 갖추고 있었다. 그에 비하면 사립 탐정 브루노 젠코가 할 수 있는 일은 한계가 있었다. 그에게 유일한 단서는 톰 크리디와 그가 목격했다는 말도 안 되는 상황이 전부였다.

공허한 기분이 들면서 불편해졌다. 목표가 사라진 탓이었다. 남은 거라곤 죽는 것뿐이었다.

도시에 도착한 건 새벽 1시였다. 그 시각에 도로가 마비될 정도로 차가 밀린다는 사실이 놀라울 따름이었다. 무더위가 지속되면서 모두의 일상이 뒤바뀐 탓이었다. 출근길에 나선 사람들, 불 켜진 건물들, 거기에 장을 보러 나온 사람들까지……

그는 사람들 모두가 할 일이 있다는 사실에 주목했다. 자신만 그렇지 않았다. 심지어 어디로 가야 할지도 알 수 없었다. 큐 바로 찾아가 큄비를 만나 술 한 잔 앞에 두고 이런저런 이야기를 늘어놓을 수도 있었다. 아니면 앰브러스 호텔 115호실에 들어가 얼룩진 시트 위에 누워 잠이 오기를 기다릴 수도 있었다. 아니면 죽음을 기다리거나. 그에게는 언제나 열려 있는 린다의 아파트도 있었다. 유니콘들 가운데서 사람의 온기를 느낄 수 있는 곳이기도 했다. 그런데 이제 그녀와의 관계는 슬픔으로 얼룩져버렸다. 슬픈 감정에 빠져들고 싶지 않았다. 오늘 밤만큼은. 과거의 생활이 떠올랐다. 어제 같고, 오늘 같고, 내일 같았던 수많은 하루. 다음 날 아침이면 까맣게 잊어버리는 그 평범한 날들. 우리가 살아 있다는 것도 인식하지 못하는 그런 평범한 하루. 그런 날을 얼마나 보냈던가? 언젠가 써먹을 데가 있을 거란 생각도 하지 않고 뒤로 넘겨버리는 그런 하루. 하지만 그 하루하루가 이제는 가장 간절히 바라고 원하는 대상이 돼버렸다. 단 하루만 과거로 돌아가 살 수 있다면 그는 가장 화려하고 아름다운 날이 아니라, 가장 평범한 하루를 택했을 것이다.

'집으로 가고 싶다……' 그런 생각이 들었다. 이제는 자신의 시체를 누가 찾아주거나 말거나, 아무래도 상관없었다.

그는 습관처럼 자신의 집에서 두 블록 떨어진 곳에 차를 세운 다음 혹시 미행이 따라붙지는 않았는지 확인하며 도보로 이동했다. 다년간 탐정으로 살아오면서 체득한 일종의 철칙이었다. 자신의 거주지는 노출하지 않는다.

그의 집은 시내와 가까운 곳에 있었다. 과거의 매력을 간직하고 있는데 아직까지는 신흥 부유층의 레이더망에 포착되지 않은 곳이었다. 그들이 쏟아붓는 돈이면 아마 거리를 배회하는 불량배들을 쓸어낼 수도 있겠지만 현재로선 그곳에서 돌아다니는 돈의 출처는 대부분이 불법 마약 거래와 관련돼 있었다.

지난 20여 년간 살아온 집 앞에 도착한 브루노는 현관으로 들어가기 위해 술 취한 노숙자를 옆으로 밀어내야 했다. 엘리베이터에 문제가 많아 계단을 이용했다. 이미 녹초였다. 숨 막히는 더위 때문에 다섯 계단이나 여섯 계단 올라가면 무조건 멈춰서 숨을 골라야 할 정도였다.

층마다 소란스러운 소리나 싸우는 소리가 들렸다. 다행이라면 그의 이웃들은 서로 치고받고 싸우더라도 집 안에서 싸움을 벌였다. 이따금 경찰이 찾아와 누군가를 데려가는 일도 발생하긴 하지만 전체적으로 보면 은둔 생활을 하기에 완벽한 조건을 갖춘 곳이었다.

5층에 도착한 브루노는 열쇠로 문을 열고 안으로 들어가 문을 잠갔다. 그러고는 몇 초간 어둠 속에 가만히 서서, 정해진 시각에 작동하도록 설정해둔 시원한 에어컨 바람의 환영 인사를 온몸으로 느꼈다. 그는 깊이 숨을 들이쉬며 집 안에 퍼져 있는 향을 빨아들였다.

깨끗하고 정돈된 향기.

불을 켰다. 거실에는 꼭 필요한 가구만 갖춰져 있었다. 소파 하나, 텔레비전 한 대, 그리고 테이블 하나. 부엌은 열려 있었고 모든 게 제자리에 있었다. 조리 도구, 에스프레소 기계, 착즙기와 그 옆에 있는 과일과 야채 바구니까지. 찬장에는 비축해둔 재료들이 가지런히 정리돼 있었고 냉장고도 꽉 찬 상태였다.

발걸음을 옮기기 전에 그는 신발과 옷, 그리고 속옷까지 벗었다. 완전히 알몸이 될 때까지. 그러고는 땀내 나는 구겨진 재킷과 셔츠는 옷걸이에 걸고 커버에 넣어 지퍼를 닫은 다음 옷걸이에 걸어두었다.

그는 맨발로 마룻바닥을 밟고 침실로 들어갔다. 침실에는 운동기구가 설치돼 있었다. 러닝머신과 아령과 역기를 드는 벤치. 당장이라도 깨끗한 시트가 깔린 허리 교정용 매트리스 위에 눕고 싶었다. 하지만 먼저 샤워부터 하기로 했다.

집 밖에서는 허름하다 못해 막 사는 사람처럼 보일 정도로 차림새에 신경 쓰지 않는 그였지만, 일단 집 안에 들어온 순간부터 본연의 모습을 되찾았다.

사립 탐정의 첫 번째 철칙은 눈에 띄지 않는 외모가 아니라 오히려 그 반대였다. 차림새가 중요한 이유는 남들의 시선이 땀내와 담배 냄새에 찌든 그의 누더기 같은 옷차림과 덥수룩하고 기다란 턱수염에 집중돼야 하기 때문이다. 사실 그의 외모는 일종의 갑옷과도 같다. 그래서 타인들로 하여금 그의 겉모습에 집중하게 만들어야 했다. 처지가 딱해 보이는 남자를 보면 사람들은 자신들이 우월하다고 생각하며 십중팔구 경계심을 풀기 마련이니까.

관건은 그럴듯한 연기력이었다.

브루노는 샤워기의 뜨거운 물로 땀과 피로를 씻어내면서 눈을 감고 자신의 걱정거리만 생각하려 애썼다. '두 번째도 실패했어.' 그런 생각이 들었다. 15년이 지난 지금도 사만타 안드레티를 떠올릴 때마다 괴로웠다. 왜 지금에서야? 잊고 있었다. 해결하지 못한 사건들과 함께 물건들의 집에 있는 상자에 묻어두고 지냈다. 차라리 일주일만 늦게 발견되었더라면 영영 모르고 지나갈 수도 있었을 것이다. 정리라도 할 수 있을 거라 믿을 만큼 멍청했다. 막말로 그가 뭘 할 수 있었을까? 괴물을 잡아? 누구 좋으라고?

분명 사만타는 아니다. 사만타는 그의 도움 없이도 그곳을 빠져나왔다. 혼자 힘으로 해낸 것이다.

　행여 납치범을 찾아내기라도 하면 사만타에게 했던 자신의 잘못을 용서받을 수 있을 거라 정말 믿었던 걸까? 당시 그를 가장 괴롭혔던 건 그 개자식과 공범이 된 것 같은 더러운 느낌이었다. 사만타의 부모가 연락해왔을 때 거절했어야 했다. 그런데 그는 제안을 받아들였다. 그것도 모자라 그들에게 돈까지 챙기고 각박하게 대했었다. "의뢰비용은 두 배에 선불로 지불하셔야 합니다. 진척 상황을 확인하는 전화는 받지 않겠습니다. 정기적인 상황 보고도 없을 겁니다. 연락할 일이 있을 때만 제가 연락드리겠습니다. 지금부터 한 달 뒤에도 아무런 연락이 없을 경우 알아낸 게 아무것도 없다고 생각하시면 됩니다."

　사실 실종사건을 해결할 수 있으리란 희망은 처음부터 없었다. 그런데 왜 그런 거짓말을 했던 걸까? 자신의 의지력이나 마음을 단련시키기 위해 벌인 말도 안 되는 테스트의 일종이었을까? 열세 살 소녀와 자신에게 애원하던 그 부모를 향한 연민의 정을 떼어버리면 시험에 통과했다고 생각할 수 있었을까? 정말 그 때문이었을까? 그 빌어먹을 자제력 테스트 통과를 기념하는 또 하나의 트로피를 찾아다녔던 건 아니었을까?

　그는 눈을 뜨고 샤워실 타일에 주먹을 날리려다 멈췄다.

　'아니야. 정확히 그 반대야.

　난 그 사건을 믿지 않았어. 내 잘못은 그거 단 하나였어.

　맞아. 거절했어야 했지만 이성적으로 처리하지 못했어. 15년 전에는 최선을 다했을까? 알 수 없지. 어쨌든 지금은 더 이상 할 수 있는 게 없어. 너무 늦은 걸까?'

토끼 머리를 뒤집어쓴 남자. 그가 얻어낸 건 조롱에 가까운 답이었다.

누군가와 함께 껄껄대며 웃고 싶었다. 오늘 밤만큼은 정말이지 곁에 누군가가 있으면 얼마나 좋을까 싶었다. 여자, 아니면 친구 누구라도. 하지만 집 안에 발을 들인 사람은 아무도 없었다. 후회는 없다. 그의 선택이었기 때문이다.

'고독은 사물에 대한 지각 능력을 최상으로 끌어 올리니까…….' 스스로에게 그런 주문을 걸었다.

사립 탐정은 반드시 타고난 육감을 지녀야 한다. 다른 사람들의 머릿속으로 들어가야 하기 때문이다. 그러기 위해서는 언제나 집중력을 유지해야 한다. 그런데 가족과 친구들은 위험할 정도로 집중력을 방해하는 요소에 해당했다.

그는 방으로 돌아가 거울 앞에서 몸을 닦았다. 몸이 급격히 말라가는 게 보였다. 장기간에 걸친 운동으로 단련된 조각 같던 근육이 사라지고 있었다. 몰골이 형편없는 사립 탐정 역할을 수행하지 않을 때면 술은커녕 담배도 피우지 않고 식단까지 엄격하게 관리했다. 그런데도 불치병은 막을 수 없었다. 하지만 그의 헌신적인 면은 사립 탐정 업계에서는 아마 최고로 기억될 터였다.

'내 영역은 사냥이야. 그리고 가장 사냥하기 힘든 동물이 인간이지.'

브루노는 거울을 보며 그렇게 되뇌었다. 자신이 하는 일은 주어진 임무라고 스스로에게 주문을 거는 것처럼.

인간 포획에 성공하려면 그만큼 정교한 자질을 갖춰야 한다. 기발함, 관찰력, 첨단기술 활용능력, 반사 신경, 침착성, 스트레스 저항력과 용기.

그리고 무엇보다 인간 본성에 대한 심도 있는 이해가 필요하다.

악질 채무자, 이런저런 사기꾼, IT 범죄자, 전문 절도범. 바로 그가 쫓는 사냥감들이었다. 그들을 잡아 대가를 치르게 하거나 부정하게 착복한 재산을 토해내게 하는 일을 하면서 브루노는 대형 민간기업으로부터 거액의 수고비를 받아왔다. 그리고 그 돈은 은밀한 방법으로 해외 계좌로 보내놓았다. 오랫동안 입어온 누더기 같은 사립 탐정 옷을 벗어 던진 뒤에 마음껏 쓸 생각으로.

지금까지 그 순간을 뒤로 미뤄두기만 했었다.

이제 가장 서글픈 사실은 그 많은 돈을 쓸 사람이 없다는 것이다. 물론 자선단체에 기부하거나 한 푼도 남김없이 린다에게 줄 수도 있었다. 하지만 그렇게 하려면 무슨 수로 그 많은 돈을 모았는지를 밝혀야 한다. 음모, 술수, 협상, 술책 등 결코 드러내고 자랑할 수 없는 행위의 결과물이었다. 뿐만 아니라 돈의 출처를 캐 들어가기 시작하면 철저한 익명으로 관리해온 고객 명단이 공개될 위험도 있다.

'그대로 놔두는 게 나을지도 모르겠어…….' 그런 생각이 들었다.

그가 사망하면 그의 계좌들은 업계 용어로 휴면계좌가 된다. 그렇게 수년의 시간이 흐르면 그 돈은 고스란히 은행으로 귀속된다.

그가 남길 수 있는 유일한 유산은 바로 괴물이었다. 그리고 수혜자는 사만타 안드레티라는 이름을 가진 과거의 열세 살 소녀였다.

앰브러스 호텔 115호실 금고에 넣어둔 봉투가 과연 무언가를 바꿀 수 있을까? 그 안에 든 내용물은 위험한 물건이었다. 그런데 왜 당장 폐기하지 않은 걸까? 왜 그 일을 린다에게 부탁했을까?

답은 자신도 알고 있었지만 모른 척하기로 했다.

그는 시트를 이리저리 흔들고 침대 위에 앉았다. 평소 자신이 누워 자는 바로 옆자리였다. 잠들기 전에 곁탁자에 달린 서랍을 열었다. 그 안에는 오렌지색 약통이 세 개 들어 있었다. 의사의 표현에 따르자면 절차를 간소화하기 위해 처방해준 완화치료법의 일환이었다. 알고 보면 항우울제에 불과했다. 그는 손바닥에 두 알을 올렸다가 잠시 생각에 잠겼다. 그러다가 세 알을 더 꺼냈다. 자살할 마음은 전혀 없었지만 그렇다고 죽음이 빨리 찾아오도록 돕는 게 그리 나쁜 일 같지도 않았다. 그는 곁탁자에 있던 물 주전자를 들고 컵에다 물을 담은 다음 약을 삼키려다 다시 사만타 안드레티를 떠올렸다.

사만타는 이제 안전하다. 게다가 혼자 힘으로 그곳에서 탈출했다. '그런데 도대체 어떻게 감금된 곳에서 빠져나올 수 있었지?'

납치범을 제압하고 밖으로 나왔을 가능성은 매우 낮았다. 15년간 감금된 채 학대받았기 때문에 육체적으로 매우 허약한 상태였을 것이다. 게다가 숲을 통과하는 과정에서 다리까지 부러졌잖아? 그 점도 간과할 수 없었다. 납치범을 속였던 걸까? 아니면 그가 한눈파는 순간을 이용했던 걸까? 괴물은 분명 그 긴 시간을 아무 탈 없이 버티면서 자신감이 넘쳤을 것이다. 사만타가 그걸 노리고 기회를 잡아 탈출에 성공했을 수도 있다.

하지만 어떻게 생각해도 수긍이 가지 않았다. 상황을 재구성할 때마다 결정적인 대목에서 막혔다.

그래서 납치범에게 쫓기면서 나무 사이로 도망가는 사만타를 떠올려보려 했다. 순간적으로 토끼 머리를 한 남자도 떠올렸다가 지워버렸다. 사만타는 알몸이었다. 왜 옷을 입고 있지 않았을까? 현실 같지 않은 구원의 순간을 향해 필사적으로 뛰어가다가 넘어지고 다리가 부러졌다. 그 상태로 용케 찻길까지 기어갈 수는 있었을 것이다. 그런데 뒤쫓아 오는 납치범보다 유리한 게 사만타에게 있었을까? 더 이상 움직일 수 없었던 사만타는 그 상태로 누군가가 지나가기만을 간절히 바라고 애원했을 것이다. 하지만 아무도 나타나지 않았고 납치범이 조만간 그녀를 찾아낼 터였다.

그런데 무슨 소리가 들린 것이다. 멀리서. 익숙한 소리. 가까이 다가오고 있는 자동차 엔진 소리. 그리고 픽업트럭 전조등을 본 사만타는 자신의 존재를 알리기 위해 손짓했을 것이다. 아마 깜짝 놀란 운전자를 발견하고는 그가 차를 멈추는 대신 오히려 속력을 내며 달아날까 두려웠을 것이다. 그런 상황은 견딜 수 없었을 테니까.

차가 멈추고 일그러진 얼굴을 한 젊은 남자가 내렸다. 괴물을 닮지 않았지만 괴물 같은 얼굴의 남자. 사만타는 남자가 자신을 도와 그곳에서 멀리, 악몽으로부터 멀리 데려다줄 거라 믿었다. 그런데 남자는 뒤로 보이는 숲에서 나온 누군가를 발견했다. "숲에서 나타났어요. 놈이 여자를 찾는 거라는 걸 알 수 있었어요. 그런데 저랑 같이 있는 여자를 보더니 멈춰 섰어요." 톰은 그렇게 말했다. "아무 일도 벌어지지 않았어요. 그냥 쳐다보기만 했어요……. 그런데도 피가 얼어붙는 것 같았어요." 사만타는 자신을 구해줄 수 있는 남자의 눈에서 너무나 익숙한 감정을 읽었다. 공포심. 브루노는 확신할 수 있었다. 신고 전화 음성에서 공포심에서 비롯된 어두운 소리를 감지할 수 있었다. 사만타는 그가 자신을 그대로 내버려두고 떠날 거라는 걸 알 수 있었다.

그렇게 톰은 다시 픽업트럭에 올라타고 그 자리를 떠났다. 그리고 얼마 지나서 신고 전화를 했다.

이후 프로파일러는 병원에서 사만타가 들려주는 이야기를 들었을 테고 경찰은 사만타가 감금돼 있던 곳을 찾기 위해 늪지대를 수색했을 것이다.

'그런데 경찰이 왜 아직까지 찾아내지 못한 걸까?'

브루노는 한 손에 물컵을, 다른 손에 약을 든 채 멍하니 허공만 바라보았다.

'감금 장소를 찾아내지 못한 건 그게 늪지대에 있는 게 아니기 때문이야.' 그런 생각이 들었다. '단지 납치범이 사만타를 거기 데려다 놓았던 것뿐이야.'

그런데 왜?

"톰 크리디와 똑같은 이유였어……." 그는 혼잣말을 했다.

밀렵꾼은 그에게 답이 될 말을 했었다. 늪지대는 사냥을 즐기기에 완벽한 장소라고……. '그리고 가장 사냥하기 힘든 동물이 바로 인간이야.' 그는 자신의 생각을 되뇌었다.

'사만타는 감금돼 있던 곳에서 탈출한 게 아니었어. 납치범이 풀어 줬던 거야.'

브루노는 무슨 계시를 받은 느낌이 들었다. 괴물은 사만타를 그곳으로 데려와 도망치게 했던 것이다. 알몸인 데다 늪지를 둘러싼 숲 때문에 방향감각도 상실한 상태였다. 놈은 사만타에게 약간은 유리한 조건을 마련해주었던 것이다. 먼저 도망가게 해주고 자신은 시간을 두고 뒤쫓는 식으로.

'일종의 게임이었던 거지.' 사립 탐정의 생각은 거기까지 미쳤다. 사악하고 잔인한 게임.

먹잇감은 도망치는 과정에서 다리를 다쳤다. 포식자는 분명 어렵지 않게 사냥에 성공할 수도 있었다. 그런데 예상치 못한 변수가 발생했던 것이다.

밀렵꾼의 픽업트럭.

브루노는 물컵과 약을 곁탁자 위에 내려놓고는 완전히 잊어버렸다. 자신이 죽음에 쫓기고 있다는 사실마저 망각했다. 그는 자리에서 일어나 방 안을 서성거렸다. 아드레날린이 머릿속까지 솟구쳐 올라가는 느낌이었다. 퍼즐 조각이 하나씩 제자리를 찾아갔다. 조만간 전체 그림이 보일 거라는 확신이 들었다.

재구성을 방해하는 게 도대체 뭘까? 가로막는 무언가가 느껴졌다.

톰이 그대로 줄행랑을 친 뒤에도 납치범은 왜 사만타를 데려가지 않았던 걸까? 충분히 여유가 있었을 텐데……. '아마 밀렵꾼이 경찰에 신고할 수도 있다고 판단했겠지. 그러면 다리가 부러진 사만타를 데리고 제때 그곳을 벗어날 수 없었을 테니까.'

하지만 사만타를 살해할 수도 있었다.

자유의 몸이 되면 사만타는 경찰에게 유용한 단서를 제공해 괴물을 체포하게 할 수도 있다. 놈은 도대체 무슨 이유로 그런 위험을 자초했던 걸까?

비정상적인 행동에 대한 답은 단 하나였다. 납치범은 그 상황이 두려웠기 때문이다. 그래서 톰과 마찬가지로 도망쳤던 것이다. 그런데 도대체 왜? 뭐가 두려웠던 걸까? 놈은 숨어야 했다. 뭐로부터 숨어야 했던 걸까? 어쩌면 정체가 발각될까 두려웠을 것이다. 목격자 톰이 자신의 신원을 파악하게 해줄 단서를 경찰에 제공하는 게 두려웠을지도 모른다. 톰이 놈의 얼굴을 본 거라면 말이 된다. 그런데 톰이 봤다는 건……

"토끼였잖아." 브루노는 자신도 놀랄 정도로 크게 혼잣말을 했다.

토끼 머리를 뒤집어쓴 남자는 도대체 왜 도망쳐야 했을까?

토끼 머리 그 자체가 단서였기 때문이다.

12

말도 안 되는 억측 같았지만 확인이 필요했다.

브루노에게는 선택권이 없었다. 무엇보다 그 옛날, 사만타 안드레티 실종사건의 미스터리 해결 가능성을 그리 크게 보지 않았었다. 그 결과 열세 살 소녀는 15년간 모두에게 잊혔다.

그는 부리나케 현관으로 걸어가 옷을 넣었던 커버를 꺼내 열고 재킷 주머니에 들어 있던 병원 진단서를 꺼냈다. 그 진단서가 소중한 부적이 아니었다면 아마 오래전에 버리고도 남았을 것이다. 그는 톰이 그린 그림을 유심히 살펴보았다. 어린아이 수준으로 대충 그린 그림이었다.

토끼 머리를 뒤집어쓴 평범한 체형의 남성이었다. 브루노의 눈에는 눈이 하트 모양이라는 것을 제외하고는 남달라 보이는 게 아무것도 없었다.

다시 한번 생각해보았다. 드디어 세 번째 방의 문을 열 시간이었다.

의사로부터 선고를 받은 뒤로 발 한 번 들이지 않은 방이었다. 그게 두 달 전이었다. 그는 강화문 옆 벽면에 설치된 자판에 일곱 자리

암호를 쳐 넣었다.

전자 잠금장치가 열렸다.

전에는 자신의 개인 사무실에 틀어박혀 있는 걸 좋아했었다. 가장 민감한 비밀을 보관하는 곳이기도 했지만 무언가를 생각하기 위한 도피처이기도 했다. 벽걸이 책장에는 법전, 수사기법 이론서, 전술개론을 비롯해 마키아벨리 전집 같은 책들이 들어차 있었다.

벽은 초록색으로 칠했다. 한쪽 벽면은 한스 아르프의 이해 불가능한 콜라주가 차지하고 있었다.

브루노는 다다이스트 화가들을 좋아했다. 그래서 경매를 통해 고가의 그림을 사서 걸어놓았다. 해볼 가치가 있는 몇 안 되는 미친 짓 중 하나였다. 개인 사무실 안으로 들어간 그는 고가의 미술품 앞을 지나가면서 후회스러운 마음으로 그림을 외면했다. 죽을 때 무덤까지 가지고 갈 수는 없었다. 그는 오디오 쪽으로 걸어가 음반 하나를 골라 턴테이블 위에 얹었다. 바늘이 홈을 파고 들어가자 글렌 굴드가 1959년에 녹음한 바흐의 〈골드베르크 변주곡〉이 울려 퍼졌다.

브루노는 원형 책상 앞에 앉았다.

책상 위에는 보안회선 인터넷을 통해 중요한 자료들을 보관해놓은 외부 서버에 연결된 맥북 에어가 놓여 있었다. 지난 20년간 수집한 민감한 자료들이었다. 이 자료들이 사악한 인간들 수중에 떨어지는 것만큼 비극적인 일이 없을 정도로 충격적인 내용이었다.

그리고 그곳에서는 온갖 정부 사이트를 비롯해 경찰청 데이터베이스에도 접속이 가능했다. 민간기업 정보망에도 침투 가능하고 은행과 보험사 고객 명단에 관한 기밀 정보 열람도 가능했다. 그러면서 추적

당할 가능성은 아예 없었다.

그는 스카치테이프를 뜯어 밀렵꾼이 그려준 그림을 노트북 화면과 비슷한 높이의 스탠드에 붙여놓았다. 눈앞에 잘 보이도록.

"어디, 네놈을 찾을 수 있나 알아보자고." 그는 하트 모양의 눈을 가진 요상한 동물을 향해 말했다.

그러고는 자판에 '토끼'라는 검색어를 쳐 넣었다.

가장 먼저 경찰청 데이터베이스를 검색해보았다. 사만타 납치범이 사소한 범죄라도 과거 전과가 있을 가능성이 있기 때문이었다. 그때도 신분을 감추기 위해 토끼 머리를 뒤집어쓰고 범행에 나섰을 수도 있다.

범죄자 명단이 화면에 떴다. 토끼 도둑부터 시작해 토끼 학대, 그리고 지나가는 여성들을 괴롭히기 위해 거대한 토끼로 변장한 사람까지 토끼와 관련된 범죄자 명단이 끝없이 이어졌다. 브루노는 눈대중으로 살펴보았지만 느낌이 오는 사건은 보이지 않았다. 그래서 검색어를 추가해 범위를 좁혀보았다.

'미성년자.'

또 다른 명단이 떴다. 인간의 잔인함은 한계가 없어 보였다. 어느 사이코패스가 하굣길 학생들에게 독이 든 부활절 토끼 과자를 나누어 준 사건도 있었다. 마약 밀반입을 위해 어린아이들에게 봉제 토끼 인형을 들려 세관을 빠져나가려던 사건도 있었다. 온라인 쇼핑이나 휴대전화 데이터 충전을 위해 여자아이들이 알몸으로 웹캠 앞에 서는 '암토끼'와 관련된 범죄는 말할 것도 없었다.

이번에도 브루노의 흥미를 끌 만한 사건은 보이지 않았다. 그는 검색 범위를 과거로 거슬러 올라가며 살펴보았다.

그 과정에서 1980년대 발생한 R. S라는 아이의 사건이 그의 관심을 끌었다. 성범죄와 관련된 사건이라 미성년 피해자의 실명은 공개되지 않았다.

당시 R. S는 열 살로, 어느 월요일 아침 사라졌다가 3일이 지난 뒤 아무 일도 없었다는 듯 다시 되돌아왔다.

사만타 안드레티 납치사건과의 시간 차는 무려 20년이었다. 동일범의 소행일 가능성은 희박했다.

게다가 '토끼'라는 검색어는 얼마 되지도 않는 경찰 보고서에는 언급도 되지 않았고 문서 하단에 주석 형식으로 딱 한 번 적혀 있을 뿐이었다. 오타일 가능성도 있었다.

'아동 실종-심리치료 지원-토끼-사회복지사-기밀 사항.'

나머지는 실종사건 전담반으로 넘어갔다는 메모였다.

림보.

경찰에서 가장 난해한 업무를 전담하는 팀이었다. 단순 실종자와 관련된 통계는 비밀로 간주된다. 수치상으로 보면 하루 평균 한 건의 실종사건이 발생한다고 볼 수 있지만 공식 통계는 집계되지 않는다. 이유는 간단하다. 다수의 실종자들이 자발적으로 돌아온 게 사실이라면 돌아오지 못한 사람들의 운명은 여전히 풀리지 않는 수수께끼로 남았다. 다시 말하면 경찰 입장에서는 결코 좋은 홍보 수단이 되지 못한다는 뜻이다.

그런 이유로 림보의 사건 관련 기록들은 단 한 번도 전산화되지 않았기 때문에 인터넷으로는 찾을 수 없었다.

'20년이라…….' 브루노는 그렇게 생각하며 다른 건으로 넘어가려 했다. 하지만 R. S. 사건이 유일한 단서였기에 일단 더 깊이 알아보는 게 나을 것 같았다. 방법은 두 가지였다. 거절당할 각오를 무릅쓰고 실종사건 전담반 사무실로 찾아가 자료를 요청하거나 전화 한 통으로 보다 '지능적'으로 접근하는 방법.

브루노는 두 번째 방법을 택했다.

그는 경찰청 사이트에서 림보 사무실 연락처를 찾았다. 팀장 이름은 마리아 엘레나 바스케스였다. 이름은 이미 들어본 적 있었다.

그는 사무실로 전화를 걸었다. 신호음만 계속 이어졌다. '이럴 리는 없는데…….' 한밤중이었지만 모든 관공서가 근무시간이었다.

"여보세요?" 남자 목소리였다.

"여보세요, 죄송합니다만……. 전 바우어 특별수사관이라고 합니다. 혹시 팀장님과 통화가 가능하겠습니까?"

수화기 너머의 남성이 아무런 대답도 하지 않자 그는 불길한 예감이 들었다.

"가만히 있어, 히치!" 남자가 말했다.

개 이름을 듣는 순간 브루노는 큰 실수를 했다는 사실을 깨달았다. 상대방은 전날, 늪지대에 있던 베이스캠프로 찾아와 들라크루아 형사와 언쟁을 벌인 남자였다. 다시 말하면, 정장에 파란 넥타이를 매고 온 그 남자는 경찰이라는 소리다. 그러니 당연히 바우어 형사를 모를 리가 없었다.

"팀장님은 지금 자리에 안 계십니다. 괜찮으시다면 제가 도와드리겠습니다." 남자는 평범한 말투로 대답했다. "저는 특별수사관 사이먼 베리쉬라고 합니다."

브루노는 연기를 이어나가면 위험하다는 사실을 알고 있었다.

"좀 오래된 실종사건에 관한 정보가 필요해서요." 하지만 일단 던지고 보자는 식으로 용건을 털어놓았다.

그리고는 사건 번호를 알려준 다음 상대가 컴퓨터 자판을 두드릴 때까지 숨죽이며 기다렸다.

"일단 데이터베이스상에는 별 내용이 없습니다." 남자는 중얼거리며 말했다. "경찰에서 사건을 종결한다는 보고서 사본 하나가 전부네요. R. S.……. 10세……. 3일간 실종 상태……. 자발적으로 귀가……."

"아이 이름은 왜 일반적으로 표기되지 않는 겁니까?" 브루노는 기습이라도 하듯 다짜고짜 질문을 던졌다.

"실종 상태였던 72시간 동안 무슨 일이 있었는지도 나와 있지 않습니다."

"어떻게 그럴 수 있는 겁니까?"

"전체 보고서는 문서 보관실에서도 과거 사건 자료로 분류되는 종이 보고서를 참고하셔야 할 겁니다. 아무래도 이쪽으로 직접 오셔야 할 것 같습니다, 바우어 수사관님."

브루노는 상대의 제안을 일단 외면했다.

"혹시 지금 보고 계신 보고서에 다른 내용은 없습니까?"

"사건 종결 이후, 아이의 부모가 친권을 포기했다고 기록되어 있습니다. 그리고 아이는 윌슨 농장이라는 위탁가정으로 보내졌습니다."

'윌슨 농장.' 브루노는 수첩에 받아 적었다.

"관심을 가지실지 모르겠지만 여기 정신과 전문의 소견 일부가 기록되어 있습니다." 베리쉬가 말했다. "한 부 보내드릴까요?"

"그냥 읽어주시면 안 되겠습니까. 물론 괜찮으시다면 말입니다."

"알겠습니다." 상대는 그렇게 대답하고는 보고서를 읽기 시작했다. "해당 아동의 경우 정신 질환의 증상은 전혀 없지만 감정 조절에 어려움을 보인다. 이는 종종 불안해하는 태도로 나타나는데 이때마다 성적 억제력 결핍, 이식증, 유뇨증 증상이 수반된다."

이식증은 흙이나 종이 같이 음식물이 아닌 물질을 반복적으로 섭취하는 증상을 가리킨다. 유뇨증이라는 말을 들은 브루노는 아이가 당시 충격으로 오줌을 지릴 수도 있다고 생각했다. 그런데 성적 억제력 결핍이라는 진단이 심각하게 다가왔다. 도대체 무슨 뜻이었을까?

"수면장애가 심리 상태 불안으로 이어졌고 이로 인해 깨어 있을 때 온전치 못한 상상력이 발동되는데 해당 아동은 상상한 내용을 그림으로 표현했다. 그림의 내용으로 판단하면 해당 아동은 현실 인식 수준이 미숙하다는 게 확연히 드러난다. 그림 몇 개가 서류에 첨부되어 있긴 합니다." 베리쉬가 한 마지막 말은 전혀 예상하지 못한 내용이었다.

전문의의 소견은 다소 충격적이었다. '현실 인식 수준이 미숙하다…….' 브루노는 속으로 그 말을 되뇌었다.

"아무래도 안 되겠습니다. 죄송하지만 사본 한 장 보내주실 수 있겠습니까?"

"이메일 주소를 알려주시면 보내드리겠습니다."

경찰 업무용이 아닌 일반 계정의 이메일 주소를 대면 상대는 자신이 바우어 형사가 아니라는 걸 알아챌 수도 있었다.

"팩스 번호를 알려드리겠습니다."

"수사관님 사정도 딱하기는 마찬가지인가 봅니다." 베리쉬는 그렇게 말했다.

그는 상대의 말이 농담인 건지, 아니면 애초부터 코미디 같은 사기극을 믿지 않았다는 말을 에둘러 하는 건지 알 수 없었다.

"그럴 겁니다." 브루노는 억지로 웃으며 상대에게 추적이 불가능한 팩스 번호를 알려주었다.

"그럼 저희가 보유하고 있는 낡은 팩스를 켜고 보내드리겠습니다. 그런데 아무리 봐도 직접 오셔서 확인해보시는 게 가장 나을 것 같습니다. 문서 보관실 자료들을 들여다보면 항상 놀라운 발견을 하게 되거든요."

"언제 한번 들르겠습니다." 브루노는 거짓말을 했다. "그럼 팩스 기다리겠습니다. 감사합니다."

그는 전화를 끊고 팩스가 작동하기를 기다리며 노려보았다.

사이먼 베리쉬라는 사람이 아무것도 안 보내는 건 아닐까 의심스러웠다.

그는 과감하게 바우어 형사의 이름까지 팔아가며 움직였다. 사실 림보에서 다루는 사건들이 그리 중요한 대형 사건은 아니었다. 게다가 R. S. 사건의 경우 80년대로 거슬러 올라가는 데다, 아이가 되돌아와 표면상으로는 해피엔드로 마무리되었다.

죽음을 앞두고 있다는 생각에 거칠 것이 없었다. 과거였다면 이렇게 경솔한 행동은 절대 하지 않았을 것이다. 이런저런 생각으로 머리를 쥐어짜고 있는데 팩스가 작동하기 시작했다. 종이 몇 장이 기계 밖으로 나왔다.

안도감도 잠시였다.

처음에는 전송 오류라 생각했다. 똑같은 종이가 여러 장 수신되었기 때문이다. 그런데 자세히 들여다보니 똑같은 것을 강박적으로 그려낸 각기 다른 그림들이었다.

새들로 뒤덮인 하늘, 어느 마을, 아니, 사람들로 붐비는 동네가 배경이었다. 커다란 성당이 그림 한가운데를 차지했고 뒤로는 축구장이 보였다.

브루노가 그림을 보고 말문이 막힐 정도로 놀란 부분은 R. S.가 사람을 표현한 방식이었다.

현실 인식 수준이 미숙하다는 말……. 그림 속 동네 사람들은 전부 토끼 머리를 뒤집어썼고 눈은 하트 모양이었다.

13

그는 시골길을 달리고 있었다. 여명의 조짐은 멀리 보이는 지평선에서나마 미약하게 태동할 뿐이었다. 달은 자취를 감췄지만 아직 별은 볼 수 있었다. 3시간만 지나면 태양이 떠오르면서 살인적인 폭염을 몰고 와 또다시 대지를 뜨겁게 달구며 재앙을 피하고 싶은 사람들을 집 안에 꽁꽁 가둘 터였다.

집을 나서기 전, 브루노는 구겨지고 냄새나는 리넨 재킷을 챙겨 입었다. 주머니에는 여전히 톰이 뒷면에 토끼 머리 남자의 몽타주를 그려놓은 부적이 들어 있었다.

그는 부모가 친권을 포기한 열 살 꼬마를 받아준 위탁가정이 있는 농장으로 향하는 길이었다. 인터넷으로 주소는 찾았지만 운영하는 것 같지는 않았다.

주도로에서 벗어난 뒤 비포장도로로 진입하자 해바라기 밭 사이로 난 미로 같은 오솔길을 찾아다녀야 했다. 이러다 길을 잃는 건 아닌지 걱정하던 찰나, 전조등 불빛이 윌슨 농장 이정표를 비췄다.

6킬로미터 정도 지나자 별이 총총한 하늘 아래 커다란 집 한 채가 모습을 드러냈다. 언덕에 자리 잡은 주택 양쪽에는 경비라도 서듯 삼나무 두 그루가 각각 한쪽씩 차지하고 있었다.

그는 나무로 된 아치를 통과해 집 앞에 차를 세우고 내렸다. 여전히 누가 살고 있는지 알 수 없었다. 건물 내부는 컴컴했다. 도시와 떨어진 시골이라 아직 밤낮이 뒤바뀐 시스템이 적용되지 않은 듯 보였다. 그는 주의를 끌기 위해 경적을 울렸다.

집 안에 있던 개 두 마리가 짖어대기 시작했다. 2층에 불이 들어왔다. 잠시 후 누군가 현관문을 열고 나왔지만 문을 열고 나온 사람이 누구인지 확인할 틈이 없었다. 강렬한 손전등 불빛이 얼굴 정면으로 날아들었기 때문이다.

"누구요?" 여자 목소리였다. 바로 옆에서 개 짖는 소리는 여전했다.

"윌슨 부인 되십니까?" 브루노는 손으로 눈을 가리며 물었다. "이렇게 불쑥 찾아와 죄송합니다만 말씀 좀 나누고 싶습니다."

"누구신지 아직 대답을 안 하셨어."

"그렇군요. 전 레너드 머스터라고 합니다." 그는 거짓말을 하며 주머니에서 위조된 신분증을 꺼냈다. "검사실에서 일하는 직원입니다."

여자는 손전등을 내리고 잠시 침묵을 지켰다. 그녀는 난데없이 나타난 방문객을 과연 얼마나 믿어야 하는지 생각하며 찬찬히 뜯어보는 듯했다.

"검사 양반이 이 늙은이한테 무슨 볼일이 있다는 거요? 그것도 이런 시각에?"

"단순한 형식적인 절차에 불과합니다." 브루노가 대답했다.

"일단 들어오시게나. 안에서 얘기합시다."

타미트리아 윌슨과 개 두 마리가 먼저 들어가고 그는 뒤를 따랐다. 윌슨 부인은 발목까지 내려오는 나이트가운 차림이었다. 긴 백발 머리의 노부인은 굵직한 나뭇가지를 주워다 손수 만든 것으로 보이는 지팡이에 의지해 걷고 있었다. 그녀는 큼지막한 떡갈나무 테이블이 가운데 놓여 있는 널찍한 부엌으로 손님을 안내했다.

그녀가 손짓하자 개 두 마리는 불 꺼진 벽난로 옆으로 돌아가 엎드렸다.

"내가 뭘 해드리면 되겠습니까, 머스터 씨?" 그녀는 가스레인지에 불을 올리고 그 위에 커피포트를 얹으며 물었다.

레너드 머스터는 브루노가 과거에 몇 번 써먹은 위조 신분이었다. 공무원 신분증은 경찰 배지만큼 위협적인 수단이 되지는 않지만 경계심을 낮추는 기능을 한다. 브루노는 경험을 통해 사람들이 종종 경찰에게는 잘못된 정보를 흘린다는 사실을 깨달았다. 경찰들의 권위를 은근히 무시하기 때문이었다. 그래서 시민들의 협조를 얻어내기 위해 선량한 사립 탐정이 선택한 방법은 하급 공무원이 되어 대화 상대와 눈높이를 맞추는 것이었다.

"이렇게 이른 시각에 불쑥 찾아와 다시 한번 사과드립니다. 도시에서는 더위로 인해 근무시간이 변경돼 밤에 일하고 있습니다. 미리 전화를 드리려고 했었는데 연결이 돼야 말이지요." 그는 직접 찾아온 핑곗거리를 댔다.

"전화는 이미 1년도 전에 끊겼어요." 윌슨 부인은 씁쓸한 표정으로 대꾸했다. "전화 회사가 뭐 우리 같은 사람들은 신경도 안 쓰니까."

충분히 상상이 가는 상황이었다. 오는 동안 민가 한 채 본 적 없었기 때문이다.

"이렇게 찾아온 이유는 저희 검사님께서 여러 건의 미성년자 실종 사건 자료를 재검토해보라고 지시하셨기 때문입니다. 수사 당시 놓친 단서 같은 게 있나 해서 말입니다…… 아시는지 모르겠지만 사만타 안드레티라는 여성이 살아 돌아온 이후 경찰이 여론의 압박을 받는 상황입니다. 높으신 양반들은 어디서 또 뭐가 튀어나오는 걸 전혀 달가워하시지 않아서……"

"이해합니다." 말은 그렇게 했지만 믿는 눈치는 전혀 아니었다. "그런데 이 노인네가 뭘 도와드릴 수 있을까……"

"혹시 농장에서 데리고 있던 아이들 중에서 사만타 안드레티와 비슷한 경험을 한 아이들이 있었는지 말씀해주시겠습니까?"

"전부 다 그랬지." 그녀는 브루노를 쳐다보며 대답했다.

그는 애써 놀란 반응을 억눌렀다. 하지만 그런 답이 나오리라고는 전혀 예상치 못했다.

"전부 다요?"

윌슨 부인은 지팡이를 내려놓고 한 손에는 커피포트를, 다른 손에는 빨갛게 칠한 양철 컵 두 개를 들고 절뚝거리며 테이블로 다가와 브루노에게 스툴에 앉으라고 권하고 자신도 하나를 차지하고 앉았다.

"남편하고 나는 오래전에 여길 만들었습니다." 그녀는 브루노 뒤로 보이는 무언가를 가리키며 설명을 시작했다.

뒤를 돌아보니 그녀가 가리키는 게 벽난로 위에 올려놓은 액자라는 걸 알 수 있었다. 한 손에 사냥용 엽총을 들고 아이들에게 둘러싸여 웃고 있는 남자의 사진이 든 액자였다.

"우리 부부는 아이를 가질 수 없었어요. 그래서 불행하게 사는 다른 집 자식들을 위해 살기로 결심을 했지요."

"큰일하신 겁니다."

"그러기를 바랐지요. 우린 그 아이들을 특별한 자식들이라고 불렀습니다……. 큰아이부터 막내까지 내가 낳은 친자식처럼 아끼고 사랑했지요. 그 녀석들도 우릴 실망시키지 않았습니다. 뭐, 지금은 다들 어디서 뭘 하고 사는지 모르겠지만 아마 아직도 내 생각을 하고 있을 겁니다. 내가 가르쳐준 모든 게 인생을 사는 데 도움이 됐을 테니 말입니다."

윌슨 부인은 그 아이들을 문제아가 아닌 특별한 존재처럼 말했다. 노부인의 말을 듣고 보니 단점을 재능으로 바꿀 수 있는 건 오직 사랑의 힘이라는 생각이 들었다.

"머스터 씨는 혹시 '어둠 속의 아이들'이라는 말을 들어보셨습니까?"

"아니요."

호칭만으로도 목덜미의 터럭이 곤두섰다.

"난데없이 사라졌다가 경찰에 의해 발견되거나, 뭐라 설명할 수 없는 방식으로 다시 나타난 어린아이들을 부르는 말입니다. 사만타 안드레티처럼요." 윌슨 부인의 설명이 이어졌다. "그 아이들은 파렴치한 인간들에게 납치되고 노리개 취급을 당하곤 했습니다. 용케 빠져나오는 아이들도 있고, 자연스레 풀려나는 아이들도 있습니다. 감금돼 있던 기간의 기억이 평생을 따라다니며 낙인으로 남아버리지요."

"왜 어둠 속의 아이들이라고 부르는 겁니까?"

"산 채로 매장되듯 컴컴한 지하에 감금되기 때문입니다. 다시 세상 빛을 볼 때 새로 태어난 느낌이 들긴 할 겁니다. 이미 예전의 그 아이들로 살아갈 수는 없을 테니까요."

침묵이 이어지는 동안 노부인은 양철 컵에 커피를 따라 브루노에게 한 잔 건넸다.

그는 커피를 한 모금 마시고 이야기를 이어나갔다.

"제가 여기 오기 전에 사무실에서 사건 관련 자료들을 검토하다 보니, 공식 수사 보고서에 이름이 R. S.라고만 표기된 열 살짜리 아이의 실종사건이 있었다는 걸 알게 됐습니다."

노부인은 잠시 기억을 더듬었다.

"그 아이가 여기 머문 게 언제인지 알 수 있을까요?"

"80년대입니다."

그 말에 타미트리아 윌슨은 마치 떠오른 기억이 머리 위에 떨어진 벼락이라도 된 듯 모든 동작을 멈췄다.

"로빈 설리반!" 그러다 이름 하나를 내뱉었다.

"실종 기간은 짧았습니다." 브루노는 설명을 덧붙였다. "고작 3일 정도였습니다. 그런데 그 일 이후 부모가 친권을 포기해버렸습니다."

"엄마라는 여자는 아주 형편없었지. 아비라는 인간은 더했고." 윌슨 부인은 불신에 가득 찬 목소리로 말을 이어나갔다. "그 두 인간은 왜 끝까지 붙어살려고 고집을 부렸는지 도대체 이해할 수가 없었다니까. 로빈은 매번 두 인간이 싸우는 걸 지켜보면서 고스란히 그 대가를 치러야 했어요. 부모라는 인간들은 그 아이를 사랑하지 않았습니다."

윌슨 부인은 확신에 찬 투로 마지막 말을 던졌다. 브루노는 그 말만으로도 로빈이라는 아이가 가련하게 느껴졌다.

"부인께서는 사흘 동안 로빈에게 무슨 일이 일어났다고 생각하십니까?"

"한 번도 그 일에 대해서는 말하지 않았습니다." 노부인은 옛 생각에 잠긴 듯한 표정으로 대답했다. "참 여린 아이였어요. 많은 애정과 연민을 필요로 했던 아이였지요…… 또 그만큼 불순한 의도를 가진 누군가에게는 완벽한 먹잇감이기도 했습니다."

"가출이 아니라 납치였다고 믿을 만한 근거는 있었습니까?"

"나쁜 인간들은 그 아이들이 다른 데서 받지 못하는 관심을 주면서 호감을 삽니다." 노부인은 브루노를 똑바로 바라보며 대답했다. "그 아이들에게 관심이 있는 척하지만 속으로 원하는 건 아이들을 으슥한 곳으로 끌고 가는 거지요……"

"하지만 로빈의 경우……"

노부인은 주먹으로 테이블을 내리치며 무섭게 그를 쏘아보았다.

"로빈이 괴물에게 당한 피해자인지 어떻게 확신하냐, 그게 알고 싶은 거요?"

브루노는 아무런 대답도 하지 않았다.

"경험으로 아는 거예요, 경험으로. 그렇게 실종되기 전에는 로빈도 평범한 아이였다는 거, 난 알 수 있습니다. 방치된 아이들이 그렇듯 약간의 문제는 있었을지 몰라도 평범한 아이였습니다. 하지만 끝내 말하지 않았던 그 끔찍한 시간 이후, 아이는 변했습니다. 아마 수사 자료 같은 걸 보셨다면 내 말이 무슨 말인지 아실 겁니다."

"이식증에 유뇨증까지……" 브루노는 전화 통화로 베리쉬에게 들은 짤막한 내용을 떠올리며 열거했다.

"흙이나 석고, 화장지까지 먹었어요. 지속적으로 감시를 해야 했습니다. 그런데도 위세척을 적어도 여섯 번은 넘게 받았지." 노부인은 한숨을 쉬며 과거사를 읊었다. "괄약근 조절 능력까지 상실해 거의 갓난아기 수준으로 퇴화했을 정도였으니……. 어쩔 수 없이 기저귀를 채워줬는데 그게 다른 아이들과의 관계를 원만히 끌어가는 데 방해가 됐습니다. 아이들이 로빈을 놀리고 때리기까지 했으니까요."

'약자 중의 약자였어.' 그런 생각이 들었다.

"그럼 로빈은 외톨이로 지냈던 겁니까?"

"천만의 말씀." 노부인이 대답했다. "로빈은 우리 집에 오자마자 애정 결핍 증상을 보였습니다."

전문가가 지적했던 성적 억제력 결핍이 떠올랐다.

"정확히 무슨 말씀입니까?"

"로빈은 지속적으로 다른 사람들과 신체 접촉을 하려고 했어요. 처음에는 가족에게 그랬고, 여기 와서는 다른 아이들에게도 그랬습니다. 나는 물론 우리 남편도 예외는 아니었지요……. 그런데 그 아이가 원했던 신체 접촉은 정상적으로 느껴지지 않았습니다. 로빈의 동작에는 또래 아이들과 전혀 어울리지 않게 어떤 의도 같은 게 있었으니까요."

"그래서 부모가 친권을 포기하게 됐던 거로군요. 안 그렇습니까?"

노부인은 무섭게 그를 노려보았다.

"어둠이 그 아이를 감염시켜버렸던 거지요."

브루노는 어둠 속의 아이들이라는 말을 들었을 때처럼 등골이 오싹해졌다. 그는 어둠 속의 아이들이라는 말을 뇌리에 심어놓았다. 로빈의 비밀스러운 세계로 들어가는 열쇠라는 확신이 들었다.

"그런 기억까지 떠올리게 해드려 정말 죄송합니다." 그는 커피를 한 모금 들이켜며 말했다. "그래도 이해해주시기 바랍니다. 납치된 아이가 더 있었는데 모르고 그냥 지나갔다고 밝혀지면 저희 입장이 상당히 난처해져서 말입니다."

"더 알고 싶으신 게 있습니까?" 타미트리아 윌슨은 다소 혼란스러운 표정을 지으며 물었다.

"로빈 설리반을 진단한 정신과 전문의에 따르면 아이가 수면 장애로 괴로워했다고 합니다."

"악몽을 꿨다는 말이군요. 아니, 의사란 인간들은 단순한 말도 있는데 도대체 왜 그렇게 거창한 말들을 갖다 붙이는 건지 모르겠다니까."

"로빈이 꾼 악몽에서 혹시 반복되던 내용이 있었는지 기억하십니까?"

"아이들은 현실을 말하고 싶을 때 꿈을 빌려다 쓰기도 합니다. 솔직히 말하기 불편하거나 수치스러울 때는 그게 꿈이었다고 말하면 그냥 넘어갈 수 있으니까."

브루노는 상대가 대답을 회피하려 한다는 사실을 간파했다.

"로빈은 잠에서 깨면 그림을 그렸다고 합니다." 그는 상대의 반응을 살피며 말을 이었다. "그 그림 속 사람들은 전부 토끼 머리를 하고 있었습니다."

노부인은 그를 똑바로 노려보았다.

"여기까지 찾아오신 이유를 알 것 같군요, 미스터 씨."

브루노는 그녀가 자신의 정체를 알아낸 건가 불안해졌다.

"아, 그러신가요?" 그는 흥미롭다는 표정을 지어 보이며 대답했다.

"그래요." 상대는 심각한 표정으로 대답했다. "아무래도 버니를 만나게 해드려야 할 시간이 된 것 같네요."

14

"따라 내려오세요. 발 디딜 때 조심해야 할 겁니다."

타미트리아 윌손이 골방 바닥에 있는 문을 열자 지하로 연결되는 계단이 나타났다. 그녀는 손전등을 들고 지팡이에 의지해 천천히 계단 아래로 내려갔다. 뒤따르던 브루노는 행여 그녀가 넘어지지나 않을까 걱정스러웠다.

"미안합니다. 여긴 전기도 끊겨서……." 그녀는 손전등을 이리저리 비추며 미안해했다. "농장은 폐허가 돼가는데 더 이상 관리를 못 하겠더라고. 애를 써보긴 했지만 어느 날인가, 그냥 나하고 같이 늙어가게 내버려두기로 했지요……. 집이나 나나 건강이 걱정되긴 하지만 뭐, 누가 어쩌겠습니까."

브루노는 전화도 끊긴 커다란 농가에 홀로 살고 있는 노부인을 떠올려보았다. 어디가 아프거나 사고를 당하더라도 타미트리아는 도움을 요청하는 전화 한 통조차 할 수 없는 처지였다. 개 두 마리만 시체 주변을 맴돌 것 같았다.

"나도 예전에 여길 떠났어야 했어요." 노부인이 말했다. "그런데 여전히 이렇게 살고 있지요."

브루노는 난간을 붙잡았다. 발아래 밟히는 나무 계단이 삐걱거렸다. 어디로 가고 있는 건지 알 수 없었다. 슬슬 걱정되기 시작했다. 노부인은 설명 대신 두 눈으로 직접 봐야 한다고 말했다. 그러지 않으면 이해할 수 없다는 게 윌슨 부인의 주장이었다. 버니가 도대체 누굴까?

방금 전에도 노부인은 이 집에 혼자 살고 있다고 말하지 않았던가? 장기간 혼자 살다 보니 머리가 어떻게 된 걸까? 로빈 설리반에 관한 정보만 얻어내고 나왔으면 좋을 뻔했다. 그런데 윌슨 부인은 브루노에게 선택권을 주지 않았다.

계단 아래로 내려오자 노부인은 손전등으로 이곳저곳을 비춰 보았다. 녹슨 철제 침대 여러 개, 매트리스, 가구, 상자, 온갖 잡동사니들이 쌓여 있는 지하창고였다. 얼마나 물건이 많은지 도저히 크기를 가늠하기 어려울 정도였다.

"남편이 죽고 얼마 동안은 계속 아이들을 맡아서 키웠지요." 노부인은 절뚝거리는 걸음으로 다리가 휜 옷장과 물건 더미 사이를 지나가며 설명을 시작했다. "그러다 정부 지원금이 끊겨버렸습니다. 더 이상 사람을 고용할 수도 없고 해서 결국 그만두었지요."

"그게 언제였습니까?" 브루노가 물었다.

"마지막으로 특별한 아이가 이 집을 떠난 게 대략 9년 전이었습니다."

"로빈은요?"

노부인은 브루노의 팔을 붙잡고 바닥에 떨어져 있던 상자를 타고 넘어갔다.

"그 녀석은 열여덟 살이 됐을 때 여기를 떠났습니다. 다른 아이들처럼요. 적어도 그 녀석, 고등학교 졸업시험은 치르게 도와줄 수 있었지요." 그녀는 자랑스럽게 말했다.

브루노는 노부인이 넘어지지나 않을까 걱정스러웠다.

"그 후로 소식은 못 들으셨습니까? 혹시 주소나 전화번호 같은 건 모르시나요?"

"딱 한 번, 남쪽 해변의 어느 관광지에서 엽서 한 장을 보내온 적은 있었어요." 노부인은 누렇게 변색된 잡지 더미 옆으로 돌아가며 말했다. "그 뒤로는 아무 소식도 없었습니다."

개 두 마리는 그들을 따라오지 않았다. 간간이 계단 위에서 짖는 소리가 들리긴 했지만 그마저도 점점 멀어지고 있었다. 지하까지 따라오지 않은 녀석들을 비겁하다 탓할 수도 없었다. '버니라…….' 브루노는 그 이름을 속으로 되뇌었다. 지하창고까지 힘들게 따라 내려올 가치가 있는 만남이기를 바랐다.

두 사람은 습기 때문에 시커멓게 변한 벽돌로 막힌 벽 앞까지 왔다. 타미트리아는 손전등 불빛을 벽 아래로 내렸다. 브루노는 한 발 앞으로 다가가 바닥에서 놋쇠로 마감한 커다란 초록색 트렁크 하나를 발견했다. 오래된 물건 같았다. 덮개는 자물쇠로 잠겨 있었다.

"이겁니다." 노부인은 무언가를 발표하듯 큰 소리로 말했다. "버니는 저 안에 있습니다."

브루노는 마치 관 앞에 선 것처럼 불길한 예감부터 들었다. 노부인은 아무런 말도 하지 않았다. 대신 그에게 손전등을 건네고 지팡이를 바닥에 내려놓은 다음 애를 쓰며 트렁크 앞에 무릎을 꿇고 앉았다.

그러더니 목에 걸고 있던 끈을 뺐다. 브루노는 끈에 열쇠가 달려 있을 거라 추측했다. 왜냐하면 곧바로 노부인이 자물쇠를 만지작거렸기 때문이다. 그녀는 자물쇠의 고리를 풀고 덮개를 들어 올렸다. 브루노는 꼼짝도 하지 않았다.

"이쪽 좀 비춰주시겠어요?"

탐정은 가까이 다가가 트렁크 안쪽으로 손전등 불빛을 비췄다.

그 안에는 흰 담요와 수가 놓인 수건들이 담겨 있었다. 예전에 결혼 지참금으로 가져온 물건 같아 보였다.

"도대체 어디 보관해야 할지 몰라 버니를 이 안에 넣어뒀었지요." 노부인은 담요와 수건 사이를 뒤적거리며 말했다. "진작 버렸어야 했는데 무언가가 그러지 못하게 하더라고……."

도대체 무슨 말을 하는 걸까? 트렁크에 도대체 뭐가 들어 있다는 걸까?

노부인은 손동작을 멈췄다. 브루노는 그녀가 물건을 찾았음을 깨달았다. 하지만 등지고 있는 터라 물건의 정체를 알 수 없었다. 그녀는 손에 든 물건을 살펴보고 있었다.

"버니……." 그녀는 오랫동안 보지 못했던 친구를 만난 것처럼 나지막이 이름을 불렀다.

그러고는 결국, 뒤를 돌아보았다. 그녀의 손에는 작은 책 한 권이 들려 있었다.

"버니는 로빈과 함께 이 집에 찾아왔습니다. 우리 부부는 새 아이들이 올 때마다 짐 가방을 검사했습니다. 새총이나 칼처럼 아이들 자신은 물론 다른 아이들에게 해가 될지도 모를 위험한 물건들을 집 안에 들이지 못하게 하려는 예방책이었는데……. 그런데 로빈의 가방을 열었을 때 이 책을 발견했습니다. 보자마자 무언가 이상하다는 감이 왔어요."

그녀는 책을 브루노에게 건넸다.

"머스터 씨는 왜 그런지 이유를 설명할 수 없는데 불쾌함이 가시지 않은 경험을 해보신 적 있습니까?"

브루노는 잠시 머뭇거렸다. 무언가가 그의 호기심을 가로막고 있었다. 예감이었다. 하지만 그는 두 손으로 상대가 건네는 책을 받고 살펴보았다.

그냥 낡은 아동용 그림책에 불과했다.

표지는 변색된 상태였는데 하트 모양의 눈을 가진 커다란 하늘색 토끼가 그려져 있었다. 토끼는 밝고 다정해 보였다. 브루노는 그림을 보며 웃었다. 토끼 귀 사이에 제목이 적혀 있었다. 한 단어로.

'버니.'

"펼쳐봐도 되겠습니까?" 그가 물었다.

"그러세요."

브루노는 주변을 한번 둘러보다가 바닥에 쌓인 짐 가방을 발견했다. 그 위에 손전등을 올려 양손을 자유롭게 만들었다. 그는 책을 펼쳐 넘겨보았다. 흑백으로 된 그림은 다소 평범해 보였다. 줄거리도 아동용이었다. 버니는 대도시의 공원으로 이사 가기 위해 숲을 떠난다. 그리고 어린아이들을 만나서 친구가 된다. 그리고 아이들과 함께 논다.

이야기나 그림이나 이상할 것 하나 없어 보였다. 그런데 즐겁고 평온한 분위기를 만들어내기는커녕 찜찜한 기분만 들었다. 페이지를 넘길수록 브루노는 불안해졌다.

노부인의 말대로였다. 이상한 그림책이었다.

특히 한 부분이 유독 그의 관심을 끌었다. 이야기 속의 어른들은 버니의 존재를 전혀 인식하지 못한다는 사실이었다.

'아이들의 눈에만 버니가 보이는 거야.'

브루노는 책 속으로 더 깊이 탐독해 들어갔다. 이야기와 그림 속에 미묘한 경계가 있다는 사실은 감지했다. 그 경계 너머를 볼 수는 없었지만 기분 나쁜 무언가가 도사리고 있다는 것은 느낄 수 있었다.

얼마나 책 속에 빠져 있었는지 노부인이 책을 건넨 뒤로 아무 말도 없다는 사실도 모르고 있었다. 브루노는 자신의 머리 위로 커다란 그림자가 생기고 있다는 사실을 눈치채지 못했다. 그리고 타미트리아 윌슨의 지팡이가 공기를 가르며 그의 목덜미를 강하게 내리칠 때조차 아무것도 느끼지 못했다.

그가 본 마지막 장면은 그를 보며 웃고 있는 버니의 얼굴이었다.

15

브루노는 입에서 시큼한 피 맛이 느껴지자 자신이 아직 살아 있음을 깨달았다.

입안에서 혀를 돌리다 치아 하나가 빠진 사실도 알게 되었다. 아마 얼굴을 바닥에 그대로 들이받으며 쓰러진 것 같았다. 교활한 늙은이……. 주변은 온통 암흑 천지였다. 먼지 냄새와 곰팡내로 미루어 보아 여전히 윌슨 농장의 커다란 지하창고인 듯했다. 몸을 일으켜보려 했지만 머리가 빙빙 돌았다. 속이 매스껍고 식은땀이 나는 데다 심장까지 벌렁거렸다. 그런데 묘하게 삶의 종착지에 도착한다는 사실이 두렵지 않았다.

죽는 것보다 더 끔찍한 상황이었다.

빠져나갈 출구도, 불빛도 없이 지하에 갇힌 신세였다. 산 채로 매장된 것처럼. 타미트리아 윌슨은 납치된 아이들을 일컬어 어둠 속의 아이들이라고 지칭했었다.

그를 잡아 가둔 괴물은 혼자 살고 다리까지 저는 노부인이었다.

브루노는 공포에 사로잡히기 전에 일단 차근차근 지난 일을 되짚어보았다. 그림책을 읽고 있었던 게 떠올랐다. 버니의 얼굴, 그리고 목덜미를 강하게 얻어맞은 일까지. 윌슨 부인은 왜 그를 기절시킨 걸까? 그가 찾아왔을 때 온갖 핑계를 대고 돌려보낼 수도 있었을 텐데……. 그런데 굳이 지하창고까지 데려가 로빈 설리반이 가져왔다는 그림책까지 보여줬다. 앞뒤가 맞지 않았다. 어쩌면 단순히 정신이 나간 사람일 수도 있었다.

브루노는 손을 더듬거리며 짚고 일어날 게 없는지 살폈다. 여행 가방 하나가 손에 잡혔다. 그는 바닥에 무릎을 대고 몸을 일으켰다. 목덜미가 뻣뻣하고 찌릿찌릿한 통증 때문에 눈조차 뜰 수 없었다. 짧지만 강렬한 신음이 절로 튀어나왔다. 속까지 뒤집힐 정도로 강한 충격이었다. 그는 다시 팔을 뻗어 더듬거리다 자신이 그림책을 올려두었던 여행 가방 더미를 찾았다. 책은 펼쳐뒀던 상태 그대로였다. 그는 책을 덮어 부적이 든 재킷 주머니 속에 넣었다. 지갑과 휴대전화, 그리고 노부인에게 보여줬던 위조 신분증이 사라졌다는 사실을 깨달았다.

'쓰러질 때 떨어진 게 아니야. 그 노인네가 가지고 간 거야.'

가장 먼저 해야 할 일은 그곳으로 내려올 때 사용한 계단을 찾는 일이었다. 그런데 다소 복잡한 과정을 거쳐 초록색 트렁크까지 온 터라 되돌아가는 길을 기억할 수 없었다. 게다가 칠흑 같은 어둠에 둘러싸인 탓에 앞으로 걷는 것조차 힘들었다. 그렇다고 시도도 해보기 전에 포기할 수는 없었다.

브루노는 두 팔을 앞으로 뻗어 더듬거리며 출구를 찾아 나섰다.

가는 길에 손에 잡히는 물건의 정체를 알아내기 위해 머리를 굴렸다. 옷장 문손잡이, 옷걸이, 스탠드……. 무릎이 무언가에 걸리는 바람에 넘어질 뻔한 경우도 여러 차례였다. 브루노는 호흡 조절에 집중했다.

'폐 속으로 공기가 드나드는 한······.' 그는 린다에게 했던 약속을 떠올렸다.

그의 계획은 일단 골방으로 올라가는 문까지 가는 일이었다. 문은 분명 잠겨 있을 것이다. 어깨로 쳐서 아예 부수고 나갈 수도 있을 것 같았지만 가능할지는 알 수 없었다. 제법 단단해 보였기 때문이다. 밖으로 나간다 해도 지팡이를 든 타미트리아 윌손을 상대해야 했다. 무장하고 있을 가능성도 배제할 수 없었다. 벽난로 위에 올려둔 액자 속 사진에서 그녀의 남편은 사냥용 엽총을 들고 있었다. 브루노는 총기를 별로 좋아하지 않았다. 탐정 일을 하면서 총을 휴대해야 할 일은 두 번인가 세 번 정도에 불과했고, 사용한 적은 단 한 번도 없었다. 하지만 어떻게 다루는지도 잘 알고, 사격 연습장에서 주기적으로 연습도 했다. 그가 보유한 총은 두 정이었다. 사무실 금고에 넣어둔 베레타와 지퍼백에 넣어 사브 트렁크 비상 타이어 아래 감춰둔 반자동 소총. 하지만 지금은 그 어느 것도 사용할 수 없는 처지였다.

그는 뭐가 기다리는지도 모른 채 단단하고 미끄러운 무언가가 만져질 때까지 더듬거리며 천천히 앞으로 걸어갔다. 어느 순간 막다른 길에 다다랐다는 걸 깨달았다. 벽돌이 앞을 막고 있었다.

"젠장!" 화가 치밀었다.

꼭 화낼 일만은 아니었다. 혹시 지금의 상황이 사후에 그를 기다리고 있을 세상의 맛보기는 아닐까? 오직 그만을 위한 암흑세계. 그가 저지른 죄에 대한 대가. '앰브러스 호텔 115호실 금고에 들어 있는 물건.' 그런 생각이 들자 수치심이 밀려들었다. 그때 왼쪽 어딘가에서 희미한 소리가 들려왔다.

신음 소리? 아니, 목소리였다.

그는 소리가 들려오는 방향으로 걸어갔다. 벽을 더듬거리다 보니 기둥 같은 게 손에 잡혔다. 손가락으로 자세히 만져보았다. 외부와 연결되는 굵직한 쇠파이프였다. 파이프를 타고 소리가 안으로 흘러 들어오고 있었다.

바로 위의 집과 연결되는 파이프였다.

소리가 제대로 들리지 않아 귀를 파이프 가까이 갖다 댔다. 불분명한 소리였지만 목소리의 주인공이 타미트리아 윌슨이라는 건 알 수 있었다. 그녀의 입에서 튀어나온 단어들은 의미가 형성되기도 전에 사라져버렸다. 브루노는 기를 쓰고 소리에 집중했지만 아무 소용 없었다. 파이프 두께 때문에 후두음으로만 구성된 노랫소리 같은 말을 이해할 수 없었다. 그런데 갑자기 말소리는 물론 뜻까지 명확히 들리기 시작했다. 타미트리아 윌슨이 그가 서 있는 지점 가까이 온 게 분명했다. 그제야 간신히 몇 마디 말을 알아들을 수 있었다.

"……나한테 위조된 신분증을 내밀었다니까. 어쨌든 지갑하고 신분증은 챙겼어. 확인해보니까 브루노 젠코라는 인간인데 사립 탐정이야. 빌어먹을……."

상당히 화가 난 상태였다. 그런데 누구랑 이야기하고 있는 건지는 알 수 없었다. 대꾸하는 사람이 없었기 때문이다. '미친 노인네가 혼잣말을 하고 있는 거야. 아니면 개들한테 말을 하거나……' 먼저 든 생각은 그랬다.

"……버니한테 데려갔지. 다른 방법이 없잖아? 다른 생각도 안 들었고. 일단 아래로 내려가면 머리를 내리칠 계획이었어. 그리고 등을 돌리고 있는 틈을 제대로 노린 거지……."

브루노는 멍청하게 노부인에게 속아 넘어간 일이 타미트리아 월손 탓인지, 자신의 탓인지 알 수 없었다.

"……아니야, 생전 처음 보는 인간이라니까. 누가 보냈는지도 알 수 없고……."

마지막 문장은 그냥 혼잣말로 내뱉은 말이 아니었다. 어떤 질문에 대한 대답 같았다. 순간 유령을 마주 대하기라도 한 듯 등골이 오싹해졌다. '혼잣말을 하고 있는 게 아니었어.' 확실히 알 수 있었다.

"……그래서 너한테 바로 연락한 거야……."

그녀는 누군가와 통화를 하고 있었던 것이다. 유선전화는 끊겼을지 모르지만 노부인에게 휴대전화가 있었다.

"가둬뒀어……. 그렇다니까. 안심해도 돼. 절대 밖으로 못 나오니까."

누가 안심해도 된다는 걸까? 누구랑 통화하고 있는 걸까? 브루노는 불길한 예감이 들었다. 제 발로 늑대 소굴에 걸어 들어온 꼴이었다. 타미트리아 월손의 통화 상대는 과연 누구일까?

"……알았어. 기다리고 있을게……."

브루노는 더 이상 궁금해하지 않았다.

그게 누구든 이제 이쪽으로 오고 있었다.

16

나를 찾아오는 거야.

숨쉬기가 힘들어지고 상자 안에 갇힌 생쥐가 된 기분이 들었다. 전화 상대방이 농장까지 오려면 시간이 얼마나 걸릴까? 계획을 짜는 데 주어진 시간은 얼마나 될까? 그는 어디에 발을 놓아야 할지 보이지도 않는 지하창고에서 서성거렸다. 방어 도구로 삼을 만한 무기가 있을까 찾아보려 했지만 아무것도 보이지 않았고 어디로 가야 할지도 알 수 없었다.

불과 몇 시간 전만 해도 살 시간이 얼마 남지 않았다는 생각으로 마치 초능력을 보유한 듯한 기분이었다. 어쨌든 죽는 것보다 더 나쁜 일은 없을 테니까. 그랬던 자신이 강한 생존 본능을 느낀다는 사실이 놀라울 따름이었다. 두려움을 느낀다는 게 바로 그 증거였다.

조만간 모든 게 끝나는 거야.

순간, 발이 미끄러지면서 쌓아놓은 양철통 위로 넘어졌다. 통들이 바닥에 쓰러지면서 시끄러운 소리를 냈다. 그 와중에 유리로 된 무언가가 바닥에 떨어지며 산산조각이 났다. 두 팔을 뻗은 상태로 다시 바닥에 쓰러지고 말았다. 본의 아니게 오른손을 움직이는데 커다란 벌레집 같은 물컹한 무언가가 손에 걸렸다. 팔을 들어 올려 자신 쪽으로 당기자 거미줄 같은 게 딸려 왔다. 역겨운 생각에 떼어내려다 그게 거미줄이 아니라 털실이라는 걸 깨달았다. 바구니에 있던 털실 꾸러미.

브루노는 평정심을 되찾으려 노력했지만 감정 조절 능력을 점점 상실하고 있었다. 그때 눈앞으로 희미한 빛이 보였다. 골방으로 올라가는 계단을 찾은 것이다.

그는 계단 위로 올라갔다.

끝까지 올라가자 지나다니는 그림자 때문에 간간이 차단되기는 했지만 나무 문 틈새로 빛이 새어 들어오는 게 보였다. 그림자의 정체는 유일한 출구 앞에서 경비를 서고 있는 개 두 마리였다. 브루노는 오른쪽 어깨로 문을 밀며 올려보려 했다. 역시 예상대로 문밖에 빗장이 걸려 있었다. 쇳소리로 알 수 있었다. 불치병이 체력까지 떨어뜨린 탓에 문을 고정한 경첩을 날리는 건 무리였다.

그래도 계단에서는 머리 위로 무슨 일이 일어나는지 제대로 파악할 수 있었다. 왼쪽 다리를 바닥에 끄는 타미트리아 윌슨의 지팡이 소리가 들렸다. 그녀의 걸음걸이는 최면 효과에 가까울 정도로 강박적인 소리를 만들어냈다. 지팡이로 바닥을 찧는 소리에 이어 짧게 바닥을 끄는 소리. 쿵, 쓱, 쿵, 쓱. 똑같은 소리가 반복적으로 이어졌다.

뜨거운 커피와 과자 굽는 냄새가 풍겼다. 마녀 같은 노인네가 손님을 기다리면서 부엌에서 무언가를 만들고 있었다.

자동차 엔진 소리를 들은 것 같다고 생각하던 순간, 윌슨 부인의 발소리가 멀어졌다. 몇 분 정도 지나자 그녀가 돌아왔다. 발소리로 미루어 보아 그녀 혼자가 아님을 알 수 있었다.

"너한테 연락할 마음을 먹은 건 순간적으로 무언가가 잘못됐다는 생각이 들어서야." 노부인은 차근차근 설명을 시작했다. "통화할 때 말했듯이, 떠버리 탐정이란 놈이 이 집에 살았던 아이들에 대해 이런저런 질문을 늘어놓았는데 가만히 듣다 보니 그놈이 관심 있었던 건 한 명이었어."

로빈 설리반이라는 이름을 거론한 것만으로도 노부인을 불안에 떨게 만들었던 것이다. 브루노는 자신이 위험한 과거를 들쑤셨다는 사실을 알고 있었다. 그는 미지의 심연 속으로 뛰어든 셈이었다. 유일한 탈출구가 굳게 닫히고 있는 미지의 심연 속으로.

"다 뒤져봤는데 무기는 없었어. 자, 여기 그놈 휴대전화랑 신분증이야." 노부인은 자신이 브루노에게서 빼앗은 물건을 상대에게 자신 있게 보여주며 말했다.

그는 바보가 된 기분이 들었다. 사립 탐정으로 살아오면서 조사 차원에서 어딘가를 방문하는 경우 휴대전화나 지갑 같은 것은 언제나 다른 장소에 두고 다녔다. 차 트렁크에 두든지 방문지 이웃집 우편함에 넣어두곤 했었다. 그런데 지금은 머리 위에 있는 두 사람이 그에 대해 너무 많은 것을 알게 되었다.

"이 아래 가둬놨어. 아까 소리가 난 거로 봐서 정신은 차린 것 같아. 그러더니 지금까지 잠잠해. 어딘가에 숨어 있거나 수작을 벌일 계획을 꾸미고 있을지 몰라."

타미트리아의 손님은 아무런 대답 없이 듣기만 했다.

"뭘 캐려고 여기까지 왔는지는 모르겠어." 노부인이 말을 이어나갔다.

그 순간 브루노는 자신의 위치로 걸어오는 발소리를 들었다. 심장이 터져나갈 정도로 벌렁거렸다. 의사가 진단한 그대로였다.

문 바로 옆에서 발소리가 멈췄다. 브루노는 문틈 사이로 상대의 얼굴을 확인하려 했지만 노부인에게 가려 보이지 않았다.

"이 친구 어떻게 할 생각이야?" 그녀가 물었다.

'그래, 좋은 질문이야.' 브루노는 그렇게 생각했다. 자신도 당장 알고 싶었다.

하지만 방문객은 아무런 대답도 하지 않았다.

'어째 예감이 안 좋은데……' 그때 갑자기 총성이 울렸다. 그리고 몇 분간 정적이 이어졌다. 무슨 일이 일어난 건지 생각하는 순간 문틈 사이로 갑자기 늙은 마녀의 눈동자가 나타났다.

그는 계단 아래로 물러섰다. 하지만 이미 늦었다.

그녀가 고함이라도 지를 거라 예상했지만 아무런 말도 하지 않았다. 노부인은 단지 그를 빤히 쳐다보고 있었다. 움직이지 않는 눈동자에서 피가 뚝뚝 떨어지기 시작했다.

사망한 것이다.

브루노는 최대한 소리를 내지 않으려 애쓰며 계단 아래로 내려갔다. 시선은 계속해서 문을 향해 있었다. 당장이라도 열릴 것 같았다. 그는 지하창고의 어둠 속으로 되돌아와 가구 뒤에 숨어 기다렸다.

'여기선 모두가 어둠 속에서 움직여야 해. 위험을 자초하면서까지 내려오지는 않을 거야. 연기를 피워 날 나오게 할지도 모르지. 아니면 아예 농가에 불을 질러 노인네와 내 시체를 처리하려 들지도 모르고.'

하지만 그런 생각도 접었다. '그러지 않을 거야. 일단 자신한테 소중한 물건을 되돌려받아야 할 테니까.' 그는 재킷 주머니에 넣어둔 그림책을 만지작거렸다.

'버니. 놈은 절대 이걸 태워버리지 않을 거야.'

브루노는 자신의 추리가 적중하기를 바랐다. 그러는 동안 시간은 계속 흘렀다. 문을 고정하던 빗장이 풀리는 소리가 들렸다. 문이 위로 올라가며 골방의 빛이 계단 아래, 바닥까지 밀려들었다.

'드디어 나타났군. 내려와, 내려오라고. 자신 있으면 내려와봐.'

그런데 머리 위 상대는 아직 결심이 서지 않은 듯했다. 브루노는 탄창을 뺐다 끼우는 소리를 들었다. 경고였다. 손님은 다음은 네 차례라는 뜻을 분명히 밝혔다. 그러고는 드디어 계단 아래로 첫발을 내디뎠다. 두 번째. 그리고 세 번째. 브루노는 숨어 있던 가구 뒤에서 나와 몸을 웅크리고 계단 중간까지 내려온 상대를 발견했다. 탐정은 바닥에 굴러다니던 털실 끄트머리를 붙잡은 다음 있는 힘껏 잡아당겼다.

털실 뭉치가 먹잇감을 향해 날아갔다.

방문객은 털실 뭉치를 피하긴 했지만 난데없는 기습에 균형을 잃고 앞으로 고꾸라졌다. 브루노는 상대가 곡선을 그리며 넘어지는 장면을 느린 화면 보듯 눈으로 좇았다. 비명이 이어졌지만 아파서가 아니라 화가 나서 내지른 소리였다.

브루노는 그 틈을 노려 앞으로 뛰쳐나와 계단으로 뛰어갔다.

그는 바닥에 떨어진 상대를 펄쩍 뛰어넘었다. 상대는 자세를 바로 잡으려 몸부림치는 동시에 그를 붙잡기 위해 손을 뻗었다. 브루노는 발목을 스치는 손가락을 느꼈다. 계단에 다다르자 그는 열려 있는 문을 향해 계단을 두 칸씩 밟고 올라갔다. 빛을 향해 몸을 던지려던 순간 총성이 울려 퍼졌다. 총알이 귀 바로 옆을 스치고 지나갔다. 브루노는 방바닥을 두 손으로 짚고 하체 힘을 이용해 간신히 위로 올라오긴 했지만 바로 그 순간, 타미트리아 월손의 무시무시한 눈과 정면으로 마주치며 깜짝 놀라 하마터면 다시 뒤로 넘어갈 뻔했다. 하지만 가까스로 최악의 상황을 모면하고 옆으로 드러누웠다. 그러고는 가쁜 숨을 몰아쉬면서도 정체불명의 손님을 지하창고에 가두려고 문을 닫기 위해 몸을 돌리려 했다. 하지만 또다시 날아든 탄환 때문에 포기할 수밖에 없었다. 나무로 된 문이 박살 나며 파편이 그에게 날아들었다. 질겁한 브루노는 뒤도 돌아보지 않고 현관을 향해 뛰어갔다.

현관에 이르는 길이 한없이 길게 느껴졌다. 간신히 문 앞에 도착해 문손잡이를 붙잡고 아래로 내린 다음 잡아당겼지만 문은 꿈쩍도 하지 않았다. 열쇠로 잠겨 있을 거란 생각은 미처 하지 못했다.

등 뒤로 계단을 밟고 올라오는 발소리가 들렸다.

그는 뒤돌아보지 않았다. 말도 안 되는 생각이었지만 뒤를 돌아보는 순간 그 자리에서 죽어버릴 것만 같았다. 그는 신경질적으로 계속해서 문을 걷어찼다. 죽을 때만 기다리던 사람치고는 유난스러운 생존 의지를 드러내는 행동이었다.

등 뒤에서 들리던 발소리가 멈췄다.

'조준하고 있는 거야!' 총알이 살을 뚫고 들어올 거라는 예상과 함께 그런 생각이 들었다. 그런데 그때 거실 쪽으로 창문 하나가 보였다. 그는 필사적으로 달려가 창문을 열고 훌쩍 뛰어넘었다.

그러고는 밖으로 나오자마자 자신의 차를 향해 미친 듯이 뛰었다.

차는 처음에 세워둔 그 자리에 서 있었다. 현관문과 대략 20여 미터 떨어진 거리였다. 15미터, 10미터, 5미터. '총성이 들리지 않아. 어떻게 된 거지?' 브루노는 차 뒤로 돌아 바퀴 옆에 웅크리고 운전석 문 쪽으로 기어간 다음 문을 열고 안으로 몸을 던졌다. 뒷유리로 총탄이 날아들지 몰라 머리는 숙인 채로 열쇠를 찾았다. 열쇠는 점화장치에 꽂혀 있었다. 가속페달을 밟자 엔진이 우렁찬 소리를 냈고 기화기가 대량으로 연료를 빨아들이자 낡은 사브는 쏜살같이 달려 나갔다. 그제야 브루노는 똑바로 자리에 앉은 다음 백미러를 들여다보았다.

그리고 거울을 통해 자신이 방금 빠져나온 창문에 나타난 형체를 볼 수 있었다.

버니가 그에게 인사를 건네고 있었다.

17

"문 이야기를 했으면 좋겠구나, 사만타."

그린 박사의 목소리가 들리는데 대답을 할 수 없었다. 사만타의 정신은 미로 속에 갇혀 있었다. 그녀는 안에서 반복적인 소리가 흘러나오는 철문 앞에 서 있었다.

쥐가 긁는 소리거나 벌레 소리 같았다.

"문 뒤에 누가 있는 거니, 사만타?"
"미로 속에 누가 같이 있어요……"

그린 박사의 목소리와 겹쳐서 들리는 또 다른 목소리가 있었지만 병실에서 나는 소리는 아니었다. 작은 목소리. 여자아이. 여자애가 문을 긁으며 울고 있었다.

"얘, 내 말 들리니?"
답이 없었다.

"내 말 들리냐고!"

여자애가 훌쩍였다.

"너 이름이 뭐야?"

아무 소용 없었다.

"너 귀가 안 들리니?"

전혀 그렇지 않다. 아주 잘 들린다. 단지 겁을 먹었을 뿐이다. 아주 많이.

"있잖아, 겁먹을 필요 없어. 난 널 해칠 생각 전혀 없어. 나도 너랑 비슷한 처지야. 나도 똑같은 일을 겪고 있어. 그래서 지금 이렇게 여기 있는 거고. 나도 내가 어디 있는지 몰라."

사만타는 묘하게 만족스러운 기분이 들었다. 이기적이라는 건 자신도 알고 있었다. 하지만 자신만 미로 속에 갇혀 있는 게 아니라는 사실을 알게 되자 은근히 기분이 좋았다.

"도와준다고 약속할게."

사만타는 거짓말을 했다. 스스로 알고 있었다. 자신이야말로 도움이 필요한 처지였다. 오히려 여자애에게 '여기서 우릴 도와줄 사람은 아무도 없어'라고 말해야 했다. 하지만 사만타는 거짓말을 했다. 새로 생긴 친구를 잃고 싶지 않았다.

"이건 그냥 게임이야." 사만타가 말했다. "아주 쉬워. 규칙만 잘 따르면 돼."

거기다 한 마디를 덧붙여야 했다. 규칙을 정하는 건 그 사람이라는 말을. 하지만 그 말은 뺐다.

"난 얼마 지나서 깨달았어. 그리고 게임 방식을 알게 되니까 모든 게 간단해지더라고. 그 사람은 그냥 우리랑 놀고 싶은 거야."

"그 사람? 그게 누구야?" 문 반대편에서 드디어 나지막한 목소리가 들렸다.

나도 모른다. 어쩌면 신일 수도 있다. 왜냐하면 여기서 그 남자는 신이니까. 우리가 잘 지내게 될지 아닐지를 결정하고, 우리가 살 수 있을지 죽어야 할지를 결정하기 때문이다. 그리고 게임을 통해 우리를 시험했다.

"내 부탁을 들어준 적은 없어. 모든 건 우리한테 달려 있는 거야……. 우리는 게임을 할지 말지 선택할 수 있어. 그런데 게임을 하지 않으면 물이나 음식을 받을 수 없어……. 게임을 하지 않으면 살아남을 수가 없는 거야……."

"넌 게임 몇 번 해봤어?" 목소리가 물었다.

"많이……." 사만타는 그렇게 말하면서 자신도 몇 번이었는지 잊고 있었다는 사실을 깨달았다. "그런데 너도 해보면 마음에 들 거야."

말도 안 되는 소리였다. 그게 마음에 들 수 있다고? 왜 여자애에게 그런 말을 했을까? 여기는 마음에 들 게 전혀 없었다. '마음에 든다'는 단어는 미로 속에서 벌어지는 일을 묘사하기에는 아주 거리가 먼 단어였다. '아주 싫어하게 될 거야.' 그렇게 말해야 했다. '모든 걸 다 싫어하게 될 거라고. 너 자신까지도. 네가 강요당하는 그 일을 해야 할 테니까.'

"이제 거기서 나올 방법을 찾아봐야 해." 사만타는 철문이 얼마나 견고한지 시험해보며 말했다.

"나한테 열쇠가 있어."

믿을 수 없었다.

"그럼 왜 그러고 있어? 문 열고 이리 와."

침묵이 이어졌다.

"배고프지 않아? 나한테 먹을 게 있어. 여기……."

반응이 없었다.

"내 말 안 믿는 거야? 바보 같이 그러지 마!" 사만타는 조바심이 나서 소리를 질렀다. "내가 말했잖아. 난 널 해치지 않는다고. 계속 거기 갇혀 있고 싶으면 네 마음대로 해……. 그러면 넌 거기서 죽게 될 테니까. 알았어?"

사만타는 그런 말을 내뱉은 자신이 아주 치사하게 느껴졌다. 하지만 모든 게 못마땅했다. 미로 속에 갇힌 첫날이 떠올랐다. 무서워 죽을 것만 같았다.

"좋아. 내가 미안해……. 누구하고 얘기해본 게 너무 오랜만이라 그랬어. 네가 여기 있다는 걸 믿을 수 없어서……. 난……." 사만타는 울었다. 하지만 울고 있는 자신이 죽도록 미웠다. "난……난 그냥 우리가 친구가 됐으면 좋겠어."

철컥, 쇠붙이 소리가 정적을 갈랐다. 열쇠가 잠금장치를 푸는 소리였다. 두 번, 그리고 세 번.

믿을 수 없었다. 사만타가 여자애를 설득했던 것이다.

철문이 빠끔이 열렸다. 아주 조금만. 사만타는 멀어지는 발소리를 들었다. 뒤로 물러서는 가벼운 발소리였다. 그래서 한 손으로 문을 밀었다. 서서히 문이 열리며 겁에 질린 채 방 한가운데 서 있는 여자애가 보였다. 여자애는 여러 군데 찢긴 나이트가운 차림이었다. 맨발에는 피가 묻어 있었고 금발 머리와 얼굴에는 흙이 묻어 있었다. 사만타는 여자애의 파란 눈을 들여다보았다. 여자애는 뒷짐만 진 채 좌우로 몸을 흔들고 있었다. 어린애처럼.

"안녕." 사만타가 말했다.

"안녕." 여자애도 대답했다.

사만타가 다가가려 하자 여자애는 뒤로 물러섰다. 상대가 여전히 자신을 믿지 못한다는 걸 알 수 있었다. 신뢰. 그걸 쌓는 데는 시간이 걸린다.

"나랑 같이 가자. 너한테 잘 맞을 깨끗한 옷도 있어." 사만타는 손을 내밀며 말했다. 하지만 여자애는 무시했다. "내 물건들이 있는 방도 보여줄게. 매트리스도 있어서 네가 원하면 누워서 쉴 수도 있다니까!"

하지만 딱히 마음이 끌리는 것 같지 않아 보였다. 여자애가 한 걸음도 움직이지 않았기 때문이다.

"너도 뭘 먹어야 하고, 잠도 자야 하잖아. 그러지 않으면 준비할 수 없어."

"무슨 준비?"

"새로운 게임. 게임이 언제 시작될지 알 수 없어. 그러니까 내가 다 설명해줄게. 약속해."

사만타는 복도로 나가기 위해 등을 돌렸다. 여자애가 따라오기를 바라면서.

"난 다 알아." 여자애가 말했다.

사만타는 온몸이 뻣뻣해졌다. 그게 무슨 뜻이지?

"나도 게임 하는 중이거든."

사만타의 머릿속에 들어온 단어들이 마치 당구공처럼 서로 맞부딪히며 어지럽게 돌아다녔다. 뒤로 돌면서 곁눈질로 달라진 무언가를 발견했다. 방금 전까지 뒷짐 지고 있던 팔 하나를 빼서 앞으로 내밀고 있었는데 허리 부분에서 반짝이는 무언가가 사만타의 눈길을 끌었다. 날에 반사되는 조명 불빛이었다.

"그 사람이 이렇게 해야 한다고 했어." 여자애는 칼을 들어 올리며 말했다. "이렇게 하고 나면 집에 돌아갈 수 있다고 했어."

둘 사이의 거리는 몇 걸음일까? 열 걸음? 장기간 감금된 터라 날 선 상태로 유지돼온 본능이 세 가지 대안을 제시했다. 도망치거나, 맞서 싸우거나, 죽거나. 사만타는 첫 번째 대안을 택하려다 생각을 바꿨다. 그래서 복도로 뛰어나가는 대신 여자애에게 달려들었다. 여자애 역시 똑같이 달려들었다. 상대의 의도를 알아차렸기 때문이었다. 두 사람은 대치하는 자세로 거의 동시에 문으로 향했다. 철문은 생과 사의 갈림길이었다. 사만타의 상황이 유리하긴 했지만 열쇠를 챙겨야 했다. 사만타는 팔을 뻗고 손목을 구부린 다음 손가락을 놀리며 열쇠를 잡아 뽑았다. 열쇠를 손에 넣은 것이다. 사만타는 자신 쪽으로 문을 당겼다. 그런데 상대도 두 손으로 문을 붙잡았다. 그 바람에 여자애는 칼을 떨어뜨렸다. 두 사람은 바닥에 떨어진 칼을 쳐다보았다. 순간 사만타가 있는 힘껏 문을 잡아당기자 여자애가 고래고래 소리를 질렀다. "안돼! 안 돼! 안 된다고!" 철컥 소리와 함께 문이 닫히고 그 소리가 메아리가 되어 미로 속으로 퍼져 나갔다. 사만타는 열쇠를 자물쇠에 밀어 넣을 정신은 남아 있었다. 손이 부들부들 떨리긴 했지만 열쇠를 한 번 돌렸다. 그리고 두 번. 마지막으로 세 번. 여자애는 여전히 울면서 소리를 지르고 있었다. 미웠다. 여자애가 죽도록 미웠다. 그래서 사만타도 울기 시작했다.

"이제 끝났다……. 사만타, 내 말 들리니? 이제 끝났다고."

그린 박사는 그녀를 끌어안아 주었지만 그녀는 계속 몸부림쳤다.

"사만타, 여긴 안전해. 아무 일도 일어나지 않아."

그녀는 절망의 몸부림을 멈출 수 없었다.

"숨을 깊이 들이마셔봐라, 사만타……. 자, 깊이……."

그녀는 폐 속에 공기를 가득 채웠다.

"그렇게 잠시 머금고 있어라, 사만타."

그렇게 하니 정말 기분이 나아졌다.

"그러고 싶지 않았어요……." 그녀는 기어들어 가는 목소리로 말했다.

"뭘 하고 싶지 않았다는 거니?" 그린 박사는 그녀를 안아주며 물었다.

"제발……. 용서해줘……."

"뭘 용서해줘야 하는 거니, 사만타? 넌 아무것도 하지 않았어……."

그린 박사는 모르고 있었다. 용서해달라고 말하고 있는 사람은 사만타가 아니라 미로 속의 여자애라는 사실을.

"열어줘, 부탁이야. 미안해." 굳게 잠긴 문 반대편에서 여자애가 애원했다. "제발 날 여기 남겨두지 말아줘!"

그녀는 자신의 방에서 그 소리를 들었다. 하지만 아무런 대답도 하지 않기로 이미 마음먹은 뒤였다. 그녀는 매트리스에 웅크려 앉은 채 멍하니 허공만 바라보았다. 여자애의 존재를 무시하면서.

"다시는 안 그럴게. 내 말 믿어줘."

이제는 그녀가 더 이상 상대를 믿을 수 없었다. 여자애가 그렇게 만든 것이다. 게임의 규칙이 그렇다. 그리고 이제 규칙에 따라 방에 갇힌 그 여자애는 지쳐 쓰러질 때까지 울고 소리를 지르게 될 것이다.

"얼마나 계속 이어졌는지 모르겠어요……."

"무슨 말을 하는 거니, 사만타?"

"며칠, 아니면 몇 주가 됐을지도 몰라요……. 그리고 전, 철문 뒤에서 무슨 일이 벌어지고 있는지 알고 있었고요……. 처음에는 문을 열고 내보내달라고 말했어요. 애원하다가 가끔은 욕을 퍼붓기도 하고요. 그러다 먹을 걸 달라고 하더니 물을 달라고……. 그러다 조용해졌어요……. 아무 말도 하지 않았어요……. 그런데 전 그 애가 여전히 살아 있다는 걸 알고 있었어요. 알고 있었다고요……. 그런데 아무것도 하지 않았어요. 손가락 하나 까딱하지 않았다고요……. 문을 열어줬어야 했는데……. 그 사람이 절 시험했던 거예요. 그 사람은 제가 그 상황을 견딜 수 있는지 알고 싶었던 거예요……. 나 자신 때문에 더 아파하는지, 그 여자애 때문에 더 아파하는지를 알고 싶어서……. 그 게 게임의 목적이었던 거예요……."

그런 박사는 그녀를 안고 있던 팔을 풀어주었다. 그녀는 박사를 쳐 다보았다.

"냄새가 나기 시작하자, 제가 게임에서 이겼다는 걸 알 수 있었어 요."

18

"1980년대에 로빈 설리반이 열 살이었으면 지금은 쉰에 가깝습니다."

동이 트기도 전이었지만 이미 견디기 힘들 정도로 기온이 올라간 상태였다. 천장에 달린 선풍기는 경찰서 사무실을 돌아다니는 공기보다 느린 속도로 돌아가고 있었다. 게다가 회전날개가 돌 때마다 새 소리 비슷한 이상한 소리를 냈다. 브루노는 짜증이 났지만 어쨌든 자신이 알아낸 내용을 차근차근 설명하려 했다.

"일단 체포영장을 받아와야 합니다."

바우어는 테이블 위에 기댄 채 휴지로 목덜미를 적신 땀을 닦고 있었다. 들라크루아는 브루노 맞은편 의자에 걸터앉아 팔짱을 끼고 있었다. 두 형사 모두 그의 말에는 일말의 관심조차 없는 표정이었다.

"이거 봐요, 형사 양반들. 난 진짜 죽을 고비를 넘겼단 말입니다."
사립 탐정은 항의하듯 자기 주장을 펼쳤다.

얼굴에는 문이 부서지며 튄 파편으로 인해 여러 군데 찰과상이 난 상태였다. 창문에 서서 도망가는 자신을 바라보던 버니의 얼굴이 눈

앞에 생생했다.

바우어는 땀을 닦은 휴지를 공처럼 말아 휴지통으로 던졌지만 아쉽게 빗나갔다. 들라크루아는 전해 들은 이야기의 경중을 따지듯 긴 한숨을 내쉬었다.

"그러니까 제대로 정리 좀 해봅시다. 당신 주장은 로빈 설리반이 거기서 노부인을 살해하고 당신까지 죽이려 했다, 이 말 아닙니까?"

사실 단 두 발이었다. 그다음에는 총을 쏘지 않았다. '도대체 왜 그랬을까?'

"가서 확인해보면 노인네 시체가 있을 겁니다."

"그런데 도대체 무슨 이유로 그자가 당신을 살해하려 했다는 겁니까? 난 여전히 그 부분이 이해가 안 갑니다." 바우어가 끼어들었다.

힘 빠지는 상황이었다.

"내가 정보를 수집해 자신에게까지 거슬러 올라왔기 때문 아니겠습니까." 브루노는 당연하다는 투로 대꾸했다. "놈은 당신들이 찾고 있는 사만타 안드레티 납치범이란 말입니다."

자신이 알아낸 사실을 전하면 적어도 이것보다 훨씬 더 적극적으로 사건 해결에 나서줄 거라 생각했었다.

"생각을 해보란 말입니다. 로빈 설리반은 '어둠 속의 아이'였습니다." 브루노는 타미트리아 윌슨의 표현을 빌려 설명을 이어나갔다. "그어린 나이에 3일간 누군가에게 납치돼 있다가 풀려난 뒤 전과는 완전히 다른 아이로 변해버렸단 말입니다."

브루노는 로빈 설리반이 그 72시간 동안 무슨 일이 있었는지 한 번도 말한 적 없다는 사실을 다시 한번 떠올렸다.

"그래서요?" 바우어가 또다시 끼어들었다.

"지금 장난하자는 겁니까?" 브루노는 두 형사의 얼굴을 뚫어져라 노려보았다. "정신의학 교과서 하나만 펼쳐봐도 아는 내용 아닙니까. 어렸을 때 학대받은 피해 아동들이 성인이 되면 가해자로 돌변해 자신이 당했던 일을 무고한 피해자에게 행할 가능성이 크다는 사실 말입니다."

"어둠이 그 아이를 감염시켜버린 거지요." 타미트리아 윌슨은 그렇게 말했었다.

"그런데 솔직한 말로 어디까지나 다 정황상의 추측 아닙니까." 바우어가 받아쳤다. "총을 쏜 사람 얼굴도 확인하지 못했다면서요."

그는 집에서 벗어나기 위해 현관문을 향해 발길질을 날리던 순간을 떠올렸다. 등 뒤에서 발소리가 들렸다. 브루노는 두려움 때문에 자신을 쫓는 게 누구인지 뒤돌아볼 수 없었다. 그런데 상대는 방아쇠를 당기지 않고 망설였다. '왜 주저했던 거지?'

"말하지 않았습니까. 얼굴을 가리고 있었다고요."

얼굴을 가린 게 토끼 머리라는 사실은 구체적으로 밝히지 않았다. 지금까지의 말도 믿어주지 않는 마당이니 차라리 말하지 않은 게 잘했다는 생각이 들었다.

"그러니까 우리가 그 로빈 설리반이라는 사람을 찾아내더라도 당신은 확인해줄 수 없다는 거 아닙니까." 바우어는 고개를 절레절레 흔들며 그런 결론을 내렸다. "이거 하나만 물어봅시다. 무슨 단서를 통해 타미트리아 윌슨까지 거슬러 올라간 겁니까?"

"그런 건 밝힐 수 없다고 다시 한번 설명해야 합니까?"

상대도 그 정도는 알고 있었다. 형사는 브루노를 슬쩍 떠볼 생각이었다.

"그런데 이상한 게, 저 아래 톰 크리디라는 밀렵꾼 하나를 잡아놨는데 그 친구 말이 어느 바에서 악취가 심하게 나는 웬 남자가 접근하더니 사만타 안드레티에 관한 내용을 이것저것 캐물으면서 협박까지 했다더라고." 바우어는 그렇게 말하며 들라크루아 쪽으로 고개를 돌렸다. "그 정도면 그 친구랑 이 양반, 둘을 공범으로 묶어서 구속해도될 것 같지 않아?"

브루노는 그냥 웃기만 했다. 어이가 없었기 때문이다.

"그럼 그 친구가 토끼 머리를 한 남자 얘기를 했다는 겁니까?" 브루노는 다짜고짜 결정적인 한 마디를 던졌다. "우리 인간적으로 좀 솔직해집시다. 당신들이 톰의 증언을 나에게 불리하게 써먹으려면 일단토끼 머리 남자에 관한 정보를 공개로 전환해야 하고, 당신들이 데리고 있는 주요 증인이 정신과 감정이 필요하다는 사실도 언론에 밝혀야 할 겁니다."

"그 얘긴 어디까지 아는 겁니까?" 이번에는 들라크루아가 질문을던졌다.

브루노는 버니나 그림책에 관한 이야기는 꺼내지 않았다. 수사에서 가장 취약한 부분이었다. 사건에서 어떤 역할을 했는지, 또 그 의미가 무언지도 알아내지 못했다.

'아이들의 눈에만 버니가 보이는 거야.' 책을 들여다보던 순간이 기억났다.

"톰 크리디한테 얻은 정보로 타미트리아 윌슨을 찾아간 거라면 그 친구가 우리한테 말하지 않은 내용을 당신한테는 알려줬다는 거 아닙니까!" 들라크루아는 위협적인 말투로 상대를 몰아세웠다.

"그게 아니면 토끼 머리 남자는 그냥 당신한테 한 헛소리가 아닐까 싶네요." 바우어는 경멸조로 내뱉었다.

'너 같은 놈들이 그렇게 생각하거나 말거나, 실제로 일은 벌어졌어.' 하지만 브루노는 생각을 굳이 말로 옮기지는 않았다.

들라크루아는 그나마 타협점을 찾으려 애썼다.

"크리디는 본의 아니게 당신한테 상세한 정보를 전달하자마자 잊었을 수도 있습니다. 중요하게 생각하지 않았을지도 모르니까……."

"시간 낭비하는 겁니다." 브루노는 두 사람의 대화를 가로막았다. "난 범죄사건을 고발하려 여길 찾아온 게 아닙니다. 아시겠습니까? 내가 여기 온 건, 당신들 수사를 돕기 위해서란 말입니다. 그래서 내가 아는 걸 다 말하고 직접 가서 확인해보라는 거 아닙니까. 난 시민으로서 해야 할 의무를 다한 겁니다. 그래야 할 의무도 없는데 말입니다. 그리고 사만타 안드레티의 법적 후견인의 자격으로……."

그 말이 나오자마자 바우어가 득달같이 그에게 달려들어 재킷 옷깃을 거머쥐었다.

"이봐, 탐정 양반! 사만타 안드레티 아버지를 우리가 찾아냈다고! 당신 이름을 얘기했더니 15년 전, 거액을 받아먹고 감쪽같이 사라졌다고 했어."

'완전히 틀린 말은 아니지.' 브루노는 그렇게 생각했다.

"그래서 우린 당신이 무슨 생각하는지 알고 있다, 이 말입니다. 아무도 맡아달라고 말한 적 없는 사건에 숟가락을 얹고, 나 이런 일 한다고 홍보하고 다닐 속셈이라는 거. 당신은 그냥 기생충 같은 존재라고."

브루노는 상대의 비난에 아무런 반박도 하지 않았다. 그렇게 몇 초가 지나자 바우어가 옷깃을 쥔 손을 놓고 자리로 돌아갔다.

들라크루아의 휴대전화가 울렸다. 그는 전화를 받고 듣기만 했다.

"알겠어. 고맙네." 그는 전화를 끊고 브루노 쪽으로 고개를 돌렸다. "우리가 윌슨 농장에 보낸 순찰대 연락입니다. 시체는 없다더군요."

브루노는 그거야 당연히 로빈 설리반이 치우지 않았겠느냐고 대답하고 싶었다. 하지만 일단 가만히 있었다. 들라크루아의 설명이 아직 끝나지 않았기 때문이다.

"그런데 둘러본 경찰들이 집 안에서 몸싸움한 흔적을 발견했다고 합니다. 그리고 지하창고로 연결되는 문에서도 탄환이 발사된 흔적을 찾았다네요."

"타미트리아 윌슨이 사용한 휴대전화는 나왔답니까? 그것만 확보하면 마지막으로 누구랑 통화했는지 밝힐 수 있을 겁니다." 브루노가 말했다.

"휴대전화는 나오지 않았습니다."

다소 긴 침묵이 이어지던 순간 누군가가 사무실 문을 두드렸다. 바우어가 문을 열었다.

"죄송하지만 그린 박사님께서 하실 말씀이 있다고 합니다." 경찰관이 말했다.

"곧 가지." 들라크루아는 바우어를 보며 말했다. 동료는 말뜻을 이해하고 두 사람만 두고 먼저 나갔다. "우리가 쫓고 있는 놈은 상당히 위험한 놈입니다." 그는 다시 브루노를 바라보며 설명을 이어나갔다.

"그건 나도 압니다. 날 살해하려 했으니까." 브루노는 비꼬는 투로 말했다.

"아니, 그건 모를 일입니다." 형사는 진지하게 설명을 이어나갔다. "다시 말하면 가볍게 여길 경고나 충고가 아니란 말입니다. 위험하다는 건 놈은 당신이나 우리가 상상할 수도 없을 정도로 사악한 짓을 벌일 수 있다는 뜻이기도 합니다. 그린 박사는 놈을 '가학적 비르투오소'라고 분류하고 있습니다. 프로파일러들의 분류 기준에 따르면 '자위적' 사이코패스에 해당하는 놈입니다."

브루노는 전문용어를 머릿속에 저장했다. 한 번도 들어본 적 없는 용어였다. 그것만으로도 사만타 안드레티를 담당하고 있다는 프로파일러, 그린 박사가 그저 그런 평범한 전문가는 아니라는 느낌이 왔다.

"'자위적'이라는 말에 처음에는 긍정적인 뜻이 내포돼 있을 거라 생각했습니다." 형사가 설명을 이어나갔다. "어쨌든 납치범이 15년이란 기간 동안 사만타를 살려뒀으니까요. 어떻게 보면 살해할 엄두를 내지 못해 돌봐주고 연민의 정까지 느꼈을 거라 말할 수도 있습니다. 그런데 내 생각이 틀렸더군요……." 들라크루아는 속 쓰린 감정이 노골적으로 드러나도록 입술을 깨물며 말했다. "다른 연쇄살인범과 달리 자위적 사이코패스에 해당하는 놈들은 살인으로 만족하지 않습니다. 놈들에게 죽음은 전적으로 부차적인 문제입니다."

브루노는 버니가 자신을 죽이지 않고 살려뒀다는 사실을 다시 한번 떠올렸다.

"놈들의 목적은 피해자를 비루하고 미약한 존재로 전락시키는 겁니다. 자위적 사이코패스가 만든 감옥에 갇힌 피해자들은 혹독한 테스트를 거쳐야 합니다. 그들을 두렵게 하는 그런 시험. 어쩔 수 없이 몹쓸 짓을 해야 한다는 거지요……. 놈들은 그런 식으로 자위하며 자신이 괴물임에 만족하는 겁니다."

브루노는 아무런 말도 하지 않았다. 들라크루아는 자리에서 일어났다.

"탐정 선생이 실수로 그런 놈들의 손에 걸려들면 아마 제발 빨리 죽여달라고 애원하게 될 겁니다." 들라크루아는 마지막으로 그를 쳐다보며 설명을 마쳤다. 그러고는 문을 열어두고 사무실 밖으로 나갔다.

복도를 오가는 경찰들이 눈에 들어왔다. 브루노는 대부분이 제복 차림인 그들 사이에서 자신만 이방인이 된 기분이 들었다. 사무실 밖으로 나가기 전, 그는 깊이 숨을 들이쉰 다음 천천히 내뱉었다. 두 형사가 자신의 이야기를 믿어주지 않을 거란 예상도 계산에 넣어야 했다. 아무래도 큐 바에 들러 진한 커피나 한잔해야겠다고 생각하던 순간, 복도를 지나가는 털이 긴 커다란 개 한 마리가 그의 시선을 끌었다.

히치. 기억이 떠올랐다.

그러더니 고함이 이어졌다. 그는 무슨 일인지 확인하러 나가보았다. 사무실 문턱에서 보니 사이먼 베리쉬와 바우어가 거의 몸싸움을 벌이기 일보 직전이었다. 경찰들은 두 사람을 떼어놓으려 애를 쓰고 있었다.

'내 잘못이야.' 브루노는 R. S.에 관한 정보를 얻어내기 위해 바우어 형사를 사칭했던 통화를 떠올리며 자책했다.

그는 히치라는 커다란 개가 자신을 쳐다보는 걸 느끼고 베리쉬 형사의 관심이 자신에게 향하기 전에 출구 쪽으로 발걸음을 옮겼다.

19

"탐정 선생이 실수로 그런 놈들의 손에 걸려들면 아마 제발 빨리 죽여달라고 애원하게 될 겁니다." 들라크루아는 그렇게 말했었다.

브루노 젠코에게 빨리 죽는 건 문제도 되지 않았다. 이미 죽어가는 신세였기 때문이다.

하지만 버니 같은 부류의 사이코패스는 살인 행위에 별 관심이 없다고 강조하는 형사의 설명을 듣던 순간, 내면의 무언가가 깨지고 무너져내리는 기분이 들었다. 윌슨 농장에서 열쇠로 잠겨 있던 현관문에 가로막혔을 당시, 그를 뒤쫓아왔던 괴물 버니는 총을 쏘지 않고 망설였다.

'일부러 날 살려준 거야.' 그는 경찰서 주차장에 세워둔 자신의 차로 향하며 그렇게 생각했다. '날 지하 감옥으로 데려가고 싶었던 거야. 날 암흑 속으로 끌고 가, 자신이 뭘 할 수 있는지 직접 보여주고 싶었던 거야.'

그는 운전석에 앉았지만 시동을 걸지 않고 잠시 기다렸다. 잠 한숨 안 자고 버틴 지 벌써 몇 시간째인가? 진이 다 빠져버렸다. 그래서 큐 바로 가려던 마음을 접었다. 경찰이라면 지긋지긋했다. 린다를 찾아가 뭐 먹을 거라도 차려달라 할 수도 있었다. 그 집 소파에 누워 유니콘들에게 둘러싸여 단 30분이라도 안심하고 눈을 붙일 수도 있었다. 괜찮은 생각 같았다. 안 그래도 전화 한 번 없는 자신을 걱정할 것 같았다. 그런데 버니가 그의 지갑과 휴대전화를 가져가버린 탓에 연락을 할 수 없었다. 다행인 건 월슨 농장에서 빠져나오면서 가장 중요한 물건은 챙겨왔다는 사실이었다.

그는 조수석 아래 손을 밀어 넣어 그림책을 꺼냈다.

책에 대한 전문가는 아니었지만 그의 눈에도 책 표지에 제목 외에 아무런 문구도 없다는 사실이 이상하긴 했다. 뒤집어보았다. 역시 마찬가지였다. 책 안에도 출판사 이름은 물론 판권 관련 정보도 없었다. 정가나 바코드조차. 아무리 봐도 이상했다. 하지만 그림책의 출처에 관한 미스터리 뒤에 무언가가 감춰져 있다는 생각을 버릴 수 없었다. 그래서 린다와 유니콘을 찾아가려던 마음을 접었다. 그림책의 의미를 찾아내야 했다. 지금 당장.

'어른들은 버니의 존재를 전혀 인식하지 못한다. 아이들의 눈에만 버니가 보이는 거야.'

그는 시동을 걸고 시내로 향했다.

오전 6시가 조금 넘은 시각이었다. 길은 텅텅 비어 있었다. 야행성 뱀파이어들은 빛을 피해 모두 집으로 돌아간 뒤였다. 그는 다리를 건넜다. 평소 그 시각이면 꽉 막힌 도로에서 차들이 거북이걸음으로 움직이는 게 정상이었다. 하지만 계속되는 폭염으로 외출하는 사람들이

줄면서 정체 현상도 줄어들었다. 목적지까지 가는 데 20분도 채 걸리지 않았다.

그가 타고 온 낡은 사브는 가로수가 뻗어 있는 대로 주변으로 고가의 주택들이 늘어선 교외의 주거지와 전혀 어울리지 않았다. 과거에는 자유분방한 예술가와 지식인들의 본거지였지만 지금은 스타트업 기업으로 성공한 벤처사업가나 부유층 자제들이 모여 사는 동네가 된 곳이었다.

그는 20세기 초에 지어진 하얀색 4층 건물 앞에 차를 세웠다. 우아한 플라스틱 간판에는 은박을 씌워 양각으로 멋을 낸 상호가 적혀 있었다. 'M. L. 아트 갤러리.'

도로변으로 나 있는 커다란 창유리는 묵직한 회색 커튼으로 가려져 있었다. 아마 해가 뜨고 나면 쏟아질 강렬한 햇살로부터 예술 작품을 보호하기 위해서였을 것이다.

그는 문을 두드리기 전에 자신의 옷차림부터 살펴보았다. 방문하는 이유가 같더라도 다른 상황이었다면 지금의 차림은 원하는 정보를 얻어내는 데 전혀 도움이 되지 않았을 것이다. 그러나 그는 갤러리 주인을 잘 알고 있었다.

나이가 지긋한 노신사가 문을 열고 나왔다. 백발의 머리를 가지런히 뒤로 넘긴 노신사는 독서용 돋보기를 끼고 있었다. 숨통이 턱턱 막히는 더위에도 모르디카이 루만은 여느 때처럼 완벽한 옷차림이었다. 파란색 블레이저에 단추 달린 와이셔츠, 빨간 넥타이와 회색 면바지, 그리고 검은 모카신까지. 상의 앞주머니는 언제나 색이 들어간 손수건이 차지하고 있었다. 그는 머리부터 발끝까지 브루노를 위아래로 훑어보았다.

"브루노 탐정님 아니십니까!" 그는 상대를 알아보고는 탄성을 내질렀다.

마지막으로 만난 게 벌써 3년 전이었다.

"혹시 주무시는 데 방해가 된 건 아니신지요?" 그렇게 묻기는 했지만 완벽하게 차려입고 잠을 잘 리는 만무했다.

"올빼미 생활에 열광하는 분위기에는 동의할 수 없지만 요즘 불면증에 시달리긴 합니다. 일단 들어오시지요." 그는 옆으로 비켜서며 말했다.

브루노는 그를 따라 짙은 초록색 벽에 하얀 내장재로 장식된 복도를 지나갔다.

과거, 루만은 그에게 사건을 의뢰한 적이 있었다. 가족이 얽힌 민감한 문제였다. 과하다 싶을 정도로 일에 열심이었던 조카가 도박 빚을 갚으려고 고가의 작품을 빼돌린 사건이었다. 자신의 여동생이 심리적 부담을 갖게 될까 고민하던 삼촌 루만은 결국 경찰에 신고하지 않기로 했다. 사건을 맡게 된 브루노는 대형 카지노가 있는 호텔에서 문제의 조카를 밖으로 나오게 만들었다. 그리고 조카가 전리품을 아직 가지고 있다는 사실을 확인한 후 거액을 지불할 용의가 있는 예술품 거래상으로 위장해 조카를 만난 다음, 빼돌린 작품을 무사히 회수하고 정신 나간 청년을 집으로 데려다주었다.

"차 한잔 괜찮으십니까?" 루만이 물었다.

말투는 짧고 간결했지만 태도만큼은 정감이 어려 있었다.

"물론입니다. 감사합니다."

두 사람은 판매용 작품들이 전시돼 있는 커다란 전시실 안으로 들어갔다. 루만은 평범한 갤러리를 운영하는 관장이 아니었다. 그는 회화나 조각 같은 작품에는 일말의 관심도 없었다. 그가 주로 취급하는 작품들은 코믹스에 등장하는 슈퍼히어로나 일본 만화 등의 정기간행물과 연재물이었다.

루만은 전시실 구석에 마련된 간이 주방에서 주전자를 올리고 차를 준비했다. 브루노는 작품들을 둘러보았다. 모두 다섯 개였고 받침대 위에 고정돼 있었다.

"전시된 작품은 별로 없지만 꽤 값어치가 나가는 것들입니다." 갤러리 주인은 탐정의 생각을 읽은 듯 그렇게 말했다.

브루노는 자세히 들여다보기 위해 한 작품에 가까이 다가갔다. 젊은 청년처럼 보이는 짝눈의 닌자가 여러 대의 괴물 같은 로봇을 상대로 전투를 벌이는 장면이었다.

"인류 최후의 전투를 표현한 작품이지요. 인간과 인간의 지능이 창조해낸 숭고한 결과물인 기계가 맞붙는 최후의 도전이자 전투의 정점을 담아낸 겁니다." 루만은 자신 있게 설명을 달았다. "그럼 작가가 로봇을 어떻게 표현해냈는지 잘 관찰해보시기 바랍니다. 마치 로봇을 신성시하는 듯한 분위기를 느낄 수 있을 겁니다. 그리고 닌자는 긴 세기에 걸쳐 쌓아 올린 빛나는 유산을 끌어모으고 있는 모습입니다." 갤러리 주인은 그렇게 말하며 김이 모락모락 올라오는 잔 두 개를 가지고 그의 곁으로 다가왔다. "이런 더위에 어울리는 음료는 아니라는 건 나도 잘 압니다. 그런데 내 상식으로는 아이스티를 마시는 게 신성모독 행위로 느껴져서 말입니다. 그나저나 탐정님은 무슨 볼일로 여기까지 발걸음을 하신 겁니까?"

"자문 좀 구하러 왔습니다." 브루노가 대답했다.

그는 받침 위에 놓은 찻잔을 수평으로 든 채 재킷 주머니에서 그림책 '버니'를 꺼내 갤러리 주인에게 건넸다.

루만은 그림책을 받으려다 동작을 멈췄다.

브루노는 상대의 놀란 표정을 읽을 수 있었다.

"세상에, 이 물건이 정말 있었다는 거잖아!" 루만은 곁탁자에 찻잔을 내려놓으며 말했다.

그러고는 블레이저 주머니를 뒤적여 흰 면장갑을 꺼낸 다음 손에 끼고 조심스레 그림책을 건네받아 손가락 끝으로 들어 올렸다.

"따라오시지요." 루만은 그렇게만 말했다.

브루노는 그를 따라 사무실로 향했다. 루만은 그림책을 전시용 책 받침대 같은 곳에 내려놓았다.

그러고는 방향전환이 가능한 스탠드 불빛을 책 표면에 고정하고 신중하게 페이지를 넘기기 시작했다.

"얘기는 들어본 적 있지만 이렇게 실물을 보는 건 처음입니다."

브루노는 갤러리 주인이 경탄을 금치 못하는 이유를 이해할 수 없었다. 아무리 봐도 그렇게 비싼 책 같지는 않았기 때문이다. 하지만 전문가의 반응을 보면서 평범한 코믹 북 매장 점원에게 가져가지 않은 게 다행이라는 사실은 알 수 있었다.

갤러리 주인은 손가락으로 그림이 인쇄된 상태를 살펴보았다. 루만은 그림책에 완전히 빠진 사람 같아 보였다. 그 모습이 마치 고가의 미니어처 조립에 집중하는 역사학자나 그간 차곡차곡 모은 돈으로 자신이 직접 사 온 좋아하는 잡지를 탐독하는 어린아이 같았다.

"토끼, 버니……." 루만은 마치 버니에게 인사라도 하듯 그렇게 말했다. "업계 사람들은 이 책을 전해 내려오는 전설일 거라 생각했습니다. 솔직히 나도 존재를 의심하고 있었으니까요."

"죄송합니다만 전설이네 의심하네, 도대체 뭐가 뭔지 설명 좀 해주시겠습니까?"

"간단합니다, 탐정님. 한마디로 이 그림책은 있을 수 없는 책이라는 소리입니다."

"그게 무슨 뜻입니까?"

"인쇄 상태나 사용된 종이, 제본 방식으로 미루어 보아 이 책이 출간된 시기는 대략 1940년대로 거슬러 올라간다고 볼 수 있습니다. 사실 버니는 당시 출판계에서 시도한 일종의 실험 작품이라고 할 수 있지요…… 당시 그림책 업계가 전반적으로 침체기였습니다. 그래서 독자들의 관심을 끌어모으기 위해 출판계 사람들은 새로운 길을 개척해야 했습니다."

"전 그런 주인공 이름은 한 번도 들어본 적 없습니다."

"그럴 수밖에요." 루만이 설명을 이어나갔다. "버니의 수명은 아주 짧았습니다. 당시는 대부분이 다 그랬겠지만 출간된 책이 성공을 거두지 못하면 그 즉시 사장되는 분위기였습니다."

"그런데 시간이 흘러서 그런 책들이 희귀본이 되었다, 그런 말씀입니까?" 브루노는 70여 년이 흘렀으니 그 값어치도 수집가들의 광기에 비례해 올랐을 거라 상상하며 물었다.

"그렇게 된 건 아닙니다." 전문가는 다시 설명을 이어나갔다. "버니에 관한 책은 희귀본에 해당하지 않습니다. 골동품점이나 전문점에 가보시면 얼마든지 구할 수 있습니다. 그런데 딱 하나 예외가 있습니다. 그게 바로 탐정님이 가지고 오신 이 판본입니다. 이건 일종의 외전이라 할 수 있습니다." 그는 반짝이는 눈으로 브루노를 보며 말했다.

"글쓴이 이름도, 그린이 이름도, 출판사 이름이나 제작사 이름도 없습니다. 출처를 유추할 수 있는 단서가 하나도 없더군요."

"그리고 그림책의 경우 당연히 있는 시리즈 번호도 없습니다." 루만이 말을 받아 설명했다. "다시 말하면 이 책은 어느 시리즈에도 속하지 않은 한 권짜리 단행본인 겁니다."

"그렇다고 가치가 올라갑니까? 도대체 모를 일입니다."

"단지 돈에 관한 문제가 아닙니다." 루만은 돋보기를 벗고 상의 주머니에서 손수건을 꺼내 닦았다. "물론 이 책을 손에 넣기 위해 거금을 내놓을 사람들은 분명 있습니다. 그런데 이 물건의 특징은 희귀성이 아니라 바로 책의 목적에 있습니다."

"어린아이들을 즐겁게 해주는 거겠지요." 브루노는 순진하게 대답했다.

"과연 그럴까요?" 갤러리 주인이 물었다. "혹시 책을 보면서 이상한 점은 못 느끼셨습니까?"

브루노는 순간 바보가 된 기분이 들었다.

"이야기를 보면 아이들만 토끼를 볼 수 있었습니다. 어른들의 눈에는 토끼가 보이지 않는 듯했고요." 그가 말했다.

"왜 그런지 생각은 해보셨습니까?"

브루노는 뭐라 할 말이 없었다.

루만은 자신의 책상으로 걸어가 종이 사이를 뒤적였다.

"정말 형편없지 않습니까? 그림이나 글이나, 하나같이 형편없어요."

"그건 그렇습니다."

루만은 조그마한 크기의 직사각형 거울을 가지고 다시 책받침대로 돌아왔다.

"시대가 요구하는 미적 기준은 각기 달랐습니다. 때로는 추함이 아름다움을 만들어내기도 하지요. 탐정님도 동의하시지요?"

브루노는 자신의 서재에 걸려 있는 한스 아르프의 그림을 떠올렸다. 모두가 그 그림을 예술 작품으로 여기지는 않을 터였다. 예술로 인식하려면 취향과 소양이 필요하다. 어쩌면 버니 그림책을 평가하면서 자신도 그런 실수를 저지른 것 같다는 생각이 들었다.

"탐정님 기준에는 이 토끼가 예술 작품처럼 보이십니까?" 루만은 진지한 표정으로 물었다. "절대 아닙니다. 전혀요."

그러고는 거울을 책받침대로 가져가 아무 페이지나 펼친 다음 옆쪽에 대각선 방향으로 붙여놓고 브루노에게 말했다.

"한번 직접 보시지요……."

그는 천천히 다가갔다.

거울에 비친 그림은 조잡하고 유치하게 변해버렸다. 온화한 미소를 짓고 있던 버니의 표정도 모호하게 변했다. 하트 모양의 눈을 한 토끼는 거울 속에서 한 여성과 노골적인 성관계를 나누고 있었다. 다른 페이지를 펼쳐 봐도 똑같았다. 버니는 폭력적이고 잔혹한 설정이 연출된 외설 행위를 벌이고 있었다. 페티시즘, 본디지, 그리고 극단적인 가학성, 피학성 행위들까지…….

"포르노그래피……."

처음으로 책을 펼쳤을 때 왠지 불편하고 거북했던 느낌이 떠올랐다. 그래도 설마 그 느낌이 잠재의식을 건드린 이미지 때문일 거라고는 상상도 하지 못했다.

"거울에 비춰서 봐야 하는 거울 문자는 19세기부터 사용됐고 1940년대에 크게 유행했지요." 루만이 설명했다. "지금도 일부 그래픽노블 작가들은 또 다른 의미를 은밀히 숨기기 위해 거울 문자로 그림을 그리기도 합니다. 가끔은 편집자조차 모르고 지나갈 때도 있지요. 그린 이의 익살이라고나 할까요. 수집가 중에는 이런 비정상적인 작품들만 찾아다니는 사람들도 있습니다."

"아까 이런 그림을 그린 목적이 있다고 말씀하시지 않았습니까?" 브루노는 상대가 언급했던 내용으로 대화를 돌렸다. "그게 정확히 무슨 뜻이었습니까?"

루만은 큰 결심을 한 사람처럼 입을 열었다.

"난 평생을 그림책을 다루며 살았습니다. 작품 하나하나가 기쁨의 대상이기 때문입니다. 내 직업은 수집가들이 원하는 예술 작품들을 찾아 수집할 수 있도록 돕는 일입니다. 나는 작품에 열광하는 수집가들이 궁극적으로 추구하는 건 어린 시절이나 10대 시절에 경험했던 그 감흥을 되살려보고 싶은 마음이라는 걸 잘 알고 있습니다. 그래서인지 솔직히 말씀드리자면 도대체 어떤 감정이 이런 모호한 물건을 만들도록 부추기는 건지 나도 모르겠습니다."

'버니는 아이들의 눈에만 보여.'

루만은 그림책을 덮고 브루노에게 건넸다.

"내 호기심은 딱 여기까지입니다, 탐정님. 그런데 주제넘은 충고일지 모르지만 당장 그 물건, 없애버리세요."

'그럴 수는 없습니다.' 그렇게 대답하고 싶었다. 사만타 안드레티에게 진 빚을 갚아야 했기 때문이다. 15년 전 그녀의 부모와 맺은 계약을 이행해야 했다. 브루노에게 계약을 이행한다는 건 자신의 과거와 얽힌 일을 청산해야 한다는 뜻이기도 했다. 앰브러스 호텔 115호실 금고에 넣어둔 봉인된 봉투와도 정리가 필요하다는 말이었다. 자신이 죽고 나면 그 봉투를 찾아 폐기해달라고 린다에게 부탁했었다. 그런데 이제 생각을 바꿨다.

루만이 현관까지 배웅해주는 동안 그 봉투를 다시 열어볼 시간이 왔음을 깨닫고 마음을 굳게 먹었다.

20

앰브러스 호텔은 고가철로 옆으로 줄지어 늘어선 고만고만한 건물들 사이에 끼어 있는 좁다란 직육면체 건물이었다.

시설도 허름한 데다 흉흉한 소문이 도는 곳이기도 했다. 어느 방에만 투숙하면 사람들이 감쪽같이 사라진다는 소문도 떠돌았다. 브루노는 아무래도 상관없었다. 그가 앰브러스 호텔을 고른 건 단지 죽음을 맞이하기 위해서였다. 그리고 세상 사람들이 알고 있는 초라한 행색과 잘 어울리는 분위기라 생각했다. 그 누구에게도 진정한 브루노 젠코의 모습을 알게 할 수 없었다. 양심적이고 완벽주의자이며 해외 계좌에 막대한 부를 쌓아뒀을 뿐만 아니라 서재 벽에 한스 아르프의 작품을 걸어두고 사는 그의 모습을.

무엇보다 그 누구에게도 그의 비밀을 알게 할 수 없었다.

그의 비밀이란 수사 과정에서 그가 발견한 내용이 아니었다. 그건 바로 숨기고 싶던 사실, 그가 사용한 방법들이었다. 브루노는 사건을 해결하기 위해 자신이 동원한 방법이 떳떳하지 못하다고 생각했다.

그는 키패드에 린다의 생일을 쳐 넣고 금고를 열었다. 그리고 봉투를 꺼내 한참을 쳐다보았다. 다시 보게 되리라고는 생각지 못했다. 왜 직접 없애지 않고 자신이 사망한 후 친구에게 폐기해달라고 부탁했던 걸까? 사실 지금 같은 순간이 찾아오리라는 걸 알았기 때문에 아직까지 보관하고 있었던 것이다. 떳떳하지도 않고 심지어 불법이지만 목적을 달성하기 위해 온갖 수단을 다 동원해야 할 필요가 있는 순간.

그는 금고에서 꺼낸 봉투를 호텔에 비치된 세탁물 가방에 넣고 방에서 나왔다.

집에 도착한 그는 자신의 전례에 따라 현관에서 옷을 벗었다. 하지만 타일 바닥에 내려놓은 세탁물 가방에서 잠시도 시선을 떼지 않았다. 두려웠다. 다시는 악마와 거래를 하지 않겠다고 다짐했었기 때문이다.

온몸이 땀에 젖어 샤워부터 하고 싶었지만 그는 트레이닝복으로 갈아입고 컴퓨터 앞에 앉았다. 이번에는 음악을 틀지 않았다. 책상 맞은편 벽에 걸린 다다이스트의 작품도 그의 마음을 달래주지 못했다.

그는 종이칼로 봉인을 제거하고 봉투를 열었다. 그리고 안에서 작은 은색 상자를 꺼내 USB 케이블로 컴퓨터에 연결했다. 드디어 그의 컴퓨터가 인터넷에 연결되었다.

앰브러스 호텔에 숨겨둔 물건이 그에게 비밀 통로를 열어주었다.

브루노는 탐정으로 살아오면서 지구상에서 예외 없이 모든 규칙이 무기한 멈춰버리는 영역이 있다는 사실을 알게 되었다. 사악한 기운이 아무런 제약 없이 번져 나가고 비밀스러운 인간의 본성을 무제한으로 펼칠 수 있는 그런 영역. 삶과 죽음이 상대적인 가치를 지니고 타인의 고통은 거래의 대상이 되는 곳.

그런 곳의 하나가 바로 '디프 웹(deep web)'의 세상이었다. 인터넷 세상 속의 음험한 인터넷, 네트워크 속의 또 다른 네트워크, 사람이 존재하지 않는 땅. 온라인상에서만 거래되는 가상화폐인 비트코인 덕분에 이제는 무엇이든 사고팔 수 있는 세상이 되었다. 마약은 물론 정보나 데이터, 심지어 사람까지.

여성과 아이들은 가장 고가로 거래되는 '품목'이었다.

디프 웹은 일반 인터넷과 똑같이 작동한다. 다크 토르나 아미아 혹은 구글 홈페이지와 흡사하게 디자인된 그람스 같은 검색 엔진에 검색어를 입력해 자신이 찾는 '재화와 용역'을 제공하는 사이트를 찾아가는 것이다. 예를 들면 일련번호를 지운 권총을 살 수도 있고, 그 권총의 방아쇠를 대신 당겨줄 사람을 찾을 수도 있다. 슈퍼마켓에서 파는 평범한 물건을 통해 폭탄 만드는 방법을 설명해놓은 블로그도 있고 흔적을 남기지 않고 여성을 성폭행하는 법을 가르쳐주는 '교육용' 영상도 있었다.

브루노에게 디프 웹이란 언제나 정보를 사고팔 수 있는 완벽한 거래 공간이었다. 협상 과정이 복잡할 것도 없었다. 거래되는 물건이 정보라는 것 외에, 여느 일요시장에서 행해지는 거래와 똑같았다.

브루노의 직업은 유용하거나 가치가 있는 정보들을 수집하는 능력에 기반을 두고 있었다. 능력 있는 탐정은 정보를 얻어내기 위해 일반적으로 별 성과가 없을 때가 많지만 장기간에 걸친 조사를 진행한다. 그리고 거리를 돌아다니고 사람들을 만나 이야기하면서 사실 확인 과정을 거쳐 취합한 정보를 걸러낸다. 그런데 이 과정은 그 끝을 알 수 없고 품이 많이 든다. 가끔은 사건 해결에 주어진 시간은 짧은데 처리

해야 할 일이 너무 많아 지름길을 찾아야 할 때도 있다.

브루노는 고전적인 방식을 고집하는 탐정이었다. 그래서 이미 검증을 마친 믿을 만한 정보원을 활용하거나 정교하게 가공된 정보를 퍼뜨려 깨끗하게 정화된 정보를 얻어냈다. 그랬기에 디프 웹은 그가 활동하는 영역과 거리가 멀었고 음험한 네트워크 세상에 발을 들일 때마다 불안했다. 그래서 몇 년간 자신의 존재를 전혀 드러내지 않고 평행 세상이 굴러가는 모습을 지켜봐왔다. 그렇게 장기간에 걸친 학습을 통해 디프 웹의 생리를 파악하고 위험 요소를 파악해내는 법도 알게 되었다. 그는 디프 웹에 첫발을 내딛기 전에 한 가지 사실을 철칙처럼 머릿속에 각인시켰다.

디프 웹의 세상에서는 그 누구도 안전하지 않다는 사실.

다시 한번 그 생각을 곱씹는 동안 검은 화면 한가운데 초시계가 뜨며 카운트다운이 시작되었다. 접속하기까지 거쳐야 할 관문이 여럿 있었기에 즉시 연결되지는 않았다. 가장 먼저 낯선 나라로 여행을 계획하고 있다면 확실한 안전조치를 취하는 게 우선이다. 인터넷 세상에서는 보안프로그램이나 강력한 성능의 방화벽을 백신으로 사용한다. 그렇게 방벽을 구축한 다음 다른 디프 웹 사용자들의 통제를 고분고분 따라야 한다. 믿을 만한 사용자로 인정받지 못하면 마치 병원체처럼 디프 웹 세계에서 퇴출당하기 때문이다.

브루노는 음험한 가상 세계를 제대로 훑어보기 위해 지난 몇 년간 각기 다른 여러 개의 아이디를 만들어 사용해왔다. 찜찜한 기분이 들 때마다 문제가 될 것 같은 아이디를 곧바로 삭제하고 다른 아이디로 갈아탔다. 단지 느낌만으로도 아이디를 바꿀 충분한 이유가 됐다.

카운트다운이 끝나자 중앙에 검색창이 떴다. 브루노는 사이트 이름을 써넣었다. 물론 디프 웹 세상에도 SNS가 존재한다. 그리고 헬 온라인(HOL) 사이트에 들어가면 혐오스럽고 불결한 인간들을 만나게 된다.

브루노는 거기서 버니를 만날 수 있기를 바랐다.

상황이 달랐다면 현실 세계에서 로빈 설리반의 뒤를 쫓았을 것이다. 하지만 그에게는 주어진 시간이 그리 많지 않았다. 그래서 납치범의 분신을 쫓기로 했다.

들라크루아가 언급했던 자위적 사이코패스라는 말이 떠올랐다. 타미트리아 윌슨이 말했던 '어둠 속의 아이'라는 말도 생각났다. 다른 말이지만 동일한 대상을 지칭하고 있었다. 즉, 로빈 설리반은 변태적인 성향을 통제하지 못한다는 뜻이었다. 그는 집착의 노예로 살고 있었다. 그런 게 아니었다면 누군가를 납치해 이토록 긴 시간 가둬놓을 수는 없었을 것이다.

'상당히 체계적인 놈이야.' 브루노는 그런 결론을 내렸다. '사회에 동화된 놈이기 때문에 아무런 의심을 받지 않는 거야. 우린 괴물을 보고 있지만 무시무시한 버니의 이면에는 상당히 사회화된 사람이 숨어 있어.'

두 얼굴을 가진 남자.

하나는 장난이나 거짓말 같은 토끼의 얼굴, 다른 하나는 주변 사람들에게 자신의 실체를 숨기는 데 사용하는 가면 같은 인간의 얼굴이었다.

'버니는 날 일부러 살려둔 거야.' 브루노는 윌손 농장에서 있었던

일을 다시 한번 떠올렸다. '어쩌면 계속해서 날 사냥하고 싶기 때문일 수도 있어.'

헬 온라인은 그의 추측이 적중했는지를 알아볼 수 있는 장소였다. 그는 아이디 하나를 골라 사용자 계정을 만들고 자신을 본디지 세계에 입문한 사람으로 소개하고 노골적인 사진을 올렸다.

그리고 대화방으로 들어갔다.

그곳을 자주 찾는 마니아 사용자들은 극도로 자극적이고 외설적인 이미지를 주고받는다. 그곳은 가장 병적인 상상력을 마음 놓고 드러낼 수 있고 가장 변태적인 욕망을 마음껏 풀어놓는 공간이었다. 세상의 온갖 퇴폐적이고 엽기적인 행위가 표현되는 곳이기도 했다. 가장 인정받는 사용자는 사전에 예고를 하고 실제로 범행 동영상을 찍어 올리는 성폭행범들이었다. 그들은 열광하는 다른 사용자들의 댓글이나 좋아요 같은 피드백을 얻기 위해 기를 썼다. 게다가 네크로필리아는 물론 '기생충' 같은 온갖 종류의 사이코패스를 만날 수도 있다. 기생충들은 전혀 알지 못하는 평범한 사람들의 사이버 행적을 따라다니면서 그들의 사진을 훔쳐 공유하는 존재들이다. 그러다 보니 정상적인 사용자들이 오히려 특정 사용자 그룹의 정보원 역할을 수행하게 되는 상황도 일어난다. 그래서 평범한 가정의 가장이 퇴근길에 폭행을 당하거나, 혼자 집에 있는 여학생이 성폭행당하는 사건이 발생하기도 한다.

얼마 전부터 헬 온라인 대화방에서 가장 인기 있는 주제는 단연 사만타 안드레티였다.

그곳의 사용자들은 납치범을 영웅시하며 본보기가 되어줘 고맙다는 글을 남겼다. 피해자를 향한 저속하고 상스러운 비난과 욕설은 과연 그 한계가 있는지조차 의심스러울 정도로 험악했고 일부는 병원으로 몰래 잠입해 마무리를 짓자는 제안도 내놓았다.

브루노는 타인의 삶이 갖는 신성한 부분은 물론 결과적으로 자신들의 삶까지 마구잡이로 훼손하고 짓밟는 추잡한 인간들이 역겹도록 혐오스러웠다. 그는 평범한 일상을 보내고 있을 그들을 상상해보았다. 그들에게도 부모가 있을 것이고 심지어 자녀도 있을 수 있다. 가족들이 이 사실을 알고 나면 과연 무슨 생각을 할지 잠시 생각해보았다. '나처럼 당신들에게도 죽음이 가까이 다가오면 무슨 일이 벌어질까? 당신들은 죽음을 어떻게 받아들일 거지? 자기 속에 숨겨놓은 괴물을 무덤으로 끌고 들어가겠지. 하지만 평생 당신들을 위로해주는 건 오직 그 괴물밖에 없을 거라는 사실을 모르고 있어.'

브루노는 상념을 밀어냈다. 산만해질 여유가 없었다. 그는 다시 화면에서 자신을 부르고 있는 검은 세상 속으로 빠져들었다. 미끼를 던질 시간이 왔다. 그는 지옥의 동반자들에게 보내는 메시지를 작성했다.

'눈이 하트 모양인 귀여운 토끼, 버니를 찾고 있음. 대수롭지 않은 내용이라도 모든 정보는 후하게 사례하겠음. 쪽지로 연락 바람.'

무슨 내용인지 알고 있는 사람만이 이해할 수 있는 메시지였다. 로빈 설리반 같은 괴물들은 비밀스럽게 즐긴 경험만으로 만족하지 않을 거라는 생각에서 출발했다. 자신의 업적을 자랑하기 위해 대중에게 공개할 방법을 찾고 있을 거라고. 헬 온라인은 그런 의도를 충족시켜줄 완벽한 놀이터였다.

'누군가에게 자랑질을 했으면 분명 뭔가가 나올 거야.'

브루노는 자판 위에 올라가 있는 자신의 손을 살펴보았다. 부들부들 떨렸다. '피곤해서 그래. 잠을 자야 해.'

밤까지는 아직 시간이 많이 남았고 또 따지고 보면 디프 웹 사용자의 회신을 기다리는 것 외에 달리 할 수 있는 일도 없던 터라 방으로 돌아가 침대에 드러누웠다. 그는 두 손을 가슴 위에 얹고 눈을 감은 다음 심장박동 소리에 집중했다.

'얼마나 더 뛸 수 있을까?'

하지만 상상도 해보기 전에 잠이 들었다.

희미한 소리가 어둠 속에서 점점 퍼지고 있었다. 짙고 검은 바닷물 위로 떨어지는 하얀 물방울처럼. 브루노는 서서히 잠에서 깼다. 순간적으로 꿈을 꾼 기분이 들었다.

그런데 소리는 현실이었다. 노랫소리 같기도 했다.

자신의 집에서 클래식 음악과 적막감이 아니라 사람 목소리를 듣는 게 상당히 낯설었다. 무엇보다 그냥 사람의 목소리가 아니라 여성의 목소리였다. 그리고 노랫소리도 아니었다.

선율이 있는 것도 같았지만 자세히 들어보니 탄식이나 신음 같았다.

브루노는 비몽사몽 간에 침대에서 일어났다. 몇 시나 됐을까? 벌써 밤이었다. 머리가 깨질 듯이 아파 아무 생각도 들지 않았다. 목이 타들어가는 것 같았고 또다시 속이 매슥거렸다. 그래도 의문의 소리가 어디서 나오는지 알아내기 위해 집중했다.

소리의 진원지는 서재였다. 엄밀히 말해 그의 노트북.

불이 들어온 풍선처럼 노트북 화면 주변을 빛이 감싸고 있었다. 브루노는 화면으로 가까이 다가갔다.

의자에 앉아 확인하니 자신의 헬 온라인 프로필 화면에 변화가 생겼다. 몇 시간 전에 다른 사용자들에게 전송했던 메시지 아래 창 하나가 떠 있었고, 그 안에 형체가 움직이고 있었다. 그는 화면을 키우고 볼륨을 높였다.

포르노 영상이었다.

묘한 각도에 설치된 카메라가 찍은 영상이었다. 배경은 어둠에 잠겨 있었지만 알몸 두 개는 구분할 수 있었다. 탄식이라 생각했던 소리는 다름 아닌 반복되는 여성의 신음이었다.

여자는 엎드린 자세였고 잘 보이지 않는 상대는 그녀의 뒤에서 움직이고 있었다.

브루노는 대수롭지 않게 여겼다. 누군가 실수로 영상을 실행시킨 거라 생각하고 창을 없애려던 순간 무언가가 그의 시선을 끌었다. 벽 앞에 있는 검은 그림자, 그녀의 뒤에 있던 그림자는 사람이 아니었다.

모습이 마치 거대한 토끼 같았다.

그는 버니가 직접 나타나리라고는 상상도 못 했다. 자신이 지금 무슨 장면을 보고 있는 건지 이해할 수 없었다. 이 영상은 무슨 뜻일까? 뭘 보여주려는 걸까?

신음이 점점 커지고 있었다. 여자가 오르가슴에 다다랐다는 뜻이었다. 순간 화면 전체가 여자의 손으로 꽉 차더니, 주의를 하지 않았는지 카메라를 밀어 바닥에 떨어뜨렸다. 카메라는 계속 돌아가고 있었다.

브루노는 어디서 촬영된 영상인지 알아내기 위해 배경을 유심히 살폈다. 무언가가 보이는 것 같았지만 어두워서 잘 구분이 가지 않았다. 그는 화면을 더 키워보았다. 동물 모양이 보였다. 개 같기도 했다. 그는 자세히 살펴보았다. '이상해…….' 아니, 동물 모양은 개가 아니라 말이었다.

순간 피가 얼어붙는 것 같았다. 그제야 눈에 들어왔다.

그건 유니콘들이었다.

그는 본능적으로 서재에 놓인 전화기로 손을 뻗었다. 하지만 그의 손가락은 화면 위에서 그대로 멈춰 있었다.

'내 휴대전화에 린다의 번호가 있었어. 놈이 내 전화기에서 연락처를 찾아낸 거야.'

그렇게 생각만 하고 있을 상황이 아니었다. 일단 린다가 괜찮은지부터 확인하는 게 급선무였다. 디프 웹에서는 그 누구도 안전할 수 없으니까. 그는 기억을 더듬어 린다의 번호를 떠올렸다. 번호가 하나씩 기억났다. 차례차례 번호를 눌렀지만 매번 헛갈렸다. 그때마다 끊고 다시 번호를 눌렀다. '디프 웹에서는 그 누구도 안전할 수 없어. 기억해 내야 해. 노래 가사라고 생각해봐. 고유의 리듬이 실린 숫자들의 조합이었어.' 그는 마지막 두 자리에서 머뭇거렸다. 7과 4. 그리고 두 번호를 누르고 기다렸다. 기다림은 끝이 없었다.

버니의 영상은 여전히 눈앞에서 재생되고 있었다. 수화기 너머로 신호음이 들리기 시작했다. 그리고 눈앞에서 재생되고 있던 영상에서도 전화벨 소리가 들리자 그는 경악을 금할 수 없었다.

그냥 단순한 동영상이 아니었다.

실시간으로 중계되고 있는 영상이었다.

전화벨 소리가 토끼 인간을 현실로 돌아오게 한 듯했다. 토끼 인간이 갑자기 카메라를 껐다. 화면이 꺼지기 바로 직전, 브루노의 시선을 끌어당긴 건 반짝이는 칼날이었다.

21

현관문은 반쯤 열려 있었다.

브루노는 계단참에 가만히 서서 몇 초간 살펴보았다. 덫일 수도 있다는 사실은 누구보다 잘 알고 있었다. 버니가 그를 안으로 끌어들여 살해하기 위해 일부러 상황을 꾸몄을 수도 있었다.

'이렇게 최후를 맞이한다 해도 난 괜찮아.'

그는 오른손으로 총을 겨누고 왼손으로 조심스레 문을 열었다. 실내는 컴컴했다. 유일한 빛이라고는 건물 밖에서 들어오는 희미한 간판 불빛이었다. 재킷 주머니에 손전등이 들어 있었다.

그는 문턱을 넘어서면서 한눈에 보이지 않는 사각지대를 찬찬히 살폈다. 급습을 노리는 상대가 숨어 있을 수 있었다. 그러고는 천천히 거실로 향했다.

고요했다. 에어컨도 꺼진 상태라 숨이 막힐 정도로 덥고 갑갑했다. 언뜻 보기에는 모든 게 정상 같았다. 모켓이 깔린 하얀 소파, 검은 자개장, 그리고 유니콘. 뚜렷한 증거는 보이지 않았지만 브루노는 끔찍한 일이 벌어졌다는 느낌이 강하게 들었다. 옷에서 발생하는 정전기처럼 불길한 기운이 대기에 떠다니고 있었다.

그는 침실로 다가갔다. 방 안에 들어서자마자 가장 먼저 시큼하고 강렬하며 아주 독특한 냄새가 코를 자극했다. 침대에서 흘러내린 피가 바닥에 깔린 모켓을 시뻘겋게 물들였다.

린다는 아무런 움직임 없이 어둠 속에 누워 있었다.

브루노는 덫일 수도 있다는 생각에 신중하게 다가갔다. 린다는 알몸으로 누워 있었다. 배에는 칼자국이 여럿 난 상태였다. 미처 감지도 못하고 휘둥그렇게 뜬 두 눈은 여전히 공포를 드러내고 있었다. 그는 린다의 손을 잡고 맥박이 잡히나 확인해보았다. 아무것도 느껴지지 않았다. 브루노는 몸을 숙이고 그녀의 가슴에 귀를 댔다.

'폐 속으로 공기가 드나드는 한…….' 그녀가 했던 말을 떠올렸다. 하지만 공기는 더 이상 친구의 폐 속으로 드나들 수 없었다.

왈칵 눈물이 쏟아질 것 같았다. 어떻게 이런 일이 있을 수 있을까? 시신이 된 그녀의 두 팔과 두 다리에는 여러 군데 찰과상이 나 있었다. 굴복하지 않고 맞서 싸우려 했다는 뜻이었다. 브루노는 그녀가 자랑스러웠다. 곁탁자 위에 놓인 자신의 지갑과 휴대전화가 눈에 들어왔다. 윌슨 농장에서 빼앗긴 소지품이었다. 버니에게는 이제 필요 없는 물건이 되었다. 버니는 이 세상에서 사립 탐정 브루노 젠코를 적대시해야 할 인간쓰레기가 아닌 온전한 인간으로 대해준 사람을 살해했다. 유일하게 그를 사랑해준 단 한 사람을.

브루노는 전화를 들고 안전신고센터 번호를 눌렀다. 그런데 통화 버튼을 누르기 직전 살인으로 마무리된 성관계 장면을 촬영했던 살인범의 '전자 눈'과 시선이 마주쳤다. 웹캠이 여전히 바닥에 떨어져 있었던 것이다. '이걸 왜 여기 그대로 두고 간 거지?' 브루노는 버니가 바로 그 순간을 지켜보고 있는 건 아닌가 생각했다. 역할이 바뀌었을 수도 있다고…… 이제는 괴물이 관객을 자처하고 나선 걸 수도…….

그런 생각이 들어 신고 전화를 포기하려던 순간, 어떤 소리 하나가 그의 귀를 자극했다.

무언가를 때리는 듯한 소리가 분명했다. 상상이 아니었다. 방 반대편에서 들리는 소리였다. 그가 확인하지 않은 곳은 부엌과 욕실이었다.

그는 팔을 뻗어 총을 조준한 채 서서히 통로로 나갔다. 부엌문 앞에 다다르자 걸음을 멈추고 소리가 다시 들리는지 몇 초간 가만히 기다렸다. 그다음 안으로 들어갔다. 아무도 보이지 않았다. 그래서 욕실로 향했다. 그는 린다의 집을 잘 알고 있었다. 욕실의 구조를 다시 한번 떠올렸다. 크지 않은 공간에 욕조가 설치된 구조였다. 문은 살짝 열려 있었다. 그는 다시 가까이 다가가 귀를 기울였다.

누군가가 있는 게 확실했다.

브루노는 문손잡이로 손을 뻗었다. 손바닥이 닿는 순간 무언가 끈적끈적한 게 느껴졌다. 피였다. 심장이 미친 듯이 신호를 보내기 시작했다. 극도의 긴장감을 더 이상 버틸 수 없을 것 같다고. 욕실 문 뒤에 누가 있는지 당장 확인해야 했다. 하지만 상대의 허를 찌를 무언가가 필요했다.

'손전등!'

그는 재킷에서 손전등을 꺼내 권총과 함께 쥐었다. 그런 다음 셋을 세고 욕실 문을 강하게 걷어차며 총을 겨누는 동시에 상대의 시야를 방해하기 위해 손전등을 켰다.

눈 앞에 펼쳐진 장면을 이해하기까지 얼마간의 시간이 필요했다.

토끼 버니는 알몸으로 벽을 등지고 한쪽 팔을 변기 위에 올린 채 바닥에 웅크리고 있었다. 그리고 린다를 살해한 칼은 그의 복부에 꽂혀 있었다. 게다가 출혈이 심했다. 토끼 머리 속에서 들리는 숨소리는 헐떡이는 소리 같았다. 린다는 저항만 한 게 아니라는 생각이 들었다. 자신이 죽기 전, 상대에게 치명상을 입힌 것이다.

하지만 브루노에게는 충분하지 않았다. 개자식이 살아서 이곳을 빠져나간다는 생각만으로도 화가 머리끝까지 치밀었다. 분노가 극에 달하며 이런 생각이 들었다. 린다가 시작한 행위를 대신 마무리하더라도 자신은 그 대가를 치를 일이 없다는 생각. '날 어쩌겠어? 잡아 가두고 나한테 죄를 묻는다고?' 재판을 받으러 갈 시간도 주어지지 않을 것 같았다. 훨씬 높고 준엄한 정의가 이미 그를 심판하고 있었다. 그래서 그는 괴물에게 한 걸음 더 다가가 총을 겨눴다.

"그 빌어먹을 토끼 머리 당장 벗어." 그는 위협적으로 말했다. "어떤 얼굴인지 궁금하거든."

토끼 인간은 아무런 반응도 보이지 않았다. 그러다 무기력하게 한쪽 팔을 들어 올려 한쪽 귀를 잡고 가면을 벗었다. 인간의 얼굴이 드러났다. 브루노의 눈에는 대략 쉰은 넘기지 않은 얼굴 같아 보였다. 바짝 깎은 수염, 평범한 코, 툭 불거져 나온 광대뼈. 우수에 젖은 듯한 밤색 눈동자는 순간적이었지만 안쓰러워 보이기까지 했다. 그리고 탈모의 징후가 보이기 시작했다. 로빈 설리반. 그는 지극히 평범한 중년 남성이었다.

하지만 브루노는 겉모습에 속지 않았다. '너랑 나는 질적으로 달라.

절대로 같은 인간이 될 수 없거든.' 맨손으로 당장 죽여버리고 싶었다. 똑같은 칼로 고문하며 사지를 뜯어버리고 싶었다. 그는 언제든 방아쇠를 당길 태세로 총을 겨누고 한 걸음 더 가까이 다가갔다.

설리반은 눈을 감았다. 얼굴이 두려움으로 일그러졌다. 그리고 떨고 있었다.

"제발……. 제발 절 보내주세요."

브루노는 순간적으로 멍해졌다. 무슨 소리지? 오히려 더 화가 치밀었다. 상대의 마지막 말에 별 신경을 기울이지 않은 탓이었다.

"제발요……." 설리반은 울먹이며 말을 이었다.

"젠장, 그게 무슨 개소리야? 이제 끝났다고, 로빈. 끝났어."

"난 당신이 시키는 대로 다 했으니까……. 이제 보내달라고요."

브루노는 갑자기 모든 동작을 멈췄다. 속임수라고 생각했는데 남자는 정말로 피를 흘리고 있었다. 앞뒤가 맞지 않는 상황이었다. 의혹이 머릿속을 뚫고 들어왔다.

"당신을 여기 보낸 게 누구지?"

남자는 화들짝 놀랐다. 그 역시 브루노를 다른 사람으로 알고 있었던 것이다.

브루노는 손전등 불빛으로 자신의 얼굴을 밝혔다.

"누구야?" 답은 이미 알고 있었지만 그래도 물었다.

"우리 집으로 들어왔어요. 아내와 딸아이들을 지하에 가두고 시키는 대로 하지 않으면 가족들을 해치겠다고……."

그는 눈물을 쏟아내며 울었다. 오열하는 탓에 몸이 움직였고 복부에 입은 상처에서 계속 피가 흘러나왔다.

도대체 이 남자는 누구란 말인가?

"당신 집이 어디야?" 브루노가 물었다.

"레이서빌 10/22번지요."

고풍스러운 빌라로 구성된 가족적인 분위기의 아름다운 주거지역이었다. 거짓말일 수도 있었다. 그러나 그의 직감은 그냥 넘어가지 말라고 말하고 있었다. 브루노는 총을 거두지 않은 채 신고하기 위해 휴대전화를 들었다. 그는 구급차를 요청하고 한 마디 덧붙였다.

"지금 당장 레이서빌 10/22번지로 경찰을 보내주시기 바랍니다. 여성과 어린 여자아이들이 위험에 처해 있습니다. 그리고 들라크루아와 바우어 형사님과 통화했으면 합니다. 브루노 젠코가 급하게 할 말이 있다고 전해주시기 바랍니다."

"가면을 쓰고 있었지만 아는 사람이었어요……." 피를 흘리고 있던 남자가 중얼거렸다.

브루노는 남자의 말에 신경이 쏠렸다.

"지금 뭐라고 했어?"

자신이 제대로 들었는지 확인하고 싶었다.

"그게 누구였는지 알아요." 남자는 브루노를 똑바로 바라보며 말했다.

22

빠르게 다섯 번, 느리게 두 번.

그녀는 노크 소리가 반가웠다. 잠시 후 병실 문이 열리며 그린 박사가 들어왔다. 그는 텔레비전을 얹은 카트를 밀고 들어왔다. 장난기 섞인 미소를 짓고 있었다.

"좋은 소식이 있다." 그가 말했다. "경찰이 너희 아버지와 연락이 됐어. 널 만나러 오시는 중이라는구나."

그녀는 어떻게 반응해야 할지 몰라 망설였다. 기쁘고 만족스러워야 했지만 도무지 아버지 얼굴이 떠오르지 않았다. 그래도 그린 박사를 실망시키지 않으려고 미소를 지었다.

다행스럽게 그린 박사는 대화의 주제를 돌리며 텔레비전을 가리켰다.

"간호사실에서 이걸 빌려왔지." 그는 자랑스럽게 말했다. "너한테 보여주고 싶은 게 있거든."

그는 침대 앞으로 텔레비전을 가져와 코드를 벽에 달린 콘센트에 꽂았다. 그녀는 그 과정을 지켜보기 위해 몸을 일으켜 세우며 호기심

어린 눈초리로 쳐다보았다.

설치가 끝나자 그린 박사는 마치 결투에 나선 카우보이처럼 바지 뒷주머니에서 리모컨을 꺼내 텔레비전으로 뻗었다.

"자, 이제 시작합니다." 그는 텔레비전 전원을 켜며 말했다.

화면에는 뉴스 채널에서 실시간으로 내보내는 영상이 나오고 있었다. 저녁이었고 사람들이 촛불과 봉제 인형, 꽃을 가운데 두고 모여 있었다. 노래를 부르는 사람도 있어 얼핏 보면 축제 분위기 같았다. 사람들은 병원 건물 앞에 모여 있었다.

"저 사람들은 뭐 하는 거예요?" 사람들의 행동에 다소 놀란 그녀가 물었다.

그린 박사는 대답 대신 볼륨을 키웠다.

"······경찰은 시민들을 만류하고 있지만 점점 더 많은 시민들이 모여들고 있습니다." 기자가 소식을 전하고 있었다. "시민들은 성 캐트린 병원에 입원 중인 여성을 지지하고 응원해야 한다고 생각하고 있습니다."

정말 그녀를 위해 그 자리에 모인 걸까? 도저히 믿을 수 없었다.

"전 국민은 현재 사만타 안드레티를 자신의 딸이나 여자 형제로 받아들이는 분위기입니다." 기자가 소식을 이어나갔다. "그리고 거리, 직장 혹은 집에서 학대받은 경험이 있는 여성들은 사만타를 영웅처럼 여기고 있습니다. 사만타가 스스로 납치범의 손아귀에서 빠져나오는 데 성공했기 때문입니다."

가슴이 뭉클했다. 미로에서는 눈물을 꾹 참아야 했었다. 왜냐하면 눈물을 보이면 괴물이 이겼다는 걸 인정하고 그 순간부터 경계가 풀리며 머지않아 자기통제력까지 잃게 되기 때문이었다. 하지만 이제 마음껏 울 수 있었다. 해방된 것처럼.

"현재 사만타는 경찰에 단서를 제공하고 있는 것으로 알려져 있습니다. 조만간 경찰이 납치범 체포에 나설 것으로 예상됩니다⋯⋯."

마지막 문장이 그녀를 혼란에 빠뜨렸다. 그린 박사는 텔레비전을 껐다.

"왜 사람들이 다 저한테 무언가를 기대하는 거죠?"

하지만 진짜 하고 싶은 말은 이랬다. '왜 다들 날 가만히 내버려두지 않는 거죠?'

"그건 네가 아니면 아무도 그놈을 잡을 수 없기 때문이다." 박사는 자기 자리에 앉으며 대답했다. "얼마 전, 알프스 지역에 있는 아베쇼라는 작은 마을에서 한 10대 소녀가 실종된 사건이 있었어. 그때도 사람들은 그 아이의 부모 집 앞에 모여서 기념할 물건들을 두거나 기도를 했지. 그 후에 벌어진 일은 쉽게 잊히지는 않겠지만⋯⋯."

"그 얘기를 왜 저한테 하시는 거예요?"

"이유는 간단해, 사만타. 난 네가 악몽에서 벗어나기를 바랄 뿐이야. 네가 더 잘 알 거야. 놈을 붙잡지 못하면 넌 밖으로 나가 정상적인 생활을 못 할 수도 있어⋯⋯."

그녀는 곁탁자에 놓인 노란 전화기를 쳐다보았다. 박사의 말이 옳았다. 다시는 두려움에 떨며 지내고 싶지 않았다. 불과 얼마 전만 해도 단순한 전화벨 소리에도 공포에 떤 그녀였다. 이 상태로 밖으로 나가면 과연 무슨 일이 벌어질까? 평생 문밖에 경찰을 세워두고 보호를 받을 수도 없었다. 증인 보호 프로그램 같은 제도의 지원으로 새 신분을 얻어 안전한 주거지에 살게 된다 해도 매일 같이 놈이 찾아오리라는 생각을 떨쳐낼 수 없을 터였다.

"제가 뭘 했으면 좋으시겠어요?" 그녀는 단호하게 물었다.

"한 가지 시도해봤으면 하는 게 있는데……. 네게 힘들 수도 있다." 박사는 창유리 쪽을 슬쩍 쳐다보며 말했다. 그 뒤에서 바라보고 있는 사람들의 승인을 바라는 눈치 같았다. "너만 괜찮다면 해독제 투약 속도를 좀 높였으면 한다."

그는 사만타의 팔에 연결된 튜브를 가리키며 말했다. 그녀는 투명한 약물이 담긴 용기를 올려다보았다.

"위험한가요?"

그린 박사는 미소를 지었다.

"너한테 위험이 따르는 일을 시킬 마음은 없어. 다만, 한 가지 부작용이 있다면 쉽게 피로해져서 네가 기력을 회복하도록 우리 대화를 중단해야 하는 상황이 자주 발생할 수 있다는 거지."

"알겠어요. 그렇게 하세요." 사만타는 주저하지 않고 단호히 대답했다.

그린 박사는 자리에서 일어나 튜브에 달린 투약 속도 조절 장치를 조정하며 말했다.

"이제 특정한 장소를 골라야 한다. 어디라도 상관없어. 대신 그 장소에 집중해주면 좋겠다."

"통제력을 잃는 건 아니지요?"

"너한테 최면 유도를 하고 싶지는 않다." 그린 박사는 녹음기의 녹음 버튼을 누르며 설명했다. "단지 긴장 상태를 풀어주기 위한 연습이거든."

그녀는 어떤 표시나 사물을 찾아보았다. 아무 생각도 들지 않는 중립적인 공간. 그래서 침대 옆 벽면에 습기가 만들어놓은 얼룩을 골랐다.

'심장이 달린 벽.' 웃음이 나올 것 같았다.

"준비됐어요." 그녀가 말했다.

"사만타, 미로에 있을 때 행복하다는 기분이 들었던 순간은 있었는지 궁금하구나."

궁금할 게 따로 있지!

"행복한 기분이라고요?" 그녀는 화를 내며 되물었다. "어떻게 행복한 기분이 들 수 있겠어요?"

"이상하게 들릴 거라는 건 나도 잘 알지만 가능한 모든 경험을 다 들여다봐야 하기 때문이다……. 넌 거기서 자그마치 15년을 보냈어. 안 그러니? 그동안 오로지 두려움과 분노만 느꼈을 수는 없었을 거다. 그러면 그렇게 오랫동안 살아남을 수 없었을 테니까."

"습관이요." 자신도 왜 그런 생각을 했는지 모른 채 대답했다.

그녀가 살아남을 수 있도록 버티게 해준 갑옷은 일상의 작은 습관들이었다. 일어나기, 긴 머리 다듬기, 먹기, 화장실 가기, 옷 개기, 이불 정리하기, 잠자기.

"사만타, 보다시피 공포의 세계는 괴물들이 숨어 들어가기 딱 좋은 곳이야. 기억들이 감정에 짓눌리기 때문이지. 그래서 네 납치범을 찾아내려면 다른 곳을 건드려야 해. 추악한 기억만 더듬는 게 아니라, 좋았던 기억도 찾아내야 하는 거야."

만에 하나 좋았던 순간이 정말 있었다면, 그 사실을 인정하고 받아들이는 일은 거북하고 불편했을 것이다. 자신을 학대한 가해자와 일종의 공범임을 뜻할 수도 있으니까. 그래서 그녀는 벽에 보이는 심장만 뚫어지게 쳐다보며 기억을 더듬어나갔다.

그녀는 바닥에 무릎을 꿇은 채 찬물이 담긴 대야에 두 손을 넣고 있었다. 속옷을 빨고 있었다. 단단히 화가 난 상태였다. 개자식이 이따금 두고 가는 물통의 물을 적잖이 쓸 수밖에 없었기 때문이다. 평소였다면 목이 말라 죽을 일만큼은 없도록 아껴 썼을 것이다. 그런데 생리를 시작하면서 속옷이 두 벌밖에 남지 않았다. 빌어먹을 새끼. 큐브의 두 면을 완성하고 생리대라도 달라고 했다. 놈이 듣기를 바라면서 미로를 돌아다니며 고래고래 소리를 질렀다. '개새끼, 생리대가 얼마나 한다고?' 하지만 욕을 섞어 쓸 때는 혼자만 들리게 중얼거렸다. 보복당할까 두려운 마음이 더 컸기 때문이다. 코가 간지러워 대야에서 한 손을 빼고 손가락 끝으로 코를 긁으려 고개를 들었을 때 그림자 하나가 문 앞으로 쓱 지나갔다.

비명을 지르며 바닥에 엉덩방아를 찧었다. 뭐였지? 쥐였나? 세상에 끔찍해! 쥐가 있을 거라 생각은 하고 있었다. 미로는 지하에 설치돼 있으니까. 하지만 직접 본 적은 한 번도 없었다. 그녀는 털이 나고 끈적이는 커다란 쥐가 변기에서 나와 자신의 앞에 나타나는 상황을 떠올려보았다. 옆방에 가지런히 정리해놓은 얼마 되지 않는 식량이 먼저 떠올랐다. 통조림은 문제 될 게 없었다. 하지만 거지 같은 짐승이 빵 봉지에 구멍을 뚫거나 플라스틱 용기를 갉아 먹을 수도 있었다. 그 안에는 풀 같은 젤라틴이 달라붙은 싸구려 햄이 들어 있었다. 개자식이 슈퍼에서 할인행사 할 때 다량으로 사놓은 것이지만 그 음식들은 그녀에게 원동력이었다. 죽어도 먹고 싶지 않았지만 그래도 먹어야 할 때마다 그 생각을 떠올리며 억지로 먹었다. 버티고 살아남는 데 도움이 되기 때문이었다.

하루라도 더 살 수 있도록. 새로운 게임을 할 때 버틸 수 있도록.

역겨운 일이었지만 옆방 상태를 확인해야 했다. 막상 자리에서 일어나긴 했지만 쥐를 쫓아내는 데 쓸 만한 도구가 없다는 사실을 깨달았다. 집어던질 막대기나 신발도 없었다. 베갯잇에 음식을 조금 담아 덫으로 삼기로 했다. 그래, 좋은 아이디어야!

그녀는 문을 열고 고개만 내민 다음 복도를 살펴보며 쥐를 찾아보았다. 아무것도 보이지 않았다. 그림자가 지나간 방향을 따라가보았다. 온 방을 샅샅이 뒤져보고 창고로 사용하는 방에 도착했다.

상자, 물통, 나머지 물건들이 구석에 쌓여 있었다. 망설여졌지만 일단 한 발을 안으로 들이밀었다.

정말 뭔가가 움직였다.

"야!" 그녀는 소리만으로도 쥐를 위협할 수 있다고 생각한 듯 고함을 질렀다.

그 대답으로 쌓아둔 물건 더미에서 어항 하나가 발까지 또르르 굴러왔다.

그녀는 다시 한번 소리를 질렀다. 그러다 어항을 집어 들고 무기처럼 휘둘렀다. 더러운 짐승, 머리를 박살 내버릴 거야. 그녀는 한 걸음씩 천천히 다가갔다. 움직이는 건 전혀 보이지 않았지만 그래도 어항 든 팔을 위로 들어 올리고 다가갔다. 여차하면 내리칠 자세였다. 그런데 그녀는 아무것도 할 수 없었다.

쌓여 있는 음식 한가운데 보이는 건 쥐가 아니라 두 눈을 휘둥그렇게 뜨고 자신을 쳐다보는 새끼 고양이였기 때문이다. 야옹 소리를 내면서.

믿을 수가 없었다. 그녀는 어항을 내려두고 새끼 고양이를 향해 손을 뻗었다. 얼마나 반갑고 기뻤는지 왈칵 눈물이 쏟아졌다. 당장이라도 끌어안고 쓰다듬어주고 싶었다.

"자, 아가, 이리 와야지……." 그녀는 고양이를 달래며 말을 건넸다.

새끼 고양이는 움직이지 않았다. 그녀는 고양이를 가슴에 얹고 아프지 않게 조심스레 끌어안았다. 머리에 입을 맞춰주자 고양이는 가르릉거렸다.

"정말 고양이였니?" 그린 박사가 흥미롭다는 듯 물었다.

"네." 그녀는 미소 짓는 얼굴로 자신 있게 대답했다. "어항을 던졌으면 어떻게 됐겠어요? 저 자신을 절대 용서할 수 없었을 거예요."

"그래서 그 녀석을 데려왔니?"

"먹을 걸 주고 침대에서 재웠어요. 같이 놀기도 하고 말도 걸었어요."

"나도 고양이를 좋아한다. 녀석이 많이 컸겠구나."

"멋진 고양이로 자랐어요."

좋은 기억이었다. 그 기억을 떠올려준 그린 박사가 고맙기까지 했다.

"어땠었니? 그러니까 내 말은, 기분이 어땠는지를 묻는 거야."

"미로에서 좋아할 대상을 찾을 수 있을 거라고는 기대도 안 했어요. 기분이 좀 이상하긴 했어요. 왜냐하면 그때는 저 자신이 마음에 들지 않고 싫었거든요. 항상 화가 나 있었어요. 더럽고 불결해지는 느낌 때문에요. 어쩌면 놈이 절 그렇게 만든 걸 수도 있어요……. 하지만 새끼 고양이 덕분에 조금이긴 하지만 기쁨을 되찾았어요."

"이름을 지어줬니?"

"아니요."

"왜지?"

그녀의 표정이 어두워졌다.

"거기선 저도 이름이 없었어요. 아무도 부를 일이 없으니까……. 미로에서 이름 같은 건 필요 없어요. 전혀 쓸모없으니까요."

그린 박사는 속으로 그 대목을 기록해두었다.

"그런데 고양이는 어떻게 거기 들어온 건지 설명할 수 있겠니?"

그녀는 잠시 머뭇거렸다.

"처음에는 이것도 역겨운 게임의 일종일 수 있다고 생각했어요. 끔찍한 일을 억지로 시키려고 새끼 고양이를 가져다 놨다고요……."

"생각을 바꾸게 된 건 무엇 때문이지?"

"놈이 준 선물이 아니라는 걸 깨달았거든요. 그래서 숨겼던 거예요……."

"미안하지만 어떻게 그게 가능한지 설명해주겠니? 아까는 미로가 널 지켜보고 있고, 모든 걸 다 알고 있다고 했었는데……."

사만타는 회의적인 말투가 듣기 싫었다.

"그게 사실이니까요."

"사만타, 정말 고양이랑 같이 있었다고 확신하니?"

"무슨 뜻으로 그렇게 물어보시는 거예요? 제가 상상으로 지어냈다고 생각하시는 거예요? 전 미치지 않았다고요!" 그녀의 눈에 눈물이 그렁그렁 맺혔다.

"그런 뜻은 아니지만 좀 혼란스러운 건 사실이구나."

그는 조심스레 말했지만 이미 사만타의 신경을 긁어놓았다.

"뭐가 혼란스럽다는 거예요?" 그녀는 버럭 화를 내며 물었다.

"두 가지인데 하나는 고양이의 존재가 사실이 아니거나…… 아니면 놈이 놈이 아니거나……."

"그게 무슨 말씀이세요?"

"이거 하나만 설명해주면 좋겠구나, 사만타. 네 얘기를 듣다 보면 넌 미로의 규칙을 완벽히 알고 있는 것 같다는 생각이 들어. 마치 누가 너한테 설명이라도 해준 것처럼 말이야. 그런데 아무도 너한테 말을 건 사람이 없었다면 그게 어떻게 가능했던 거지? 가끔은 네가 놈을 잘 알고 있다는 생각이 들지만, 넌 한 번도 본 적이 없다고 하니……."

또 그 얘기! 놈이 모습을 드러낸 적은 한 번도 없다는 말을 되풀이하는 것도 지긋지긋했다.

"왜 제 말을 안 믿으시려는 거예요?"

"널 믿어, 사만타."

그녀는 벽으로 눈을 돌려 다시 심장처럼 생긴 습기 얼룩을 쳐다보았다.

"거짓말이잖아요."

"정말이야. 하지만 너도 한번 생각해봤으면 좋겠다……. 새끼 고양이를 미로에 가져다 놓은 게 납치범이 아니라면, 고양이는 도대체 어떻게 그 안으로 들어올 수 있었을까?"

벽에 붙어 있던 심장이 뛰기 시작했다. '말도 안 돼.' 하지만 분명히 봤다. 상상한 게 아니었다. 정말로 움직였다.

"너도 그 답은 알고 있을 거다, 사만타."

또다시 뛰었다. '다시 뛰었어.' 그리고 세 번째. 또 네 번째. 박동이 점점 빨라지는 게 눈에 보였다. 부풀어 올랐다가 줄어들었다. 벽이 그녀와 함께 고동치고 있었다.

"사만타. 입고 있는 잠옷을 좀 들어 올려보겠니?" 그린 박사가 뜬금없는 부탁을 했다. "그리고 네 배를 잘 봤으면 좋겠구나……."

"왜죠?"

그린 박사는 아무런 대답도 하지 않았다.

그녀는 머뭇거렸다. 옷을 들춰 눈으로 확인하기 전에 먼저 옷 속으로 손을 넣고 손가락 끝으로 살갗을 더듬어보았다. 배꼽 주변을 돌던 손가락이 무언가 달라진 부위를 발견했다. 살짝 내려앉은 부위. 우툴두툴한 질감. 일직선이었다. 조심스레 더듬어보았다. 아랫배 쪽이었다. 흉터.

"정말 고양이였다고 확신하니, 사만타?"

그린 박사의 목소리는 심장박동 소리에 묻혀 들리지도 않았다. 벽에 달린 심장은 미친 듯이 뛰고 있었다.

그녀는 바닥에 무릎을 꿇은 채 찬물이 담긴 대야에 두 손을 넣고 있었다. 속옷을 빨고 있었다. 단단히 화가 난 상태였다. 개자식이 이따금 두고 가는 물통의 물을 적잖이 쓸 수밖에 없었기 때문이다. 평소였다면 목이 말라 죽을 일만큼은 없도록 아껴 썼을 것이다. 그런데 생리를 시작하면서 속옷이 두 벌밖에 남지 않았다. 빌어먹을 새끼. 큐브의 두 면을 완성하고 생리대라도 달라고 했다. 놈이 듣기를 바라면서 미로를 돌아다니며 고래고래 소리를 질렀다. '개새끼, 생리대가 얼마나 한다고?' 하지만 욕을 섞어 쏠 때는 혼자만 들리게 중얼거렸다. 보복당할까 두려운 마음이 더 컸기 때문이다. 코가 간지러워 대야에서 한 손을 빼고 손가락 끝으로 코를 긁으려 고개를 들었을 때 그림자 하나가 문 앞으로 쓱 지나갔다.

그녀는 벌떡 일어나 그림자를 쫓아갔다. 그림자가 빠져나가려고 하면서 동시에 웃는 소리가 들렸다. 게임이었다. 미로에서 유일하게 즐거운 게임. 그녀는 그림자를 쫓았고 그림자는 뒤로 돌아 그녀를 쳐다보았다. 두 눈을 휘둥그렇게 뜨고 신기한 듯이. 그림자는 그녀를 보며 미소를 짓더니 엄마에게 손을 뻗었다. 사만타는 손을 잡았다. 너무 행복해서 눈물이 날 정도였다. 사만타는 머리를 쓰다듬어주었다. 귀여운 딸아이의 머리. "자, 우리 아가……." 그녀는 딸을 가슴에 품고 꼭 끌어안았다. 그리고 이마에 입을 맞춰주었다. 아기는 그녀의 어깨에 머리를 기댔다.

출산으로 모든 게 달라졌다. 딸아이는 그녀에게 앞으로 나아갈 동기가 돼주었다. 다행히 최악의 상황은 지나갔지만 자연광에 노출되지 못한 탓에 아이의 성장은 더디기만 했다. 분유로는 어림도 없는 상황이었는데 그마저도 엄격히 양을 조절해야 했다. 행여 감기라도 한번 걸릴 때면 기침이 멈추지 않았다. 그녀는 딸아이가 아플까 봐 그게 두려웠다. 왜냐하면 너무 작고 연약할 뿐만 아니라 무슨 일이 생기더라도 도와줄 수 있는 사람이 아무도 없었기 때문이다. 엄마와 딸은 바닥에 깔린 매트리스 위에서 함께 잤고 사만타는 딸이 숨을 쉬는지 확인하려고 항상 아이 가슴에 손을 얹었다. 작은 심장이 느껴졌는데…….

벽에 걸린 심장이 박동을 멈췄다.

"제가 왜 잊고 있었던 거죠?" 그렇게 묻는 사만타의 두 눈에 눈물이 가득 고여 있었다.

"네가 잊고 있었던 건 아닐 거다, 사만타." 그린 박사는 그녀를 위로했다. "납치범이 널 통제하려고 투약한 약물 때문에 그런 거야."

그다음 이어질 질문의 답을 듣는 게 두려웠지만 그녀는 꼭 알아야만 했다.

"그 아이는 어떻게 됐을까요?"

"그건 나도 모른다, 사만타. 하지만 우리가 같이 알아낼 수 있을 거야."

그린 박사는 자리에서 일어나며 조절 장치를 만져 약물 투여 속도를 다시 늦췄다.

"이제 좀 자두는 게 좋겠구나. 이야기는 나중에 다시 하자."

23

"자위적 사이코패스에 해당하는 놈들은 살인으로 만족하지 않습니다. 놈들에게 죽음은 전적으로 부차적인 문제입니다."

브루노는 경찰서에서 들라크루아 형사가 한 말을 계속해서 속으로 곱씹어보았다. 형사는 자신들이 상대하고 있는 사이코패스가 얼마나 위험한 부류인지 브루노에게 단단히 경고했었다.

그랬기에 버니는 린다를 살해하기 위해 외부인을 끌어들였던 것이다. 놈은 타미트리아 윌슨을 살해했을 때처럼 꼭 필요한 경우가 아니고서는 자기 손을 더럽히지 않는 부류였다. 마녀 같은 노부인은 그의 실체와 얼굴까지 알고 있었다. 괴물의 관점에서 보면 살해 행위를 실천에 옮기는 건 썩 유쾌한 일은 아니겠지만 그 과정을 과시하고 직접 보여주는 건 신나는 일일 것이다. 브루노는 디프 웹에서 실시간으로 중계된 장면을 보며 그런 생각을 했다.

"남자 친구 일은 유감입니다." 바우어가 말을 건넸다.

브루노는 고개를 절레절레 흔들었다. 난감하다기보다 귀로 듣고도 믿을 수 없었기 때문이다. 린다를 여자로 생각하지 않는 그 마음가짐이 문제라면 문제였다. 악의가 있어서가 아니라 대수롭지 않게 여기기 때문이었다. 하지만 브루노는 냉혹한 것보다 그런 마음가짐이 더 용서가 되지 않았다.

브루노는 시커먼 시체 운반 부대 속에 누워 들것에 실린 채 시체 안치실로 향하는 친구를 멍하니 바라보았다. 그러고 나서 비상등을 켠 채 이리저리 오가는 순찰차들 사이 보도블록에 주저앉아 재수 없는 형사가 위로랍시고 건넨 애도의 말을 속으로 삭여야 했다.

마지막으로 통화했을 당시 린다는 그를 걱정했었다. 하지만 자신의 최후가 다가오고 있다는 사실은 상상조차 하지 못했을 것이다.

삶의 끝자락에 서 있는 사람을 만나고 나서 마지막으로 떠올리는 건 어쩌면 우리가 먼저 죽을 수도 있겠다는 생각이다.

"좀 어떻습니까?" 들라크루아가 다가오며 물었다.

상대의 분위기는 자못 진지했다.

"괜찮습니다."

전혀 그렇지 않았다. 죄책감 때문이었다. 린다가 죽은 건 자신이 제대로 보호해주지 못했기 때문이었다.

"누군지 알아냈습니까?" 브루노는 자신의 친구를 살해한 남자의 정체에 관해 물었다.

"피터 포먼이라는 치과의사입니다. 아내와 멕과 조던이라는 금발머리 딸이 둘 있습니다."

"뭐라고 합니까? 정말로 누군가 린다를 살해하라고 자신을 협박했다고 합니까?"

브루노는 실시간으로 중계되던 그 장면을 도저히 잊을 수 없었다.

"안타깝게도 그렇습니다. 특별수사대를 레이서빌에 있는 피터 포먼의 집으로 급파해 지하창고에 감금돼 있던 그의 아내와 두 딸을 발견했습니다. 공포에 질린 상태였지만 무사히 구조했습니다. 아내는 무슨 일이 어떻게 벌어진 건지 모르겠다고 주장하고 있습니다. 충격에서 벗어나지 못하긴 했지만 자고 있는 사이 토끼 머리를 뒤집어쓴 남자가 집 안으로 침입했다는 말만 반복하고 있습니다."

"포먼의 집에서 놈의 지문 같은 건 찾아냈습니까?"

"과학수사대가 작업 중입니다. 하지만 2, 3시간은 걸릴 겁니다."

브루노는 화가 치밀었다.

"로빈 설리반에 대해 즉시 확인만 했어도 사태가 이렇게까지 나빠질 일은 없었을 거 아닙니까."

그는 린다의 죽음을 막지 못했다는 죄책감을 두 형사에게 전가하려 했다.

"당신이 찾는 로빈 설리반은 이미 죽은 사람이란 말입니다!" 바우어가 소리를 질렀다.

"뭐라고요?"

"사실입니다. 저희가 확인했습니다." 들라크루아가 차분하게 대답했다. "이미 20여 년 전에 교통사고로 사망했습니다."

브루노는 충격에 휩싸였다. 지금까지 로빈 설리반이 버너라고 믿고 있었다. 그럼 도대체 타미트리아 윌손은 누구와 통화를 했다는 말인가? 자신이 찾아오자 그 새벽에 윌손 농장까지 한달음에 달려온 토끼 머리 괴한은 과연 누구였던 걸까? 뒤죽박죽된 생각들이 도저히 정리되지 않았다. 유일하게 확실한 건 여태까지 엉뚱한 단서를 쫓고 있었다는 사실뿐이었다.

"포먼은 어떻게 되는 겁니까?"

"일단 살인 혐의를 적용할 겁니다. 성 캐트린 병원 의사들 말이 출혈이 심하긴 했지만 위험한 고비는 넘겼다고 합니다. 현재 수술 중입니다."

"사만타 안드레티가 입원한 그 병원으로 데려간 겁니까?"

"가장 안전한 곳입니다. 이미 경비가 삼엄하기도 하고." 바우어는 평소처럼 거만하게 대꾸했다. 마치 세상에서 가장 자연스러운 태도라도 되는 것처럼 시종일관 그런 분위기였다. "왜요? 마음에 안 든다는 겁니까?"

"아니, 오히려 그 반대입니다. 현명한 판단 같군요." 브루노가 말했다. "나라도 그런 용감한 시민은 극진히 대접했을 테니 말입니다."

바우어는 비꼬는 상대의 말투가 못마땅해 받아치려 했지만 들라크루아가 먼저 질문을 던졌다.

"우리가 모르는 뭔가를 알고 있습니까?"

브루노는 어깨를 들썩였다.

"그런 거 없습니다." 거짓말이었다.

"첫 번째 순찰대가 현장에 도착한 건, 당신이 신고 전화를 걸고 10분 후였습니다. 그러니까 당신과 포먼은 둘만의 시간을 가질 수 있었습니다. 설마 그 시간 동안 아무런 말도 하지 않았다는 걸 우리보고 믿으라는 겁니까?"

브루노는 두 형사를 바라보았다. 두 형사에게 자신이 무언가를 더 알고 있다고 의심하게 만들고, 그 사실을 말할까 말까 고민하는 것처럼 착각하게 만드는 게 그의 목표였다. 하지만 연극을 더 이어나가기에는 머리도 빙빙 돌고 가슴이 너무 아팠다.

"그 치과의사는 토끼 인간이 누구인지 알고 있을지도 모릅니다."

"확실히 알고 하는 말입니까, 아닙니까?" 두 사람 중 인내심이 부족한 바우어가 따지듯 물었다.

"상황에 따라서……."

"이 양반, 사람 참 피곤하게 하네." 바우어는 동료를 보며 불만을 터뜨렸다. "2시간 정도 지나면 포먼도 마취에서 깨어날 테니 기다렸다가 몽타주를 받아보자고."

"포먼은 목소리로 누구인지 알아본 겁니다." 브루노는 한 마디를 덧붙였다.

"그건 좀 믿기 힘든 말이네요." 들라크루아가 회의적으로 대답했다.

바우어도 거들었다.

"충격에 휩싸인 사람이 가면을 뒤집어쓰고 자기 집에 들어온 괴한의 목소리 특징에 집중했다는 게 말이나 됩니까?"

"나도 그렇게 생각했었습니다." 브루노는 상대가 그렇게 나오리라 예상했었다. "그러니까 포먼의 아내에게 물어보면 될 겁니다. 그녀도 아는 사람일 테니까요. 놈은 종종 그들 집에 들르곤 했습니다. 하지만 포먼의 아내는 그자와 토끼 인간이 동일인이라는 사실을 모르고 있습니다. 알았으면 이미 다 말했을 겁니다."

그는 다시 한번 들라크루아의 관심을 끄는 데 성공했다.

"그게 누굽니까? 가족? 친구? 그냥 아는 사람?"

"저 양반 말 무시하라니까." 바우어는 대화에 끼어들어 동료 형사를 끌어당겼다. "우리가 만만하게 보이나 봐."

"포먼의 아내는 당신들한테 놈의 몽타주 작성에 도움이 될 정보를 줄 수 있는 사람일 겁니다." 브루노는 그렇게 한 마디를 던지고는 가만히 있었다. 두 형사가 어떤 쪽을 택할지 생각할 시간을 주기 위해서였다. "누군가 그 여자에게 제대로 된 단서를 알려주기만 하면 말입니다……." 그러고는 그렇게 단서 같은 한 마디를 덧붙였다. 그 누군가가 자신이라는 암시이기도 했다.

"이번에는 그 대가로 바라는 게 뭡니까?" 들라크루아가 물었다.

"몽타주를 봤으면 합니다."

"뭘 하시려고? 놈을 찾아다니시려고? 의적이라도 되겠다는 겁니까?"

아니다. 린다를 위해 복수할 마음은 없었다. 그는 재킷 주머니를 뒤적여 자신의 부적을 꺼내 두 형사에게 건넸다. 들라크루아는 종이를 펼치고 병원 진단서를 읽어보았다.

"이제 피곤합니다." 브루노가 말했다. "떠나고 싶습니다."

'이 썩어 문드러진 세상에서.' 그렇게 말하고 싶었다.

"평화롭게 가고 싶어서 그럽니다."

들라크루아는 진단서를 바우어에게 건네고 브루노에게 물었다.

"그 괴물의 얼굴을 보면 마음이 편안해질 것 같습니까?"

"네. 나머지는 포먼의 아내가 있는 자리에서 말씀드리지요. 그 진단서를 봐서 아시겠지만 아무리 날 협박하고 수사방해죄로 감방에 처넣겠다 해도 소용없습니다. 어차피 내가 유일하게 두려워했던 일은 곧 벌어질 겁니다. 그러니 이제는 내가 하자는 대로 하던가, 아니면 당신들 마음대로 하던가, 그럽시다."

세게 나가기는 했지만 이미 그들에게 그림책을 넘겨주고 버니 가면의 기원을 설명해주기로 마음먹은 터였다. 어차피 로빈 설리반이 사망했다면 유일한 단서도 아무런 의미가 없어지는 거니 결국 그림책도 무의미한 종이에 불과했다. 그런데 이어지는 들라크루아의 말에 생각을 바꿨다.

"탐정 양반이 치과의사 아내를 만나고 싶다니 신기할 따름입니다. 왜냐하면 그 여자도 당신을 만나게 해달라고 부탁했거든요."

24

그를 태운 차는 교외로 향했다. 한밤중이었지만 계기판의 온도계는 38도를 가리켰다. 그러나 브루노 젠코는 추위를 느끼고 있었다.

죽음이 결코 그를 잊지 않았다는 사실을 일깨워주는 듯했다.

그들은 모텔에 도착했다. 관광지 같은 분위기는 눈 씻고 찾아봐도 보이지 않는데 '가족 휴양지'라는 간판이 버젓이 달려 있었다. 방갈로 여러 채가 고인 물이 썩은 채 방치된 수영장을 둥글게 둘러싸고 있었다. 관리 상태가 형편없었다. 그곳에는 사만타 안드레티와 피터 포먼이 입원한 병원만큼이나 많은 경찰이 돌아다니고 있었다.

바우어는 주차장에 차를 세우고 브루노가 내릴 수 있게 뒷문을 열어주었다. 브루노는 주변을 둘러보았다. 100여 개에 달하는 경찰의 눈이 전혀 달갑지 않다는 뜻을 담고서 그를 노려보았다.

"이쪽입니다." 들라크루아가 그를 안내했다.

포먼의 아내가 머무는 방갈로는 한가운데라 감시가 수월했다. 브루노는 방갈로 문턱을 넘어서면서 경찰 심리치료팀을 알아보았다. 전문가들이 충격에 휩싸인 어머니와 두 딸을 돕고 있었다.

멕과 조던은 금발 머리에 열 살도 채 되지 않은 아이들이었다. 두 아이는 부엌 식탁에 앉아 있었다. 여성 심리상담사가 두 아이에게 그림을 그리게 하면서 관심을 다른 데로 돌리려 하고 있었다. 아이들은 엄마에 비해 차분한 모습이었다. 엄마는 옆방에 있는 침대에 누워 하염없이 울고 있었다. 의사는 그녀의 혈압을 측정했다. 형사들이 들어오는 걸 본 그녀는 벌떡 일어났다.

"그이는 어떻게 됐어요?" 그녀는 걱정스레 물었다.

"수술이 순조롭게 진행되고 있습니다." 들라크루아는 그녀를 안심시키며 의사에게 자리를 비워달라는 신호를 보냈다.

"아까 저희한테 말씀하신 내용, 다시 이야기해주실 수 있겠습니까?" 바우어가 물었다.

"물론이죠."

포먼의 아내는 빨간 매니큐어를 칠한 손톱을 신경질적으로 물어뜯었다. '오래된 옛 습관이겠군.' 브루노는 그녀가 고가의 매니큐어로 버릇을 고쳤을 거라 생각했다. 하지만 두려움은 자신의 행동이 어떻게 보일지에 대한 걱정 따위를 가볍게 눌러버렸다.

"저는 원래 수면장애가 있었어요. 어렸을 때부터요. 그래서 자기 전에는 항상 수면제를 먹습니다. 그래서 잠이 깊이 들었는데……. 딸아이들이 태어났을 때도 남편이 밤에 일어나 젖병을 물리고 기저귀도 갈아줬어요."

'아이들을 제대로 돌보지 못한 사실을 정당화하려는 거야.' 브루노는 그렇게 생각했다.

"어제도 수면제를 드셨습니까?" 들라크루아가 물었다.

"찜통더위와 밤낮이 뒤바뀐 탓에 몸 상태가 좀 그랬어요……." 그녀는 기억을 더듬듯 한곳만 멍하니 바라보며 말을 이어나갔다. "아마 오후 2시쯤 됐을 거예요. 딸아이가 부르는 소리가 들린 것 같았어요. 그래서 바로 눈을 떴어요. 꿈인지 현실인지는 구분할 수 없었는데……. 덧창이 닫혀 있었고 침대에 남편이 없더라고요. 일어나서 아이들한테 갔겠거니 생각하고 다시 잠들려던 순간 또다시 멕의 목소리가 들렸어요. 꿈이 아니라 정말로 절 부르고 있었던 거더라고요. 그런데 방에서 들리는 소리가 아니었어요……. 먼 곳에서 들리는 목소리가 겁에 질려 있었어요."

브루노는 일그러지기 시작한 그녀의 표정을 눈여겨보았다. 인간의 얼굴을 그렇게 만드는 것은 오직 극도의 공포심뿐이었다.

"그래서 침대에서 일어나 아이들을 찾아갔어요." 그녀는 설명을 이어나갔다. "멕과 조던이 침대에 없어서 불렀는데 대답이 없었어요." 이제는 울먹이기 시작했다. "절망적으로 온 집 안을 뒤지다가 지하창고 문이 열려 있는 걸 발견했어요. 아이들은 거기 들어가면 안 된다는 것과 굉장히 위험하다는 걸 잘 알고 있었어요. 아이들이 명령을 어겼구나 했어요. 아니면 잘못해서 굴러떨어진 건가 싶었는데……."

포먼의 아내는 얼빠진 표정으로 말을 멈췄다.

"무슨 일이 있었던 겁니까?" 들라크루아는 그녀가 말을 이어나가도록 질문으로 유도했다.

그녀는 형사를 외면하고 브루노 쪽으로 시선을 돌렸다.

"지하창고 문 앞으로 향하던 중에 제 앞으로 그게……."

그녀는 뭐라고 정의해야 할지 몰라 망설이다 그대로 말을 이어나갔다.

 "정비사처럼 위아래가 붙은 옷을 입고 스키 장갑을 끼고 있었는데……. 처음에는 무섭다는 생각은 들지 않았어요. 그냥…… 깜짝 놀라기만 했어요. 그리고 얼마나 추우면 저런 걸 입고 다니나 생각만 들었어요."

 '엉뚱한 반응은 아니야.' 브루노는 그런 심리를 알 것 같았다. 터무니없는 상황에 놓이면 뇌가 실체를 파악하기까지 얼마간의 시간이 걸린다. 뇌는 항상 공포를 이성적으로 판단하려 하기 때문이다.

 "그러다 얼굴이 보였어요. 가면을 뒤집어쓴 얼굴." 그녀는 울먹이며 말을 이었다. "그 순간, 아이들에게 몹쓸 짓을 했구나 싶었어요."

 브루노는 그녀가 진정하기를 기다렸다.

 "따님들은 무사합니다." 그는 상대를 안심시켰다.

 "그 남자가 팔을 붙잡더니 억지로 지하로 끌고 내려갔어요. 아이들은 이미 묶어두었더라고요. 저까지 묶더니 거기 그대로 두고 가버렸어요."

 이야기가 끝나자 들라크루아는 이제 당신이 나설 차례라고 말하듯 브루노를 쳐다보았다.

 "포먼 부인." 브루노는 그녀의 관심을 끌기 위해 말을 걸었다. "남편분께서 의식을 잃기 전, 목소리를 통해 괴한의 정체를 알 수 있었다고 말씀하셨습니다."

 여자는 화들짝 놀랐다.

 "모르겠어요……. 피터가 그때 어디에 있었는지 몰랐어요……."

 '린다를 살해하고 있었지…….' 브루노는 그렇게 생각했지만 입 밖으로 꺼내지는 않았다.

"남편분께서 정원사 이야기를 하셨습니다. 그런데 이름은 모른다고 하시더군요."

두 형사는 브루노가 털어놓은 새로운 정보를 머릿속에 각인시키고 여자를 뚫어지게 바라보며 반응을 기다렸다. 그녀는 기억을 더듬는 듯 보였다.

"저도 몰라요······. 월급 받고 주기적으로 일하는 사람은 아니었어요. 가끔 필요할 때마다 부르는 사람이었어요." 거기까지였다.

"혹시 연락처 같은 것도 모르십니까?" 들라크루아가 말을 가로막고 질문을 던졌다.

브루노는 형사가 초조해한다는 사실에 주목했다. 원하는 답을 얻었다고 생각했는지 브루노를 대화에서 밀어내려 했다.

"네, 몰라요. 남편이 쇼핑몰 주차장으로 직접 만나러 갔었어요. 남편 말이 거기가 일용직 근로자들이 일자리를 얻으려고 모이는 곳이라고 했어요."

브루노는 비싼 고급 차를 타고 일용직 근로자들을 손수 찾으러 다니는 인색한 치과의사의 모습을 떠올렸다.

"그 정원사라는 사람이 무슨 차를 몰았는지 기억하십니까?" 바우어가 물었다.

"낡은 포드 승합차였을 거예요. 담벽색이요."

"인상착의를 설명해주실 수 있겠습니까?"

"가능할 것 같아요." 포먼의 아내는 그렇게 말하고는 갑자기 말을 멈췄다. 갑자기 뭔가 중요한 게 떠오른 사람처럼. "한 가지 생각나는 게 있는데……. 여기 커다랗게 짙은 점이 있어요."

그녀는 한 손으로 오른쪽 눈 전체를 가렸다.

얼마 후 그들은 방갈로 거실에 모여 앉았고 포먼의 아내는 정원사의 인상착의를 상세히 설명했다.

결과는 전적으로 증인의 기억과 몽타주 전문가의 상상력의 상호작용에 달려 있었다. 그래서 사실에 가까운 몽타주를 얻어낼 가능성을 높이기 위해 과학수사대는 여러 명의 몽타주 전문가에게 동시에 일을 맡겼다. 작업이 끝나면 각각의 전문가들이 자신이 작성한 몽타주를 포먼 부인에게 건네고 그녀가 가장 실물에 근접한 그림을 고르는 식이었다.

상당히 시간이 걸리고 복잡한 과정이었다.

들라크루아와 바우어는 맨 앞에 앉아 있었고 브루노는 멀찍이 떨어져 있었다. 그는 팔짱을 끼고 벽에 기대서서 전문가들의 손을 통해 서서히 형체를 드러내는 버니의 맨얼굴을 지켜보았다. 세 장의 몽타주는 상당히 유사해 보였다. 긍정적인 결과였다. 포먼 부인의 기억이 확실하다는 뜻이었다.

얼굴에 점을 덧씌울 차례였다. 점은 오른쪽 얼굴을 큼지막하게 차지하고 있었다. 볼에서부터 눈썹까지.

'그래서 토끼 머리를 뒤집어쓰고 다닌 거였어.' 브루노는 그렇게 생각했다. '어렸을 때 이런 신체적 특징 때문에 놀림받고 학대당했을 거야. 어쩌면 피해자에 대한 공감력이 전혀 없는 건 인간의 본성이 얼마나 잔혹한지 자신이 임상실험 대상자처럼 몸소 겪었기 때문일 거고.'

몽타주 전문가의 작업이 거의 마무리 단계에 이르자 브루노는 린다를 데려간 괴물의 눈부터 노려보았다. 아무런 특징 없고 무심한 눈빛. 몽타주의 특징이라면 특징이었다.

그때 그는 고개를 돌리다가 깜짝 놀랐다. 부엌 식탁에 남아 있던 여자아이 때문이었다. 동생 멕 같아 보였다. 다른 하나는 이미 잠자러 간 모양이었다. 몽타주 전문가와 마찬가지로 멕도 그림을 그리고 있었다. 아이의 종이에는 괴물의 평범한 얼굴 대신 햇살이 쏟아지는 날, 망망대해를 떠도는 배 한 척이 그려져 있었다. 브루노는 저 위에서 기다리고 있는 세상도 꼬마 아이가 그린 그림처럼 평안하기를 바랐다. 그렇다. 정말 아름다워 보였다. 꼬마 아이는 그를 쳐다보고 있었다. 마치 그의 생각을 읽은 듯 그를 보고 미소를 지어 보였다.

"맞아요, 그렇게 생겼어요." 포먼의 아내는 쉰 목소리로 말했다.

몽타주 전문가들은 그녀에게 결과물을 건넸고 그녀는 몽타주를 보며 눈물을 터뜨렸다.

들라크루아는 브루노에게 가까이 다가오라고 눈짓을 보냈다.

"아직 한 가지 확실히 밝혀야 할 게 있습니다." 형사는 그녀를 보며 말했다. "경찰들의 도움으로 풀려나셨을 때 브루노 씨를 만나야 한다고 말씀하셨지요?" 그는 사립 탐정을 가리키며 말했다. "여기 이분입니다."

"절 만나고 싶다고 하셨다고요?"

그녀는 흐느끼며 몸을 부르르 떨었다.

"제가 만나고 싶다고 한 건 아니에요. 토끼 머리를 뒤집어쓴 사람이 시켰어요."

바우어와 들라크루아는 서로를 쳐다보았다.

"정확히 뭘 시킨 겁니까?"

"그분한테 메시지를 전하라고요. 직접요."

그녀는 그 자리에 있던 사람들이 어리둥절한 표정으로 쳐다보는 가운데 소파에서 일어나 거실을 가로질러 브루노를 향해 걸어갔다. 그는 가만히 서 있었다.

그에게 다가온 그녀는 귓속말로 속삭였다.

"로빈 설리반이 안부를 전한다고 했어요."

25

4번 건물은 아무런 특징 없는 회색 건물이었다. 서쪽 별관에 붙어 있어 권력의 중심에서 가장 멀리 떨어진 위치이기도 했다.

그 건물 지하가 바로 림보가 있는 곳이었다.

경찰들은 실종사건 전담반을 그렇게 불렀다. 브루노 젠코는 항상 그 이유가 궁금했다. 하지만 림보에 발을 들인 순간, 이유를 알 수 있었다. 림보에 첫발을 내딛자마자 피가 얼어붙는 것 같았다.

수천 개의 작은 눈이 동시에 그를 쳐다보고 있었다. 창문 하나 없는 높은 벽이 얼굴 사진으로 도배된 탓이었다.

브루노는 그 사진들이 소위 머그샷이라 불리는 범인 식별용 얼굴 사진들처럼 무미건조하지 않다는 사실에 주목했다. 기뻐하는 얼굴들이 많이 보였는데 대부분 생일이나 놀러 나갔을 때, 혹은 크리스마스처럼 기쁜 날이나 파티에서 찍은 사진들도 적지 않았다. 왜 그런 사진들을 골랐는지 그로서는 이해할 수 없었다. 예를 들면 증명사진 같은 걸 붙여놓는 게 더 그럴듯해 보였기 때문이다. 적어도 웃느라 표정이 변형되지 않는 사진이 더 나을 것 같았다.

사진 아래에는 각각 몇 줄 설명이 적혀 있었다. 이름, 마지막으로 목격된 장소, 실종 날짜. 남자도 있고 여자도 있었고 모든 연령대가 뒤섞여 있었다. 하지만 주로 어린아이들이었다. 성별, 종교, 피부색의 구분이 따로 없었다. 림보는 침묵의 절대 민주주의가 지배하는 곳 같았다.

사립 탐정이 홀로 발걸음을 옮기자 눈들도 그를 좇았다. 브루노는 기쁜 표정을 짓고 있는 사진 속 '모델'들이 자신을 부러워하는 기분이 들었다. 그 역시 조만간 그림자의 세계로 건너갈 터였다. 하지만 그들과 달리 브루노는 자신이 죽었다는 사실을 알고 세상을 떠날 것이다.

'림보 거주자들은 자신들의 상황을 알 수 없어. 여전히 자신들을 기다리는 사람들의 머릿속에서 수시로 죽었다 살아나기를 반복하고 있으니까. 그래서 영원히 안식을 찾을 수 없는 거고.'

상념에 빠져드는 사이 커다란 홀에서 소리 하나가 울려 퍼졌다. 가까이 다가오는 소리였다. 브루노는 뒷걸음질 쳤다. 얼마 지나지 않아 무언가가 뒤쪽에 있는 문에서 나오더니 그를 향해 쏜살같이 달려오기 시작했다. 급습을 당하기 바로 직전, 누군가 언성을 높였다.

"히치, 앉아!"

큰 덩치에 털이 긴 개는 그 즉시 동작을 멈추고 브루노 앞에 앉았다. 몇 초 지나자 그림자 하나가 역광을 받으며 뒤쪽 문에서 나왔다.

"무슨 일이십니까?" 목소리 주인공이 물었다.

브루노는 목소리를 통해 상대가 로빈 설리반에 관한 정보를 얻어내기 위해 림보에 전화했을 때 통화한 바로 그 특별수사관이라는 사실을 알 수 있었다.

"베리쉬 수사관이십니까?" 그가 물었다.

상대가 다가왔다. 그는 손에 작은 물병을 들고 있었다. 지하 사무실인데도 숨통이 턱턱 막힐 정도로 더웠다. 이번에도 특별수사관은 어색할 정도로 세련된 차림이었다. 파란 정장에 그와 어울리는 넥타이를 매고 있었다.

어딜 봐도 형사 같아 보이지 않았다.

"브루노 젠코라고 합니다. 사립 탐정입니다."

"사이먼 베리쉬입니다." 그는 브루노를 찬찬히 살피며 자기소개를 했다. "괜찮으십니까?"

'전혀요.' 그렇게 대답하고 싶었다.

"좋은 시절은 다 갔지요."

"들어와 앉으시지요." 베리쉬는 짤막한 한 마디만 건넸다.

그와 그의 개는 브루노를 호위하고 사무실로 향했다.

"직원이 별로 없어 보입니다." 브루노는 빈 사무실 두 곳을 지나가며 말했다.

놀랄 일도 아니었다. 누적된 미제사건 비율 때문에 아무도 그곳에 지원하려 들지 않았다.

"전 여기 소속은 아닙니다." 베리쉬가 말했다. "지금은 그냥 우편물에 답장하는 정도로 단순한 업무를 돕고 있을 뿐입니다."

베리쉬는 브루노를 세 번째 사무실로 안내했다. 하지만 브루노는 상대가 그의 관심이 무언가로 쏠리지 않도록 몰아가는 느낌이 들었다. 그래서 사무실 안으로 들어가기 전, 최근 사건에 관한 정보를 열거해놓은 보드 앞에 잠시 멈춰 섰다.

여러 장의 도로 지도, 노트, 한 번도 본 적 없는 장소 사진들. 화재

이후 폐허로 방치된 물레방아 사진이 가운데를 차지하고 있었다. 사진 아래에는 빨간 매직으로 이렇게 적혀 있었다. '신호가 끊긴 지점.'

베리쉬는 그의 바로 뒤에 서 있었다.

"누가 실종된 겁니까?"

"아직 실종사건으로 단정 지을 수는 없습니다." 특별수사관이 대답했다. "림보 책임자는 단서를 좇아 잠복 중일 겁니다."

브루노는 놀란 표정으로 그를 쳐다보았다.

"마리아 엘레나 바스케스 수사관이군요." 이름이 떠올랐다.

"밀라라고 부르지요."

여자아이 여럿이 납치된 뒤 잔인하게 살해됐던 '속삭이는 자' 사건을 통해 이름은 익히 들었다. 몇 년 전 발생한 사건이었는데 밀라 바스케스 형사가 수사를 담당했었다. 그제야 모든 게 아귀가 맞아떨어지는 것 같았다. 베리쉬가 바우어, 들라크루아 콤비와 몸싸움 직전까지 갈 정도로 격하게 언쟁을 벌였던 이유, 동료 형사인 그들을 비난했던 이유를. "도대체 그 사람, 찾고는 있는 겁니까?" 베리쉬 수사관은 두 형사에게 그런 질문을 던졌지만 돌아오는 답은 없었다. 아무래도 혼자 그 사건을 수사 중인 듯 보였다.

"사립 탐정이라고 하셨지요?" 수사관은 사무실 안으로 들어가며 물었다.

브루노는 그를 따라 들어가 책상 앞에 놓인 의자에 앉았다. 개도 따라 들어와 그 옆에 엎드렸다.

"베리쉬 수사관, 난 당신의 귀한 시간을 낭비하게 할 의도는 전혀 없습니다." 브루노는 비록 상대가 자신을 신뢰하지 않는다고 생각은 했지만 자신 있게 말했다. "보통 경찰이 수사 중인 사건을 들여다봐야할 상황이 발생하면 별별 핑계를 다 지어내 연기를 하는 게 제 방식이었습니다."

자신이 아니라 경찰이 자신을 필요로 한다고 믿게 하는 게 그의 수법이었다.

"그런데 이번에는 제가 부탁하는 일에 대해 대가로 드릴 수 있는게 아무것도 없습니다."

"선생의 진심만 받는 거로 하지요."

"제 얘기를 진지하게 들어주신다니 먼저 감사드립니다."

"여기서는 일을 어렵게 처리하지 않습니다." 베리쉬는 웃으며 말했다. "밀라 팀장의 철학은 '상대를 가리지 않고 손잡고 일하자'거든요. 다른 부서와 달리 림보에서는 아무런 진전 없이 정체된 사건들이 수시로 발생합니다. 인적 재원이나 재정적 지원도 부족하고 실종사건 해결을 위한 정치권의 의지도 전혀 없기 때문이지요. 시작부터 지는 싸움이기 때문입니다. 사람들은 지는 걸 싫어하거든요."

브루노도 동감하는 대목이었다. 15년 전 사만타 안드레티 사건을 맡았을 때 그는 이미 그녀가 사망했을 거라 믿고 있었다.

"80년대에 발생한 실종사건을 좀 자세히 들여다봤으면 합니다. 피해자는 로빈 설리반이라고 열 살짜리 꼬마입니다."

베리쉬는 책상 위에 놓여 있던 노트에서 종이 한 장을 뜯어 받아적으려다 갑자기 동작을 멈췄다.

"지난 밤에 전화하셨던 게 선생이셨군요."

수사관은 별로 놀라지 않는 눈치였다.

"바우어 형사 이름을 판 건 죄송하게 됐습니다." 브루노는 자신의 잘못을 인정했다. "처음부터 아셨겠군요. 아닙니까? 그런데도 도와주신 거네요……."

베리쉬는 한동안 그를 바라보다 웃음을 터뜨렸다.

"바우어 형사는 모자란 친구입니다. 그리고 저도 멍청한 동료 형사들 상대하는 게 뭔지 압니다."

어쩌면 밀라 바스케스 팀장 건을 겪었기 때문인 것 같다는 생각이 들었다. 늪지대에 조성된 베이스캠프에서 베리쉬 수사관은 들라크루아를 향해 이런 불만을 털어놓았었다. "아니, 왜 아무도 내 연락은 안 받는 겁니까?" 아마 그래서 베리쉬 수사관은 기꺼이 그를 도와줬을 것이다.

"그럼 다시 한번 도와주시겠습니까?"

상대는 고개를 끄덕였다.

"지난번 통화에서 아이가 3일 만에 자발적으로 돌아와 사건이 종결됐다는 것까지는 확인한 상태니, 뭘 더 알고 싶으신 겁니까?"

"로빈은 집으로 돌아온 뒤 전과 완전히 달라졌다고 합니다." 브루노는 자신이 알아낸 이야기를 시작했다. "부모는 문제가 생긴 아이를 돌려받았던 겁니다. 충동 조절에 장애가 생긴 아이를요. 자기 자식이 확실한지 의심이 들 정도로 아이가 변했고, 결국 위탁가정에 보내기로 결정했습니다."

어둠 속의 아이들. 브루노는 그 말을 떠올렸다. 타미트리아 윌슨은 로빈의 부모를 형편없는 사람들이라고 언급했었다. 그리고 어둠이 그 아이를 감염시켰다고 말했었다.

"괴물의 심리가 그 아이의 속을 파고들었다는 걸 아무도 몰랐던 겁니다. 로빈 설리반은 유년기를 보내며 내면에 지닌 어둠을 점점 키워 갔을 겁니다. 유기, 방치, 무관심 그리고 폭력이 위험한 인큐베이터가 되어 그 어둠을 자라게 한 겁니다."

"그 아이는 어떻게 됐습니까?" 베리쉬가 물었다.

"커서 사만타 안드레티의 납치범이 됐습니다." 브루노는 상대를 놀라게 할 대답을 내놓았다.

그런데 더 놀랍게도 갑자기 생전 처음으로 누군가를 믿을 수 있겠다는 생각이 들었다. 그 상대가 형사라는 사실에 한 번 더 놀랐다. 그는 자신이 탐정으로 수사한 상세한 내용과 지금까지 있었던 일을 모조리 털어놓았다.

토끼 인간 버니. 거울에 비춰 보면 노골적인 포르노가 되는 외전 같은 그림책. 평범한 치과의사를 잔혹한 살인범으로 만들어 린다를 죽음에 이르게 할 수 있는 자위적 사이코패스. 그 치과의사 피터 포면이 자신의 가족을 인질로 잡은 괴한의 목소리를 듣고 가끔 자신이 고용하는 정원사임을 확인했다는 이야기. 괴물 버니가 자신에게 안부 인사를 전했다는 포면 부인의 이야기까지.

"바우어와 들라크루아는 로빈 설리반이 20년도 전에 교통사고로 사망했다고 생각하고 있습니다. 하지만 죽음을 위장했을 가능성도 있습니다. 지금 경찰이 다시 놈을 쫓고 있습니다. 눈썹 있는 자리까지 오른쪽 뺨 거의 절반을 덮은 커다란 점이 있는 남자의 몽타주를 확보한 상태입니다."

"그러니까 선생은 선생대로 수사를 이어가고 있다는 말씀이군요."

베리쉬는 예리하게 상황을 파악하고 결론을 내렸다.

"보시다시피 동료 형사분들과 저는 사건에 접근하는 방식이 전혀 달라서 말입니다. 그래서 놈을 쫓는 건 그 친구들에게 맡기긴 했습니다만 전 꼭 이해하고 싶은 게 있습니다."

동기보다 강한 그 무언가는 마치 필사적인 구조 신호 같았다.

"왜입니까? 뭘 이해하셔야 한다는 겁니까?"

"2시간 전만 해도 수사를 포기할 생각이었습니다. 어디까지 갈 수 있을지도 사실 모릅니다."

'멕이라는 여자아이가 그린 그림. 바다, 태양, 배. 내가 갈 곳은 거기야.'

"처음에는 나도 사만타 안드레티의 납치범 체포에 열을 올렸습니다. 그런데 지금은 그저 병원에 입원해 있는 사만타를 찾아가 그 아이 인생의 15년을 도둑질해 간 놈의 실체를 알려줄 수 있다면 좋겠다는 생각뿐입니다. 경찰이 설리반을 체포한다 해도 상관없습니다. 앞으로 벌어질 일은 나와 아무런 상관이 없으니까요. 난 이미 과거에 속한 존재입니다, 베리쉬 수사관. 난 열 살 때 3일간 사라졌던 로빈에게 과연 무슨 일이 있었는지, 그걸 알고 싶은 겁니다."

베리쉬는 그를 바라보았다. 어쩌면 상대가 살날이 얼마 남지 않았다는 사실을 깨달은 것도 같았다.

"제가 선생께 뭘 해드리면 되겠습니까?"

브루노는 벽면이 사진으로 뒤덮인 입구를 떠올렸다.

"그 아이의 사진을 직접 봤으면 합니다."

두 사람은 조명도 잘 들어오지 않고 선반들이 꽉 들어찬 비좁은 지하 공간으로 내려갔다.

히치가 주변을 감시하는 동안 주인은 작은 책상 위에 있던 낡은 컴퓨터 앞에 자리를 잡았다. 그러고는 잠시 무언가를 검색하더니 선반들이 늘어선 통로로 들어가 브루노의 시야에서 사라졌다.

"미리 말씀드리지만 쉽지는 않을 겁니다." 베리쉬는 자료실 구석에서 크게 소리쳤다. "80년대로 거슬러 올라가는 사건들은 자료들이 뒤죽박죽인 경우가 좀 많습니다."

시간이 흐르는 동안 브루노는 다시 밀라 바스케스 팀장을 떠올렸다. '속삭이는 자' 사건을 해결한 그녀는 연방경찰청의 아무 부서나 마음대로 골라 갈 수 있었다. 그런데도 림보에 묻혀 사는 쪽을 택했다.

"팀장님이라는 분과 연락이 끊긴 지 오래됐습니까?" 그는 기다리며 물었다.

돌아오는 대답 소리는 마치 어항 속에 들어가 있는 것처럼 웅웅거렸다.

"3일 정도 됐습니다. 팀장님은 가끔 사건 해결을 위해 몇 주가 넘도록 아무런 생존 반응도 보이지 않을 때가 있습니다. 전에도 여러 번 있었던 일입니다."

하지만 브루노는 상대가 걱정하고 있다는 사실을 느낄 수 있었다.

"연락이 끊겼을 때 정확히 어떤 사건을 수사 중이었습니까?"

베리쉬는 아무런 대답도 하지 않았다. 잠시 뒤 펼친 문서를 손에 들고 다시 되돌아왔다.

"로빈 설리반의 얼굴이 점으로 뒤덮여 있다고 하셨지요?"

수사관은 서류 첫 페이지에서 사진을 떼어 브루노에게 건넸다.

열 살 정도 돼 보이는 남자아이 둘이 나란히 서서 찍은 사진이었다. 두 아이 모두 축구복 차림이었다. 하나는 팔에 공을 끼고 있었지만 사립 탐정의 관심을 끈 건 다른 아이였다.

커다란 검은 점이 얼굴 절반을 뒤덮고 있었기 때문이다. 아이의 표정은 우울해 보였다.

타미트리아 윌슨은 로빈 설리반이 연약하고 애정과 연민이 필요한 아이라고 말했었다. 브루노는 연민이라는 단어를 곱씹어보았다. 노부인은 로빈이 불순한 의도를 가진 사람들에게 완벽한 먹잇감이었다고 설명했었다.

'어둠이 아이를 감염시켜버렸어.'

노부인이 말했던 그 연민이 틈을 만들어주었던 것이다. 사악한 생각들이 그 틈을 찢고 들어가 마음까지 감염시켜버렸던 것이다.

"희한하네요." 탐정이 말했다.

"뭐가요?"

"괴물의 어린 시절 사진을 보고 있자니……."

"그런 표현은 삼가시기 바랍니다. 심각한 실수로 이어질 수 있습니다." 경고에 가까운 말투였다. "밀라 팀장이 항상 하는 말입니다. 사람들은 놈들이 괴물이라는 걸 모릅니다. 그래서 평범한 사람이라고 생각합니다. 그러니 괴물을 생각하고 쫓으면 결코 찾을 수가 없습니다. 놈들이 탐정님이나 저처럼 평범한 사람이라고 여기면 그나마 마주칠 희망이라도 생기는 겁니다."

'사람들은 놈들이 괴물이라는 걸 모른다…….' 브루노는 상대의 지적을 머릿속에 새겼다. 그런 다음 사진 속의 다른 아이로 시선을 돌렸다. 앞니 하나가 빠진 곱슬머리 소년이었다. 한 팔로 옆구리에 축구공을 끼고 다른 팔로 로빈의 어깨를 감싼 채 웃고 있었다.

"왜 사진에 두 아이가 있는 겁니까?"

"여기 들어오시다 특이한 점을 발견하셨을 겁니다. 그곳은 '길 잃은 자들의 방'입니다. 어둠이 완전히 삼켜버리기 전까지 실종된 사람들의 마지막 사진을 모아둔 공간이지요."

브루노는 왜 웃는 표정의 사진을 붙여놓았는지 알 것 같았다.

"사람들은 행복한 순간을 사진으로 남기지 저 벽에 달라붙는 신세가 될 거라고 상상하고 사진을 찍는 사람은 아무도 없기 때문이군요."

베리쉬는 고개를 끄덕였다.

"그래서 사진 속에는 부모나 친구, 혹은 다른 사람들이 등장하는 경우가 빈번합니다."

브루노는 다시 손에 든 사진 속의 두 친구를 살펴보았다. 하나는 침울해 보였고 다른 하나는 밝은 표정이었다. 두 아이. 각기 다른 두 운명.

"제 생각에 보고서에 별다른 건 하나도 없을 겁니다."

베리쉬는 서류를 넘겨보며 말했다.

"한 가지 있긴 하네요. 로빈 설리반은 사만타 안드레티와 같은 동네에서 살았습니다."

26

사이먼 베리쉬 특별수사관과 사건 관련 이야기를 나누고 나니 카타르시스까지 느껴지는 것 같았다.

수사 관련 정보를 상세히 털어놓는 과정에서 브루노는 로빈 설리반과 관련된 두려움을 상대와 나눠 가질 수 있었다. 그 덕에 그간 누적돼 있던 부정적인 에너지 일부를 몰아낼 수 있었고 다시 일어설 힘이 생겼다.

'사람들은 놈들이 괴물이라는 사실을 모른다.'

브루노는 베리쉬 수사관을 통해 전해 들은 밀라 바스케스 수사관의 말을 계속해서 되뇌며 차를 몰았다. 그의 사브는 한때 노동자들이 모여 살았던 벽돌 건물들과 가로수길이 난 동네를 돌아다니고 있었다. 그때는 서로 모르는 이웃이 없었고, 조화를 이루며 평탄한 앞날을 꿈꾸며 아이를 키웠다. 그러다 70년대 들어 찾아온 경기침체는 이들의 꿈을 짓밟고 선의를 뭉개버렸다. 이어지는 경기둔화와 제조업 위기로 꿈이 사라지자 동네 분위기도 달라졌다. 꿈과 희망을 키웠던 동네는 지금 사립 탐정이 보고 있는 모습으로 빠르게 변해갔다.

교외 빈민가의 모습으로.

브루노에게는 익숙한 분위기였다. 비록 직접 그곳에 발을 들인 적은 없지만 R. S.의 정신감정 보고서에 첨부돼 있던 그림을 통해 미리 분위기는 맛본 상태였다.

'모든 게 여기서 시작됐어.' 그러니 마찬가지로 모든 게 여기서 끝날 수도 있는 것이다.

정오 무렵, 온 동네를 질식시킬 정도로 강렬한 폭염 속에서 브루노는 차창을 내린 채 차를 몰며 주변을 둘러보았다. 안쓰러운 광경이 따로 없었다. 가게들은 망해서 문을 닫았고 여기저기 쓰레기가 굴러다녔으며 벽은 낙서로 도배되어 있었다. 건물의 기능은 공동숙소로 전락했고 더위에도 불구하고 거리를 오가는 사람들이 적지 않았다. 즉 실직자들이라는 뜻이었다. 그들이 하루하루를 연명하는 유일한 방법은 불법 거래를 하거나 술에 취해 사는 일이었다.

로빈 설리반이 어렸을 때만 해도 동네는 이미 낙후된 상태였다. 그러니 사만타 안드레티가 자라던 시절은 상황이 더더욱 좋지 않았다. 딸이 실종된 후 아버지는 다른 지역으로 일자리를 찾아 떠났다. 브루노는 사만타와 그 납치범이 비슷한 환경에서 자랐다는 사실을 알게 된 게 그리 놀랍지는 않았다. 포식자들은 자신에게 익숙한 공간을 사냥터로 삼는다. 그게 바로 자연의 법칙이었다.

사립 탐정 경험을 통해 브루노는 인간의 회귀본능에 대해 잘 알고 있었다. 국제적으로 경찰의 추격을 받으면서 도주 중인 위험한 범죄자들이나 대기업까지 무너뜨릴 정도로 비상한 사기꾼들에게는 몇 가지 공통점이 있었다.

고향의 부름에 거부하지 못한다는 사실이다.

그들 대부분이 불우한 어린 시절을 보냈고 소년원을 들락거렸거나 가정폭력의 피해자, 혹은 가족 구성원의 비극을 경험하기도 했다. 그들에게 자신이 태어나 자란 곳은 끔찍이 싫은 곳인 동시에 그들을 다시 불러들이는 무언가가 있는 곳이었다. 일종의 화해 의식이었다. 그들은 마치 자신이 누구였는지, 어디서 태어났는지 잊을까 봐 두려워하는 것 같았다.

브루노는 과거 사건 하나를 떠올렸다. 한번은 다국적기업을 상대로 사기를 친 사기꾼을 찾아달라는 일을 맡은 적이 있었다. 몇 년에 걸쳐 수백만을 갈취한 사기범이었다. 기업은 그가 훔친 재산을 회수하기 위해 사립 탐정 세 명을 고용했다. 사기범이 증거를 인멸하고 영원히 잠적하기 전에 그를 붙잡을 시간은 불과 24시간뿐이었다. 전문 사기범이었으니만큼 신분 세탁은 물론 연막전 등 확실한 퇴로를 만들어놓았을 것은 자명한 사실이었다.

다른 두 탐정이 사기범의 다음 수를 예측하며 그를 쫓는 동안 브루노는 사기범이 단순 절도범에 불과했던 시절로 거슬러 올라가 그의 과거 이력을 수집했다. 사기범의 옛날 사진 덕분에 그가 친할머니와 단둘이 살았다는 사실과 몇 년 전 그 할머니가 사망했다는 것도 알게 되었다. 그래서 브루노가 찾은 곳은 바로 친할머니가 묻혀 있는 공동묘지였다. 그렇게 몇 시간을 기다리자 석양이 질 무렵, 비옷에 모자와 선글라스를 착용하고 묘지 주변을 어슬렁거리는 사람 하나를 발견했다. 그 사람은 묘지를 떠나기 직전, 브루노가 감시하던 무덤 곁을 지나가면서 은근슬쩍 꽃 한 송이를 던졌다. 브루노는 그렇게 사기범을 붙잡을 수 있었다.

우리는 고향을 등지고 외면할 수 있다. 하지만 고향은 우리에게 절대로 등을 돌리지 않는다.

그랬기에 사립 탐정 브루노 젠코는 누군가를 찾아야 할 때면 부모나 친구들을 찾아가 사진첩이나 학교 비상 연락망을 꼭 참고했다. 그리고 사진을 통해 변장이나 성형수술로도 감출 수 없는 미묘한 차이를 찾아냈다. 로빈 설리반의 어렸을 때 사진을 두 눈으로 직접 확인하기 위해 림보까지 찾아간 것도 그런 이유였다. 경찰은 얼굴 반쪽이 커다란 점으로 뒤덮여 있고 담벽색 포드 승합차를 모는 정원사를 쫓고 있다. 하지만 브루노는 축구를 좋아하는 열 살 꼬마를 찾아가는 중이었다.

'아직 여기 있어.'

만약 15년 전 로빈이 자신이 살았던 동네에서 범행 대상을 물색했었던 거라면, 지금 이 시점에서 은신처로 물색할 곳 역시 그가 살았던 동네일 것이다.

'놈은 이 지역을 잘 알고 있어서 어디에 어떻게 숨어야 하는지 꿰뚫고 있어.'

브루노는 바우어와 들라크루아에게 괴물을 쫓지 않겠다고 약속했었다. 하지만 림보를 찾아간 이후 심경에 변화가 생겼다. 미처 계산에 넣지 못했던 무언가가 죽음이라는 망령을 쫓아 보내고 살아 있다는 활력을 그에게 불어넣고 있었다. 조상 대대로 전해 내려오는 야수의 본능 같았다.

가장 사냥하기 힘든 동물이 바로 인간이다. 그리고 브루노는 로빈 설리반과 마찬가지로 사냥꾼이었다.

무언가가 버니에 관한 마지막 진실이 쓰러져가는 저 건물들과 쓰레기 냄새가 풍기는 이 동네에 묻혀 있다고 속삭이고 있었다. '피터 포먼의 아내를 시켜 내게 안부 인사를 건넸던 건 어쩌면 자신이 가까이 있다는 말을 하고 싶었기 때문일 수도 있어. 지금도 어딘가에서 날 지켜보면서 내 앞에 나타날 때를 기다리고 있는 걸지도 몰라.'

그런 생각을 하던 중, 로빈과 곱슬머리에 앞니 하나가 빠진 친구의 사진에서 본 것과 너무나 흡사한 축구장이 눈에 들어왔다.

축구장은 어느 성당 건물 뒤편에 자리 잡고 있었다. 포치 위에 달린 표지판을 보니 산티시마 미제리코르디아 성당이라고 적혀 있었다.

사제관 옆에는 커다란 보리수 아래 그네 두 개와 미끄럼틀 하나가 설치된 공원이 있었다. 브루노는 제의 소매를 팔꿈치까지 걷어 올리고 멍키스패너로 수도꼭지를 손보는 젊은 사제를 발견했다. 그는 차를 세우고 밖으로 나와 사제를 향해 걸어갔다.

"그러니까, 여기서 자라셨다고요?" 사제는 여전히 수도꼭지에 집중하면서 말했다.

"아주 오래전입니다. 열네 살이 됐을 때 부모님을 따라 이곳을 떠났습니다." 브루노는 거짓말에 살을 붙였다. "사업차 근처 도시에 왔다가 한번 둘러보고 싶은 생각에 찾아왔습니다."

"전 북부에 살다가 2년 전에 이곳으로 부름을 받았습니다."

"그러고 보니 제가 살았던 80년대에 계셨던 신부님이 기억나네요."

"에드워드 신부님이시죠." 사제는 밸브를 조이며 말했다. "2007년에 선종하셨습니다."

"아, 맞아요, 에드워드 신부님." 브루노는 힘들게 기억해낸 것처럼 맞장구쳤다. "그 신부님을 아십니까?"

"아쉽게도 만나 뵌 적은 없습니다. 하지만 절 이곳으로 부르신 주교님께 말씀은 많이 들었습니다. 에드워드 신부님은 오랜 기간 이곳에서 사역하신 분이라 아마 이곳에서는 모르는 사람이 없을 겁니다."

사제는 작업을 마치자 공구 상자에 멍키스패너를 던져 넣고 허리를 편 다음 제의 소매를 내렸다.

"에드워드 신부님은 동네에서 권위가 대단하신 분이셨습니다." 브루노도 거들었다. "2007년에 선종하셨다면 요즘 연일 텔레비전 뉴스에 나오는 사만타 안드레티라는 여성이 실종됐을 당시에도 여기 계셨겠네요."

그는 대화를 끌어내기 위해 낚싯대를 던졌다. 사제의 얼굴이 어두워졌다.

"에드워드 신부님은 분명 그 자매님이 살아 있었다는 걸 꼭 알고 싶으셨을 겁니다. 교구 신자분들께 들은 바에 따르면 에드워드 신부님은 단 한 순간도 그 믿음을 저버린 적이 없으셨다고 하더군요. 그래서 사람들은 신부님이 제정신이 아니라고 생각했다고 합니다. 한번 생각해보세요. 매년 그 자매님이 실종된 날에 맞춰 특별 미사를 집전하시고 신자들에게 그분이 살아 돌아오길 기도해달라고 당부하셨으니……." 사제는 정원에 떨어져 있던 캔과 종이를 모았다. "에드워드 신부님은 누군가가 고해성사를 통해서라도 은밀히 비밀을 알려주기를 끝까지 기다리셨다더군요. 의혹을 제기하는 지인이나 하다못해 공범이라도 나서주기를 말입니다."

"그러고 보니 바티칸에는 고해성사를 통해 수집한 범죄 사실을 기록해놓은 비밀 자료실이 있다고 들었습니다." 브루노는 한 가지 주제에 너무 관심이 있는 것처럼 보이지 않으려고 대화를 살짝 다른 방향으로 틀었다.

사제는 고개를 절레절레 흔들었지만 재미있다는 표정을 짓고 있었다.

"매번 바티칸에 얽힌 미스터리 같은 이야기를 듣다 보면 예수님이 교회에 부여한 임무는 바로 자비라는 사실을 사람들이 너무 쉽게 잊고 사는 것 같다는 생각이 듭니다."

"맞는 말씀이네요." 브루노는 겸연쩍은 표정으로 연기하며 말했다.

젊은 사제는 정원 청소를 마치고 자신이 모은 쓰레기들을 검은색 플라스틱 통에 집어넣었다. 그러고는 손등으로 이마를 닦고 브루노를 향해 돌아섰다.

"제가 뭐 더 해드릴 게 있을까요, 브루노 형제님?"

"그게 그러니까……. 옛날 친구들을 좀 만나봤으면 합니다. 물론 아직도 여기 살고 있다면 말입니다."

"제가 도와드릴 수 있는 부분인가 잘 모르겠네요. 말씀드렸다시피 저는 여기서 일한 지 얼마 되지 않습니다."

"잠깐만요." 브루노는 주머니를 뒤적였다. "같은 축구팀에 있었던 두 친구 사진을 가져왔습니다. 틈만 나면 저기 뒤에 보이는 축구장에서 공을 차고 놀았습니다."

그는 림보에서 받아온 사진을 사제에게 보여주었다. 사제는 사진을 유심히 들여다보았다.

"여기 얼굴에 점이 난 친구는 당연히 기억했을 겁니다. 만약 제가 봤다면 말이지요." 그는 회의적으로 대답했다.

브루노는 실망스러웠다. 하지만 적어도 로빈의 친구는 여전히 찾을 가능성이 있었다. 앞니 빠진 곱슬머리 친구.

"다른 친구는 혹시 기억나십니까?"

"죄송합니다." 사제는 고개를 가로저으며 대답했다.

그러고는 브루노에게 사진을 건네자 그는 다시 받아 주머니에 집어넣었다.

"아무튼 감사합니다."

"저기 소 예배당에 가보시는 건 어떠신지요?" 사제는 아쉬워하는 그에게 위로의 뜻으로 한 마디를 건넸다. "거기 가시면 축구팀 트로피가 진열된 진열장이 있는데 옛 사진 몇 장을 찾으실 수 있을 겁니다."

두 사람은 탁구대가 놓여 있고 곰팡내와 운동화 냄새가 떠도는 방을 통과했다. 현재와 과거의 우승 축구팀 포스터가 예수 성상과 함께 벽을 장식하고 있었다.

"이제는 아주 어린 아이들만 이곳을 찾습니다." 사제는 유감스러운 표정으로 설명을 시작했다. "열한 살이나 열두 살만 되면 벌써 거리에 나가 별별 밀거래를 다 하기 시작합니다. 참담한 건 문제의 상황에 빠지는 청소년들의 나이가 해마다 어려진다는 겁니다."

브루노는 트로피가 전시된 진열장을 발견했다. 지나가는 복도에 미닫이문을 마주 보고 서 있었다. 그리고 진열장 맞은편 문에는 '에드워드 존슨턴 신부 도서관'이라는 문구가 적혀 있었다.

브루노는 축구팀 사진과 트로피, 메달을 유심히 들여다보기 위해 진열장 앞에 허리를 숙였다. 그리고 80년대 사진을 찾기 시작했다. 그는 사제가 로빈의 옛 친구를 알아보고 어른이 되어 자신을 도와줄 수 있는 그와 만나게 해주기를 기대했었다.

탐정은 버니의 곱슬머리 친구를 찾아냈다. 아직 앞니 두 개가 달려 있던 시절 사진이었다. 그리고 놀랍게도 축구복을 입고 있는 아이들 가운데 미래의 사만타 안드레티 납치범과도 만날 수 있었다.

"올해가 선수권 대회에 참가하는 마지막 해입니다." 등 뒤에 서 있던 사제가 안타까운 마음을 털어놓았다. "내년에는 온전한 축구팀 하나 꾸리는 것도 힘들어 보이거든요."

"이해합니다." 브루노는 건성으로 대답했다. 이번에도 쫓아갈 단서를 찾을 수 없다는 판단 때문이었다.

"에드워드 신부님은 어린아이들의 참여를 끌어내는 데 재주가 많은 분이셨습니다." 사제가 말했다. "신부님이 보유하신 비장의 무기는 바로 이 도서관이었지요."

그 말이 브루노의 귀를 강하게 잡아당겼다. 에드워드 신부는 무슨 수로 아이들에게 책을 읽게 만들었을까? 바로 그 순간, 브루노는 젊은 사제가 자신의 전임자 이름이 적혀 있는 도서관의 미닫이문 여는 소리를 들었다. 그는 호기심에 문 쪽으로 돌아섰다. 눈앞의 광경은 그에게만큼은 가히 충격적이었다.

에드워드 신부의 도서관에는 그림책과 만화책만 가득 쌓여 있었다.

바닥부터 천장까지 닿는 책장들이 벽을 뒤덮고 있었다. 브루노는 책들을 살펴보기 시작했다. 유아용부터 슈퍼히어로까지 모든 연령대가 볼 수 있는 책들이 가득했다.

"아마 형제님도 어렸을 때 여기서 적잖은 시간을 보내셨을 겁니다." 사제가 말했다.

브루노는 고개를 끄덕였다. 그러는 동시에 머릿속으로는 각기 다른 단서들을 하나의 답으로 연관 짓기 위해 계산기를 두드렸다.

아이들에게 절대적인 신뢰를 받고 있던 사제. 그림책으로 가득 찬 도서관. 토끼 버니. 외설적인 그림이 그려진 그림책. 그리고 마지막으로 로빈 설리반이 종적을 감췄던 3일간의 행적.

그 3일간, 로빈이 어디에 있었는지 아무도 알아내지 못했다. 로빈 역시 자신이 무슨 일을 겪었는지 아무에게도 이야기하지 않았다. '어둠이 아이를 감염시켰다.' 하지만 사제를 비난하는 어린아이의 말을 누가 믿어줬을까? 그래서 로빈은 침묵했던 것이다.

'에드워드 신부…….' 브루노는 제의 속에 숨어 순진한 아이들에게 끔찍한 짓을 한 그의 모습을 상상하며 사제의 이름을 되뇌었다. 믿어 의심치 않을 인물이자 은혜를 베푸는 사람. 성인. 하지만 신부의 실체는 가면을 뒤집어쓴 괴물이었다.

브루노는 아주 오래전, 열 살짜리 꼬마에게 몹쓸 짓을 한 신부가 죽도록 미웠다. 이제 확실히 깨달았다. 로빈은 태어날 때부터 괴물이 아니라 그렇게 변해갔다는 걸. 사만타 안드레티가 그런 일을 겪게 된 것도 간접적으로는 에드워드 신부의 잘못 때문이었다.

"신부님 생각에는 혹시 이 사진 속 두 친구들이 어떻게 지내고 있는지 알 만한 다른 사람은 없겠습니까?" 브루노가 물었다.

그의 말투가 달라졌다. 점잖았던 분위기가 단호해졌다. 적어도 로빈의 친구에 대한 뭐라도 알아가고 싶었기 때문이다.

"글쎄요……. 뭔가를 알 만한 분이 딱 한 분 계시긴 합니다. 버니 아저씨라고……."

브루노는 시시히 사제 쪽으로 고개를 돌렸다.

"누구라고요?"

"관리인 아저씨입니다." 사제는 정확한 설명을 달았다. "건물 관리해주시는 분이요. 본명은 윌리엄인데 언젠가부터 아이들이 버니라고 부르더군요. 그분은 처음부터 여기 계셨는데 기억 안 나시는지요?"

"아, 그러고 보니 기억납니다. 깜빡했습니다." 브루노는 버니라는 이름을 머릿속에 다시 집어넣으며 침착하게 대답했다.

"지금은 병원에 입원해 계시는 터라 어쩔 수 없이 제가 모든 걸 도맡아 하고 있지요." 사제는 웃으며 말했다. "그래서 아까 보셨다시피 정원에서 청소하고, 고치고 있었던 겁니다."

"입원이라고요?" 브루노는 자신이 제대로 들었는지 확인하기 위해 되물었다.

"병에 걸리셨거든요."

사제는 다시 진지한 표정으로 돌아왔다. 어쩌면 방문객의 표정에서 불안감을 감지했기 때문일 수도 있다. 브루노는 사제를 뚫어지게 쳐다보았다.

"버니 아저씨는 평소 어디서 지내십니까?"

"여기 아래요." 사제는 손가락으로 땅바닥을 가리키며 대답했다. "보일러 옆 작은 방에서요."

27

제대로 잘못 짚었다.

젊은 사제를 통한 '신의 개입'이 없었다면 산티시마 미제리코르디아 지하로 연결되는 돌계단을 밟는 대신 계속해서 고인이 된 에드워드 신부에게 욕을 퍼부었을 것이다.

관리인 버니의 거주지.

"혼자 내려가셔도 괜찮으시겠습니까?" 사제가 물었다.

"물론입니다."

상대가 멀어지자 브루노는 전등 스위치로 손을 뻗었다. 희미하고 누런 불빛이 깜빡이며 지하를 밝혀주었다. 그는 천천히 계단 아래로 내려갔다. 성당 깊숙한 곳에서부터 올라오는 서늘한 습기가 그를 맞아주었다. 아침부터 작열하는 태양 때문이라도 음습한 기운이 반가워야 했지만 사악한 기운을 담고 있기라도 한 것처럼 간담까지 서늘해졌다.

지하에 틀어박혀 있던 무언가가 그의 등장으로 깨어난 느낌이었다.

계단 아래 다다르자 브루노는 오른쪽으로 돌았다. 당장이라도 떨어질 것처럼 아슬아슬하게 낮은 천장에 달린 전구가 지직거리며 소리를 내고 있었다. 브루노가 검지로 전구를 톡톡 두드리자 곧 꺼질 것처럼 불빛이 파르르 떨렸다. 그런데 예상과 달리 불빛은 소멸하기 직전의 별처럼 환하게 빛나며 길게 이어지는 전자음 소리를 만들어냈다.

그의 앞으로 긴 복도가 나타났다. 지름이 각기 다른 파이프들이 천장과 벽을 타고 길게 이어졌다. 휘발유와 테레빈유 냄새도 났다. 복도 끝으로 철망이 보였다. 브루노는 그 방향으로 걸어갔다.

철망은 작은 방 한 칸 정도 되는 구역의 경계를 이루고 있었다.

입구 옆에 작업대와 스툴, 그리고 방향 전환이 가능한 스탠드가 놓여 있었다. 브루노는 더 자세히 살펴보기 위해 스탠드를 켰다. 빛과 함께 걸쭉한 블루스 선율이 흘러나오기 시작했다. 신발 상자 여러 개와 다른 부품들을 이어 붙여 만든 선반 위 트랜지스터라디오에서 흘러나오는 음악이었다. 작업대 위에 놓인 다른 도구들을 쳐다보던 브루노는 그게 버니의 것들이라고 짐작했다.

그곳은 단지 물건만 고치는 작업실은 아니었다. 작업대 앞으로 하얀 시트가 깔려 있고 얇은 베개, 그 안에서 목만 튀어나온 위스키병, 매트리스 아래 짙은 밤색 이불을 두른 야전 침대 하나가 놓여 있었다. 침대 위로 장식장 하나가 설치돼 있었는데 관리인 버니는 쓰레기 더미에서 주워 온 것 같은 자질구레한 물건들을 그곳에 보관하고 있었다. 대충 이어 붙인 꽃병, 메릴린 먼로 모양의 전등갓, 6시 20분에 시곗바늘이 멈춘 수동 자명종 시계 등이었다.

브루노는 잡동사니를 살펴본 다음 철제 옷장으로 갔다. 문을 열어 보니 옷걸이 네 개가 눈에 들어왔다. 셔츠 두 벌과 낡은 청바지 한 벌,

그리고 겨울 점퍼 하나가 각각 걸려 있었다. 향냄새가 나는 검은 정장과 짙은 색 넥타이도 보였다. 아마 성당 장례미사 때 운구를 돕고 종을 울리는 등 예복으로 꺼내 입는 것 같았다. 옷가지 아래로 구두 두 켤레가 보였다. 작업용 구두 한 켤레와 끈 달린 구두 하나였다. 그리고 그 옆에는 낡은 슈퍼8 영사기 한 대가 있었다. 오래전에나 볼 수 있었던 물건이었다.

브루노는 옷장을 닫고 곁탁자를 살펴보았다. 서랍 안에는 거울과 빗, 잔액도 얼마 안 되고 누렇게 변색된 통장, 잘라놓은 신문 스포츠면 기사 몇 개가 들어 있었다.

일명 버니로 불린 관리인 윌리엄의 세상은 그게 전부였다.

피곤해진 브루노는 침대에 앉았다. 라디오에서 흘러나오던 블루스가 끝나고 다른 음악이 이어졌다. '어떻게 쥐새끼처럼 이렇게 살 수 있는 거지?' 그런 생각이 들었다. 외롭게 숨어 사는 인생. 그 위에 자신의 모습이 겹쳐서 떠올랐다. 한스 아르프의 그림을 벽에 걸고 등 뒤로 이런저런 물건들을 진열장에 올려두고 책상에 앉아 있는 모습, 라디오에서 흘러나오고 있는 블루스 음악을 바흐의 선율로 바꾸기만 하면 영락없는 자신의 모습이었다. 거기다 병에 걸린 운명까지…….

사실상 그의 삶이나 자신의 삶이나 별반 차이 없는 닮은꼴 같았다.

두 사람 모두 세상 사람들의 시야에서 사라지는 쪽을 택했다. 한 인간을 그런 식으로 사라지게 만드는 이유는 단 하나다.

감추고 싶은 비밀.

브루노의 경우 사립 탐정이라는 직업 때문이었다. 그렇다면 버니는?

'넌 로빈 설리반에게 무슨 짓을 한 거야. 몹쓸 짓을 말이야. 네가 가

진 어둠으로 그 아이를 감염시켜 결국 괴물로 만들어냈어. 너하고 똑같은 괴물로.'

브루노는 관리인이란 인간의 실체를 파악하기 위해 더 멀리 갈 필요도 없겠다는 생각이 들었다. 자신과 평행선을 그려보는 것으로도 충분했다. 그는 다다이스트의 작품과 글렌 굴드의 음반을 수집하는 취미가 있었다. 그렇다면 윌리엄 역시 자신이 가장 좋아하는 것을 곁에 두고 지낼 거라는 생각이 들었다. 그래서 본능적으로 한 손을 자신이 앉아 있는 침대 밑으로 밀어 넣었다. 그러고는 어둠 속을 더듬거렸다. 손가락 끝이 종이 상자 같은 물건에 부딪혔다.

브루노는 상자를 꺼내 뚜껑을 열자마자 익숙한 물건을 발견했다. 하트 모양의 눈을 가진 토끼의 미소. 그런데 그런 책이 한 권이 아니라 상자 가득 쌓여 있었다.

브루노는 하나하나 확인해보았다. 저자, 출판사, 시리즈 번호는 역시 없었다. 자신이 윌슨 농장에서 무사히 가지고 나왔던 그 책과 똑같은 외전들이었다.

그는 곁탁자 서랍에 들어 있던 거울을 꺼내 그 그림책들에도 사악한 내용이 숨겨져 있는지 확인해보았다. 예상대로였다. 도대체 로빈 같은 어린아이들을 얼마나 많이 그곳으로 유인해 이토록 역겹고 외설적인 것들을 머릿속에 심었던 걸까? 그 어린아이들을……

화가 치밀어 오른 브루노는 뭘 해야 할지 모르는 상태로 일단 그림책들을 다시 상자 속에 정리해 넣었다. 그러다 또 다른 무언가를 발견했다.

얇은 금속 케이스.

열어보니 롤 필름 하나가 손바닥에 툭 떨어졌다.

롤 필름.

옷장에서 슈퍼8 영사기를 봤던 게 떠올랐다.

28

벽에 걸린 심장이 뛰고 있었다. *쿵쾅, 쿵쾅, 쿵쾅.* 딸아이의 존재를 잊고 있었다. *쿵쾅, 쿵쾅, 쿵쾅.* 그녀는 꿈속에서 아이가 아슬아슬하게 균형을 잡고 아장아장 걸으며 미로를 돌아다니는 모습을 보고 있었다. 그런데 아이를 쳐다보려 할 때마다 모습이 사라졌다. 남는 거라고는 지하 감옥에서 메아리가 되어 퍼지다 사라지는 아이의 맑고 또렷한 웃음소리뿐이었다.

쿵쾅, 쿵쾅, 쿵쾅.

딸아이의 얼굴을 볼 수 없는 건 자신의 기억을 상상의 고양이로 대체하려 했던 벌이었다. 이제는 그렇다는 걸 알 수 있었다.

쿵쾅, 쿵쾅, 쿵쾅.

"이름을 지어줬니?"

"아니요."

"왜지?"

"거기선 저도 이름이 없었어요. 아무도 부를 일이 없으니까……. 미로에서 이름 같은 건 필요 없어요. 전혀 쓸모없으니까요."

쿵쾅, 쿵쾅, 쿵쾅.

이름 없는 그 여자아이는 어디로 간 걸까? 그린 박사는 그녀에게 함께 답을 찾을 거라고 약속했었다. 하지만 그녀는 오히려 답을 찾게 될까 두려웠다.

쿵쾅, 쿵쾅, 쿵쾅.

그녀는 혼란스러운 선잠에서 깨기 위해 몸부림쳤다. 간간이 눈을 뜨고 자신이 누워 있는 병실을 보았다. 어떻게든 현실에 눌러앉고 싶었지만 피곤이 온몸을 짓눌렀다. 마치 블랙홀에 빠져들 듯 침대 속으로 내던져지는 기분이었다. 미로로 직행하는 비밀통로 같은 블랙홀로.

'아니야. 난 이제 무사해. 아무 일도 일어나지 않아. 문밖에서 지켜주는 경찰도 있어.'

쿵쾅, 쿵쾅, 쿵쾅.

선잠에서 잠시 깨서 혼란스러웠던 어느 순간, 조심스레 이마에 닿은 따뜻한 손길을 느꼈다. 침대 옆에 흰옷을 입은 그림자가 보이는 것 같았다. 다갈색 머리의 간호사가 수액을 갈아주고 있었다.

"쉬어요. 푹 쉬어야 해요……" 간호사가 나긋나긋한 목소리로 말했다.

그제야 심장박동이 멈췄다. 눈꺼풀이 무겁게 내려앉으며 어둠이 다시 그녀를 감싸 안았다.

그녀는 단번에 눈을 휘둥그렇게 떴다.

한참을 자고 일어났다는 걸 깨달았다. 간호사가 곁에 없었기 때문이다. 대신 그린 박사가 보였다. 그는 의자에 앉아 졸고 있었다. 두 다리를 길게 뻗어 발을 꼬고 팔짱을 낀 자세로 고개는 한쪽 어깨로 기울어져 있었다. 안경이 코끝으로 흘러내렸다.

그녀는 그린 박사를 찬찬히 뜯어보았다. 인상 좋은 60대 노신사. 파란 셔츠에 색깔을 맞춘 넥타이까지 차려입을 정도로 취향이 독특했다. 옷을 골라주는 게 아내일까 생각해보았다. 아마 옷장에서 옷을 꺼내 매일 아침 출근 전 침대 위에 가지런히 정리해놓을 것 같았다. 평범하고 다정한 일상을 생각하자 다시 한번 자신의 상황이 떠올랐다. 누군가가 자그마치 15년이라는 시간을 그녀에게서 앗아 갔다. 평범할 수도, 제약이 있었을 수도, 아니면 형편없었을 수도 있다. 하지만 그건 그녀의 인생이었다. 그동안 세상이 어떻게 변했는지 궁금했다. 화상 치료가 전문인 성 캐트린 병원에 입원한 건 다행스러운 일이었다. 병실에 창문이 없기 때문이었다. 문밖으로 나가는 것도 두려웠다. 마치 장기간 동면의 과정을 거치거나 미래로 시간 여행을 한 기분이었다. 문밖으로 나가면 어떤 세상이 기다리고 있을지 알 수 없었다.

누가 기다리고 있을지도.

"난 네가 악몽에서 벗어나기를 바랄 뿐이야." 그린 박사는 그렇게 말했었다. "네가 더 잘 알 거야. 놈을 붙잡지 못하면 넌 밖으로 나가 정상적인 생활을 못 할 수도 있어……."

지금도 이미 충분히 힘든 상황이었다. 놈이 자신을 다시 미로로 끌고 가지 않을까 두려워하며 살 수는 없었다.

그린 박사가 잠에서 깼다. 먼저 눈을 깜빡이고는 손가락으로 안경을 밀어 올렸다. 그리고 사만타와 눈이 마주치자 미소를 지어 보였다.

"잠은 좀 잤니?" 박사는 기지개를 켜며 물었다.

"그 아이를 미로로 데려간 게 저였던 건가요?" 그녀는 대답 대신 질문을 던졌다.

자발적인 행위가 아니더라도 또 다른 무고한 피해자를 그런 악몽 속에 끌어들였다는 생각에 괴로워 견딜 수 없었다. 무엇보다 그 무고한 피해자가 자신의 딸이었다는 사실이 충격적이었다.

그린 박사는 의자에서 편하게 자리를 잡고 녹음기를 작동시켰다.

"네가 납치당할 당시, 임신한 상태였다고는 생각하지 않는다. 넌 그때 고작 열세 살이었어."

"그럼 어떻게 그런 일이 가능한 거죠?"

"정말 궁금해야 할 건 그 아이가 어떻게 미로 속에 들어왔는지가 아니라 어떻게 네 몸속에 생길 수 있었는지야…… 그 차이는 너도 알고 있지, 사만타?"

당연히 알고 있었다. 철부지 꼬마는 아니니까.

"아이가 어떻게 생기고 태어나는지는 알아요…… 누군가 자기 정자를 제 몸속에 집어넣은 거예요."

"그 누군가가 누구인지 혹시 기억나는 건 없니?"

그녀는 곰곰이 생각해보았다.

"미로 속에 같이 있었던 누군가였겠죠." 그렇게 대답했다. 가장 논리적인 답변이었다.

하지만 그린 박사는 만족스럽지 않은 눈치였다.

"조금 더 자세히 말해줄 수 있을까?"

"감금돼 있던 또 다른 사람 아닐까요?"

"사만타. 네가 말한 여자아이 말고, 또 다른 사람은 아무도 없었을 거다."

"어떻게 그렇게 확신할 수 있어요?"

사만타는 그린 박사가 무언가를 설명하는 방식이 꼭 가르치려 하는 것 같은 기분이 들어 화가 났다. 자신은 그렇게 멍청하지 않다는 사실을 대놓고 말하고 싶었다.

"사만타, 널 납치한 사람은 널 선택한 거야."

"그게 무슨 말씀이세요?"

"그놈의 눈에 들었다는 거지……. 그러니까 사람들은 자기 마음에 드는 것, 자기한테 더 나은 것, 그런 기준 같은 게 있잖아. 너도 그렇게 생각하지?"

"네."

"아이스크림 같은 걸 생각해봐. 넌 어떤 맛을 가장 좋아하니?"

"바닐라하고 캐러멜이요." 어디서 기억이 났는지 질문과 동시에 답이 튀어나왔다.

"그래. 넌 바닐라하고 캐러멜을 좋아하니까 아이스크림을 사러 가서 초콜릿이나 딸기 맛을 달라고 할 일은 없을 거야."

멍청한 이야기 같았지만 그녀는 고개를 끄덕였다.

"우리는 마음에 들지 않는 걸 고를 일이 거의 없을 거야. 그렇지? 그래서 사람들은 좋아하는 것들을 매번 똑같이 반복하는 성향이 있어. 우리는 스스로를 잘 알고 있기 때문이지. 마찬가지로 너를 데려간 납치범은 여성에게 집중하는 성향을 보여. 놈은 10대 소녀만 납치하는 거야, 사만타. 소녀만. 남자아이들이 아니라."

"무슨 말씀을 하시고 싶은 거예요?"

그린 박사는 길게 숨을 들이쉬었다.

"미로 속에 있던 유일한 남자는 바로 네 납치범이었어, 사만타. 그리고 놈이 그 아이 아버지라면 네가 납치범을 본 적 없다는 건 말이 안 되는 거야."

그린 박사는 도대체 왜 그 부분을 강조하는 걸까? 왜 고집스럽게 그녀를 괴롭히는 걸까?

"그렇지 않아요. 그런 일은 없었다고요. 분명, 달리 해명할 방법이 있을 거예요."

하지만 그런 방법은 전혀 떠오르지 않았다.

"사만타, 난 널 도와주고 싶어." 그린 박사는 가까이 다가와 그녀의 손을 잡아주며 말했다. "진심으로 널 돕고 싶다고." 그러고는 그녀의 눈을 똑바로 바라보며 말했다. "하지만 네가 이 현실을 받아들이지 않으면 딸아이에 대한 네 기억을 되살릴 수 있도록 널 도와줄 수가 없어."

그녀는 뜨거운 눈물이 눈시울을 무겁게 적시는 걸 느꼈다.

"그렇지 않아요." 그녀는 목멘 소리로 같은 말만 반복했다.

"아까 했던 걸 다시 해보는 건 어떨까? 어느 한 지점에 집중하면서 긴장을 풀 수 있을 거야. 아이가 아직 거기 있을 수도 있잖아, 사만타. 널 기다리면서……. 엄마가 찾아와 자신을 풀어주기를 기다리고 있을지도 몰라."

그래서 사만타는 심장처럼 생긴 벽면 얼룩을 뚫어지게 노려보았다. 박동하는 심장. 딸아이의 심장. '내가 버려두고 온 걸까?' 그녀는 자책하듯 스스로에게 물었다. '그러고 도망친 걸까? 나만 살겠다고 그 아이를 뒤로하고 도망친 걸까?'

"두려워할 거 없다, 사만타." 그린 박사는 사만타를 격려해주며 말을 이어나갔다. "놈이 미로로 널 찾아왔을 때에 대한 이야기를 하면 되는 거야."

"어둠이요······." 사만타가 입을 열었다.

"그래, 잘하고 있어, 사만타. 계속해봐라······."

"그걸 어둠의 게임이라고 불렀어요······."

불빛이 흔들리기 시작했다. 그녀는 그게 무슨 뜻인지 알고 있었다. 이미 겪은 일이었다. 그리고 또 겪게 될 일이었다.

신호였다. 어둠의 게임이 시작된다는 신호.

살아남고 싶다면 지켜야 할 절차가 있었다. 시간이 흐르면서 완벽히 터득할 수 있었다. 매번 먹혀드는 건 아니지만 가끔은 예상한 결과를 가져오곤 했다. 먼저, 숨을 생각을 하는 건 아무 의미 없다. 미로에는 숨을 공간이 전혀 없었다. 대신 위장 전술을 발휘할 수 있다. 공간과 하나가 되는 것이다. 하지만 그러려면 마지막 순간이 될 때까지 기다려야 한다.

그녀는 복도로 나와 사방으로 뛰어다닌다. 동시에 천장에 달린 등을 관찰한다. 전구가 점점 더 깜빡이기 시작하면 조만간 시작된다는 뜻이다. 카운트다운을 한다. 셋, 둘, 하나······.

어둠.

그녀는 어느 방으로 들어가 벽에 찰싹 달라붙는다. 가쁜 숨을 몰아쉬고 심장이 쿵쾅거리지만 금방 진정된다. 호흡을 조절하자 박동이 점점 느려진다. 움직이지 않는다.

기다린다.

미로의 분위기는 겉보기만으로는 평화롭다. 길게 이어지는 휘파람 같은 소리가 귀를 자극한다. 적막감이 만들어내는 소리다. 무슨 소리가 들린 것 같았다. 발 구르는 소리에 철제 물건이 움직이는 소리 같았다. 상상으로 만들어낸 소리일 수밖에 없었지만, 그녀는 그게 아니라는 걸 알고 있다.

놈이 거기 있다. 그곳으로 찾아온 것이다.

어디로 들어오는지 알 수 없다. 매번 어디를 통해 들어오는지. 하지만 그 순간, 놈은 거기 있다. 그녀와 함께. 발소리가 들린다. 천천히, 인내심을 갖고 옮기는 발소리. 그녀를 찾고 있다.

그 역시 어둠 속에서 앞을 볼 수 없다. 그게 바로 게임이다. 그래서 그는 팔을 뻗어 더듬거리며 걷는다. 그녀는 놈이 잿빛 벽을 더듬는 소리를 듣고 있다. 괴물은 소리를 포착하기만을 기다린다는 걸 알고 있다. 포로의 위치를 알려줄 무슨 소리라도.

점점 가까워지고 있다.

바로 옆방을 지나가는 소리가 들린다. 멈춰 서지 마. 멈추지 마. 다행히 지나간다. 그러더니 멈춰 선다.

뭘 하는 걸까? 왜 계속 걸어가지 않는 걸까?

다시 되돌아온다. 열린 문 앞에 서 있다. 그리고 의아해한다. 들어갈까 말까 망설이면서.

가, 가라고, 가버려.

문턱을 넘는다. 놈의 숨소리가 들린다. 괴물의 숨소리. 하지만 그녀는 꼼짝도 하지 않는다. 벽에 붙은 그대로. 빠져나갈 시도는

할 생각조차 없다. 왜냐하면 이유는 알 수 없지만 목표물 근처에
와서 포기하거나 생각을 바꾸는 경우가 전에도 있었기 때문이다.
그런데 이번에는 그럴 가능성이 희박하다는 느낌이 든다. 이번만
큼은 운명이 상대의 손을 들어줄 것 같다. 소리가 들린다. 놈이 조
심스레 자신에게 나가오는 소리가.

　놈은 어둠 속에서도 마치 그녀를 보고 있는 듯 바로 앞에서 걸
음을 멈춘다.

　무슨 일이 벌어질지는 알고 있다. 하지만 그녀는 가만히 있었
다. 얼굴이 아주 가까워진다. 불과 몇 센티미터 거리까지. 놈의 온
기는 물론 부드러우면서 시큼한 숨결도 느껴진다.

　그리고 한 손이 조심스레 그녀의 뺨 위로 올라온다. 애정의 손
길이 아니야. 그녀는 생각했다. 온몸이 굳어버린다. 졌다는 걸 인
정하고 싶지 않다. 손길은 목으로 내려가 어깨, 그리고 가슴 부위
에 잠시 머문다. 손가락은 배로 미끄러져 내려와 팬티 고무줄을
지나갔다. 놈의 손가락은 솜털을 따라 돌아다니다가 맨살이 나오
는 부분에서 멈춘다. 그녀는 눈을 감지 않았다. 어둠 위로 또다시
어둠을 덮어씌우고 싶지 않았다. 비록 어둠 속이었지만 놈의 눈을
똑바로 바라보고 싶었다. 난 피해자가 아니야. 스스로에게 주문
을 건다. 난 네 물건이 아니야. 그러면서 놈에게 자신은 준비가 됐
다는 사실을 알릴 방법을 찾았다. 왜냐하면 지난번에는 놈이 자
신의 것을 빼앗아가 아프게 했기 때문이다…….

"그걸 알고 싶었던 거예요, 그린 박사님? 그렇게 된 거라고요." 그녀

는 자신 있게 말했다. "개 같은 인간, 이제 만족하냐고요?"

"아니, 아니야, 그런 거 아니라니까." 그린 박사가 말했다.

그녀는 상대가 진심으로 미안해하고 있다는 걸 느꼈다. 단지 원하는 정보를 얻어냈기 때문만은 아니었다. 진심으로 그녀를 위해 마음 아파하는 것 같았다. 그녀가 겪어야 했던 그 일, 보이지 않는 괴물과 어쩔 수 없이 해야 했던 어둠의 게임에 대해서. 그렇게 험한 말을 내뱉고 나니 죄책감이 들었다.

"좋다, 사만타. 다른 방법을 통해 납치범에 대한 기억을 되살려보자." 그는 녹음기를 끄며 말했다.

그러고는 창유리 쪽으로 돌아서서 허리띠에 찬 열쇠고리를 슬쩍 문질렀다. 뒤에서 보고 있는 사람들에게 암호 같은 신호를 보내는 듯한 동작이었다.

29

 맥 포먼의 그림 속에는 태양 아래서 평온한 바다를 떠도는 배 한 척이 그려져 있었다. 사립 탐정 브루노 젠코가 궁극적으로 가고 싶은 바로 그런 세상이었다.

 꼬마 아가씨의 머릿속에 그려진 완벽한 낙원은 그런 모습이었다.

 하지만 아직은 상상의 도피처를 떠올릴 시간이 아니다. '여기 남아서 이 필름 속에 무슨 내용이 들어 있는지 확인해야 해.'

 그는 관리인 버니가 사용하는 스툴 위에 영사기를 올리고 필름을 넣은 다음 벽 쪽으로 기계를 돌리고 불을 껐다. 그는 어둠 속에서 숨을 들이마셨다.

 영상이 시작되었다.

 초보자가 찍은 영상이었는지 카메라 초점이 잘 맞지 않았다. 어느 정도 시간이 흐르고서야 화면이 또렷해졌다.

 배경은 실내였다. 가죽 소파와 짙은 색 마룻바닥과 내장재로 마감된 우아한 거실이었다. 화면 중앙에 집중된 진한 갈색 불빛 외에 나머지 부분은 어둠에 잠겨 있었다. 그래서 화면에 잡힌 사람들은 무릎에서 턱까지만 보일 뿐이었다.

우아한 정장에 얇은 줄무늬가 들어간 조끼, 앞주머니에 손수건이나 카네이션을 단 남자들 여럿이 보였다. 대부분 한 손에 술잔이나 시가를 들고 있었다. 다들 정감 있게 대화를 나누었고 흰 제복 차림의 종업원들이 음료와 카나페가 든 쟁반을 들고 사람들 사이를 오갔다.

분위기로는 오래된 영상 같았다. 명망 있는 고위직 인사들이 드나드는 사교 클럽. 브루노는 추잡하고 역겨운 장면을 보게 되리라 상상하며 영상물의 내용이 유쾌하지 않을 것 같다고 생각했었다. 그래서 잘못 짚었다고 생각하려던 찰나…….

갑자기 무대가 달라졌다.

야외. 빽빽한 수풀. 렌즈는 식생 사이에 있는 무언가를 촬영하고 있었다. 맨발에 금발 머리 소녀가 보였다. 파란 원피스는 찢겨 있었고 팔다리는 나뭇가지에 긁혀 상처가 나 있었다. 마른 나뭇잎을 밟는 아이의 발소리밖에 들리지 않았다. 그러더니 갑자기 이상한 소리가 들렸다. 소녀는 뒤로 돌아 겁에 질린 표정을 지었다. 누군가 웃는 소리였다.

어떤 아이일까 궁금해하고 있을 때 또다시 장면이 바뀌었다.

이번에도 숲을 배경으로 하고 있었지만 대략 40년대에 제작된 듯 보이는 만화영화였다. 풀밭 한가운데 하트 모양의 눈을 가진 커다란 토끼 한 마리가 있었다. 버니는 나무등치 위에 앉아 커다란 자신의 앞다리에 끼고 있는 두 어린아이에게 무언가를 설명하고 있었다. 토끼와 아이들 머리 위로 나비 한 마리가 팔랑거리며 지나가고 바람에 나뭇잎들이 흔들거렸다.

갑자기 막간이 이어졌다. 그리고 들리는 신음 소리.

알몸의 여자가 복면을 뒤집어쓴 남성 두 명과 성관계를 갖는 장면이 튀어나왔다. 여자는 양초와 칼들로 둘러싸인 커다란 대리석 제단 위에 누워 있었다. 머리는 어깨까지 흘러내렸고 온몸은 땀에 젖어 있었다. 두 남자가 번갈아 가며 과격하게 관계를 갖는 동안 그녀는 눈을 꼭 감고 있었다. 그리고 오르가슴에서 오는 신음에 알아들을 수 없는 말이 섞여 있었다. 일종의 기도문 같기도 했다.

또다시 검은 화면의 막간이 이어지고 또 다른 배경으로 바뀌었다.

햇살이 쏟아져 들어오는 어느 방, 텅 빈 의자 하나. 벽에는 '사랑'이라는 문구가 붙어 있었다. 촬영하는 사람은 망설이고 있었다. 그런데 갑자기 방이 어둠 속에 잠겼다. 다시 빛이 들자 알몸의 남자가 고개를 푹 숙인 채 의자에 묶여 있었다. 남자 뒤, 벽에 달린 문구는 거의 보이지 않았다. 촬영자는 재빨리 의자에 묶인 남자를 줌으로 확대했다. 그는 손에 무언가를 쥐고 있었다. 칼처럼 보였다. 왜냐하면 의자에 묶인 남자가 고개를 들고 비명을 질렀기 때문이다.

브루노는 자신이 직접 겪고 있는 일처럼 순간 깜짝 놀라 뒤로 물러섰다. 잠시 어두워졌다 다시 밝아졌다. 의자는 비어 있었다. 모든 게 고요했다.

다시 막간이 이어졌다.

학교 운동장. 반바지 차림의 아이들이 서로 쫓고 쫓기며 놀고 있었다. 촬영자는 멀리, 철조망 뒤에 숨어 아이들을 촬영하고 있었다. 카메라는 여타 아이들과 다른 어느 한 아이 앞에서 멈췄다. 알비노 증후군에 걸린 아이였다. 아이는 동작을 멈췄다. 육감이 발동해 위험을 감지했던 것이다. 아이는 주변을 살피다가 마치 아무 일도 없었던 듯 다시 놀기 시작했다.

여러 개의 화면이 격렬하게 이어진 편집이었다. 갓난아이에게 젖을 먹이고 있는 노부인. 숲속 공터 한가운데 설치된 서커스 텐트. '빨간색'이라는 단어. 노래를 부르며 기어 다니는 다리 없는 남자. 오래전에 방영된 세제 광고가 흘러나오는 텔레비전. '오르가슴'이라는 단어. 검은 복면을 뒤집어쓴 채 옷을 벗으며 서로의 몸을 더듬는 두 여성. '빛'이라는 단어. 빗속에 거행되는 장례식. 또다시 이어지는 포르노 영상. 피. 죽음의 상징. 브루노는 꼬리에 꼬리를 물고 이어지는 장면에 머리가 어지러웠다. 동시에 뼛속까지 두려움이 느껴졌다. 자신이 정확히 무얼 보고 있는지 의아할 따름이었고, 성당 관리인이 왜 이런 영상물을 보관하고 있는지도 이해할 수 없었다.

또 다른 장면.

뭐라 말할 수 없는 장소였다. 손전등 불빛 한 줄기가 먼지와 함께 짙은 어둠을 뚫고 나가고 있었다. 촬영자는 어지러운 바닥을 밟고 걸었다. 텅 빈 커다란 공간을 밟는 무거운 발소리만 울려 퍼졌다. 촬영자가 아무것도 보이지 않는 주변을 카메라로 훑어보았다. 그러더니 걸음을 멈추고 귀를 기울였다. 멀리서 목소리가 들렸다. 촬영자는 카메라를 오른쪽으로 확 돌렸다. 손전등 불빛이 빠르게 움직이며 공간을 비췄다. 불빛이 벽돌로 된 벽을 지나가던 순간 브루노는 언뜻 무언가가 모여 있는 걸 본 것 같았다. 불빛은 방금 지나친 곳으로 되돌아왔다. 구석에 있는 겁에 질린 여러 개의 눈동자가 화면에 잡혔다. 상의를 벗은 남자아이들이 포식자를 피해 서로를 부둥켜안고 있었다. 대략 열 살 전후로 보이는 남자아이들로 일고여덟 명이 있었다. 촬영자는

275

차분하게 아이들을 향해 다가갔다. 그는 혼자가 아니었다.

그의 뒤로 검은 그림자가 여럿 다가왔다. 그림자들은 촬영자를 지나쳐 아이들에게로 걸어가는데……

영사기가 필름의 마지막 부분을 먹어버리며 벽에서 나오던 화면이 사라졌다. 무수한 질문과 더러운 기분만 고스란히 남겨둔 채로……

지금까지 본 장면들은 너무나 비현실적이었다. 그리고 불길하고 사악했다. 그 말 그대로였다. 도대체 얼마나 미쳐야 이런 영상을 카메라에 담을 수 있는 걸까?

성당 지하에 있는 컴컴한 골방 같은 곳에서 브루노 젠코는 사건 해결에 매달린 자신을 원망했다. 15년 전 사만타 안드레티의 부모와 한 약속을 지키겠다고 고집부린 게 후회스러웠다. 사만타에게 약속한 일도 마찬가지였다. 이런 식으로 생을 마감하고 싶지는 않았다. 부조리하고 고통스러운 진실에 대해 결코 알고 싶지 않았다. 인간의 본성은 천재적이면서 아름다운 것을 만들어내는 동시에 심연같이 어둡고 역겨운 것들을 생산해낼 수 있다. 방금 그의 눈앞에서 사라진 장면 같은 것들처럼.

'다행인 건 인간들은 때가 되면 죽는다는 거야.' 그런 생각이 들었다. 그리고 관리인 윌리엄도 그렇게 병에 걸려 죽어가는 중이었다. 하지만 브루노는 암흑의 여신이 두 사람 모두를 데려가기 전에 버니를 만나 해야 할 이야기가 있었다.

30

그가 찾아가는 곳은 동네에서도 가장 후미진 자리를 차지하고 있었다.

벽에 그려진 낙서를 통해 거리를 통제하는 폭력 조직들이 내륙국 같은 그 지역을 1센티미터 단위까지 나눠 관리한다는 걸 알 수 있었다. 사실 버려진 학교 건물을 지나치던 순간 보이지 않는 경계선을 넘어온 것 같은 기분이 들었다. 스카프로 얼굴을 가리고 선글라스까지 낀 청년 셋이 탄 차 한 대가 그의 낡은 사브 뒤에 조용히 따라붙었기 때문이다. '감시병들이 외지인의 존재를 이미 알렸군.' 세 청년의 임무는 그를 호위하며 감시하는 일이었다.

놀랄 일도 아니었다. 1년 전 폭력 조직 간에 싸움이 일어났고 불과 일주일 만에 스무 명이 목숨을 잃는 일이 있었다. 마약과 영역의 문제였을 것이다. 사망자들은 전부 스무 살도 넘기지 못한 청소년들이었다. 사람의 목숨이 파리 목숨보다 못한 동네였기에 그곳에서 아이를 출산하는 어머니들은 자신이 자식보다 오래 살 거라는 걸 알면서 살아야 했다.

'조만간 나는 이런 문제, 신경 쓸 일도 없어질 거야.' 산 사람들의 세상에서 벌어지는 이 저주 같은 모순, 다 개나 줘버려도 상관없었다.

브루노는 적대적인 의도가 전혀 없다는 사실을 확실히 알리기 위해 양손이 잘 보이도록 핸들을 붙잡고 차를 몰았다. 조수석에는 오는 길에 주류 상점에서 산 위스키 한 병이 놓여 있었다. 그는 산티시마 미제리코르디아 성당의 젊은 사제가 목적지에 이르는 길을 대충 그려준 지도를 펼쳐놓았다. 그곳은 GPS조차 길을 잃고 인터넷 지도에 커다란 흰 점으로만 표시하는 지역이었다.

자신이 찾는 건물이 보이는 장소에 도착한 브루노는 벤치 옆에 차를 세우고 위스키병을 챙겨 차에서 내렸다. 작열하는 정오의 태양이 머리 위를 짓누르는 것 같았다. 그는 주변을 두리번거리며 감시자들에게 자신을 관찰할 시간을 벌어주었다. 그런 다음 침착하게 건물 현관을 향해 걸어갔다. 음식 냄새와 소독약 냄새가 코를 찔렀다. 홀에는 짝이 맞지 않는 플라스틱 의자 여러 개와 테이블 하나가 놓여 있었다. 테이블 위에는 성병 예방에서부터 구강위생까지 각종 건강관리에 관한 정보가 담긴 전단지가 흐트러져 있었다. 일종의 대기실 같은 그곳을 차지한 사람은 타일 바닥에 드러누워 자는 노숙자가 전부였다. 아마 더위를 피하고자 들어온 것 같아 보였는데 아무도 그를 쫓아내지 않았다.

그를 그곳으로 보낸 젊은 사제의 설명에 따르면 보건소와 비슷한 기능을 하는 곳이라고 했다. 하지만 실제로 보니 그보다 많은 역할을 하는 곳이었다.

사람들은 그곳을 '항구'라고 불렀다. 그곳을 찾는 대부분이 죽기 위해 찾아오는 사람들이기 때문이었다. 가난한 사람들, 떠돌이로 사는 사람들, 자신을 돌봐줄 사람 하나 없는 외로운 사람들. 가족이 입원비를 대줄 수 없거나, 대주기를 거부하는 그런 사람들이었다.

브루노는 누구에게 말을 걸어야 할지 몰라 일단 위스키병을 옷 속에 숨기고 계단으로 올라갔다. 계속 밟아도 되는지 의심스러울 정도로 계단 상태가 위태위태했고 난간은 걱정스러울 정도로 흔들거렸다. 유리문을 지나치던 브루노는 가만히 생각해보니 그곳에서 인간쓰레기처럼 죽을 차례를 기다리는 사람들에 비하면 죽음이 임박한 자신의 처지가 그리 불행한 것만은 아니라는 사실을 깨달았다. 천장에 달린 선풍기는 시원한 바람을 만들어내기는커녕 이미 실내를 장악한 악취만 순환시킬 뿐이었다. 환자 모두에게 침대가 주어지는 것도 아니었다. 그래서 들것에 누워 있는 사람도 있었고, 심한 경우 휠체어로 만족해야 하는 사람도 있었다.

그런데도 누구 하나 불평하는 사람은 없었다. 브루노는 그 사실이 놀라울 따름이었다.

복도에는 적막감이 감돌았다. 환자 모두가 이미 오래전에 자신들의 최후를 당당하게 받아들인 듯한 분위기였다. 하지만 포기한 뒤 인내심을 갖고 기다리는 거라는 생각이 들었다.

그제야 직원 같아 보이는 사람을 만날 수 있었다. 잿빛 머리를 짧게 치고 크지 않은 키에 엉덩이가 펑퍼짐한 중년 여성이었다. 그녀는 낡은 빨간색 컨버스를 신고 무릎까지 내려오는 치마에 두 치수는 커 보이고 혓바닥을 내밀고 있는 입이 그려진 롤링 스톤스 티셔츠 차림이었다. 그리고 목에는 빨간색 플라스틱 묵주가 걸려 있었다.

그녀는 브루노를 보더니 누군지도 모르면서 밝은 미소를 지으며 다가왔다.

"안녕하세요!"

맑고 파란 그녀의 눈동자와 시선이 마주치자 브루노는 예상치 못했던 안도감에 휩싸였다.

"아, 안녕하십니까." 그는 밝은 목소리로 대답했다. "여기 입원한 사람을 찾고 있습니다. 산티시마 미제리코르디아 성당 관리인으로 이름은 윌리엄인데, 버니라는 별명을 가지고 있습니다."

"물론 여기 계세요. 친구분이신가요?"

"그렇습니다. 그 양반이 입원했다는 소식을 듣고 안부 인사나 전하려고 들렀습니다."

상대는 그의 말을 믿지 않는 분위기였다. 어쩌면 옷자락 속에 숨긴 위스키병을 발견했을 수도 있겠지만 아무런 말도 하지 않았다.

"그 환자분은 친구가 없으십니다." 그녀는 아주 작은 목소리로 말했다. 다른 사람 귀에 안 들리게 하려는 듯한 의도 같았다.

"니클라 수녀님, 잠시 이리 와주시겠어요?" 반대편 끝에서 대야와 타월 여러 개를 들고 있던 젊은 여성이 그녀를 불렀다.

브루노는 상대가 성직자라는 사실을 깨닫고 놀랐다.

"금방 갈게요." 그녀는 그렇게 대답하고는 브루노에게 다시 관심을 돌렸다. "선생님은 여기 계시면 안 될 분이네요."

그러더니 갑자기 팔을 뻗어 뻣뻣한 그의 뺨을 어루만졌다.

상상할 수 없을 정도로 부드러운 그 손길에 어안이 벙벙할 뿐이었다. 브루노는 그 순간, 신기하게도 수녀가 자신이 조만간 죽을 운명이라는 사실을 이미 잘 알고 있을 뿐만 아니라 다 괜찮을 테니 두려워하지 말라고 알려주려는 것 같다는 인상을 강하게 받았다.

"선생님은 믿음이 없으시군요." 그녀는 단정적으로 말했다. "유감이네요."

"세상이 사악하다는 걸 깨달았거든요." 브루노는 더 이상 연기를 해봐야 소용없겠다고 판단하고 솔직한 마음을 털어놓았다. "만약 신께서 이 세상을 창조하신 분이라면 그분도 어지간히 사악한 분이 아닐까 하는 생각입니다. 그 신을 믿는 신자들에게 무슨 짓을 하는지만 봐도 알 수 있지 않습니까." 그는 자신의 주변을 둘러보며 역시 단정적으로 말했다.

니클라 수녀는 누워서 기다리고 있는 환자들을 연민의 눈빛으로 물끄러미 쳐다보았다.

"전 이곳을 항구라고 부릅니다. 하지만 세상과 만나는 마지막 접점이기 때문은 아닙니다. 이 사람들은 아직 여행의 첫발도 내딛지 못했거든요. 이들이 가게 될 곳은 따뜻하고 거대한 대양 같은 곳입니다."

브루노는 멕 포먼이 그린 그림을 떠올리며 수녀가 자신의 마음을 읽고 있는 건 아닌가 하는 의구심을 떨칠 수 없었다.

"꼬마 아이가 손으로 그린 파란 바다 같은 곳이겠지요." 그는 자신도 모르게 그런 말을 내뱉었다.

니클라 수녀는 그 표현이 마음에 드는 표정이었다.

"신이 어린아이라는 거 모르셨어요? 그래서 우리 인간들을 아프게 하면서도 정작 본인은 모르시는 거랍니다."

이번에는 브루노가 웃음을 지어 보였다. 그런 독실한 신앙이 부럽기만 했다.

수녀는 다시 진지한 표정으로 돌아왔다.

"선생이 찾는 그 환자분은 복도 끝, 마지막 방에 계십니다. 조심하세요."

31

문은 살짝 열려 있었다. 브루노는 손으로 문을 밀었다. 항구에 모여든 환자들이 그렇게 많았음에도 불구하고 병실에는 단 한 사람만 누워 있었다.

희미한 빛이 밝은색 덧창 사이를 뚫고 들어와 마치 수의처럼 환자의 앙상한 팔다리를 덮은 흰 시트 위를 거리낌 없이 밝히고 있었다. 이불 밖으로 보이는 거라고는 머리와 야윈 팔뿐이었다.

방 안에서 풍기는 냄새만으로도 관리인 윌리엄은 이미 산 채로 썩어가고 있다는 생각이 들었다.

눈을 감고 누워 있는 노인은 호흡도 거칠었다. 하지만 자신의 휴식을 방해하는 불청객이 누구인지 확인하기 위해 몸을 일으켰다.

"안녕하신가, 버니." 브루노가 말했다.

"자넨 누구지?" 노인은 그를 쳐다보며 물었다.

브루노는 위스키병을 꺼냈다.

"죽음의 천사라고나 할까." 그가 대답했다.

노인은 잠시 머뭇거리다 누런 이를 드러내며 씩 웃었다.

"가까이 와보시게." 노인은 손짓까지 동원했다.

브루노는 벽 앞에 놓인 유일한 의자를 들고 침대 곁으로 가져갔다.

"잠깐 수다 좀 떠는 건 어떠신지?"

"기꺼이." 노인은 쉰 목소리로 대답했다.

그는 기침을 하다 가래를 삼켰다.

"형사 양반이신가?"

"형사라고는 할 수 없지만 형사처럼 할 질문은 있지. 당신 대답이 마음에 들면 이걸 두고 갈 거야." 브루노는 위스키병을 가리키며 말했다. 노인은 사막의 오아시스 앞에서 미치도록 물을 마시고 싶은 사람처럼 위스키병을 쳐다봤다.

"자네가 날 찾아와 묻고 싶은 게 뭔지는 알아." 버니는 웃으며 말했다.

"이미 알고 있다면 그냥 털어놓으시지 그래? 빨리 끝내는 게 피차 편할 테니까."

노인은 어디서 시작해야 할지 생각하는 사람처럼 벽을 응시하고 있었다.

"내 본명은 윌리엄이 아니라고 하면 자네한테 놀랄 일인가?"

"아니, 전혀."

"난 지난 40년간 산티시마 미제리코르디아에서 관리인으로 일했지. 유일한 목적은 놈들이 날 찾지 못하게 하기 위해서였어."

"놈들? 누구?"

"경찰. 아니면 자네 같은 친구들." 버니는 기침을 심하게 하며 설명을 이어나갔다. "그리고 당신들 모두를 감쪽같이 속였지."

"우리가 왜 당신을 찾았어야 하는 거지?"

"당신들한테 나는 악마니까."

브루노는 상대의 말에 오만함이 잔뜩 묻어 있는 것을 느낄 수 있었다.

"그런데 그게 아니라고?"

"난 그냥 심부름꾼에 불과해."

"누굴 위한 심부름꾼?"

노인은 잠시 생각에 잠겼다.

"당신 임무가 뭐였지? 그림책으로 어린아이들을 유인하는 일이었나? 그리고 아이들을 세뇌하는 거였어? 아, 그 영상은 나도 봤어."

"자넨 죽었다 깨나도 이해할 수 없을 거야." 노인은 단호하면서 경멸조의 말투로 대꾸했다. "당신들은 절대 이해 못 해."

햇살이 어디선가 나타난 먹구름에 가려 갑자기 사라졌다. 어슴푸레한 기운이 방 안으로 밀려들었다.

"그 영상에서 이해할 거리가 있긴 한가? 왜 설명을 안 하는 거지?"

"그래 봐야 소용없을 테니까."

"그래도 한번 해보시지."

"포기하라고. 그냥 지금처럼 가련하게 살아가라고. 그편이 훨씬 나을 테니까." 노인은 그렇게 말하고는 웃다가 다시 기침을 했다.

브루노는 화가 머리끝까지 치밀어 올랐지만 감정을 드러내고 싶지는 않았다.

"당신이 보호하려는 게 누구야?"

"그런 거 없어."

"당신이 얻는 건 뭐였지, 버니? 지하 골방에서 지내는 것 말고……."

"하나 골라 오라고 하면 난 하나 골라줬지." 노인은 질문이 끝나기 무섭게 대답했다.

창밖에서 천둥소리가 울려 퍼졌다. 폭우를 알리는 신호탄이었다.

"그게 무슨 뜻이야? 뭘 골랐다는 거야? 제대로 설명하라고."

노인은 투명하지만 냉정한 사립 탐정의 두 눈을 한동안 응시했다.

"내가 누구인지 궁금해하기 전에, 내가 무엇인지에 대해 생각해봐야 할 거야."

브루노는 잠시 생각을 하다가 무언가를 깨달았다.

"당신도 마찬가지였군. 당신 역시 어둠의 아이였어."

노인은 고개를 끄덕였다.

브루노는 상대가 비록 망설이는 눈치였지만 내심 무언가를 털어놓고 싶어 한다는 걸 감지했다. 지난 세월 동안 혼자만 간직해온 이야기를 토해내고 싶어 한다는 사실을. 기다려주기만 하면 절로 답이 나올 상황이었다. 예상대로 얼마가 지나자 노인이 다시 입을 열었다.

"어느 날인가, 난 길가에서 놀고 있었어. 웬 남자 하나가 다가오더라고. 날 부르더니 선물을 주겠다는 거야. 그러면서 그림책 하나를 보여줬지. 토끼가 주인공인 그림책이었어. 그런데 그림 속에 비밀이 숨어 있다면서 사용법을 설명해줬어. 거울을 이용해 보라고……. 그리고 내용이 마음에 들면 자신을 다시 찾아오라고."

"어떻게 됐지? 그다음에?"

"난 그 남자를 찾아갔어. 호기심이 생겼거든……. 남자는 날 컴컴한 데 가두더라고. 그리고 어둠 속에 홀로 남겨졌어. 죽도록 두려웠지.

비명을 지르고 또 질렀어. 얼마나 시간이 지났는지도 모르겠더라고. 며칠, 아니면 몇 달? 그런데 갑자기 문이 열리더니 누군가 나한테 손을 내미는 거야. 경찰이었어. 경찰 말이, 나는 이제 안전하다고 하더라고⋯⋯. 하지만 경찰은 내가 평생 안전할 수 없다는 사실을 몰랐던 거야. 절대로⋯⋯. 나한테 그런 저주가 내렸다는 걸 상상할 수 있는 사람은 아무도 없었어. 그때는 나조차도 몰랐으니까. 하지만 어둠은 나한테 낙인을 찍어버렸어."

"당신을 가뒀던 인간의 이름이 뭐야?"

노인은 시선을 돌렸다.

"버니지⋯⋯. 당연하지 않겠나. 어쨌든 나한테 그렇게 말했어. 다른 사람들은 그 사람을 다른 이름으로 알고 있었지. 그 인간은 20년간 사료 공장 창고관리인으로 일했어. 낮에는 잠만 잤으니 다른 사람을 만날 일도 없었겠지. 그 인간이 체포된 뒤, 이웃 사람들은 그 인간이 그 집에 살고 있는지도 몰랐더라고. 재판이 진행되는 동안 입도 뻥끗하지 않았어. 심지어 판사가 종신형을 선고할 때도 묵묵히 침묵만 지켰어."

브루노는 노인이 자신을 학대한 남자를 대단한 사람으로 미화하고 있다는 점에 주목했다.

"그게 끝이 아니었겠지⋯⋯. 안 그래?"

"열세 살 때인가⋯⋯. 어느 날 아침, 교도관이라는 사람이 우리 집으로 찾아왔어. 그러고는 버니가 죽었는데 그보다 훨씬 전에 그 인간이 자기 유산을 모조리 나한테 남겼다고 하더라고."

노인은 손등으로 마른 입술을 닦고 혀를 움직이며 입 운동을 했다.

"우리 어머니는 그 인간의 돈은 단 한 푼도 받지 않으려 했지만 가세가 많이 기운 터라 무조건 거부할 수도 없었어. 그런데 유산으로 돈만 받은 건 아니었지. 옷가지며 슈퍼8 영사기, 똑같은 그림책이 가득 든 상자, 그리고 해괴망측한 필름 하나."

"당신도 봤겠지……."

"난 바로 이해했어. 그건 일종의 메시지였거든……. 역할을 넘기라는, 뭐 그런 내용이었지."

"이런 걸 시작한 건 누구지?"

"나야 모르지. 하지만 난 임무를 완성했어. 해야 할 일을 다 했다고." 노인은 자찬하듯 힘주어 말했다.

'놈들은 자신이 괴물이라는 사실을 전혀 몰라.' 관리인은 자신이 정상이라고 생각하고 있었다. 그리고 그 점을 자랑스럽게 떠벌리는 중이었다. 해야 할 일을 다 했다고.

"뒤에 누가 있는지 모른다는 그 말을 나더러 믿으라고? 도대체 누굴 위해 그렇게 열심히 일하는 거야?"

"어둠이지." 노인은 일말의 주저함도 없이 대답했다.

두 번째로 천둥소리가 울려 퍼졌다. 하지만 여전히 빗소리는 이어지지 않았다.

브루노는 구역질이 치밀었다.

"그래서 로빈 설리반이 어렸을 때 그 짓을 했던 건가?"

그 이름이 나오자 노인은 화들짝 놀랐다.

"그 아이를 3일간 납치해서 가둬놨던 거야? 어둠 속에?"

"난 역할을 넘겨준 거야." 노인은 씩 웃으며 자신의 행동을 합리화했다.

"그런 아이들이 몇 명이었던 거지? 설리반 전과 후에는?"

"몰라. 계산하다 잊어버렸으니까. 하지만 나머지는 중요하지 않아……. 제대로 된 녀석을 찾으려면 여러 번의 시도가 필요하거든. 로빈 이후에도 계속 작업을 하긴 했지만 녀석이 상대를 제대로 고를 거라는 건 알고 있었어. 비슷한 또래였을 때 내가 그랬던 것처럼 말이야."

브루노는 주머니를 뒤적여 사진 한 장을 꺼냈다. 림보에서 받아온 사진이었다. 로빈 설리반이 앞니 하나가 빠진 곱슬머리 친구와 찍은 사진. 그는 노인에게 사진을 들이밀었다.

"아하, 네 녀석이로구나." 그는 사진 속 아이를 알아보고 큰 소리로 말했다. "오래간만이야……."

두 눈이 빛나고 있었다.

"사진 속에 있는 다른 아이는 누구지? 앞니 하나가 없는 곱슬머리 꼬마 말이야. 사진만 봐도 저 아이가 성당에 자주 들락거렸다는 걸 알 수 있어. 그러니 당신도 분명 알고 있을 거야."

노인은 대답 대신 기억을 잃은 사람처럼 브루노만 바라보았다. 사립 탐정은 동기부여 차원에서 상대의 눈앞에서 위스키병을 흔들어 보였다. 관리인은 혀로 입술을 적셨다.

"폴……이었을 거야. 성당에서 두 블록 정도 떨어진 초록색 집에 살았어."

소극적이었던 처음과 달리 관리인은 상당히 협조적으로 나왔다. 탐정은 그 이유를 정확히 읽어낼 수는 없었다. 윌리엄이 성가신 탐정을 돌려보내기 위해 거짓말로 둘러댔을 가능성도 있다. 진위를 확인하는 유일한 방법은 그 초록색 집으로 찾아가 현관문을 두드리는 일이었다. 하지만 그보다 먼저 약속을 지켜야 했다. 그래서 위스키 병을 죽어가는 노인에게 건넸다.

"잘 가, 버니."

"곧 보자고."

두 사람이 동일한 목적지로 향하는 중이라는 생각이 들자 소름이 끼쳤다. 노인의 말이 틀린 말은 아니었다. 브루노에게는 아직 멕 포먼이 그린 그림 같은 평화를 맞이할 자격이 있었지만 남은 시간이 많지 않았다.

세 번째로 천둥소리가 울려 퍼졌다. 비구름이 아주 가까이 다가왔다는 뜻이었다.

32

초록색 집은 장막처럼 쏟아지는 빗줄기에 가려 잘 보이지 않았다.

브루노는 차에서 내려 포치까지 뛰어가 비를 피한 다음에야 옷깃을 내렸다. 항구에서 나오자마자 쏟아진 물 폭탄에 머리와 옷가지가 다 젖어버렸다. 이마를 짚어보니 열이 나고 있었다. 하지만 심장은 의사의 예측에 도전장이라도 내민 듯 여전히 잘 뛰었다. '오래가지 않을 거야. 헛된 희망 품어봐야 소용없어.' 그 소리는 심장박동 소리가 아니라 거꾸로 흘러가는 시계 초침 소리니까.

브루노는 일단 옷매무새를 가다듬은 다음 우편함에 적힌 이름을 확인해보았다. 폴 마친스키. 폴. 관리인 버니에게 받은 팁은 여전히 유효했다.

그런데 무언가 미심쩍은 구석이 영 가시지 않았다.

일단 초인종을 눌러보았다. 아무 소리도 들리지 않았다. 폭우로 전기가 끊긴 건 아닌가 생각했다. 몇 초간 더 기다리다 다시 초인종을 눌렀다. 빗소리 때문에 안에 있는 사람이 벨 소리를 못 들은 게 아닌가 싶기도 했다. 여전히 아무런 대답이 없었다.

그래서 실내를 들여다보기 위해 창문으로 향했다.

거실 소파 위에는 신문들이 널려 있었고 낡은 텔레비전 앞에 망가져가는 안락의자 하나가 놓여 있었다. 그 옆에 있는 작은 테이블 위에는 빈 맥주병이 최소한 10여 병, 꽁초로 가득 찬 재떨이가 올라와 있었다.

혼자 사는 남자들의 전형적인 생활상을 눈으로 확인한 브루노는 폴 마친스키가 여전히 혼자 살고 있다는 결론을 내렸다. 그리고 지금은 자리를 비웠다고 판단했다.

브루노에게는 로빈 설리반과 같은 축구팀에서 뛰었던 친구를 만나야 할 정확한 이유가 있었다. 괴물이 고향으로 숨어든 게 맞다면 은신처를 마련하기 위해서라도 폴 마친스키를 찾아가 만났을 가능성이 매우 컸다. 그렇기 때문에 폴이라는 친구는 버니의 행방을 알 수도 있었다.

'놈은 여기 있어. 분명히 여기에 있어.'

사립 탐정은 선택을 해야 했다. 집주인이 올 때까지 차 안에 앉아 있거나, 집 앞에서 기다리거나, 아니면 은근슬쩍 둘러보거나…….

평소의 경우라면 두 번째 방법을 택했을 것이다.

정보원이나 증인에게 질문해야 할 일이 있으면 언제나 완벽히 준비하고 찾아가는 게 그의 방식이었다. 누군가에게 비밀을 털어놓게 만드는 유일한 방법은 그 사람의 삶에 대해 최대한 많은 정보를 확보하는 것이었다.

언젠가 어느 중년 부인에게 그녀가 알고 지낸 지인의 행방을 캐물어야 할 일이 있었다. 만약 브루노가 대놓고 지인의 행방을 물었다면 그녀는 그를 의심하며 아무런 말도 해주지 않았을 것이다. 사람들은 대부분 꼬치꼬치 캐묻는 타인을 경계하기 마련이니까. 자신이 잘 모르는 사람을 보호해야 하는 상황이더라도 일종의 연대감이 발동된다. 당시 친분을 쌓아 올릴 시간적 여유가 없었던 브루노는 몇 시간에 걸쳐 중년 부인을 관찰했다. 그리고 그녀가 로맨스 드라마 보는 일로 하루의 대부분을 보낸다는 사실을 알아냈다. 그래서 그녀를 찾아가 현관문을 두드리고 그녀의 친구가 어디에 있는지를 물어보며 자신은 그 친구를 미치도록 사랑하는 사람이라고 말했다. 브루노의 사연에 마음이 움직인 그녀는 두말없이 그가 원하는 정보를 알려주었다.

하지만 지금 이 순간, 브루노는 초록색 집의 현관문을 강제로 열기 위해 애쓰고 있었다. 그리 어려운 일이 아니라 판단한 그는 팔꿈치로 두 번 정도 강하게 문을 밀어 여는 데 성공했다.

안으로 들어오자마자 첫눈에 폴 마친스키에 대해 많은 걸 알 수 있었다. 가장 먼저 든 생각은 앞니 빠진 꼬마는 부유한 가정 출신이 아니라는 점이었다. 가구들은 얼핏 봐도 누가 버린 것들을 가져다 놓은 것처럼 허름했다. 바닥에 깔린 카펫은 아마 처음에는 베이지색이 었을지는 몰라도 시간이 흐르면서 군데군데 섬처럼 얼룩이 진 상태였다. 모든 게 더럽고 먼지만 풀풀 날렸다. 구석에는 이불 하나와 밥그릇 두 개, 개 목줄 하나가 방치돼 있었는데 다행히 개는 보이지 않았다.

브루노는 현관문을 닫고 안으로 들어갔다. 빗소리가 잦아들었다. 2층 구조로 된 집이었다. 그는 위층부터 살피기 시작했다

계단 위에 오르자 좁은 통로가 세 갈래로 나뉘었다. 반투명 유리로 된 문 앞으로 다가가며 욕실일 거라 짐작했다. 그런데 문을 살짝

여는 순간 시커먼 개 한 마리가 맹렬히 짖어대는 바람에 바로 문을 닫았다. 개는 물론 자신에게까지 욕이 절로 튀어나왔고 심장은 미친 듯이 두근거렸다. 무서움이 가시자 웃음이 터져 나왔다. 그 상태로 심장마비에 걸려 죽어버리면 정말 우스운 꼴이 될 것 같다는 생각 때문이었다.

그는 탐색을 이어나갔다. 두 번째 방은 2인용 침대의 녹슨 밑단이 차지하고 있었다. 바닥에는 천장에서 떨어진 빗물이 만들어낸 웅덩이가 보였다. 옷장을 열어보니 나프탈렌 냄새가 진동하는 여성복들이 눈에 들어왔다. 오래전에 사망했을 폴 마친스키의 어머니 것 같았다.

세 번째 방은 누군가 사용하는 방이었다. 바닥에 깔아놓은 매트리스를 침대로 쓰는 것 같았다. 헤비메탈 밴드 포스터 여러 장이 벽을 장식하고 있었다. 분위기만으로는 80년대 청소년의 방이었지만 거기서 지내는 남자는 거의 쉰의 나이였다. 턴테이블 한 대와 수집해놓은 레코드판 여러 장이 바닥에 뒹굴고 있었다. 책장에 작은 크기의 트로피 하나가 보였다. 황동으로 된 판에는 이런 문구가 적혀 있었다. '1982-1983 교구 대항전 3위.' 폴 마친스키 평생 동안 유일하게 영광스러운 순간이었다.

매트리스 옆에 쌓아놓은 포르노 잡지 아래 있는 점토로 만든 그릇에는 마리화나를 말아 피우는 도구들이 담겨 있었다. 브루노는 벽에 붙어 있는 걸레받이 한 부분을 눈여겨보았다. 어렵지 않게 떼어낼 수 있었다. 그 안에는 작은 막대처럼 뭉쳐놓은 해시시가 숨겨져 있었다. 무게를 가늠해보았다. 폴은 잔챙이 마약상이었다. 그는 해시시를 다시 제자리에 집어넣었다.

브루노는 대충 집 안을 훑어본 뒤, 폴과 친근하게 대화를 풀어가는데 필요한 정보는 거의 알아낼 수 없다는 결론을 내렸다. 나락으로 떨어지는 삶을 살면서 포르노 잡지나 들여다보는 사람과 공통점을 찾는 게 쉽지 않았기 때문이다. 아무래도 상대에게 신뢰를 얻어 마음의 문을 열게 할 다른 방법을 찾아야 했다. 브루노가 알아낸 바에 따르면 폴 마친스키는 로빈 설리반과 가장 가까운 사람이었다.

'이 자가 버니의 행방을 알고 있다면 놈을 배신하게 만들 수 있어. 그런데 어떻게 해야 하지?'

욕실에 갇힌 채 짖고 있는 개 때문에 집중이 되지 않았다. 두통이 찾아왔다. 오한이 느껴지며 이가 덜덜 떨렸다. 열이 점점 더 오르고 있었다.

그 집에서 나와 차에 앉아 폴 마친스키가 올 때까지 기다려야 했다. 그런데 아래층으로 내려오자마자 진이 다 빠지는 것 같았다. 비를 뚫고 차까지 돌아갈 엄두가 나지 않았다. 그는 소파를 덮고 있던 신문지를 걷어내려다 안락의자를 선택했다. 텔레비전 앞은 집주인이 가장 좋아하는 자리 같았기 때문이다. 의자 위에는 더럽고 구멍 난 모포한 장이 깔려 있었다. 그는 모포를 어깨에 둘렀다. 몸이 떨리고 두려웠지만 당장 죽음이 찾아올 거란 생각은 뒤로 미뤘다. 우선 진정하고 한가지에 집중해야 했다.

그는 나이 든 성당 관리인을 떠올렸다. 림보에서 가져온 사진을 보고 로빈 옆에 있던 곱슬머리 친구의 이름을 너무 쉽게 털어놓았다는게 마음에 걸렸다.

무고한 아이를 어둠에 감염시켰다고 나무랐을 때 윌리엄은 말도 안 되는 핑계를 댔다. 자신은 역할을 넘겨준 것뿐이라고……

그리고 로빈을 자신의 제자라도 되는 듯 말했다. 브루노는 그 점이 마음에 걸렸다. 관리인 버니가 로빈을 후계자로 여기고 있었다면 무슨 이유로 그 후계자를 뒤쫓는 사립 탐정을 도와주는 걸까? 오히려 자신이 보호하는 후계자의 어린 시절 친구의 정체를 철저히 숨겨야 하는 게 아닐까? 로빈 설리반을 체포하는 데 도움이 될 정보를 쥐고 있을지도 모를 텐데……

하지만 윌리엄은 폴 마친스키라는 이름을 일말의 주저함 없이 뱉어냈다.

브루노는 도무지 이해가 가지 않았다. 으슬으슬하던 몸이 곧 정상으로 돌아왔다. 게다가 위층에서 들리던 개 짖는 소리가 멈췄다. 고요한 분위기 속에서 낡은 안락의자에 몸을 의지한 브루노는 꺼져 있는 텔레비전 화면에 비친 자신을 물끄러미 바라보았다. 이번에도 어쨌든 고비를 넘겼다는 생각에 감사한 마음과 안도감이 느껴졌다.

그리고 자신도 모르게 깊은 잠 속으로 빠져들었다.

33

목이 콱 막혔다. 미친 듯이 입을 벌리고 필사적으로 산소를 찾았다. 죽음만큼이나 깊이 들었던 잠 속에서 이런 식으로 깨어나는 것만큼 끔찍한 일도 없을 것이다. 잠에서 깨어 알게 된 게 또다시 이 고통스러운 과정을 겪어야 할 거라는 사실뿐이기 때문이다.

브루노의 등 뒤에 달라붙은 집주인은 정신 나간 사람처럼 상대를 붙잡고 있는 손을 놓지 않았다. 탐정은 집주인의 손이 무지막지하게 자신을 조르고 있음을 느꼈다. 빠져나오려 안간힘을 썼지만 손가락으로 비에 젖은 상대의 팔뚝을 누르는 것 외엔 아무것도 할 수 없었다. 자신이 왜 도둑처럼 남의 집에 들어와 있었는지 폴 마친스키에게 해명할 시간만 주어지면 더 바랄 게 없을 것 같았다. 그가 이렇게 반응하는 것도 충분히 이해한다고 말해주고 싶었지만 정황상 상대의 반응이 너무 지나친 것 같았다. 브루노는 자신을 살해하려 드는 사람과 단지 대화를 하고 싶을 뿐이었다. 그런데 그때 꺼져 있던 텔레비전 화면에 비친 모습이 눈에 들어왔다.

상대의 얼굴 오른쪽이 점으로 뒤덮여 있었다.

폴 마친스키가 아니라 바로 로빈 설리반이었던 것이다.

'관리인 노인네가 날 도와준 이유가 이거였어. 날 여기로 보내고 자기 제자한테 미리 알려준 거야. 날 덫으로 밀어 넣은 거였어.'

버니는 더 이상 토끼 가면을 쓸 이유가 없었다. 그래서 서로 맨얼굴을 맞대게 된 것이다. 그 역시 불 꺼진 텔레비전 화면을 보고 있었다. 반짝이는 눈빛에 증오나 분노의 기운은 느껴지지 않았다. 단지 싸늘하고 분명한 살해 의지만 읽힐 뿐이었다.

멕 포먼의 그림이 떠올랐다. '따뜻한 대양, 배 한 척, 그리고 태양. 어린아이가 상상한 천국. 난 거기 들어갈 자격이 있어. 권리가 있다고.'

"신이 어린아이라는 거 모르셨어요?" 항구에서 만난 수녀는 그렇게 말했었다. "그래서 우리 인간들을 아프게 하면서도 정작 본인은 모르시는 거랍니다."

어느 순간부터 브루노는 최후의 고통을 서서히 받아들이기 시작했다.

가늘고 긴 밝은 자국이 마치 우아하게 날아다니는 요정처럼 점점이 이어지며 눈앞을 오가기 시작했다. 폐 속의 산소가 텅 비어버렸다. 그는 헐떡이고 있었다. 따뜻한 대양, 배 한 척, 그리고 태양. 그것들이 실제로 눈앞에 보이는 것 같았다. 내가 간다. 위로 끌려 올라가는 느낌이 들어 고개를 뒤로 젖혔다. 반사적인 반응이었다. 그런데 자신의 의도와 상관없이 뒤통수로 상대의 코를 강하게 들이받는 결과가 빚어졌다.

예상치 못한 브루노의 반응에 잠시 어리둥절해진 로빈 설리반이 순간적으로 손에 들어간 힘을 뺐다. 브루노는 그 틈을 타 상대의 손아

귀에서 온전히 빠져나온 뒤 의자에서 몸을 일으키려다 앞으로 넘어지며 두 손으로 더러운 카펫을 짚었다. 숨을 쉬려고 기를 쓰다 세 번만에 간신히 숨통이 트였다. 그는 재빨리 몸을 돌려 상대를 쳐다보았다. 버니는 코에서 피를 흘리고 있었고 눈물이 시야를 가리고 있었다. 하지만 가만히 있지 않고 브루노를 향해 몸을 날렸다. 그는 브루노의 발목을 붙잡으려 했지만 탐정은 다리를 빼고 앞으로 뛰어나가 괴물로부터 거리를 벌렸다. 하지만 동시에 현관문과도 멀어졌다. 그는 그 집의 구조를 완벽히 파악하지는 못했다. 그래서 열린 창문이 어디인지 모르고 헤매는 파리처럼 행동했다. 자신의 무지에 갇힌 채로.

그렇게 비틀거리며 도착한 곳이 부엌이었다. 그가 유일하게 미리 살펴보지 않은 공간이었다.

문이 자석으로 도배된 낡은 냉장고 옆에 뒤뜰로 이어지는 문이 보이자 안도감이 느껴졌다.

그동안 버니도 정신을 차리고 그를 쫓아왔다.

집 밖으로 빠져나간다는 게 위기에서 탈출한다는 뜻은 아니었지만 일단 패배를 인정하지 않을 명분은 될 수 있었다. 얼마 남지도 않은 힘을 다해 브루노는 문으로 걸어갔다. 지금과 똑같이 버니에게 쫓겼던 월슨 농장에서처럼 문이 잠겨 있지 않기만을 바랐다. 이번만큼은.

그는 문손잡이를 눌렀다. 문이 열렸다. 밖으로 나가려던 순간 갑자기 머뭇거렸다. 모든 게 느리게 진행되는 것 같은 기분이 들었다. 등 뒤에서 무언가가 강하게 어깨뼈를 뚫고 들어온 느낌이었다. 살을 파고 들어온 뜨거운 금속 덩어리.

하지만 총성은 전혀 듣지 못했다. 어떻게 이런 일이 가능하지?

분명 관통상을 입은 느낌이었다. 고개를 숙였지만 총알이 뚫고 나간 사출구가 보이지 않았다. 그런데도 다리에 힘이 풀려 무릎을 꿇고 쓰러졌다. 그 순간 무언가가 부딪히는 소리가 희미하게 들렸다. 리듬을 잃어가는 심장박동 소리였다.

총을 쏜 사람은 아무도 없었다.

바로 그가 며칠 전부터 기다려왔던 치명적인 심장마비 증상이 발생했던 것이다.

브루노는 문손잡이를 놓고 무릎을 꿇은 상태에서 몸을 돌리며 냉장고 문에 붙은 색색의 자석들을 폭포수처럼 떨어뜨리는 동시에 바닥으로 쓰러졌다.

생과 사의 마지막 갈림길에 선 그의 시선을 끈 것은 자석 하나였다. 야자수 자석. 그 밑에 그림 한 장이 놓여 있었다.

그림 솜씨나 채색 솜씨나 영락없는 아이의 그림이었다.

하트 눈을 한 커다란 토끼가 금발 머리 여자아이와 손을 잡고 있는 그림이었다.

더 놀라웠던 건 종이 아래쪽에 약자로 적힌 서명이었다.

'Meg(멕).'

34

브루노는 죽어가는 인간의 뇌가 놀랄 정도로 빠르게 회전한다는 생각이 들었다. 적어도 평소보다 두 배는 빠른 속도로 도는 것 같았다.

'포먼의 둘째 딸이 어떻게 버니를 알고 있는 거지?'

브루노는 상대가 최후의 일격을 가할 거라 상상하며 눈을 들어 올렸다. 그런데 전혀 그렇지 않았다. 상대는 가만히 서서 그를 바라보고 있었다. 그렇게 사립 탐정이 죽기를 기다리는 것처럼. 어쨌든 그 덕에 브루노에게는 진실을 파헤칠 시간이 주어진 셈이었다. 그는 안간힘을 쓰며 자신의 주머니에 손을 넣었다. 그리고 림보에서 받아온 사진 한 장을 얼굴에 큰 점이 있는 남자에게 건넸다.

남자는 잠시 머뭇거리다가 사진을 건네받았다.

상대의 표정을 통해 브루노는 자신이 제대로 짚었다는 걸 깨달았다.

"당신이 폴 마친스키지, 그렇지?"

"이 사진이 뭘 뜻하는 거지?" 남자는 신경질적으로 물었다. "당신은 누구야? 내 집에서 뭘 하고 있었어?"

브루노는 자신의 앞에 서 있는 상대가 로빈 설리반이 아니라는 확신을 갖게 되었다.

'관리인이 날 속였던 거야. 그래서 내가 곱슬머리 아이의 이름을 물었을 때 어리둥절한 반응을 보였던 거라고. 내가 엉뚱한 사람을 쫓는다는 걸 깨달았던 거야. 난 얼굴에 큰 점이 있는 꼬마가 로빈이라고 생각했지만 그게 아니었어.'

로빈 설리반은 밝게 웃고 있던 아이였다.

관리인 버니는 브루노를 그릇된 방향으로 이끌었지만 어쨌든 브루노는 이미 두 아이의 정체를 잘못 알고 있었다. 그 실수는 치과의사의 증언 때문이었다. 피터 포먼은 토끼 머리를 뒤집어쓴 괴한의 정체를 목소리로 알 수 있었다고 했다. 그의 증언에 따르면 괴한이 자신의 가족을 인질로 삼고 그에게 린다를 죽이라고 강요했다고 했다. 정원사를 범인으로 지목한 장본인은 치과의사였다.

'포먼의 막내딸이 어떻게 버니를 알고 있는 거지?'

"로빈에 대해 말해봐." 브루노는 기어들어 가는 목소리로 폴 마친스키에게 말했다.

"로빈은 내 친구야. 앰뷸런스를 불러야겠어."

상대는 심각하게 걱정하는 표정이었다. 브루노는 고개를 가로저었다.

"로빈 설리반에 대해 말해……." 브루노는 대답을 강요했다.

"그 이름은 더 이상 안 써. 이름을 바꿨거든. 어렸을 때 친구였지만 오래전에 연락이 끊긴 사이야……. 자기 집 정원을 손봐달라고 날 찾아왔을 때 내가 자기를 못 알아볼 거라 생각했겠지만 난 그 친구를 한 번에 알아볼 수 있었어."

"누구였지?" 브루노가 물었다. "그게 누구인지 말해달라고."

자신의 귀로 직접 들어야만 했다.

"로빈……. 로빈 설리반……. 좋은 집에서 아름다운 아내와 어린 두 딸과 살고 있었지. 지금은 피터 포먼이라는 이름의 치과의사로 살고 있어."

'포먼의 막내딸이 어떻게 버니를 알고 있는 거지?'

"이 그림, 그림에 대해 말해줘." 브루노는 야자수 자석 밑에 있는 그림을 가리키며 말했다.

"아무래도 앰뷸런스를 불러야겠어." 상대는 주머니에서 휴대전화를 꺼내며 말했다.

"부탁이야, 그림에 대해서……."

남자는 번호를 누르다 질문에 답하기 위해 동작을 멈췄다.

"포먼의 딸아이가 내게 준 그림이야. 막내딸이. 일주일 전이었어."

꼬마 아이는 외로운 남자를 보며 연민의 정을 느꼈다. 이미 오래전 사진 속에서도 평생 따라다닐 그 서글픔이 표정에 아로새겨진 남자를 보면서. 브루노 젠코는 그런 사람을 괴물로 여겼다는 사실에 죄책감마저 느꼈다.

"멕이 이 그림의 의미를 당신한테 설명해줬나?"

"아니."

'포먼의 막내딸이 어떻게 버니를 알고 있는 거지? 그건 그 아이가 토끼 가면을 뒤집어쓴 게 누구인지 알고 있기 때문이야. 버니가 자기 아빠라는 걸.'

린다의 집에서 벌어졌던 일을 다시 돌이켜보았다. 욕실에서 칼에 찔린 채 피를 흘리고 있는 피터 포먼을 발견했던 순간을. 괴물은 그 순간 천연덕스럽게 연기를 펼쳤던 것이다.

그런데 왜 굳이 가족을 끌어들여 감금시키는 연출까지 펴야 했을까? "우리 집으로 들어왔어요." 지파의사는 울먹이며 그렇게 말했다. 스스로 토끼 가면을 뒤집어쓰고 아내 앞에 나타나 딸아이들과 함께 지하에 가둬버렸다. "아내와 딸아이들을 지하에 가두고 시키는 대로 하지 않으면 가족들을 해치겠다고……." 오열하며 했던 말이었다. 그런데 왜 가족들 앞에서 연기까지 하는 수고를 들였을까? 그냥 간단히 린다를 찾아가 살해하면 그만이었을 텐데?

왜냐하면 그 행위 역시 속임수의 일환이었으니까. 브루노는 그렇게 생각했다. "가면을 쓰고 있었지만 아는 사람이었어요……. 그게 누구였는지 압니다." 그건 엉뚱한 단서를 흘려 의혹의 화살이 정원사에게 돌아가게 하려는 교활한 음모의 출발점이 아니었다.

그런 게 아니다. 놈에게는 뚜렷한 목적이 있었다.

알몸으로 피를 흘리며 욕실 바닥에 웅크려 있던 토끼 머리 남자를 발견했을 때 브루노는 린다가 상대와 맞서 싸우며 몸싸움을 벌이는 과정에서 상처를 입힌 거라 판단했었다. 그래서 그런 그녀가 자랑스러웠다.

그런데 칼로 남자에게 상처를 입혔던 건 린다가 아니었다. 버니의 자작극이었던 것이다.

브루노는 바우어와 들라크루아에게 피터 포먼이 성 캐트린 병원에 입원했다는 소식을 전해 들었을 때 깜짝 놀랐었다. "가장 안전한 곳입니다. 이미 경비가 삼엄하기도 하고." 금발 머리 형사는 평소처럼 거들 먹거리며 대답했었다.

버니에게 가장 안전한 곳은 사만타 안드레티가 입원한 곳이었다.

'다시 찾아 나선 거야. 개자식, 사만타를 다시 어둠 속으로 끌고 가 려는 수작이야.'

큰 그림 전체가 하나로 완성된 바로 그 순간, 사립 탐정 브루노 젠 코의 숨이 끊어졌다.

35

그린 박사가 방으로 들어와 문을 닫았다. 그는 등 뒤에 무언가를 숨기고 있었다.

"자, 이거." 그는 종이봉투를 드러내 보이며 말했다. "네가 배고프지 않을까 싶어서 가져왔다."

그녀는 그린 박사가 평소 자리로 걸어가 앉는 동안 그의 움직임을 눈으로 좇았다.

"병원 밥이 좀 형편없잖아. 이건 훨씬 나은 거야." 그는 종이봉투에서 랩에 쌓인 샌드위치 두 개를 꺼내며 말했다. "치킨, 아니면 참치?"

"치킨 샌드위치요." 그녀가 대답했다.

그는 샌드위치 하나를 그녀에게 건넸다.

"탁월한 선택이야. 우리 집사람이 만든 치킨 샐러드 샌드위치는 감히 비교할 대상이 없거든."

그녀는 샌드위치를 받아 찬찬히 살피기만 했다.

"안 먹을 거니?" 그는 자신의 샌드위치를 한 입 베어물며 물었다.

"먹어요. 죄송해요. 생각나는 게 있어서⋯⋯. 납치범은 어떻게 저한테 약을 먹였을까요?"

"마취약 같은 거 말이니? 아마 음식에 섞지 않았을까 싶은데."

그녀는 다시 한번 샌드위치를 쳐다보았다. 정성스럽게 만든 음식을 먹어본 게 언제인지 기억도 나지 않았다.

"아내분께서 박사님을 많이 사랑하시나 봐요."

"좋을 때도 있고, 나쁠 때도 있고 그렇지." 그린 박사는 솔직하게 대답했다. "뭐 결혼 생활을 오래 한 부부들은 다 그렇지 않나 싶다."

사만타는 창유리를 쳐다보았다.

"아버지는 아직 안 오셨나요?"

"그게 시간이 좀 걸리는 모양이더구나. 하지만 도착하시면 바로 이리 모셔올 거다."

"모르겠어요……"

그녀는 아직 아버지를 만날 마음의 준비가 되지 않았다.

"아무도 강요하지 않는다, 사만타. 필요한 만큼 시간을 가져도 돼."

"아버지 얼굴조차 기억나지 않아요."

"원하면 사진이라도 구해줄 수 있다. 그러면 좀 도움이 되지 않을까 싶은데."

박사의 말에 마음이 놓였다. 그녀는 샌드위치를 싼 랩을 벗기고 한 입을 물었다. 그린 박사의 말대로 맛이 훌륭했다.

"화요일이었어요." 그녀는 불쑥 한 마디를 내뱉었다.

"그게 무슨 말이냐?"

그녀는 또다시 벽에 생긴 얼룩에 집중했다. 어느새 뛰고 있는 심장으로 관심을 돌린 상태였다.

"화요일은 피자 먹는 날이었어요."

사실 그게 화요일인지 아닌지는 그녀도 알 수 없었다. 밤과 낮조차 구분할 수 없는 곳이었다. 게다가 그녀가 '피자 먹는 날'이라고 이름 붙인 그날도 한 달에 한 번, 혹은 그보다 더 적을 수도 있었다. 하지만 그녀는 화요일은 피자 먹는 날로 정했다. 미로에서 보내는 일상 속에서 스스로에게 한 일종의 약속이었다.

모든 게 시작된 건 처음으로 큐브의 세 번째 면을 다 맞추고 나서부터였다. 그녀는 스스로가 대견했다. 너무 자랑스럽다 못해 화가 치밀었다. 그만한 보상을 받아야 한다는 생각이 들었기 때문이다. 그래서 트로피라도 되듯 큐브를 들고 미로 이곳저곳을 돌아다니며 소리쳤다. "피자! 피자! 피자!"

합당한 보상을 해달라는 요구였지만 한편으로는 납치범이 듣고 있다면 그를 성가시게 만들고 싶다는 의도도 있었다. 자신이 하는 말을 듣고 있다는 걸 알기 때문이다. 그리고 그런 방식으로 자신이 고분고분하지만은 않다는 걸 입증해 보이고 싶었다.

결국 원하는 걸 얻어낼 수 있었다.

미로의 다른 방에서 며칠 된 것처럼 말라비틀어진 마르게리타 피자가 든 상자를 발견했다. 개 같은 납치범은 며칠 지난 피자로 벌을 주는 거라 생각했을지 모르지만 그녀는 아주 맛있게 피자를 먹었다. 그 뒤로 피자 먹는 날은 하나의 의식처럼 반복되었다.

큐브의 세 번째 면까지 완성하면 새로운 화요일이 돌아왔다. 며칠 지난 피자와 함께.

어디서 사 온 피자일까 궁금했다. 대수롭지 않은 평범한 상자에 들어 있었다. 어느 동네에 있는 가게인지를 알려줄 단서도 전혀 없었다. 어느 피자 가맹점 제품이거나 포장 전문 가게에서 사 온 걸 수도 있다. 그녀는 기름 냄새가 진동하고 어떤 세제를 동원해도 절대 지워지지 않는 기름 얼룩이 덕지덕지 묻어 있는 하얀 타일이 깔린 장소를 떠올렸다.

피자를 한 입 먹을 때마다 어떻게 생긴 사람이 만들었을까 머릿속으로 그려보았다. 두꺼운 팔뚝에 밀가루를 뒤집어쓰고 뱃살도 어느 정도 있는 청년이 떠올랐다. 쾌활한 성격에 친구들과 외출하는 걸 좋아하고 액션 영화나 볼링을 즐길 것 같은 청년. 정식으로 사귀는 여자 친구는 없지만 슈퍼마켓 계산대에서 일하는 작고 귀여운 밤색 머리 여직원을 마음속에 품고 있을 것 같은 청년.

피자 굽는 그 청년은 자신이 만든 음식이 누구에게 배달되는지 궁금해하기는 할까? 그런 고민까지 할 이유가 있을까? 그는 지금 자신이 굽고 있는 피자가 미로 속에 갇혀 있는 누군가에게 전해질 음식이라는 건 아마 상상도 못 할 것이다. 그리고 미로 속에 갇힌 누군가에게는 자신이, 비록 간접적이긴 하지만 바깥세상과 연결되는 유일한 고리라는 사실도 알 수 없을 것이다. 그녀에게 그 청년은 벽 너머의 세상에 무언가가 있다는 증거였다. 핵폭탄 같은 게 떨어지거나 지구가 소행성과 충돌해 인류가 멸망한 건 아니라는 증거.

"저한테 온 메시지 같은 게 있었으면 하고 항상 바랐어요. 가상의 화요일마다 만나는 피자 상자 속에서요. 메모는 없었지만 토마토소스 위에 글자 같은 게 적혀 있었어요. 그냥 '안녕' 같은 인사말이요. 한 번은 피자 위에 작은 아티초크 하나가 올려져 있었어요. 전 그걸 어떤 신호라고 생각했어요. 하지만 이후에는 그런 일이 없었어요."

"미로에서 가장 널 불편하게 했던 긴 뭐였니?" 참치 샌드위치를 다 먹어가던 그린 박사가 물었다.

"벽 색깔이요…… 회색이 견딜 수 없이 갑갑했어요."

"색깔이 심리에 영향을 미친다고 주장하는 이론도 있다. 초록색은 안전한 느낌을 전해준다고 하거든. 그래서 도박과 관련된 게임장의 테이블은 대부분 초록색으로 만들어져. 게임에 참가하는 사람들이 위험을 감수할 수 있게 부추기려는 의도지…… 반대로 따뜻한 색은 세로토닌 분비를 촉진해서 사람들을 수다스럽게 만들거나 아니면 성적 욕망을 자극한다고도 알려져 있어."

"회색은요?"

"회색은 엔도르핀 분비를 억제하지." 그린 박사가 말했다. "정신과 격리 병실의 벽이 회색이야. 교도소도 마찬가지고. 동물원 철창도 뭐…… 결과적으로 보면 회색은 대상을 고분고분하게 만든다고 볼 수 있어."

'회색은 대상을 고분고분하게 만든다.' 그녀는 그 말을 곱씹어보았다. 납치범은 사만타를 본능까지 길들여야 할 동물로 여겼던 것이다.

그린 박사는 자신이 들려준 색깔 이론이 사만타의 표정을 어둡게 만들었다는 사실을 깨달았다. 그래서 다른 데로 관심을 돌리기 위해 샌드위치를 다 먹고 입을 닦은 냅킨을 둥글게 구긴 다음 구석에 있던 휴지통 쪽으로 돌아 손을 들어 조준하고는 정확히 그 안에 휴지를 던져 넣었다.

"내가 대학 시절에 농구팀 주장이었거든. 조금만 내 자랑을 하자면 거의 전설 같은 존재였지."

그녀는 미소를 지었다.

하지만 그녀는 그린 박사가 자신이 미소 짓는 틈을 타 허리띠에 걸린 열쇠고리를 다시 한번 만지작거리고 있다는 사실을 눈여겨보았다. '창유리 뒤편에 있는 경찰들한테 신호를 보내는 거야.' 그런 생각이 들었다. 그런데 도대체 무슨 뜻일까? 혹시 의미가 담긴 신호가 아니라 그냥 내 망상일지도 몰라.

그린 박사는 샌드위치를 먹다 참치 스프레드를 파란 셔츠에 흘린 사실을 뒤늦게 알았다.

"집사람한테 잔소리 좀 듣겠는데." 그는 얼룩을 문지르며 투덜거렸다. "가서 좀 닦고 와야겠다. 오래 안 걸릴 거다." 그는 자리에서 일어나며 말했다.

덕분에 마음 편히 볼일을 볼 수 있었다. 사실 소변이 급했다. 비록 삽관을 통해 소변 주머니를 차고 있긴 했지만 남 앞에서 소변을 봐야 하는 상황은 난감하기 이루 말할 수 없었다.

"마실 걸 가져다주마. 대신 그동안 집중력을 떨어뜨리면 안 된다. 바로 시작할 수 있어야 해."

그녀는 혼자 남게 되자 그린 박사의 말대로 다시 벽을 뚫어지게 응시했다. 그런데 바로 그 순간, 곁탁자 위에 있던 노란 전화기가 또다시 힘차게 울렸다.

온몸이 굳어버릴 정도로 두려움이 밀려들었다.

'박사님 말이 맞아. 번호를 잘못 알고 전화한 사람일 거야. 바보같이 전화벨 소리에 왜 겁을 집어먹어.' 하지만 확인할 방법은 하나밖에 없었다.

직접 전화를 받는 것.

벨 소리가 방 안은 물론 그녀의 머릿속에도 을씨년스럽게 울려 퍼지고 있었다. 그녀는 그 소리를 멈추고 싶었다.

그래서 결심을 내렸다. 그녀는 곁탁자로 손을 뻗었다. 깁스한 다리가 동작을 방해하고 있었지만 간신히 손가락 끝이 수화기에 닿았다. 그녀는 수화기를 들어 올려 자신의 귀로 가져와 댔다. '아무 소리도 안 들릴 거야.' 그녀는 스스로를 다독였다. 침묵 속에 숨소리만 들릴 거라고.

"여보세요?"

"주소를 말씀 안 해주셨어요." 웬 남자가 대뜸 그렇게 말했다.

그녀는 무슨 말인지 이해할 수 없었다. 수화기 너머로 여러 소리가 들렸다. 그린 박사의 말 그대로인 것 같았다. 잘못 걸려온 전화. 그녀는 마음을 다잡았다.

"여보세요?" 상대는 짜증 섞인 목소리로 말을 이어나갔다. "주소를 알아야 배달을 가지 않겠습니까."

그녀는 눈을 휘둥그렇게 떴다. 전기충격을 받은 것처럼 온몸이 부르르 떨렸다.

"피자 말이에요." 남자가 말했다. "어디로 배달하면 되느냐고요?"

그녀는 수화기에 불이라도 난 듯 황급히 던져버렸다. 그러고는 본

능적으로 시선을 창유리 쪽으로 돌렸다. 예감 이상의 느낌이었다. 창
유리에 비친 자신의 모습을 보면서 그 유리 뒤에 숨어 있는 사악한 그
림자가 자신의 이야기를 엿듣고 있다는 확신이 들었다.

지금 같은 장난을 통해 자신이 아주 가까이 왔음을 알리고 싶었던
것이다.

36

배경음으로 들리는 유일한 소리는 단조로웠다.

"쇼크!"

더 이상 자신의 몸을 통제할 수 없었다. 그 자리에 있었지만 없는 것과 마찬가지였다. 육신이라는 잠수복에 갇힌 기분이었다. 고통은 느껴지지 않았다. 오히려 희한할 정도로 편안했다.

눈꺼풀을 내릴 수 없었다. 그래서 눈을 뜬 채로 자신의 주변을 분주히 오가는 응급구조대원들을 볼 수 있었다. 자신이 죽어가는 과정을 고스란히 지켜보는 관객의 처지가 되었다. '이걸 행운이라고 해야하나.'

"쇼크!"

남자 하나와 여자 하나였다. 검은 눈동자의 남자는 건장한 체구에 머리를 짧게 친 30대로 보였다. 같이 맥주 한잔하거나, 축구경기를 함께 볼 수 있는 좋은 친구 같은 인상이었다. 그 남자가 그의 입과 코에 산소마스크를 씌워주었다. 여자는 체구가 호리호리했지만 행동만큼은 단호했다. 파랗게 염색한 머리를 한 갈래로 묶어 뒤로 넘겼고 화색

도는 얼굴에는 주근깨가 나 있었으며 눈동자는 초록색이었다. 다른 상황에서 마주쳤다면 기꺼이 저녁 한번 같이하자고 청하고 싶은 외모였다.

"쇼크!" 그녀가 단호한 목소리로 반복해서 외치고 있었다.

체구가 건장한 남자가 한 발 뒤로 물러섰고 여자는 다시 한번 제세동기를 그의 가슴에 얹고 전기를 흘려보냈다. 한 번 할 때마다 누군가 자신의 몸속에 불을 지르는 것만 같았다. 순식간에 불꽃이 타올랐다가 순식간에 꺼져버리는 기분.

갑자기 배경음이 달라졌다. 규칙적으로.

"좋아." 파란 머리 여자가 흥분한 상태로 말했다. "맥박이 돌아왔어. 이제 이송할 수 있겠어."

'당신들한테 날 살려내라고 부탁한 사람은 아무도 없잖아. 날 그대로 내버려뒀어야지.'

두 사람은 브루노를 들것 위에 눕혔다. 그리고 흔들거리며 걸어가더니 그를 앰뷸런스에 태웠다. 문이 닫히자 사이렌이 울려 퍼졌다.

"이봐요, 멋쟁이 아저씨! 잠들지 마세요, 우리랑 같이 가는 겁니다, 아셨죠?" 남자는 그를 깨어 있게 하려고 말을 걸었다. "운이 좋으셨어요. 친구분이 10분 동안 심장마사지를 하고 계셨거든요. 친구분이 같이 안 계셨으면⋯⋯. 그러니까 나중에 거한 선물 하나 해주세요."

폴 마친스키는 비록 잠깐이었지만 그의 목숨을 구해주었다. 도저히 믿을 수 없었다. 두 명의 구조대원들에게 마친스키는 무고하다는 사실을 말해주고 싶었다. 그는 사만타 안드레티와 아무 관련 없다는 사실은 물론 버니의 정체에 대해서도⋯⋯. 그런데 버니가 누구였지?

기억나지 않았다.

어둠.

갑자기 구식 카메라에 달린 강렬한 플래시 불빛처럼 밝은 빛이 달라진 무대를 보여주었다. 더 이상 앰뷸런스에 누워 있지 않았다. 혼란스러운 소리가 들리고 계속해서 사람들이 오가는 소리가 들렸다. 어딘가에 누워 있긴 했지만 하얀 불빛 때문에 앞이 보이지 않았다. 수천 개의 손이 위에서 움직이고 있었다. 불분명한 소리. 모두가 알몸이었다.

"산소포화도는 어떻게 돼요?" 아담한 체구에 비해 가슴이 어마어마하게 큰 여자가 물었다.

"떨어지고 있어요······. 67퍼센트예요." 털이 덥수룩한 남자가 대답했다.

"심혈관 무력증이에요." 튀어나온 배만 보이는 다른 남자가 말했다.

"아트로핀 주사 준비할게요." 그렇게 말한 여자는 귀여운 엉덩이가 보이도록 뒤로 돌았다.

'더위 때문에 내 옷을 벗긴 거야.' 말도 안 되는 상황을 이해할 수 없다 보니 그런 생각이 들었다. 모두가 진지한 가운데 그는 웃음이 터져 나왔다.

"CPAP모드로 조정합시다." 갈색 머리가 폭포수처럼 어깨까지 내려온 의사가 말했다. 유일하게 흰 가운을 입은 사람이었다. 하지만 가운 안에는 아무것도 입지 않았다. '흰 가운마저 벗으면 얼마나 좋겠어!'

"혈압은 어때요?"

"86입니다."

'흰 가운도 벗어 던지라고, 어? 어때? 장담하는데 나야말로 당신 스타일일 텐데…….' 몸도, 정신도, 아무것도 통제할 수 없었다. 마지막까지 와보니 죽는 것도 그리 나쁜 것 같지는 않아 흐뭇해졌다.

기다리는 동안 누군가가 전화를 했다.

"여보세요? 여기는 성 캐트린 병원 심장혈관센터입니다. 환자 정보가 필요한데요……. 네, 맞습니다. 브루노 젠코."

'내가 성 캐트린 병원에 와 있다고? 사만타 안드레티가 입원한 병원이잖아. 버니 역시. 누가 버니였지? 이름이 기억나지 않아. 사만타가 위험한데, 이봐요, 내 말 들립니까? 끔찍한 일이 발생하기 전에 당장 경찰에 알려야 합니다. 아니면 테킬라나 한 병 갖다 주시던가. 파티나 벌이게…….'

"오른손에 뭘 쥐고 있는데요?" 털이 덥수룩한 남자가 말했다. "종잇조각인데 도무지 놓지를 않아요."

"그냥 둬요. 중요한 건 환자 본인한테나 우리한테나 해될 물건은 아니니까요." 예쁘장한 의사가 말했다. "아드레날린 주사 준비 좀 해주세요."

어둠.

또 다른 빛. 이번에는 불꽃놀이 같았다. 소란스러운 주변이 조용해지고 또다시 규칙적인 소리가 귀를 자극했다. 전자음으로 대체된 그의 심장박동 소리였다. 그는 여전히 누워 있었다. 얼굴 전체에 플라스틱 마스크가 씌워져 있었고 마스크를 통해 폐 속으로 산소가 들어오고 있었다.

침대 앞에 밤색 머리 젊은 의사와 좀 더 나이 들어 보이는 남자 의사가 심각한 이야기를 주고받았다. 그런데 희한하게 두 사람 모두 옷을 입고 있었다.

"누가 이 환자, 심폐소생술로 살리라고 했습니까?" 종이 한 장을 손에 쥔 남자 의사가 추궁하듯 물었다.

'내 부적.' 브루노는 종이를 알아보았다.

"응급구조대는 사전에 이런 사실을 몰랐습니다. 저희도 환자 주머니를 살펴볼 시간도, 정신도 없었습니다." 의사는 자신의 행동을 해명하고 있었다. "말기 환자라는 걸 어떻게 알아볼 수 있었겠습니까?"

마치 자신을 그 자리에 없는 사람처럼 취급하며 자기 얘기를 하는 상황이 상당히 거슬렸다.

"안 그래도 센터 장비 사용에 한계가 있는 마당에 기껏해야 내일 아침까지밖에 못 살 환자 때문에 이게 무슨 낭비입니까."

'내 말이 그 말이야. 되살아나고 싶은 마음도 전혀 없었는데…….. 의사 양반이 그걸 알 리가 있나, 안 그래? 그냥 뒈졌으면 적어도 당신 같은 인간, 면상 볼 일도 없었을 텐데 말이야.' 사실 브루노는 자신의 죽음이 그 누구의 관심도 끌지 못한다는 사실이 유감스럽기는 했다. 고독한 삶을 고집한 결과이긴 했지만……. 가족을 꾸린 적도 없고, 아이를 가져보겠다는 생각조차 한 적 없었다. 오히려 그 반대였다. '결혼해서 자식을 갖겠다'는 생각은 단 한 번도 해본 적 없었다.

'늙은 버니는 젊은 버니에게 바통을 넘겼어. 하다못해 항구에 입원 중인 괴물조차 자신의 기억을 영원히 지속해줄 일종의 후손이 있는데……. 그리고 젊은 버니는 아내에 금발 머리 딸이 둘이나 있고. 그런

데 도대체 그 인간, 이름이 뭐였지?'

'포먼. 그래, 피터 포먼. 치과의사였어!'

하지만 끓어오르던 열의도 이내 식어버렸다. 외부에 전할 방법이 전혀 없었다.

'이 산소호흡기 좀 벗겨봐요! 당신들한테 전할 말이 있다니까!'

"선생은 지금 식물인간을 되살려낸 셈입니다." 의사가 단정적으로 말했다.

'난 식물인간이 아니야, 이 머저리 같은 인간아. 빌어먹을 마스크만 벗겨보라고, 내가 증명해 보일 수 있어.'

"죄송합니다, 선생님." 밤색 머리 의사가 말했다. "다시는 이런 일, 없도록 하겠습니다."

상대는 엄하게 의사를 쏘아보다가 그녀에게 브루노의 부적을 건네고 발걸음을 돌렸다.

의사는 고개를 절레절레 흔들었다. 그러고는 종이를 접으려다 갑자기 손동작을 멈추더니 종이를 유심히 들여다보았다. 진단서를 읽는 게 아니었다. 그녀는 뒷면에 그려놓은 그림을 보고 있었다.

사만타 안드레티를 위해 신고 전화를 걸었던 밀렵꾼이 대충 그린 몽타주.

순간 브루노는 머릿속에서 작은 목소리 하나를 들었다. 린다. 그의 린다가 말을 걸고 있었다. '역할을 넘겨.' 하지만 쉬운 일이 아니었다. 그는 기를 쓰고 집중했다. 머리와 달리 몸은 진짜로 거의 사망한 상태였다. 하지만 움직여야 했다. 그는 자신의 오른손과 둥글게 구긴 종이를 쥐고 있는 손가락을 떠올렸다. '역할을 넘겨.' 린다가 부드럽게 속삭이고 있었다. 그는 검지부터 시작했다. 아주 조금 움직였다. '가지 마.' 그는 의사를 불렀다. '아직 가지 말라고.' 그다음은 엄지였다. 바위를 옮기는 것처럼 힘들었다. '역할을 넘기라고!' 린다의 손이 자신의 손을 잡고 도와주는 느낌이 들었다. 이번에는 가운뎃손가락. 그리고 새끼손가락까지. 손가락들이 머릿속에서만 움직이는 건지, 실제로 움직이는 건지 알 수 없었다. 그리고 린다의 목소리가 사라졌다. 의사는 조심스레 브루노의 부적을 접어 자신의 가운 주머니에 집어넣었다. 그러고는 발걸음을 돌렸다. '안 돼, 가지 마.'

'안 돼!'

작은 소리 하나.

그녀는 침대 쪽으로 돌아서더니 시선을 아래로 깔았다. '이리 와, 와서 보라고.' 의사는 정말 그를 향해 다가왔다. 그러고는 허리를 숙여 브루노의 손에서 미끄러진 종이를 주웠다. 그러고는 펼쳐보면서 미심쩍은 표정을 지었다. 그녀의 시선은 그에게서 종이로 옮겨 갔다. 두세 번 정도. 그러다가 주머니에 집어넣었던 브루노의 부적을 꺼내 두 개의 그림을 비교해보기 시작했다.

밀렵꾼이 그린 몽타주와 폴 마친스키의 냉장고 문에 야자수 자석으로 고정돼 있던 포먼의 둘째 딸 그림이었다.

똑같은 그림이었다. 하트 모양의 눈을 한 토끼 그림.

의사는 혼란스러웠다. 그녀는 가운 주머니에서 볼펜 비슷한 걸 꺼냈다. 그건 볼펜이 아니라 소형 플래시였다. 그녀는 환자 얼굴 가까이 다가가 그의 오른쪽 눈꺼풀을 들어 올려 밝은 불빛으로 홍채를 이리저리 비춰본 다음 왼쪽 눈에도 똑같은 행동을 반복했다.

브루노는 입술을 움직이려 애쓰며 의사가 알아봐주기를 간절히 바랐다. 비록 묵직한 플라스틱 산소마스크가 가리고 있었지만.

그녀가 알아보았다.

의사는 잠시 머뭇거리다가 서서히 고무줄을 들어 올리고 그의 얼굴 일부를 밖으로 드러냈다. 그러더니 자신의 귀를 브루노의 입 가까이 가져갔다.

브루노는 거의 남지 않은 숨을 가까스로 내쉬며 몇 마디를 뱉어냈다.

의사는 잠시 기다렸다가 일어났다. 그녀는 브루노에게 다시 산소마스크를 씌워주고 어안이 벙벙한 표정으로 그를 뚫어지게 쳐다보았다.

전하고 싶은 말을 제대로 전했는지 자신이 없었다. 어쩌면 아무 말도 하지 않았을 수도 있다. 뇌가 장난을 쳤을 가능성도 있으니까. 어쨌든 모두가 알몸 상태로 보였던 환영은 마음에 들긴 했다.

의사는 문을 향해 걸어갔다.

'안 돼, 빌어먹을, 제발……'

그런데 의사는 밖으로 나가는 게 아니라 벽에 있는 전화기를 들어 올렸다.

"접니다." 그녀는 수화기에 대고 말했다.

'그래, 잘하고 있어. 역할을 넘겨.'

"318호실 환자한테 가족이 있는 것 같습니다……. 연락을 해야 할 것 같습니다. 환자가 방금 이름을 알려줬습니다."

37

 6월은 오후 끝자락에 다다를 시각이면 벌써부터 여름 기운이 감도
는 계절이었다.

 폴과 로빈은 성당 축구장에서 경기를 마치고 집으로 돌아가던 중
이었다. 온몸이 땀에 흠뻑 젖었지만 여느 열 살 아이들처럼 행복하기
만 했다. 길 끝으로 보이는 태양은 시뻘건 공처럼 저물어가고 있었고
창문을 열어놓은 집에서는 텔레비전에서 들리는 웃음소리와 사람들
의 목소리가 흘러나오고 있었다. 저녁 먹을 준비가 한창이었다.

 폴 마친스키는 소년의 단짝 친구였다. 적어도 그렇게 만들어놓은
건 에드워드 신부님이었다. 신부님은 어느 날, 두 아이를 따로 불러 이
렇게 말했다. "오늘부터 너희들은 영원한 친구 사이다." 원래 활달한
성격이 아니었던 폴은 아무런 말도 하지 않고 고개만 끄덕였다. 그리
고 로빈은 에드워드 신부님이 왜 자신과 폴을 붙여주었는지 그 이유
를 알고 있었다. 소년과 폴 같은 아이들은 특정 부류로 분류되는데 정
확한 명칭은 따로 없지만 그 부류에 속하는 아이들과 그렇지 않은 아
이들의 차이점은 모두에게 너무나 자명했다. 그래서 다른 아이들은

그런 부류의 아이들에게 거의 말을 걸지 않고, 어떤 파티나 행사에도 초대하지 않으며 축구팀을 구성할 때도 마지막까지 인원이 차지 않을 때 어쩔 수 없이 끼워줄 뿐만 아니라, 이름도 모른다. 그래서 항상 성으로만 불렀다.

설리반과 마친스키라고.

심지어 여드름투성이거나 약해 보이는 아이들처럼 덩치 크고 심술궂은 아이들에게 괴롭힘을 당할 일도 없었다. 두 아이는 그냥 투명인간에 불과했다.

에드워드 신부님은 어린아이들이 서로에게 얼마나 잔인한지 누구보다 잘 알고 있었다. 그래서 두 아이를 제의실로 따로 불러 우정의 관계를 맺어주었던 것이다. 신부님은 두 아이가 그 나이 또래 아이들에게 가장 치욕스러운 상처로 남을 수 있는 왕따의 괴로움을 겪지 않기를 바랐다.

병적인 수줍음의 주원인이 되는 얼굴의 큰 점에도 불구하고 폴은 불행하지 않았다. 물론 자발적으로 입을 여는 경우는 거의 없었다. 로빈은 친구가 어머니와 함께 살고 있으며 아버지는 누구인지 모른다는 걸 알고 있었다. 폴은 행여 자신이 곤란해지지 않을까, 아버지에 대해 알려고 들지도 않았다. 하지만 소문에 따르면 폴의 어머니는 유부남과 불륜 관계였고 그래서 가족에게 버림을 받았다고 했다. 그렇게 폴을 임신한 채 집에서 쫓겨나 미혼모가 되었다고…….

폴이 비록 아버지가 아니라 어머니의 성을 따랐고 부정한 아이로 여겨지기는 하지만 로빈은 친구가 부러웠다. 자신의 집에서는 말싸움 없이 하루가 지나가는 법이 없었기 때문이다. 소년의 부모님은 두 사람 모두 매일 같이 술을 입에 달고 살았다. 한번은 아버지가 잠이 든 사이 어머니가 칼로 아버지를 찌른 적도 있었다. 다행히 치명상을 입지 않았던 아버지는 병원에서 돌아오자마자 다리미로 어머니의 머리를 내리찍었다. 로빈도 적잖이 얻어맞고 다녔다. 하지만 폴은 단 한 번도 누구에게 맞았는지 묻지 않았다.

동네 아이들 대부분은 가정에 문제가 있었다. 하지만 그 아이들은 폴과 로빈과 달리 잘 헤쳐나가고 있었다. 마치 하느님이 모두에게 고루 갑옷을 나눠주시다가 폴과 로빈만 잊고 지나가신 것 같았다.

그게 바로 두 아이의 유일한 공통점이었을 것이다. 그런 이유만으로 우정을 쌓을 수 있을까? 로빈은 그렇지 않다고 생각했다. 에드워드 신부님은 자신과 폴이 서로를 돕고 지낼 수 있을 거라 바랄 정도로 낙천주의자였다고. 소년과 폴은 별다른 공통점이 없었기에 깡통에 돌멩이를 던지거나 길고양이를 쫓아다니며 시간을 때웠다.

그러던 어느 날 모든 게 달라졌다.

비록 교체선수이긴 했지만 두 아이는 같은 축구팀에서 뛰고 있었다. 그런데 경기 도중 기적이 일어났다. 의외로 두 아이가 환상의 명콤비 수비수로 맹활약을 펼쳤던 것이다. 그 뒤로 두 친구의 사정은 크게 달라졌다. 경기장 밖에서는 여전히 성으로 불리고, 다른 아이들이 먼저 말 거는 일도 없었지만, 경기장 안에서는 모든 아이들이 폴과 로빈을 우러러봤다.

1983년 6월 늦은 오후, 막 끝낸 축구 경기에 대한 평을 주고받은 로빈과 폴은 다시 남남처럼 말이 없어졌다. 둘 사이의 우정은 축구 경기장 안에서만 유효했다. 두 아이는 성당을 끼고 있는 길에서 모퉁이를 돌다가 쓰레기통을 들고 나온 관리인 아저씨 버니와 정면으로 마주쳤다.

"어이, 꼬마 친구들, 잘 지내니?"

아이들은 아무런 대꾸도 하지 않았지만 발걸음을 늦췄다. 당시 로빈은 버니를 이상한 사람으로 여기고 있었다. 담배를 얼마나 피웠는지 이가 누렇게 변한 데다 성당에 나오는 여자들을 대할 때는 지나칠 정도로 친절하게 굴기 때문이었다. 심지어 에드워드 신부님도 버니 아저씨를 경계라도 하듯 무심하게 대했다. 관리인 아저씨는 하루의 대부분을 자기 공간에 틀어박혀 지냈다. 누군가 관리인 아저씨 이야기를 하면 로빈은 언제나 빗자루로 성당 앞뜰을 쓰는 모습을 떠올렸다. 한번은 자전거를 타고 산티시마 미제리코르디아 성당을 지나가며 성당 건물로 고개를 돌리다가 비질을 멈추고 자신을 똑바로 노려보던 관리인 아저씨와 정면으로 눈이 마주친 적이 있었다. 한 블록 끝까지 자신을 바라보고 있던 그 시선에서 닭살이 돋을 만큼 오싹한 무언가가 느껴질 정도였다.

"경기는 어떻게 됐니?" 관리인은 쓰레기통을 내려놓으며 물었다.

"뭐, 똑같죠."

신기하게 질문이 끝나자마자 폴이 대뜸 대답했다. 로빈은 몇 년 후에야 폴이 적극적으로 나선 동기를 알 수 있었다. 폴은 버니 아저씨를 빨리 떼어내고 싶었다. 두려웠기 때문이다.

"내가 너희들 쭉 지켜봐왔는데 단짝 친구 같더라."

두 아이는 아무것도 모르고 던진 것 같은 질문에 아무런 대꾸도 하지 않았지만 버니는 거기서 멈추지 않았다.

"다른 녀석들이 너희들을 어떻게 대하는지도 다 안다. 그런데 난 너희 둘이 마음에 드는구나. 그래서 아무에게도 한 적 없는 이야기를 들려주고 싶은데 말이야……." 버니 아저씨는 콜록거리다가 보도블록에 가래침을 뱉고 다시 말을 이었다. "너희들은 비밀 지킬 줄 알지?"

아이들은 여전히 아무런 대답도 하지 않았다. 그런데도 버니 아저씨는 계속 말을 걸었다.

"그림책이 하나 있는데, 아마 너희들도 좋아하게 될 거야. 이건 에드워드 신부님이 사주시는 책하고는 다르거든……. 내가 말하는 그림책은 아주 특별한 책이야." 그는 눈을 반짝이며 말했다.

"아주 특별하다는 게 무슨 뜻이에요?" 호기심이 발동한 로빈이 물었다.

버니는 두리번거리며 주변을 살펴보더니 바지 뒷주머니에서 무언가를 꺼냈다.

"토끼잖아요? 이건 꼬맹이들이나 보는 책이에요." 로빈은 표지를 보자마자 못마땅해했다.

"네가 잘못 본 거라면? 왜냐하면 이건 거울에 비춰 보면 상상도 못 할 내용이 펼쳐지는 책이거든."

폴은 친구의 소매를 끌어당겼다.

"저녁 먹을 시간에 늦어."

"거짓말하지 말아요." 로빈은 친구의 말은 무시하고 관리인 버니만 상대했다.

"우리 집에 와서 직접 확인하면 되잖아."

"왜 아저씨 집에 가야 해요?" 폴은 의심의 눈초리로 따져 물었다.

"그래, 그럴 필요는 없겠네. 너희들한테 거울이 있으면 지금 당장 보여줄 수도 있어."

관리인은 일부러 아이들을 도발하고 자극했다. 하지만 로빈은 자신이 더 똑똑하다고 생각했다.

"가서 거울 가져와보세요. 여기서 기다릴 테니까."

버니는 씩 웃었다.

"아쉽게도 너희들은 안 되겠구나. 재미있어 할 것 같았는데 말이야. 너희들보다 더 호기심 많은 아이들한테나 보여줘야겠다."

그러고는 발걸음을 돌렸다.

폴도 집으로 발걸음을 옮겼다. 하지만 로빈은 멀어지는 관리인을 멍하니 쳐다보고 있었다.

"안 갈 거야?" 친구가 물었다.

로빈은 별로 집에 가고 싶지 않다는 표정으로 친구를 따라갔다.

길 끝에 다다르자 두 친구는 헤어져야 했다. 폴은 오른쪽으로 돌아 초록색 집으로 걸어갔다.

"너 괜찮아?" 폴은 걱정스러운 눈빛으로 친구를 보며 물었다.

"어."

"우리 여전히 친구 맞지?"

"어."

두 친구는 아무 말 없이 잠시 서로를 바라보았다.

"알았어, 잘 가." 폴은 집으로 걸어가며 말했다.

로빈은 몇 걸음 걸어가다 뒤로 돌았다. 머릿속에서 사악한 목소리가 속삭였다. 폴은 절대로 이 상황을 극복할 수 없을 거라고. 로빈은 목소리의 주인공을 알고 있었다. 바로 자신의 아버지였다. 프레드 설리반은 술에 취해 있을 때만큼은 아무런 문제가 없었다. 그런데 술기운이 떨어지면 잔혹하게 변했다. 그래서 아들을 때리지 않으면 아무런 이유도 없이 욕을 퍼부어댔다. 그러다 마치 자신이 아비라는 사실을 깨달은 듯 아들을 교육한다고 이따금 잔소리를 내뱉곤 했다. "여자들은 할 줄 아는 게 하나밖에 없어." 아니면 "검둥이 새끼들한테 속아선 안 된다" 같은 말들. 하지만 가장 많이 하는 말은 다음과 같았다. "항상 너보다 나은 새끼들하고 붙어먹어라." 로빈은 누구랑 '붙어먹어야' 하는지 도저히 가늠할 수 없었다. 주변 사람 대부분이 자신보다 나은 사람들 같았기 때문이다. 가장 어려운 부분은 나보다 나은 다른 친구들을 자신과 '붙어먹게' 만드는 방법이었다. '괴물 얼굴 폴'과 붙어다니는 한, 다른 아이들 무리가 받아줄 리 만무했다.

6월 그날 어둠이 서서히 내리던 시각, 로빈은 관리인 버니마저 자신을 겁쟁이로 취급하고 무시하는 걸 도저히 견딜 수 없었다. 아무래도 폴과 자신은 다르다는 걸 직접 보여줘야 할 순간이 찾아온 것 같았다. 그래서 친구가 멀어질 때까지 걸음을 멈추고 기다렸다.

그러고는 다시 발걸음을 되돌렸다.

성당에 도착한 로빈은 지하로 연결되는 문을 두드렸다. 관리인 버니에게 자신이 어떤 사람인지 똑똑히 가르쳐주겠다는 생각이었다. 그의 물건 하나를 훔쳐 빠져나온 뒤, 다른 아이들 앞에서 과감한 행동의 결과물을 전리품처럼 자랑할 계획을 세웠다. 아버지는 그런 말을 자주 했었다. 강한 놈들과 맞붙어 싸우려면 먼저 약한 놈을 공격할 줄 알아야 한다고.

"생각이 달라진 모양이로구나." 버니 아저씨는 문을 열어주며 말했다.

"네." 로빈은 당차게 대답했다.

"안으로 들어와라……." 관리인은 자신의 뒤쪽으로 보이는 계단을 가리키며 말했다.

로빈은 그를 따라 계단을 밟았다. 하지만 나무문이 닫히자마자 오싹하고 불쾌한 기분이 온몸을 휘감고 돌기 시작했다.

어른과 아이는 보일러가 있는 지하실로 내려갔다. 버니 아저씨의 소굴은 철망으로 경계가 둘러쳐진 작은 공간이었다. 생긴 게 꼭 닭장 같았다.

로빈은 주변을 둘러보았다.

관리인이 사는 공간에 발을 들이자 불안해졌다. 햇빛도 들어오지 않는 데다 휘발유 냄새가 진동했다. 야전 침대, 책장에 늘어놓은 잡동사니들, 책상 하나, 철제 옷장. 버니는 신발 상자 위에 얹어놓은 트랜지스터를 켰다. 그곳 분위기와 대조되는 흥겹고 가벼운 블루스 음악이 흘러나왔다.

관리인은 침대 위에 앉아 곁탁자 서랍을 열고 그림책의 비밀을 풀어주는 작은 손거울 하나를 꺼냈다.

"이리 와서 앉아볼래?" 관리인은 이불 위를 툭툭 치며 말했다.

목소리가 달라졌다. 징그러울 정도로 나긋나긋하게 변했다.

순간 덜컥 겁이 났다. 폴처럼 그냥 집으로 갈걸……. 되돌아온 게 후회스러웠다.

"가야겠어요." 로빈은 일어나려 했다.

"왜? 여기가 불편해서 그래?" 관리인은 기분 나쁜 표정으로 물었다. "우린 분명 좋은 친구가 될 수 있을 것 같은데."

"아니, 그게……. 엄마가 기다리세요." 로빈은 말을 더듬었다. "저녁 시간이 다 돼서요."

운 좋은 날은 엄마가 슈퍼에서 끝물로 남아 있던 닭고기구이를 사 와서 데우지도 않고 식탁에 올리기도 한다. 하지만 그 순간 로빈은 거기서 벗어날 수만 있다면 뭐라도 먹을 수 있었다.

"우유랑 과자 좀 먹을래?" 버니 아저씨가 물었다.

그는 옷장에서 과자 한 움큼을 꺼내고 더러운 잔에 우유를 따랐다. 로빈은 아무런 대답도 하지 않았다.

버니는 유감스럽다는 표정으로 고개를 절레절레 흔들었다.

"너희들은 다들 똑같구나! 처음에는 자랑스럽게 문을 두드리더니 들어오자마자 꽁무니 뺄 생각만 하는 게 다 똑같아."

"꽁무니 빼려는 게 아니에요. 다음에 다시 올 거예요."

로빈은 자리에서 일어났다. 하지만 버니 아저씨는 매서운 눈빛으로 아이를 노려보고 있었다.

"미안하지만 그게 가능할지는 모르겠구나, 꼬마야." 버니 아저씨는 우유를 건네며 단호하게 말했다. "이제 그 우유 마셔라."

38

관리인 버니를 따라 처음 지하로 내려간 날로부터 30년이 지났지만, 일명 피터 포먼으로 불리는 로빈 설리반은 그날의 일들을 하나도 잊지 않고 속속들이 기억하고 있었다. 냄새는 물론 서늘했던 공기와 희미한 배경 소리에 뒤섞인 블루스 선율까지 고스란히 기억 속에 간직하고 있었다.

새하얀 병실 천장을 스크린 삼아 그가 소환해 투영하던 과거의 기억 재생이 끝나자 칼에 찔린 상처에서 통증이 느껴졌다. 봉합한 부위의 살이 당기긴 했지만 교묘한 칼 솜씨는 여전하다는 사실을 스스로 입증해 보였다. 그는 정확히 어느 부위에 칼을 꽂아야 치명상을 피할 수 있는지를 잘 알고 있었다. 아버지가 잠든 사이, 어머니가 칼을 휘두른 적이 있었다. 당시 병원 의사는 출혈은 심했지만 운이 좋다고 말하며 칼이 주요 장기를 피해갔다고 자세히 설명해주었다.

로빈 설리반의 부모는 아이가 어렸을 때부터 옳지 않은 본보기를 보여줬다. 그리고 관리인 버니는 그에게 좋은 선생님이 돼주었다. 감금돼 있던 사흘 동안 납치범은 로빈을 학대하고, 추행했지만 두려워하는 타인 앞에서 묘하고 짜릿한 쾌감을 느낄 수 있다는 사실을 가르쳐 주었다.

관리인 버니가 찾아다니던 게 바로 그런 느낌이었다. 어린아이들이 느끼는 공포가 그에게는 삶의 활력소이자 열정의 대상이었다.

72시간 동안 지속된 학대와 추행, 그리고 정신적 고문. 로빈이 그곳에서 빠져나올 수 있었던 것은 전적으로 운이 좋았기 때문이었다. 세 번째 날 밤 납치범 버니는 완전히 술에 취해 곯아떨어지는 바람에 로빈을 기둥에 묶어두는 걸 깜빡 잊었던 것이다. 그래서 밖으로 빠져나와 길 가는 아주머니에게 경찰서에 데려다 달라고 부탁할 수 있었다.

그런데 그곳에서 빠져나오면서 왜 토끼 그림책을 챙겨 왔을까?

그 책을 가져온 건 자신이 겪은 일을 아무에게도 말하지 않기로 선택하는 데 결정적인 요인으로 작용했다. 처음에는 수치심이나 버니 아저씨가 복수할지 모른다는 두려움 때문이라 생각했었다. 하지만 진짜 이유는 버니 아저씨가 그림책과 더불어 보여준 이상한 영화가 자신의 머릿속에 무언가를 심어줬기 때문이었다.

감금 생활을 했던 72시간 동안 두려움은 소년의 머릿속에 심연처럼 깊은 구멍을 만들어놓았다. 그리고 로빈은 성인이 되면서 그 미지의 구멍 속에 남들에게 말할 수 없었던 자신의 욕망, 어둡고 난해한 충동, 그리고 폭력의 씨앗을 쑤셔 담고 뿌려왔다. 하지만 열 살의 로빈은 두려움이 만들어놓은 그 구멍이 무언가를 품고 부화시킬 거라고는 상상할 수도 없었다.

또 다른 인격을 가진 존재를.

로빈 설리반 안에 또 다른 '내'가 생겼던 것이다. 로빈은 집에 돌아온 자신을 바라보던 부모님의 눈빛에서 그 사실을 알 수 있었다. 어머니의 눈에 비친 자신의 모습은 사악한 한 마리 토끼였다. 그리고 처음으로 부모님은 아들을 두려워하기 시작했다. 그래서 결국 멀리 보내버렸던 것이다.

월손 농장에 온 로빈은 새로운 형태의 애정이 존재한다는 사실을 깨달았다. 자신과 같은 처지의 아이들과 그런 관계를 공유할 수도 있었다. 무력이나 간교한 술책을 동원한 양심 없는 아저씨와 아줌마들의 먹잇감으로 전락해 순수함을 빼앗긴 다른 아이들과. 그러나 로빈은 자신만큼은 다른 아이들과 다르다고 느꼈다. 자신을 피해자라고 여기지 않았기 때문이다. 어쩌면 그런 이유로 타미트리아 월손이 로빈 설리반에게 더 애착을 두었을지도 모른다. 그녀는 로빈이 끔찍한 경험에서 벗어나고 싶어 한다고 생각했다. 그 기억을 평생의 낙인처럼 여기지 않게 해주려는 것도 같았다. 그래서 새로운 신분으로 살 수 있게 도와주고 대학 입학 시험까지 치르게 해주었다. 그 결과 로빈은 대학에 진학할 수 있었다.

타미트리아는 난데없이 불쑥 찾아와 로빈 설리반이라는 아이에 대해 꼬치꼬치 캐묻는 어느 사립 탐정의 머리를 가격해 기절시키고 지하창고에 가둬버렸다. 아들을 보호하려 노심초사하는 어머니처럼. 끔찍한 과거를 남겨두고 떠난 아이, 지금은 피터 포먼으로 불리며 살아가는 그 아들을 보호하기 위해서.

로빈은 타미트리아를 좋아했지만 죽일 수밖에 없었다. 왜냐하면 그녀는 너무나 단순한 사실을 이해하지 못했기 때문이다. 열 살 로빈 설리반이 스스로를 피해자로 여기려 하지 않았다는 사실을. 로빈은 이미 그때부터 자신이 가해자의 대열에 합류해 있다는 사실을 깨달았다.

타미트리아는 로빈이 항상 지니고 다녔던 기이한 그림책을 보긴했지만 그림의 의미는 전혀 알지 못했다. 로빈은 농장을 떠나면서 자신을 위해 그 그림책을 보관해달라고 부탁했었다. 자기 손으로 없애버릴 엄두가 나지 않았기도 했지만, 무엇보다 그림에 갇혀 있던 버니를 이제 페이지 밖으로 뛰쳐나오게 만들겠다고 결심했기 때문이었다.

이미 가면으로 버니를 구체화할 생각은 남몰래 키우고 있었다. 하지만 인격화 그 이상의 것이 되어야 했다. 버니는 일종의 신격화 대상이 되어야만 했다.

지난밤 찾아온 불청객 때문에 타미트리아가 그를 농장으로 불러들였을 때, 로빈은 그 가면을 쓰고 찾아갔다. 타미트리아의 시신을 헛간 옆에 묻어주긴 했지만 그는 살인 행위를 별로 좋아하지 않았다. 오히려 인간의 생명을 앗아가는 행위에서는 그 어떤 만족감도 느끼지 못했다. 비록 그래야 할 일이 여러 번 있긴 했지만.

나이 든 버니와 달리 로빈은 어린 여자아이들을 좋아했다.

그는 디프 웹으로 사냥을 떠나며 자신의 환상을 채워왔다. 하지만 납치해서 자신의 비밀 소굴로 데려온 아이들은 오래 버티지 못했다. 햄스터나 카나리아와 다를 바 없었다. 몇 달, 아무리 길어도 1년이 지나면 병이 나고 말았다. 서서히 고통스럽게 죽어가는 모습을 보느니 그 고통을 멈추게 해주는 쪽을 택했다. 실질적으로는 동정심이 발동해 내린 결정이었다.

그런데 사만타의 경우는 달랐다.

그는 사만타가 다른 아이들과는 다르다는 사실을 오래지 않아 깨달았다. 시작부터 그랬다. 운명은 2월의 평범한 아침, 등굣길의 사만타를 차창이 선팅된 흰색 밴 가까이 다가오게 만들었다. 자신도 모르게 거미줄 가까이 날아오는 파리처럼. 자신의 외모에 이끌린 사만타 안드레티는 허영심의 대가를 치러야 했다.

호리호리한 사만타는 감금 생활을 한 달도 못 버틸 것처럼 보였다. 그런데 결과적으로 그의 자랑거리가 되었다. 자그마치 그 생활을 15년이나 견뎌냈기 때문이다. 게다가 그의 눈에 비친 사만타는 세상 사람들에게 버니를 숨기기 위한 전략을 개선할 동기로 보였다.

피터 포먼이 결혼을 하고 귀여운 두 딸의 아빠가 될 수 있었던 건 사만타 덕분이었다.

평범한 가족이라는 울타리로 위장하고 겉보기에 평온한 생활을 한 친절한 치과의사는 완벽한 이중생활을 누렸다. 그의 아내는 그에게 또 다른 자아가 숨어 있다는 사실을 단 한 번도 의심한 적 없었다. 간밤에 버니 얼굴을 뒤집어쓰고 두 딸과 함께 아내를 지하창고에 가두던 순간은 솔직히 짜릿한 경험이었다는 사실을 인정할 수밖에 없었다. 그리고 그 과정에서 둘째 딸 멕이 토끼 가면을 쓴 게 아빠라는 사실을 알게 되었다. 어린 나이였기에 아빠와 딸만의 비밀이라고 설명하며 입막음에 성공할 수 있었다.

집에서는 자상하고 자제력이 뛰어난 사람이었다. 하지만 사만타만큼은 유독 거칠게 대했다. 애정 때문이었을 것이다. 게다가 출산과 관련된 일도 있었다. 사만타와 관계할 때만큼은 언제나 조심했었다. 몇 년간 관찰한 결과 사만타가 생리를 하지 않는다는 걸 발견했고 그녀가 불임이라고 판단했었다. 그런데 사만타가 어느 날 덜컥 임신을 해 버렸던 것이다. 즉시 사산을 유도했어야만 했지만 그러지 못했다. 출산 도중 사만타가 사망하지 않을까도 걱정되었다. 그러다 결국 때가 찾아왔고 그는 자신의 사생아가 세상 빛을 보도록 도와주었다. 자신의 의학 지식을 총동원해 기초적인 수준의 제왕절개수술을 감행했던 것이다. 의사면허를 박탈당할 수 있는 불법행위였다. 그런 다음 일주일 내내 아예 발길을 끊어버렸다. 사만타를 다시 찾아가면 아마 모녀 시신 두 구를 마주하게 되리라 생각했었다. 그런데 출산 과정의 출혈에도 불구하고 빌어먹을 년은 놀랍도록 질긴 생명력을 입증해 보였다.

사만타에게서 딸아이를 빼앗아 오는 게 가장 힘든 일이었다.

나이는 세 살이었지만 체구는 또래 평균의 절반도 되지 않았다. 성장이 거의 멈춘 데다 감금 생활로 인해 건강에 문제가 많았다.

사만타는 그 일로 그를 절대 용서하지 않았다. 그래서 그에게 반항했다. 자신에게 유일한 삶의 이유였던 아이를 그가 빼앗아 가자 사만타는 최악의 방식으로 반기를 들었다. 그를 무시하기 시작했다. 화를 내지도 않았고 영원할 것만 같았던 두려움도 느끼지 않았다.

더 이상 버니를 두려워하지 않았다.

그는 사만타가 완전히 생명의 끈을 놓기 전에 그녀가 스스로 운명을 바꿀 기회를 선물하고 싶다는 마음이 들었다.

일종의 게임을 통해서.

그래서 사만타를 트렁크에 태우고 늪지대로 데려갔다. 그런 다음 마지막으로 그녀의 동물적인 아름다움을 감상하기 위해 옷을 모두 벗겼다.

그러고는 그녀를 자유롭게 풀어주었다.

그는 1간을 기다린 후 그녀를 찾아 나섰다.

생각보다 쉽지 않아 다시 찾아내기까지 시간이 좀 걸렸다. 다리를 다친 채 도로변을 거니는 사만타를 발견했다. 그는 버니로 분장하고 숲을 지나 그녀를 향해 다가갔다. 그때 픽업트럭 한 대를 발견했다. 밀렵꾼으로 보이는 젊은 청년이 황급히 픽업트럭에서 내려 그녀를 도우러 갔다. 로빈은 나무 뒤에 숨어서 그 광경을 조용히 지켜봤다.

사만타는 낯선 이의 목에 와락 매달렸다.

사만타가 다른 남자 품에 안기는 모습을 보고 있자니 질투심에 가슴이 찢어지는 것 같았다. 그 순간 깨달았다. 자신이 처음부터 사만타를 사랑하고 있었다는 것을. 그는 더 이상 참지 않고 모습을 드러냈다.

사만타, 그의 사만타를 도와주려던 청년은 로빈을 발견하고는 주저하다 그대로 달아나버렸다.

'잘 생각했어, 이 친구야. 아주 잘 생각한 거야.'

사만타는 멀어지는 픽업트럭을 보면서 하염없이 울기 시작했다. 로빈은 그녀를 위로해주려고 부리나케 달려가 그녀에게 사랑한다고 말했다. 그런데 들릴락 말락 한 목소리로 그녀가 한 말은 그를 너무도 아프게 했다.

"죽여줘, 죽여달라고."

15년을 함께 했고 둘만의 딸을 가진 부모가 되는 경험까지 공유한 데다 그녀를 보며 느끼는 자신의 감정을 솔직히 고백했는데 이 비겁한 년은 자신들이 깊고 진지한 감정을 통해 하나로 이어져 있다는 사실을 인정하지 않고 죽는 쪽을 택했던 것이다.

로빈은 도저히 받아들일 수 없었다. 그래서 오른쪽 다리도 부러졌 겠다 그냥 그 상태로 사만타를 버려두고 발걸음을 되돌리기로 했다.

"정 죽고 싶으면 그렇게 해." 그는 그렇게 내뱉고 멀어졌다.

뒤돌아보지는 않았다. 하지만 그는 버니 가면 속으로 뜨거운 눈물 을 쏟고 있었다. 찢어질 듯 괴로운 마음의 눈물이었다.

집으로 돌아왔을 때 텔레비전 뉴스는 살아 돌아온 실종자 소식을 떠들썩하게 전하고 있었다. 사람들은 좀처럼 눈과 귀를 의심하지 않 을 수 없었다. 그녀의 생환을 축하하기 위해 길거리로 몰려나온 시민 들도 있었다. 로빈은 두려운 마음으로 그 소식을 접해야 당연했다. 모 두가 잊고 있었던 사만타 안드레티가 살아 돌아왔다면 이제 납치범 을 사냥하는 일만 남았으니까. 그런데 신기하게도 그 상황이 대수롭 지 않게 느껴졌다.

그날 이후, 자상한 치과의사 역할을 이어나가는 게 쉽지 않았다. 특히 집에 돌아온 다음이 가장 큰 문제였다. 주체할 수 없는 슬픔이 그간 철저한 원칙으로 쌓아 올려왔던 경계를 넘어서서 터져 나오지 않을까 두려웠고, 마음 깊은 곳 어딘가에서 절망에 빠진 버니가 내지 르는 고통의 비명이 심연 밖으로 흘러나오지 않을까 두려웠다.

하지만 여명이 밝아올 무렵, 하나의 깨달음이 뇌리를 스치고 지나 갔다.

'그 아이 역시 나를 사랑한 거야. 연인들이 다 그렇듯, 우리도 싸울 수 있는 거잖아. 그건 단지 사랑싸움이었어. 그래, 내 질투심에서 비롯 된 말싸움이었다고.' 자만심으로 실수를 하고 감정이 상해 발걸음을 돌리긴 했지만 아직은 바로잡을 수 있을 것 같았다.

실수를 만회하는 것이 그가 해야 할 일이었다.

로빈은 병원으로 사만타를 찾아가기만 하면 해결될 거라고 생각했다. 대화할 방법만 찾을 수 있다면 모든 게 해결되고 전으로 돌아갈 수 있을 거라 생각했다. 그런 의지가 있었기에 칼로 자해하는 것조차 두렵지 않았던 것이다. 자신의 사랑을 보여주는 증거라고 여겼다. 사만타도 대단하게 여겨줄 거라고…….

자신의 계획을 실행에 옮기기 위해 옛 친구 폴 마친스키까지 교묘히 이용했다. 구직자들이 모이는 쇼핑몰 주차장에 정원사로 일할 사람을 찾으러 간 건 몇 주 전이었다. 그는 얼굴에 난 커다란 점으로 어린 시절 친구였던 폴 마친스키를 알아보았다. 물론 자신을 직접 노출하는 건 위험한 일이었지만 폴이 자신을 알아보는지 확인하고 싶은 호기심까지 억누를 수는 없었다.

어릴 적 친구는 그를 알아보지 못했다. 적어도 로빈은 그렇게 믿었다.

이 우연한 만남은 결과적으로 경찰과 멍청한 사립 탐정을 엉뚱한 방향으로 몰고 가게 한 신의 한 수였다. 그들이 폴 마친스키를 찾는 동안 자신은 마음 편히 해야 할 일에 집중할 수 있었다.

로빈은 성 캐트린 병원 외과 병동에 입원한 뒤로 사만타와 함께할 미래를 계획했다. 병원을 빠져나가 한동안 은신처에 숨어 있는 게 좋을 거라 판단했다. 그때까지 경찰이 자신의 은신처를 찾아내지 않기만을 바랐다. 자신이 자란 집 지하창고에 만들어놓은 은신처. 이미 간경화로 사망한 부모님 두 분에게 물려받은 유일한 유산이었다.

경찰이 찾아내지 못하더라도 계속 그곳에 머물 수는 없을 것이다. 로빈은 은행에서 상당액의 예금을 찾아 일단 중고차 한 대를 구입해 떠날 계획이었다. 종적을 감추기 위해 어느 정도는 이리저리 떠돌이 생활을 할 마음의 준비도 돼 있었다. 그러다 보면 언젠가 조용하고 작은 산악 지방에 도착하게 될 테고, 거기에 자리를 잡고 평생 눌러 살게 될 거라는 믿음을 갖기에 이르렀다. 가명으로 제대로 된 진짜 집을 사고 일자리를 얻고 다시 아이를 가질 수도 있을 것 같았다. 하나 혹은 둘 정도.

환상적인 미래였다. 사랑의 도피.

그렇기 때문에 더더욱 사만타를 직접 만나 대화를 해야만 했다. 자신의 꿈을 들려주고 둘이 함께 현실로 만들어나가자고 부탁하기 위해서. 물론 자신의 사과가 선행되어야 한다. 사만타는 현명한 아이였다. 그리고 전에도 여러 번 자신을 용서해주었다. 그러니까 이번에도 이해해줄 것 같았다.

로빈은 다시 한번 병실 천장을 올려다보았다. 사랑스러운 사만타가 그의 곁에 있었다. 화상 치료 병동에. 불과 두 층 사이였다. 당장 그녀를 만나러 가고 싶은 마음을 이토록 오랫동안 참고 있다는 사실이 놀랍기만 했다. 봉합한 부위에서 퍼져 나가는 극심한 통증을 무시한 채 로빈은 몸을 일으켰다. 만족스러웠다.

드디어 사랑하는 여인을 두 팔로 감싸 안아주러 갈 수 있었기 때문이다.

39

비상계단의 방화문은 잠겨 있지 않았다.

로빈 설리반은 어느 순간부터 그 문을 주시해왔다. 지켜본 바에 따르면 경찰들이 조용히 그 문으로 드나들고 있었다. 가까이 가보니 담배 냄새가 났다. 문을 열자마자 담배를 피우며 잡담을 나누고 있던 경찰 두 명과 정면으로 마주쳤다. 두 사람은 그를 빤히 쳐다보았다. 그는 환자복에 슬리퍼 차림이었다. 그는 고갯짓으로 인사했고 두 경찰은 아무 일도 없다는 듯 다시 하던 이야기를 이어나갔다.

그는 난간에 기대섰다. 은은한 산들바람 덕에 더위는 그나마 견딜 만했고 별들이 하늘을 수놓고 있었다. 정말이지 완벽하게 아름다운 밤이었다. 그는 크게 심호흡을 하면서 뒤에서 벌어지는 상황에 촉각을 곤두세웠다. 경찰 하나가 꽁초를 벽에 비비고 허공에 던진 다음 다른 경찰에게 인사를 하고 다시 근무지로 돌아갔다. 로빈은 주머니에 손을 넣었다.

두 번째 경찰도 담배를 다 피웠다. 그가 담뱃불을 끄기 위해 벽으로 돈 순간, 로빈은 미리 준비해둔 주사기를 꺼냈다. 그리고 재빨리 경찰의 목에 바늘을 찔러 넣은 다음 뒤로 물러섰다. 놀란 경찰은 휘둥 그레진 눈으로 그를 보며 한 손으로 자신의 목을 더듬고, 로빈을 붙잡 기 위해 다른 손을 뻗었다. 하지만 그의 경정맥에 주입된 강력한 바비 투르산은 순식간에 중추신경에 도달했다. 경찰은 비틀거리다 무릎을 꿇으며 쓰러졌다.

로빈은 경찰관이 확실히 의식을 잃었는지 확인해보았다.

그런 다음 그의 경찰 제복을 벗겼다.

화상 치료 병동은 마지막 층이었다. 환자 병실은 안쪽에 몰려 있었 고 창문은 없었다. 햇빛이나 더위가 화상을 입은 피부를 손상시킬 수 있어서였다. '사만타를 이런 곳에 입원시킬 생각한 걸 보니 경찰도 머 리를 좀 썼어.'

그는 직원 전용 엘리베이터를 이용해 위로 올라갔다. 문이 열리자 경찰관 두 명이 바로 앞에 있었다. 그는 모자의 챙 아래로 얼굴을 숨 기기 위해 고개를 숙였다. 두 경찰은 그에게 아무런 관심도 보이지 않 고 계속 가던 길을 갔다.

복도에는 의사와 간호사밖에 보이지 않았다. 경찰 병력 대부분은 병원 건물 바깥에 집중돼 있었다. 층별로 진행되는 순찰도 없었다. 다 른 환자들의 안전을 위해 공기를 통한 감염 위험을 통제해야 하기 때 문이었다.

그는 사만타의 병실을 찾아 조심스레 걸어갔다. 빈손으로 찾아가 는 게 내심 미안하기는 했다. 꽃이라도 사 가야 했지만 이목을 끌 위 험이 있었다. 일단 사만타 앞에 가서 무릎을 꿇고 용서를 빌 계획이었다.

그녀의 병실을 찾아냈다. 문 앞에 경찰이 경비를 서고 있었기 때문이다. 그는 경찰관에게 다가갔다.

상대는 그를 빤히 쳐다보고 있었다. 분명 무슨 일인지 궁금할 것이다.

"무슨 일입니까."

"모르겠습니다." 로빈이 대답했다. "이쪽으로 오라는 명령을 받았습니다."

"희한하네." 경찰관은 손목시계를 들여다보며 말했다. "새벽 2시까지는 제 근무시간인데요."

"저도 뭐라 할 말은 없습니다."

그는 벨트에 차고 있던 무전기를 빼 들었다.

"확인 한번 해보지요."

"뭔가 착오가 있었던 것 같습니다." 로빈은 일단 그의 무전을 만류하며 말했다. "제가 내려가서 알리겠습니다."

"알겠습니다." 상대는 그의 의견에 따랐다.

"그나저나 어때요? 저 안이요……." 로빈은 단순히 호기심이 발동한 것처럼 연기하며 병실을 가리켰다.

"그린 박사님은 일단 휴식 시간이고, 환자는 자고 있습니다."

로빈은 고개를 끄덕이고는 발걸음을 돌렸다가 다시 뒤로 돌았다.

"기왕 여기까지 온 거, 혹시 담배 한 대 피우거나 커피 한잔할 생각 있으면 5분 정도 자리 지켜드릴 수 있습니다."

"듣던 중 반가운 소리네요." 경찰관은 적극적으로 제안을 받아들였다. "정말 고맙습니다."

로빈은 상대가 멀어져 복도에서 방향을 꺾을 때까지 쳐다보았다. 그런 다음 몇 초 정도 더 기다렸다가 등진 자세로 문에 기대며 한 손을 문손잡이로 뻗었다. 지켜보는 사람이 아무도 없다는 것을 확인한 그는 문을 열고 재빨리 병실 안으로 들어갔다.

안은 컴컴했다. 유일한 빛은 침대 주변에 설치된 의료 장비 불빛이었다. 눈이 어둠에 적응할 때까지 기다리자 점점 사물의 형체가 나타나며 시야에 들어오기 시작했다. 침대 쪽에서 숨소리가 들렸다. 편안하고 규칙적이었다.

'내 사랑이 자고 있네. 내가 여기까지 찾아온 걸 보면 행복해할 거야. 어쨌든 우리가 함께 한 시간이 15년이잖아. 거의 결혼 기간이나 마찬가지야.'

그는 침대로 다가갔다. 입맞춤으로 잠에서 깨울 생각이었다.

침대 앞까지 온 그는 미소를 지었다.

뺨을 어루만지려고 손을 뻗었는데 아무것도 만져지지 않았다.

침대는 비어 있었다.

"잘 있었어, 버니?"

뒤에서 남자 목소리가 들렸다. 그는 본능적으로 휙 뒤돌아섰다.

"움직이지 마." 명령조였다.

병실 안에서 일사불란하게 움직이며 자신을 둘러싸는 여러 개의 발소리가 또렷이 들렸다. 자신을 겨누고 있는 야시경 달린 총이 머릿속에 떠올랐다. '경찰기동대를 보낸 거야.' 그만큼 경찰의 관심을 끌었다는 사실에 기분이 으쓱해졌다. 하지만 곧 자신이 처한 현실을 믿을 수 없다는 듯 고개를 절레절레 흔들었다. '이제 끝이네.' 그러고는 투항의 뜻으로 두 손을 들어 올렸다.

"무릎 꿇어." 목소리가 말했다.

힘이 실린 단호한 목소리가 아니라 차분하고 침착했다. 그 사실이 다소 위로가 되었다.

"두 손, 목 뒤에 얹어."

그는 명령에 따랐다. 가슴이 찢어지는 것 같았고 뜨거운 눈물이 얼굴로 흘러내렸다. 끝이라는 생각보다 더 이상 사랑하는 이를 볼 수 없다는 사실이 죽도록 괴로웠다. 그를 둘러싼 경찰들은 그를 붙잡고 수갑을 채웠다.

"날 체포한 게 누구인지는 알 수 없겠습니까?" 로빈이 물었다.

"특별수사관 베리쉬 형사." 목소리가 대답했다.

40

로빈 설리반의 침대가 비었다는 것을 발견한 경찰은 괴물이 병원 안을 자유로이 활보하고 있다는 사실을 깨달았다. 인간 사냥은 무고한 피해자를 양산할 위험이 있다. 그래서 베리쉬의 아이디어는 즉각적으로 긍정적인 반응을 얻어낼 수 있었다.

사만타 안드레티를 굳이 다른 곳으로 옮길 필요는 없었다. 다른 병실 앞에 경찰을 배치하고 체포 인력은 안에서 기다리면 그만이었다.

그렇게 로빈을 체포할 수 있었다. 경찰에 연행되는 과정에서 그는 어린아이처럼 질질 짜며 울었다. 그리고 첫 번째 요구 사항은 기이하기 짝이 없었다. 우유와 과자를 달라고 했기 때문이다.

베리쉬는 작전팀이 사용하는 승합차로 향했다. 히치를 밖에 둘 수밖에 없었다. 다행히 누군가가 물그릇을 놓아주었다. 오전 3시였는데도 한낮처럼 더웠다. 개조차 말도 안 되는 더위에 괴로워하고 있었다.

"이 녀석, 곧 들어가서 자자. 알았지?" 베리쉬는 호바와트의 주둥이를 쓰다듬어주며 말했다.

그러면서 밀라에게 계속 전화를 걸었지만 소용없었다. 림보 책임자의 휴대전화는 여전히 꺼져 있었다.

'밀라 형사, 도대체 어디 있는 겁니까?'

그는 밀라가 무슨 사건을 담당하고 있는지도 모르고, 도대체 무슨 이유로 연락이 끊겼는지도 알 수 없었다. 마지막으로 대화를 나눈 게 벌써 5일 전이었다. 당시 밀라는 사건 해결이 임박했음을 암시하는 말을 흘렸었다. 하지만 무슨 사건이냐고 물었을 때는 답을 해주지 않았다.

"좀 그냥 내버려두세요."

갑자기 잠적하는 일이 밀라에게는 처음도 아니었다. 하지만 이번만큼은 이대로 넘어가지 않겠다고 다짐했다. 동료 형사는 보호자의 의무를 너무 쉽게 망각하고 지냈다. 앨리스는 여전히 보살핌이 필요한 어린아이였다. 얼어 죽을 그 사건을 해결하고 돌아오면 이번만큼은 의무 사항을 단단히 일러둘 생각이었다.

"사용자가 전화를 받을 수 없어 음성사서함으로 넘어갑니다." 여전히 대답은 전화기가 대신했다.

베리쉬는 음성메시지를 남기려다 갑자기 말을 멈췄다. 바우어와 들라크루아 형사가 자신을 향해 다가오고 있었다.

"어디 해명 좀 들어봅시다." 금발 머리 형사가 따지듯 물었다. "브루노 젠코란 양반하고는 무슨 관계입니까?"

"어젯밤 림보로 찾아와 처음 만났습니다. 로빈 설리반 실종사건에 대한 정보를 찾는 중이라고 했습니다."

"그래서 당신은 그 정보를 줬다?" 바우어는 어이가 없다는 듯 두 팔을 펼쳐 보이며 물었다. "권한도 없으면서 아무한테나 경찰 정보를 내줬다, 이겁니까?"

베리쉬는 바우어 형사가 눈엣가시 같았다.

"이것들 봐요. 이거 하나만큼은 지금 여기서 분명히 짚고 넘어갑시다. 당신들 혹시 이 대참사의 책임을 뒤집어씌울 희생양을 찾는 중입니까?"

금발 머리 형사가 대답하려던 순간 들라크루아가 먼저 치고 나왔다.

"소송이니 뭐니, 그런 의도는 전혀 없습니다. 우리가 찾아온 건 단지 어떻게 된 일인지, 자초지종을 파악하기 위해서입니다."

베리쉬는 가만히 생각해보았다.

"브루노 씨에게 그간 알아낸 내용을 전해 들었습니다. 그림책, 버니, 그리고 얼굴에 커다란 점이 있는 남자……. 그 양반은 자신의 두려움을 함께 나눌 사람을 필사적으로 찾고 있었을 겁니다." 그는 사건에 열을 올리던 사립 탐정의 창백한 낯빛을 떠올리며 말했다. "그러다 보니 일부러 그럴 의도는 아니었지만, 보관하고 있던 사건 관련 정보를 넘겨주게 된 겁니다."

"그 양반한테 준 게 뭡니까? 대가로?" 바우어는 점점 더 신경질적으로 반응하며 꼬치꼬치 캐물었다.

"사진 한 장입니다. 브루노 씨는 로빈 설리반이 아이였을 때 모습을 알고 싶어 했습니다. 림보의 사건 파일에 첨부돼 있던 사진은 로빈 설리반이 친구와 함께 찍은 사진이었습니다."

"상당히 감동적이네요." 바우어는 빈정거리며 대꾸했다.

베리쉬는 그를 무시하고 들라크루아에게만 관심을 집중했다.

"2시간 전, 성 캐트린 병원 의사로부터 다급한 전화 한 통을 받았습니다. 상태가 위독한 환자 한 명이 실려 왔는데 내 이름을 말했다고 설명하더군요. 의사는 내가 그 양반 가족이나 친구라고 생각했다고 합니다. 도착하고 보니 폴 마친스키라는 사람이 최초로 응급처치를 했고 앰뷸런스에 동행해 응급실까지 같이 왔다고 했습니다. 그리고 마친스키라는 사람을 만난 순간, 우리가 엉뚱한 사람을 용의자로 보고 있었다는 걸 깨달았습니다. 림보의 서류에 첨부돼 있던 사진에서 얼굴에 점이 난 아이는 로빈 설리반이 아니었습니다. 그렇게 치과의사가 거짓말을 했다는 걸 알게 된 겁니다."

들라크루아는 상대가 모든 진실을 다 털어놓았는지 판단하려고 한동안 그를 찬찬히 뜯어보았다.

베리쉬는 자신이 동료 형사들에게 평판이 좋지 않다는 건 알고 있었다. 몇 년간 거의 왕따 취급을 받고 있다는 게 공공연한 사실이었기 때문이다. 그래서 더더욱 사립 탐정 브루노 젠코가 편안하게 느껴졌을 수도 있다.

"그 사립 탐정 양반한테 고마워해야 할 겁니다." 그가 말했다. "그 양반 아니었으면 사만타 안드레티는 또다시 큰 위험에 처했을 테니 말입니다."

"그 양반, 20분 전에 사망했습니다." 바우어는 대뜸 한 마디를 내뱉었다.

그러고는 발걸음을 돌려 그 자리를 떠났다.

베리쉬가 전혀 예상하지 못한 소식이었다. 브루노 젠코가 어떤 사람인지 전혀 알지 못했지만 마음이 아프고 쓰라렸다.

"그 양반, 사건을 해결하고 나서 사만타를 만나고 싶어 했습니다. 무언가에 대해 사과를 하고 싶어 하는 눈치였는데……."

들라크루아는 그의 어깨에 손을 올렸다.

"어쨌든 그래도 소용없었을 겁니다."

"그게 무슨 말입니까?" 베리쉬는 놀라 물었다.

"30분 후에 청장님께서 기자회견을 할 예정입니다."

이건 또 무슨 말이지?

"아직 대중에 공개하지 않은 사실이 하나 있습니다. 사만타 안드레티와 관련된 내용입니다."

41

그녀는 이불을 머리 위로 끌어 올렸다. 더 이상 거울 너머 관찰 대상이 되고 싶지 않았다. 곁탁자 위에 놓인 노란 전화기의 벨 소리도 듣기 싫어졌다.

놈은 내가 여기 있다는 걸 알고 있어. 다시 미로로 데려가려고 여기까지 날 찾으러 올 거야. 출구도 없고, 회색 벽으로 둘러쳐진 감옥이 떠올랐다.

"정신과 격리 병실의 벽이 회색이야. 교도소도 마찬가지고. 동물원 철창도 뭐……. 결과적으로 보면 회색은 대상을 고분고분하게 만든다고 볼 수 있어." 그린 박사는 그렇게 말했었다.

그린 박사는 어디로 갔지? 셔츠에 묻은 얼룩을 닦겠다고 병실 밖으로 나간 지 벌써 1시간이 넘었다. 금방 오겠다고 말해놓고 지금까지 그녀를 혼자 남겨두었다.

이불은 그녀에게 고치의 역할을 해주는 물건이었다. 유일하게 남은 보호막.

처음에는 이불 덕분에 마음이 편안해졌다. 그런데 무언가가 그녀의 은신처 속으로 파고 들어왔다. 병원 소음이 들리는 가운데 벽에 걸린 심장이 다시 박동하기 시작했다.

감금된 상태에서 태어난 딸아이의 심장, 전혀 기억나지 않는 아이. 그런 아이의 심장이었다. 동시에 괴물의 딸이기도 한 아이.

'그만 뛰어. 부탁이야. 멈추라고.' 하지만 심장은 박동을 멈추지 않았다.

고집스럽게 뛰는 심장박동 때문에 미쳐버릴 것만 같았다. 무언가 해야 할 것 같았다. 그러지 않으면 결코 자신을 가만 내버려두지 않을 것 같았다. 그래서 있는 용기 없는 용기를 끌어와 서서히 이불 밖으로 고개를 내밀었다.

창유리 뒤로 환자를 볼 수 있다는 설명은 전해 들었다. 사이먼 베리쉬와 사만타 안드레티 사이를 가로막는 장벽은 얇은 유리 벽 한 장이었다.

그녀의 목숨을 구해준 밀렵꾼과 경찰, 그리고 그녀의 심리 상태를 진단하는 프로파일러, 그리고 그녀를 납치해 가둬두었던 괴물 외에 성인이 된 사만타의 얼굴을 알고 있는 사람은 아무도 없었다. 모두가 열세 살의 사만타만 기억할 뿐이었다. 세상 사람들에게 사만타는 여전히 10대 청소년이었다.

베리쉬는 이제 진실을 전해 들은 사람들의 대열에 합류했다.

특별수사관 사이먼 베리쉬는 무력하고 연약한 여성을 마주 대하고 있었다. 들라크루아의 설명에 따르면 사만타는 도주 과정에서 한쪽 다리에 골절상을 입었다. 장기간 감금된 탓에 뼈가 약해졌기 때문이다. 면역체계 역시 엉망이었다. 그래서 음압실에 입원했다.

순수한 인간을 이 지경으로 망가뜨릴 수 있는 사람이 세상에 존재할 수 있는 걸까?

벽에 걸린 심장은 크기가 어마어마하게 커지고 있었다.

'습기로 얼룩진 흰 벽일 뿐이야. 헛것이 보이는 거야. 그 개자식이 주사한 약물 때문일 거야. 지금 맞고 있는 해독제가 피와 뇌를 씻겨주면 사라질 거야.'

박동 소리는 북소리 같았다. 그녀를 부르는 소리였다.

'내 딸아이야. 내 딸이 엄마 손길을 원하고 있어. 엄마인 나는 그 아이를 버렸는데.' 왈칵 눈물이 쏟아질 것 같았다. '조심해, 괴물의 딸이야. 널 다시 미로로 데려가려는 거야. 다시 돌아가고 싶지 않다면 무시해버려.'

'아니, 그럴 수 없어. 난 그 아이 엄마야. 그럴 수 없어.'

그녀는 결심을 굳힌 듯 이불을 당겼다. 침대에 앉아 도뇨 카테터를 뽑아 멀리 던져버리자 흘러내린 소변이 바닥에 작은 웅덩이를 만들었다. 그녀는 수액을 한 번 쳐다본 다음 혈관에 꽂힌 주삿바늘을 조심스레 당겼다. 나중에 다시 꽂을 생각이었다. 일어설 수 있을지는 자신이 없었다. 첫 번째 시도에는 바닥에 주저앉았었다. 그때 그녀를 일으켜 세워준 그린 박사에게서 오드콜로뉴 향이 느껴졌었다. 먼저 오른쪽 다리를 움직여 바닥에 발을 내려놓은 다음 두 손으로 깁스한 다리를 들어 올려 침대 바깥으로 서서히 가져갔다. 그리고 왼발이 바닥에 닿을 때까지 골반을 서서히 밀었다. 마지막으로 매트리스에 두 손을 없고 크게 심호흡을 한 다음 침대에서 일어섰다.

처음에는 방이 빙글빙글 도는 느낌이었지만 중심을 잃지는 않았다. '좋아.' 그녀는 흰 벽에 걸린 심장으로 눈을 돌렸다.

자신의 뇌에게 그런 건 없다는 사실을 입증해야 했다. 눈속임이고 조작된 감각일 뿐이라는 사실을. 먼저 오른쪽 다리를 움직여 상체를 앞으로 밀고 왼쪽 다리는 질질 끌었다. 눈대중으로 목적지까지 거리를 계산해보니 대략 2미터 정도 돼 보였다. 할 수 있을 것 같았다.

그녀는 한 걸음씩 사력을 다해 앞으로 걸어 나갔다. 네 번째 걸음에서 멈춰 서서 숨을 골랐다. 심장의 박동은 점점 빨라지고 있었다. 저기까지 가야만 한다. 가서 박동을 멈추게 해야 한다.

목적지가 채 1미터도 남지 않자 그녀는 미소를 지었다. 거의 다 왔다. '마지막 힘을 내자.'

벽 앞에 도착하자 그녀는 주저하지 않고 손을 뻗었다. 그리고 조심스레 심장 위에 손을 얹었다. 박동이 멈췄다.

드디어 심장박동이 멈췄다.

손에 닿는 촉감이 축축했다. '그래, 내 생각이 옳았어. 이건 그냥 습기로 생긴 얼룩일 뿐이라고.'

그런데 하얀 벽에서 손을 떼던 순간, 이번에는 그녀의 심장이 멎는 것 같았다.

베리쉬는 침대에 누워 있는 여성을 살펴보았다. 비통한 심정은 이루 말할 수 없었다.

"아직 대중에 공개하지 않은 사실이 하나 있습니다. 바로 사만타 안드레티와 관련된 내용입니다……." 들라크루아 형사는 그렇게 말했었다.

두 눈을 휘둥그렇게 뜨고 있지만 초점 없는 눈빛, 입 한쪽으로 흘러내리는 침. 사만타 안드레티는 육신이라는 껍데기만 남은 모습이었다.

베리쉬는 경찰 수뇌부가 발표를 주저하는 이유를 알 것 같았다. 대중이 모든 진실을 알게 되면, 15년이라는 긴 시간 동안 사만타 안드레티를 구하지 못했다는 비난과 질타가 경찰에게 집중될 게 뻔하기 때문이었다.

"무슨 생각 하시는지 알아요." 뒤에서 여성의 목소리가 들렸다.

베리쉬는 뒤로 돌았다. 대략 40대로 보이며 수려한 외모에 우아한 분위기의 흑인 여성이 서 있었다.

"정말입니까? 코마 상태로 누워 있다는 말 말입니다." 그가 물었다.

"정확히는 코마라기보다 일종의 긴장증이라고 할 수 있습니다. 어느 순간에는 부분적으로 깨어 있기도 하지만, 또 어느 순간에는 아무런 반응 없이 그냥 멍한 상태가 되기도 합니다."

"들라크루아 형사는 다른 말로 사만타의 상태를 표현하더군요."

"뭐라고 하던가요?"

"평생 깨어나지 못할 악몽에 갇혀 사는 신세라고요……."

여성은 한숨을 내쉬었다.

"납치범을 체포하거나 15년간 갇혀 있었던 장소의 위치를 파악하는 데 도움이 될 정보를 줄 거라고 기대했었습니다. 그런데 모든 시도가 헛수고로 돌아가버렸지요. 결국 진정한 감옥은 사만타의 머릿속에 있으니까요. 이제는 그 감옥에서 빼내줄 방법도 없어진 셈입니다."

실망감이 가득한 상대의 표정을 읽은 베리쉬는 그녀가 사만타 안드레티 사건에서 무슨 역할을 담당하고 있는지 궁금해졌다.

"전 특별수사관 사이먼 베리쉬라고 합니다." 그는 손을 내밀며 자기소개를 했다.

"이번 사건 담당 프로파일러입니다." 그녀는 손을 맞잡으며 대답했다. "클라라 그린이라고 합니다."

베리쉬는 상대의 말에 놀라움을 감출 수 없었다.

"죄송합니다." 그가 자신이 놀란 이유를 설명했다. "전 사만타 안드레티 사건을 담당하는 프로파일러가 당연히 남자일 거라 생각했었습니다."

습기 얼룩 아래의 벽 색깔은 회색이었다.

손에 흰 페인트가 묻어났다. '말도 안 돼.' 두려움이 파도처럼 밀려들었다. '이럴 리 없어. 이건 현실이 아니야.'

누군가에게 사실을 알려야 했다. '노란 전화기!' 전화기는 이제 적대적인 물건이 아니라 그녀의 친구였다.

그녀는 자신이 낼 수 있는 최대한의 속도로 곁탁자를 향해 움직였다. 깁스한 왼쪽 다리는 질질 끌 수밖에 없었다. 수화기를 들고 귀에 갖다 댔다. 외부회선을 사용하기 위해 그린 박사가 설명해준 대로 9번을 눌렀는데…… 신호음이 떨어지지 않았다.

고함을 내지르려다 일단 참았다.

도움을 요청하기 위해 병실 문으로 고개를 돌렸다. 만약 이 모든 게 현실에서 벌어지고 있는 일이라면 누군가 구하러 와주리라는 기대는 헛된 희망일 뿐이었다.

그럼에도 불구하고 그녀는 문으로 걸어갔다. 무얼 발견하게 될지 모른다는 흥분과 두려움이 교차하는 상태로. 문손잡이를 돌려보았다. 잠겨 있지는 않았다. '좋은 징조야.'

문을 열자 경계를 서고 있는 경찰의 뒷모습이 보였다. 너무 기쁜 나머지 몸을 던져 목을 끌어안을 뻔했다. 하지만 그런 기쁨도 순간에 불과했다. 눈앞의 경찰이 생명이 있는 사람이 아니라는 사실을 깨달았기 때문이다.

경찰 제복을 몸에 걸치고 웃고 있는 마네킹이었다. 백화점 의류 매장에서 볼 수 있는 흔한 마네킹.

작은 테이블 위에 있던 주사기와 약 사이에 낡은 오디오 하나가 눈에 들어왔다. 익숙하게 느껴졌던 병원 소음이 흘러나오는 진원지였다. 그린 박사가 병원 앞에서 촬영된 생중계 뉴스 영상을 보여줬던 그 텔레비전도 있었다. 텔레비전은 교묘하게 비디오와 연결돼 있었다.

뭉치로 쌓여 있는 누렇게 변색된 신문들 맨 위에서 예상치 못한 소식을 전하는 기사가 시선을 끌었다. 단 한 번도 본 적 없는 남자 사진 아래 이런 설명이 달려 있었다. '사만타 안드레티 생환 1년 후, 종신형 선고 받은 피터 포먼.' 그 옆으로 루빅스 큐브도 놓여 있었다. 의자에는 갈색 머리 가발과 간호사 가운이 걸려 있었다. "쉬어요. 푹 쉬어야 해요⋯⋯." 수액을 갈아주던 간호사의 나긋나긋한 목소리.

그제야 주변의 것들이 하나씩 눈에 들어오기 시작했다. 벽은 회색으로 칠해져 있고 복도로 난 문들은 모조리 철문이었다. 잔혹한 현실은 괜한 착각일 거라는 희망을 철저히 무너뜨렸다. 그녀는 자신이 지금 어떤 상황에 놓여 있는지 정확히 깨달았다.

'게임.'

그녀는 미로를 벗어난 적이 없었던 것이다.

"사립 탐정 친구분에 대한 소식은 저도 들었습니다. 유감입니다."
그린 박사가 말했다.

"친구 관계는 아니었습니다." 베리쉬는 관계를 설명하며 브루노라
는 사람을 더 알았으면 하는 마음이라고 덧붙이고 싶었다. "어쨌든 말
씀은 감사합니다."

"커피 한잔하시겠어요?"

"그러시죠."

사이먼 베리쉬는 마지막으로 유리 건너편을 쳐다보았다. 도대체
얼마나 많은 또 다른 사만타 안드레티가 어딘지 모를 곳에 갇혀 있을
까 하는 생각이 들었다. 아무도 모르게, 아무도 구해줄 수 없는 처지
로……

42

'나는 사만타 안드레티가 아니야.'

강렬한 각성이 온몸을 휘감았다. 이곳을 빠져나가야 한다. 불가능
하다는 건 알고 있었지만 그녀의 머리는 모든 게 착각에 불과하다는
생각을 받아들이지 못하고 있었다.

괴물이 만들어놓은 사악한 게임.

그녀는 깁스한 왼쪽 다리를 거추장스러운 짐처럼 질질 끌며 복도
로 나갔다. '다리가 부러졌다는 것도 거짓말일 수 있어.' 그런 생각이
들었다. '날 침대에 붙잡아두고 진실을 알지 못하게 하려는 수작일 수
도 있는 거야.' 그토록 두려웠던 창유리 뒤에는 그 어떤 날카로운 시선
도 없었다. 단지 빌어먹을 벽에 불과했다.

그녀는 그렇게 20여 미터를 걸어가다 갑자기 걸음을 멈췄다. 오른
쪽 세 번째 방에서 흘러나오는 희미한 소리가 그녀의 관심을 끌어당
겼다.

무전 같았다.

그녀는 소리가 들리는 쪽으로 걸어가 문 앞에 멈춰 섰다. 귀를 기

울여보니 대화 소리였다.

몰래 안을 들여다보았다.

그린 박사가 등을 돌린 채 서 있었다. 그의 앞에는 자신과 대화할 때 사용하는 녹음기가 놓여 있었다. 그는 헤드폰을 착용하고 있었다. 얼마나 크게 틀어놓고 듣는지 문 뒤에서도 다 들릴 정도였다.

"제가 할 수 있을지 모르겠어요."

자신의 목소리였다. 이어서 그린 박사의 목소리가 이어졌다.

"사만타. 내 말 잘 들어라. 널 이렇게 만든 그 인간, 잡아서 대가를 치르게 해주고 싶지 않니? 그리고 무엇보다 넌 그 인간이 다른 사람에게 똑같은 짓을 하는 걸 바라지는 않을 거야……" 아무런 기억 없이 깨어났을 때, 열세 살, 사만타 안드레티의 실종 전단지를 보여준 다음 그녀에게 했던 말이었다. "이해했다시피 난 경찰이 아니다. 권총도 가지고 다니지 않고, 범죄자들을 추격할 일도 없어. 그러니 총 맞을 일도 당연히 없지. 사실 난 그렇게 용감한 사람도 아니야." 농담 같지도 않은 농담을 해놓고 스스로 웃었었다. "하지만 한 가지만큼은 자신 있게 말할 수 있어. 우리가 같이 놈을 잡을 거라는 거 말이야. 너와 내가. 놈은 아직 우리가 힘을 합칠 수 있다는 사실을 몰라. 그런데 놈이 절대로 빠져나갈 수 없는 장소가 하나 있거든. 추격은 거기서부터 시작하는 거야. 그건 바깥세상이 아니라, 네 머릿속, 네 의식 속이야."

그린 박사의 마지막 말에 그 말을 처음 들었을 때와 마찬가지로 온 몸에 소름이 오싹 돋았다.

"어떠니? 이젠 날 믿을 수 있겠니?"

그녀는 그에게 실종 전단지를 넘겨받으려고 손을 내밀었던 일이 떠올랐다. 자신도 모르게 스스로 게임 시작 버튼을 누른 셈이었다.

"잘 결정했다. 정말 장해."

'당신은 박사가 아니었어. 날 도와줄 생각도 없었고. 네가 바로 그 놈이니까.'

그녀는 이제 놈의 실체를 알게 되었다. 더더욱 흉측하고 괴물보다 더 괴물 같아 보였다. 지극히 평범해 보이는 사람이 이토록 사악한 습성을 내면에 숨기고 있는 것만큼 끔찍한 악몽은 어디에도 없을 것이다. 동화 속에 나오는 괴물들은 겉모습부터 흉측하기 때문에 당하는 피해자들에게 싸워서 물리쳐야 한다는 이상향을 만들어준다. 그런데 지극히 평범해 보이는 존재들과는 안전에 대한 그 어떤 희망도 꿈꿀 수 없다.

치킨 샌드위치를 만들어준 건 정말 그의 아내일 수도 있다. 그리고 그곳을 벗어나면 다른 사람들처럼 멀쩡히 집으로 돌아가 아내가 기다리고 있는 따뜻한 침대 옆자리에 누울 수도 있을 것이다. 자녀가 있을 수도, 손자, 손녀가 있을 수도 있다. 당연히 친구나 동창들도 있을 것이다. 그를 잘 알고 있다고 생각하겠지만 결과적으로 그에 대해 아무것도 모르는 주변 사람들.

'놈의 실체를 알고 있는 건 나밖에 없어.'

그런 생각에 잠겨 있던 그녀는 문득 그의 허리띠에 걸려 있는 열쇠꾸러미를 눈여겨보았다.

그녀는 자신의 배를 내려다보고 손가락으로 흉터를 더듬어보았다. '내가 지금까지 살아남았다는 건, 기억하고 있는 것보다 훨씬 강하기 때문일 거야.' 그래서 지금까지 줄곧 회피해온 질문을 스스로에게 던질 시간이 왔다고 판단했다.

'난 누구지?'

43

"좋은 소식이 있다." 그린 박사는 방으로 들어오며 말했다. "드디어 놈을 잡았어. 널 납치한 범인을 체포했어!"

그녀는 어리둥절한 표정을 짓는 척했다. 하지만 두려움 때문에 그 럴듯하게 반응하는 게 쉽지 않았다. 상대가 눈치채지 않기만을 바랄 뿐이었다.

"어떻게 잡은 거예요?"

"미안하지만 상세한 정보는 알려줄 수가 없어. 다만 네 도움이 없었 으면 절대 성공할 수 없었다는 건 확실히 말해줄 수 있다." 그린 박사 는 흐뭇해하며 말을 이었다. "충분히 자랑스러워할 만한 일이야."

"그럼 이제 끝난 건가요?"

"그렇단다. 정말 잘했어." 상대는 의자 팔걸이에 걸어둔 재킷을 집어 들며 말했다. "아버지가 병원에 오셨다. 일단 내가 만나서 설명은 해드 렸어. 당장 아버지를 만나는 게 그리 간단하지 않다고 말씀드렸더니 네가 준비될 때까지 기다리실 수 있다고 하시더라."

"그린 박사님은 이제 어디로 가시는 건가요?"

"난 집으로 가지. 하지만 곧 돌아온다고 약속하마."

"좋은 집에 사시나요?"

"좋은 집인데, 그만큼 갚아야 할 대출도 많지."

"아내분 성함은 어떻게 되세요?"

그 질문에 상대가 기습당한 것처럼 반응한다는 사실을 눈치챘다.

"아드리아나라고 한다." 그는 잠시 머뭇거리다 대답했다.

그녀는 상대가 사실을 말하는지 생각해보았다.

"자녀들은 있으세요?"

"있지."

"이름들이 어떻게 돼요?"

"왜 갑자기 나 같은 사람한테 관심을 갖게 된 거니?" 그는 난처한 웃음을 지으며 말했다. "내 삶은 그리 흥미진진한 구석이 없거든."

"알고 싶어요." 그녀는 강한 의지를 드러내며 말했다.

그린 박사는 들고 있던 재킷을 다시 팔걸이에 내려놓고 의자에 앉았다. 그 뒤로는 전혀 서두르지 않았다.

"큰딸 요한나는 서른일곱이야. 그 밑으로 큰아들 조지는 서른넷, 막내아들 마르코는 스물셋이지."

그녀는 잘 알아들었다는 듯 고개를 끄덕였다. 하지만 그것만으로는 부족했다.

"다들 뭘 하고 있어요?"

"마르코는 대학에 다니고 있어. 법학과 학위를 받으려면 아직 시험을 세 개 정도 더 치러야 해. 조지는 친구 둘과 의기투합해 소규모 IT 회사를 차렸고, 요한나는 작년에 결혼했고 부동산 회사에서 일하고 있단다."

그녀는 상대가 거짓말을 하는 건지 판단하기 위해 얼굴을 찬찬히 뜯어보았다. '아니야, 전부 사실을 말하고 있어.'

"아내분은 어떻게 만나게 되신 거예요?"

"고등학교에서 만나게 됐지. 같이 산 지 벌써 40년이 넘었어."

"마음의 문을 열기까지 고생은 안 하셨어요?"

"집사람 절친한테 수작을 걸었었는데 그 친구가 결국 우리 두 사람을 연결해준 거지. 집사람을 만난 뒤로 데이트를 하자고 들들 볶았어."

그린 박사는 그녀를 빤히 바라봤다. 그녀는 시선을 피하지 않았다.

"곧바로 청혼하신 거예요?"

"한 달 정도 지나서."

"반지와 함께요?"

"아니, 그럴 형편이 못 됐어. 그냥 결혼해달라고 말만 했지."

"이 수액에 해독제가 들어 있어요?"

"아니."

"그럼 뭐죠?"

"정신과 약이야."

"내 기억은 다 사실인가요?"

"부분적으로는 사실이야. 나머지는 환각작용의 결과고."

"내가 여기 온 지 얼마나 됐지?"

"거의 1년 가까이."

"왜 내가 사만타 안드레티라고 믿게 했던 거지?"

"이건 게임이니까."

"당신은 누구지?"

상대는 아무런 대답을 하지 않았다. 그녀는 도전장을 내밀 듯 그를 째려보았다.

"난 누구지?"

남자는 씩 웃었다. 하지만 말투가 확 달라져 있었다. 그린 박사의 자상했던 목소리는 감쪽같이 사라졌다.

"유감이야." 그녀가 다시 말했다. "이번에는 내가 이겼으니까."

괴물은 숨을 깊이 들이마셨다.

"축하할 일이야. 정말 대단했어." 그가 말했다. "사실 그린 박사는 여자야. 그리고 사만타는 미로에서 지낸 적이 없어."

"이제 어떻게 되는 거지?"

"매번 똑같지." 남자는 주머니에서 미리 준비해둔 작은 주사기를 꺼냈다. "이걸 당신한테 주사하고 당신은 아주 편안히 잠을 자고. 깨고 나면 모든 걸 또 까맣게 잊는 거고."

"우리가 이런 게임을 몇 번이나 한 거지?"

"더 이상 세어보지 않아서 모르겠네." 남자는 여전히 웃는 표정이었다. "우리가 제일 좋아하는 게임이거든."

그는 침대 가까이 다가왔다. 그녀는 저항할 의사가 없다는 뜻으로 오른팔을 내밀었다.

"빨리 끝내자고."

'가련한 인간. 하찮은 인생이야.'

그가 주사기를 가지고 가까이 다가오는 동안 그녀는 내밀고 있던 오른팔을 움직여 수액 유리병을 붙잡았다. 그러고는 있는 힘껏 당겼다. 그러자 수액 병이 매달려 있던 링거 대가 프로파일러 행세를 한 사기꾼의 목덜미 위로 떨어지며 산산조각이 났다.

남자는 그녀의 팔을 놓치며 타일 바닥으로 쓰러졌다. 어안이 벙벙한 표정만 지을 뿐, 의식을 잃지는 않았다. 그녀는 자신에게 주어진 시간이 얼마 없다는 사실을 깨달았다. 곧 괴물이 정신을 차리면 주삿바늘을 들이댈 터였다.

그녀는 쓰러진 남자 위에 그대로 올라타 그의 허리띠에 걸려 있는 열쇠고리를 떼어냈다. 그러고는 그를 뛰어넘어 문으로 걸어갔다. 목은 타들어갈 것 같았고 숨은 가빴지만 몸을 던지다시피 필사적으로 발걸음을 옮겼다. 깁스한 다리 때문에 속력이 나지 않았다. 하지만 어떻게든 성공해야 했다. '어떻게든 여길 빠져나가야 해.' 한 발, 그리고 또 한 발. 하지만 깁스 때문에 문까지의 거리가 좀처럼 줄어드는 것 같지 않았다. 한 발을 뗄 때마다 뒤를 돌아보며 상황을 확인했다.

남자가 드디어 정신을 차렸다. 처음에는 머리를 만지다가 열쇠 꾸러미가 사라졌다는 사실을 깨닫는 순간 상황 파악을 끝냈다. 괴물은 득달같이 일어나 그녀에게 몸을 던지고 한쪽 뺨을 후려갈겼지만 빠져나가는 그녀의 옷자락을 붙잡으려다 다시 넘어졌다. 괴물이 또다시 덤비면 더 이상의 기회는 없을 것 같았다.

그녀는 놈이 병실처럼 보이게 하려고 하얗게 칠해놓은 철문에 다다르자마자 재빨리 문을 열었다.

문턱을 넘어선 그녀는 손잡이를 당겼다.

문짝이 다시 닫히는 한없이 짧은 그 순간이 모든 동작을 느리게 만들면서 무한대로 늘어나는 것만 같았다. 기시감이 들었다. 그녀를 죽이기 위해 놈이 보냈던 여자아이와 사투를 벌였을 때처럼. 그런데 그 일이 과연 현실이었는지, 아니면 화학반응이 만들어낸 허깨비였는지 의심이 들었다. 모든 상황이 냉혹한 기계장치처럼 척척 이어지며 마무리되는 동안 그녀는 괴물의 얼굴에서 벌어지는 표정의 변화를 읽을 수 있었다. 분노, 오만, 그리고 경탄까지.

그녀는 떨리는 손으로 열쇠를 구멍에 밀어 넣었다. 하나, 그리고 둘. 그런데 비슷비슷하게 생긴 열쇠가 스무 개 가까이 달려 있었다. '이렇게는 절대 못 찾아.' 심지어 꾸러미를 떨어뜨릴 뻔도 했다. 네 번째 시도에서 구멍에 들어간 열쇠가 잠금장치를 돌리기 시작했다.

한 번, 두 번, 그리고 세 번.

안쪽에서 무언가가 강하게 문을 때리고 있었다. 비명과 철문 때리는 소리가 울려 퍼졌다. 놈이 밖으로 나오지나 않을까 두려웠다. 하지만 수색을 위해 일단 놈의 행동은 무시했다. 안전지대가 점점 가까워지고 있다는 확신이 들었다.

그녀는 모든 문을 다 열어보았다. 텅 빈 방 여러 개를 확인한 끝에 천장에 있는 문으로 이어지는 녹슨 사다리가 달린 방을 찾아냈다.

하지만 깁스를 한 채로는 위로 올라갈 수 없었다. 그녀는 깁스에 금이 갈 때까지 발로 철문을 걷어찼다. 그러고는 손가락으로 틈을 더 벌린 다음 한 조각씩 손수 뜯어냈다.

그러고는 어떤 상황에 놓이게 될지 알 수 없었지만 일단 사다리 위로 올라갔다. 또 다른 미로가 나올지도 모를 일이다. 지금까지 경험한 바에 따르면 확실한 건 아무것도 없었다.

사다리 맨 위 칸에 다다른 그녀는 문을 잠그는 용도로 보이는 일종의 안전밸브 같은 장치를 두 손으로 돌렸다. 문을 열기까지 정말 초인적인 힘이 필요했다. 하지만 그렇게 애쓴 덕에 신선한 바람 한 줌과 빛한 줄기가 대가로 주어졌다. 말 그대로 온 힘을 다해 밀어 올리자 문이 위로 올라가 떨어지며 쇳소리를 냈다.

그녀는 위로 올라가 자신이 있는 곳이 어디인지 파악하기 위해 주변을 둘러보았다.

폐허가 된 상태로 방치된 물레방아, 화재가 휩쓸고 간 잔해들이 먼저 눈에 들어왔다. 그리고 눈 덮인 숲이 끝없이 펼쳐져 있었다.

사람은 물론 짐승 소리도 들리지 않았다. 기준점으로 삼을 만한 구조물 하나 보이지 않았다. 지구상의 어디든 될 수 있는 곳이었다. 괴물은 어떻게 매번 여기까지 찾아온 걸까? 분명 어딘가에 놈이 이동수단으로 삼았을 차가 있을 것 같았다. '신중한 놈이니 여기서 먼 곳에 세워뒀을 거야.' 그녀는 얇은 블라우스 같은 환자복 차림에 맨발이었다. '이 정도 기온에선 오래 못 버텨. 도움을 받지 못한 채 밤이 돼버리면 얼어 죽는 신세를 피할 수 없어.' 대안이라면 다시 아래로 내려가 숲을 헤쳐 나갈 준비를 하거나, 일단 탐험을 잠시 뒤로 미루고 기력을 회복할 때까지 기다리는 방법이 있었다.

하지만 그녀는 단 한순간도 그 자리에서 지체하고 싶지 않았다. 무슨 수를 써서라도 벗어나고 싶었다.

그녀는 떠나기 전 문을 닫았다. 구멍 안으로 미로 속 남자의 비명이 여전히 울려 퍼지고 있었다. 묵직한 문을 완전히 닫자 소리도 따라 멈췄다. 괴물은 마땅히 받아야 할 벌을 받게 되었다.

생매장이라는 벌.

그녀는 눈밭으로 걸어 나갔다. 쌓인 눈이 종아리까지 왔다. 추웠다. 하지만 자유가 느껴졌다. 몸 안을 감돌고 있던 더러운 느낌이 머리에는 유리하게 작용하기 시작했다는 사실을 깨달았다. 갑자기 조각난 기억의 편린이 하나둘 떠올랐기 때문이다.

'배에 제왕절개술 자국이 있는 건 내가 내 딸의 엄마이기 때문이야. 하지만 난 저 미로 속에서 아이를 낳은 적은 없어. 내 딸은 안전히 집에 있어.

괴물이 나를 납치했던 게 아니야. 내가 괴물을 찾아온 거야.

난 형사야. 림보에서 일하지. 내 이름은 마리아 엘레나 바스케스.

하지만 사람들은 언제나 나를 밀라라고 불러.'

| 감사의 말 |

편집자이자 친구인 스테파노 마우리. 그리고 스테파노를 비롯해 전 세계에서 필자의 책을 출간해주는 각국의 편집자들에게.

파브리치오 코코, 주세페 스트라체리, 라파엘라 론카토, 엘레나 파바네토, 주세페 소멘치, 그라치엘라 체루티, 알레시아 우골로티, 톰마소 고비, 디아나 볼론테, 그리고 당연히 크리스티나 포스키니.

나와 한 팀을 이룬 여러분께.

앤드류 뉘른버그, 새러 넌디, 바르바라 바르비에리, 그리고 런던 에이전시에서 필자를 도와주시는 환상적인 스태프들께.

티파니 가숙, 아나이스 바콥자, 아일라 아흐메드.

비토, 오타비오, 미켈레, 아킬레.

잔니 안토난젤리.

알레산드로 우사이, 마우리치오 토티.

부모님 안토니오와 피에티나. 여동생 키아라.

내 영원한 현재, 사라.

| **옮긴이의 말** |

 어릴 때 겪은 충격적인 사건으로 인해 공감능력을 잃은 대신 객관적으로 사건을 풀어나가는 여형사 밀라 바스케스를 전면에 내세운 《속삭이는 자》와《이름 없는 자》시리즈, 교황청 소속 사면관인 프로파일러 사제 마르쿠스와 잔혹한 범죄 현장을 카메라에 담아내는 법사진 전문가 산드라 베가가 활약하는《영혼의 심판》시리즈, 탁월한 수사 감각을 지니고 있지만 언론과 여론을 조작하면서까지 공개 석상에 얼굴 내미는 걸 즐기는 베테랑 형사 포겔이 등장하는《안개 속 소녀》이후 도나토 카리시가 '속삭이는 자 시리즈' 세 번째 이야기로 또 한 번 독자들을 찾아왔다.

 도나토 카리시는 발표하는 소설마다 전 세계 독자들의 변함없이 뜨거운 관심과 열렬한 사랑을 받고 있다. 팔색조처럼 다채로운 이야기 때문이기도 하고 매 작품마다 빛을 발하는 그만의 '치명적인' 매력 덕분이기도 하다.
 그의 소설은 다양한 실제 범죄사건을 모티브로 삼기 때문에 이야기를 읽는 내내 등골이 오싹할 정도로 사실적이다. 그런 이야기를 스릴과 서스펜스로 무장시킨 다음 박진감 넘치는 속도로 끌어가다 전혀 예상치 못한 순간, 허를 찌르는 반전으로 마무리하기 때문에 독자들은 자신의 눈을 의심하며 방금 마지막 장을 넘긴 책을 다시 펼치게 된다.

작가는 이렇게 범죄사건을 재미있는 이야기로 풀어내는 것으로 만족하지 않는다. 작품마다 급변하는 현대사회를 배경으로 그에 발맞춰 사악하게 진화하는 범죄 수법과 범죄자를 등장시키고 과학수사나 프로파일링 등 첨단심리수사기법 등을 동원해 사건을 해결한다. 이 과정에서 사회, 정치, 역사, 종교적인 부분의 문제점을 소설 속 일화로 꾸며내 은근슬쩍 꼬집고 공론화한다. 그러면서 예리한 시각으로 범죄의 원인을 분석해낼 뿐만 아니라 범죄 피해자들의 인권에 남다른 관심을 기울이며 범죄사건을 흥밋거리로만 여기고 넘어가는 일부 대중들에게 엄중한 경고를 날리기도 한다. 지금까지 꾸준히 그의 작품을 읽어온 독자들은 이탈리아 로마를 배경으로 하는《영혼의 심판》시리즈를 제외한 대부분의 소설이 가상의 도시를 배경으로 한다는 걸 알 것이다. 특정 사건이 특정 지역이나 특정인을 연상시키는 상황을 막기 위해 실제 사건의 본질을 제외한 겉모습을 모두 바꾸기 때문이다.

도나토 카리시는 자신이 만들어낸 팔색조 같은 이야기만큼이나 다채로운 이력을 가진 작가다.

법학과 범죄심리학을 전공한 그는 '몸과 마음이 더럽혀지는' 느낌을 받으면서까지 이탈리아 역사상 최악의 연쇄살인마를 인터뷰하고 범죄와 범죄자에 대해 누구보다 깊이 파고들었다. 동시에 방송 시나리오 작가로 활동하는 등 소설을 쓰기 전부터 이미 작가의 길을 걷고 있었다. 베스트셀러 작가가 된 후에도 작품에 대한 남다른 열정을 주체하지 못했다. 단적인 예로 《이름 없는 자》를 집필하던 중 가출 이후 상당 기간이 지나 집으로 돌아온 여학생을 인터뷰한 뒤, 그 경험을 작품 속에 오롯이 풀어내기 위해 자신이 직접 주변과 일체 연락을 끊고 잠적해 다른 사람처럼 살기도 했을 정도이다. 작품에 대한 '작가적 욕심'은 거기서 그치지 않는다. 당초 영화 시나리오를 염두에 두고 집필한 《안개 속 소녀》는 도중에 방향을 틀어 소설로 발표했고, 이후 직접 메가폰을 잡고 연출까지 도맡아 스크린에 올렸다. 감독으로서 입봉작인 이 작품으로 2017년 다비드 디 도나텔로 영화상 신인감독상을 수상하기도 했다.

《미로 속 남자》는 작가가 영화 〈안개 속 소녀〉를 촬영하던 중, 어느 산속의 호텔에서 새벽 4시에 샤워를 하다가 갑자기 떠오른 아이디어에서 출발했다. 작가의 말에 따르면 어렸을 때 버려진 건물에서 길을 잃은 뒤로 폐소공포증이 생겼는데 그 경험을 소설 속 미로에 고스란히 녹여내느라 심혈을 기울였다고 한다.

항상 실화에서 영감을 얻는 작가의 특징은 이번 소설에서도 예외가 아니었다. 인터뷰에 따르면 납치, 감금된 지 몇 년이 지나 구사일생으로 구출된 한 소녀의 사연을 모티브로 삼았다고 한다. 소녀는 감금되었을 때 누군가가 자신의 머리를 곱게 다듬어줬다고 진술하며 계속해서 머리 빗는 행동을 반복했지만, 구조될 당시 소녀는 민머리 상태였다고 한다. 소설 속 '가상'의 사만타가 헤매고 다닌 미로가 얼마든지 존재할 수 있다는 뜻이기도 하다.

도나토 카리시는 수시로 떠오르는 아이디어가 사라지기 전에 붙잡아두는 게 작가로서 겪어야 할 저주라면 저주라고 말한다. 스마트폰의 메모리를 다 차지하는 메모지 때문에 스마트폰을 바꿀 때가 종종 있을 뿐만 아니라 누군가를 만난 식당이나 술집에서 가져온 냅킨이 그의 서재 구석구석을 차지하고 있다.

영화를 촬영하면서 동시에 집필한 소설이기에 그가 쓴 어느 소설보다 영화적인 요소가 많이 담겨 있는 《미로 속 남자》는 전작과 마찬가지로 작가가 직접 감독을 맡아 스크린에 옮겨 2019년 10월 말 개봉(이탈리아 기준)을 앞두고 있다. 이 글을 쓰고 있는 지금, 운 좋게 런던에 거주 중인 필자는 개봉일에 맞춰 당일치기 로마행을 계획하면서 얼마든지 이런 기회가 주어지는 유럽의 독자들이 한없이 부럽다는 생각으로 글을 마친다.

이승재

미로 속 남자

2019년 10월 16일 초판 1쇄 인쇄
2019년 10월 24일 초판 1쇄 발행

지은이 | 도나토 카리시
옮긴이 | 이승재
발행인 | 윤호권
책임편집 | 김혜정
책임마케팅 | 정재영 · 임슬기 · 박혜연

발행처 | (주)시공사
출판등록 | 1989년 5월 10일(제3-248호)

주소 | 서울특별시 서초구 사임당로 82(우편번호 06641)
전화 | 편집 (02)2046-2853 · 마케팅 (02)2046-2883
팩스 | 편집 · 마케팅 (02)585-1755
홈페이지 | www.sigongsa.com

ISBN 978-89-527-4035-9 04880
      978-89-527-6148-4 (set)

이 도서의 국립중앙도서관 출판예정도서목록(CIP)은 서지정보유통지원시스템 홈페이지
(http://seoji.nl.go.kr)와 국가자료종합목록 구축시스템(http://kolis-net.nl.go.kr)에서 이
용하실 수 있습니다.(CIP제어번호 : CIP2019040586)